Nathaniel Hawthorne, geboren am 4. 7. 1804 in Salem/Mass., ist am 19. 5. 1864 in Plymouth/New Hampshire gestorben.
Dieser berühmte Roman stellt den Triumph der Liebe und des Lebens über die dumpfen Vorurteile und unmenschlichen harten Gesetze der Puritaner der Siedlerzeit mit tiefer Kenntnis des weiblichen Herzens in einer Handlung voll beängstigender Spannung und eindrucksvoller Symbolik dar. Selten ist die Festigkeit einer Frau in allen Bedrängnissen von außen und innen, ihr Bekenntnis zu ihrer heimlichen Liebe so unvergeßlich gestaltet worden wie in diesem Roman, der seit seinem Erscheinen zu den Meisterwerken der amerikanischen Literatur zählt.
Die Illustratorin Renate Sendler-Peters wurde 1941 in Berlin geboren. Sie studierte bei Prof. Horst Stempel und an der Staatlichen Werkkunstschule in Berlin-Charlottenburg. Seit 1968 lebt sie als Malerin und Grafikerin in München.

insel taschenbuch 436
Hawthorne
Der scharlachrote Buchstabe

NATHANIEL HAWTHORNE

DER SCHARLACHROTE BUCHSTABE

Mit Illustrationen von Renate Sendler-Peters. Aus dem Amerikanischen von Barbara Cramer-Nauhaus. Mit einem Nachwort von Hans Weyhe und Anmerkungen von Alexander Thiele sowie einer Bibliographie von Norbert Kohl erschienen im Insel Verlag.

insel taschenbuch 436. 1. Auflage 1979. Lizenzausgabe der Dieterich'schen Verlagsbuchhandlung, Leipzig, DDR. Vertrieb durch den Suhrkamp Taschenbuch Verlag. Umschlag nach Entwürfen von Willy Fleckhaus. Typografie: Max Bartholl. Satz: LibroSatz Kriftel. Druck: Nomos Verlagsgesellschaft, Baden-Baden. Printed in Germany.

DER SCHARLACHROTE BUCHSTABE

DAS ZOLLHAUS

EINE ART EINLEITUNG

Am Kaminfeuer oder zu nahen Freunden spreche ich nicht gern von mir selbst und meinen Angelegenheiten; doch wenn ich mich heute an das Publikum wende, so folge ich seltsamerweise schon zum zweitenmal in meinem Leben einer Regung des Autobiographen in mir. Zum erstenmal war es vor drei oder vier Jahren; damals beglückte ich den Leser – nicht zu verzeihn ist's und nicht zu erklären, weder dem nachsichtigen Leser noch dem aufdringlichen Verfasser selbst – mit einem Abriß meines Lebens in der tiefen Stille eines alten Pfarrhauses. Weil es mir damals gelang, jenseits meiner Abgeschlossenheit den einen oder anderen Zuhörer zu finden, halte ich heute noch einmal das Publikum am Knopf fest und erzähle von meiner dreijährigen Erfahrung in einem Zollhaus. Dem Beispiel des berühmten »P. P., Clerk of this Parish« wurde niemals getreulicher nachgeeifert. Doch wenn der Verfasser seine Blätter jetzt in alle Winde schickt, so wendet er sich gewiß nicht an die vielen, die seinen Band beiseite werfen oder nie in die Hand nehmen, sondern an die wenigen, die ihn verstehen – besser noch als die meisten seiner Schulfreunde und Bekannten. Es gibt Autoren, die viel weiter gehen, die geheimste Tiefen aufdecken und etwas enthüllen, was vielleicht nur einen einzigen Menschen angeht, dem sie völlig vertrauen; als könne ihr Buch, das sie der Welt übergeben, die verlorengegangene Hälfte ihres eigenen Wesens wiederfinden und ihr Dasein bereichern durch die Verbindung mit diesem anderen Ich. Selbst wo wir unpersönlich sprechen, ist es nicht gut, so viel auszusagen. Aber die Gedanken lösen sich nicht, und ihre Äußerung bleibt starr, wenn der Sprecher nicht eine wirkliche Beziehung zu den Zuhörern hat. Da hilft es viel, sich einen Freund vorzustellen – es muß nicht der nächste sein –, der mit freundlichem Verständnis dem Gespräch folgt. Wenn dieses belebende Bewußtsein dann die Hemmung gelöst hat, so erzählen wir unbefangen von dem,

was uns angeht, auch von uns selbst, und doch bleibt das innerste Ich verhüllt. Bis hierher, innerhalb dieser Grenzen, glaube ich, kann ein Dichter Autobiograph sein, ohne die Bereiche des Lesers oder seine eigenen zu verletzen.
Nun hat diese Zollhausskizze noch eine besondere Berechtigung, wie man sie häufig in der Literatur findet. Sie möchte erklären, wie der größte Teil der folgenden Blätter in meine Hände kam, und beweisen, daß mein Bericht auf Wahrheit beruht. Und das ist der eigentliche Grund, warum ich die persönliche Verbindung zum Leser suche: der Wunsch, mich ins rechte Licht zu rücken als den bloßen Herausgeber der längsten Erzählung dieses Bandes. Indem ich diesen Hauptzweck verfolgte, schien es mir auch erlaubt, mit ein paar Pinselstrichen eine Lebensatmosphäre einzufangen, die bisher noch nicht beschrieben worden ist, und einige Typen zu skizzieren, die dort zu finden sind und denen der Zufall den Verfasser selbst zugesellte.
In meiner Heimatstadt Salem, am Ende des Kais, der noch vor fünfzig Jahren, zu Zeiten des alten King Derby, ein buntes Leben zeigte – der aber inzwischen mit verfallenen Lagerhäusern bepackt ist und kaum noch Anzeichen von Handel und Verkehr bietet, außer wenn hin und wieder eine Bark oder Brigg in der Mitte des eintönigen Kais Felle löscht oder ein neuschottischer Schoner weiter vorn seine Fracht Brennholz herauswirft –, wie gesagt, am Ende dieses baufälligen Kais, den oft die Flut überspült und wo vor der alten Häuserreihe ein Saum spärlicher Grasbüschel die Spur vieler trostloser Jahre zeigt: hier steht, mit seinen Frontfenstern auf die nicht gerade erhebende nächste Umgebung und quer über den Hafen hinwegblickend, ein geräumiger Ziegelbau. Hoch vom Dach herab weht oder hängt, bei Bewegung und Windstille, die Fahne der Republik, täglich genau dreieinhalb Vormittagsstunden lang; doch ihre dreizehn Streifen stehen senkrecht statt horizontal, zum Zeichen, daß eine zivile und keine militärische Dienststelle des Onkel Sam

hier ihren Sitz aufgeschlagen hat. Der Schmuck der Vorderfront ist eine Säulenhalle; ein halbes Dutzend Holzpfeiler trägt einen Balkon, unter dem eine Flucht weißer Granitstufen zur Straße hinabführt. Über dem Portal schwebt mit ausgebreiteten Schwingen eine Riesenabart des amerikanischen Adlers, ein Wappenschild auf der Brust und, wenn ich mich recht entsinne, in jeder Klaue ein Bündel Blitze und gefiederte Pfeile. Die ererbte Heftigkeit dieses Unglücksvogels, die Wildheit von Schnabel und Blick und die Grausamkeit in der Gebärde scheinen der arglosen Menschheit Unheil zu verheißen, jedem Bürger, dem sein Leben lieb ist, eine Warnung, sich dem von mächtigen Schwingen umwölkten Eingang fernzuhalten. Und doch suchen eben jetzt, trotz seiner zürnenden Blicke, viele Menschen Schutz unter dem Flügel des Unionsadlers, als glaubten sie, die Weichheit und Wärme eines Daunenkissens an seiner Brust zu finden. Aber er kennt keine Zärtlichkeit, auch bei bester Laune nicht; und früher oder später – eher früh als spät – wird er seine Nestlinge fortschleudern, zerkratzt und angeschlagen von Klaue und Schnabel oder böse verwundet von den gefiederten Pfeilen.
Der gepflasterte Platz vor dem eben beschriebenen Bau – dem Zollhaus des Hafens, um es gleich zu sagen – ist schon lange nicht mehr Mittelpunkt regen Verkehrs, und Gras genug sproßt aus seinen Ritzen. Alle paar Monate zwar mag das Leben hier einen Vormittag lang etwas in Bewegung kommen. Die älteren Bürger denken dann an die Zeit vor dem letzten Krieg mit England, als Salem noch ein selbständiger Hafen war, noch nicht verachtet von seinen eignen Kaufleuten und Schiffsherren, die das Hafengelände jetzt verfallen lassen, während ihre Frachten als kaum sichtbare, überflüssige Wellen in der gewaltigen Handelsflut von New York und Boston aufgehen. An solchem Morgen, wenn drei oder vier Schiffe gleichzeitig angelegt haben – meist aus Afrika oder Südamerika oder auf dem Wege dorthin –,

belebt der rasche Schritt auf- und abeilender Füße die Granitstufen. Hier kann man, ehe ihn noch seine eigne Frau gesehen hat, den wettergebräunten Kapitän begrüßen, der soeben eingelaufen ist und seine Schiffspapiere in zerbeulter Zinnhülle unterm Arm trägt. Hier findet sich auch sein Brotherr ein, heiter oder verdüstert, gnädig oder übelgelaunt; je nachdem, wie seine Pläne sich verwirklicht haben, ob ihm die Unternehmung goldverheißende Ware einbrachte oder ihn unter Lasten begräbt, aus denen ihm niemand heraushilft. Hier treffen wir auch den hübschen jungen Handlungsgehilfen – im Keim schon der stirnrunzelnde, graubärtige, sorgenvolle Kaufmann –, der eine Witterung fürs Geschäft hat wie ein Wolfsjunges für Blut. Schon jetzt treibt er Spekulationen auf den Schiffen seines Herrn und spielte doch besser mit Schiffchen auf dem Mühlteich. Da kommt, eine andere Figur in der Szene, ein Matrose, der in See gehen will und einen Schutzbrief braucht; ein andrer ist gerade eingelaufen und will sich, schwach und elend, ins Hospital einweisen lassen. Nicht zu vergessen die Kapitäne der kleinen altersschwachen Schoner, die Brennholz aus den britischen Provinzen bringen – rauhe Gesellen in Persennings, denen die Sorglosigkeit der Yankees fehlt; aber für unseren verfallenden Handel sind sie kennzeichnend und wichtig.

Waren all diese Gestalten, wie es zuweilen geschah, auf einem Haufen beisammen – und manch andere noch, die das Bild bunter machten –, so konnte sich das Zollhaus schon für kurze Zeit in einen Bienenkorb verwandeln. Meistens aber, wenn man die Stufen hinaufstieg, erblickte man – im Sommer in der Vorhalle, im Winter und bei rauhem Wetter in den angrenzenden Räumen – eine Reihe ehrwürdiger Greise, die auf altmodischen Stühlen saßen, die Lehnen gegen die Wand gekippt. Oft schliefen sie, doch zuweilen konnte man sie auch sprechen hören, mit schnarchenden, kraftlosen Stimmen, die an Armenhäusler erinnerten,

an Menschen, deren Leben von Wohltaten, von der Arbeit anderer, und nicht von eigenen Anstrengungen abhängt. Diese alten Herrschaften – wie Matthäus mit der Erhebung von Zöllen betraut, wenn auch wohl keine Aussicht bestand, daß sie einmal zum Apostelдienst abberufen würden –, diese Herren waren Zollbeamte.
Links vom Haupteingang liegt noch ein besonderes Gemach oder Amtszimmer, etwa fünfzehn Fuß im Quadrat und ziemlich hoch; zwei Bogenfenster sehen auf den vorerwähnten baufälligen Kai und ein drittes über eine schmale Gasse hinweg auf einen Ausschnitt der Derbystraße. Alle drei gewähren Aussicht auf die Läden der Krämer, Handwerker, Trödler und Schiffslieferanten; um die Türen stehen meist lachend und schwatzend alte Seebären und allerlei Werftratten, wie sie in jedem Hafenviertel herumlungern. Das Zimmer selbst hängt voller Spinnweben, und der alte Anstrich der Wände gibt ihm etwas Verwahrlostes. Der Fußboden ist mit grauem Sand bestreut – eine Sitte, die sonst nirgends mehr zu finden ist –, und aus der Verkommenheit des ganzen Raumes läßt sich leicht erraten, daß er ein Heiligtum ist, wo Frauen mit ihren Zauberwerkzeugen wie Besen und Scheuerlappen nur sehr selten Zutritt haben. Zur Einrichtung gehören ein Ofen mit langem Rohr, ein altes Schreibpult aus Kiefernholz mit einem dreibeinigen Schemel davor, zwei oder drei brüchige, wacklige Holzstühle und – um die Bibliothek nicht zu vergessen – ein paar Bücherborde mit einigen zwanzig Bänden der Kongreßbeschlüsse und einer umfangreichen Sammlung der Zollbestimmungen. Ein Blechrohr durchbohrt die Decke und ermöglicht eine mündliche Verständigung mit anderen Teilen des Hauses. Und hier wanderte vor sechs Monaten eine Gestalt von einer Zimmerecke in die andere und saß müßig, den Ellbogen auf das Pult gestützt, auf dem hochbeinigen Schemel, während ihre Blicke die Spalten der Morgenzeitungen überflogen. Du hättest, verehrter Leser, den Men-

schen wiedererkannt, der dich in der freundlichen kleinen Studierstube auf der Abendseite des alten Pfarrhauses begrüßte, wo die Sonne so schön durch die Weidenzweige hereinschien. Aber kämst du jetzt ins Zollhaus, du würdest vergeblich nach dem ultrademokratischen Zollinspektor fragen. Der Besen der Neuerung hat ihn aus dem Amt gefegt, und ein verdienterer Nachfolger trägt seine Würde und steckt seine Einkünfte in die Tasche.

Die alte Stadt Salem – mein Heimatort, wenn ich auch oft, schon als Junge und dann in späteren Jahren, woanders gelebt habe, – hat immer eine besondere Anziehungskraft für mich gehabt, deren Stärke ich nur nicht erkannte, solange ich dort lebte. Das Äußere der Stadt, die platte, eintönige Ebene mit Holzhäusern, unter denen kaum eins den Anspruch auf bauliche Schönheit erheben dürfte, die Unregelmäßigkeit, die weder malerisch noch originell, höchstens geistlos anmutet, die lange schwerfällige Straße, die müde über die ganze Länge der Halbinsel dahinschleicht, vom Galgenhügel und Neuguinea bis zum Armenhaus am anderen Ende – dieses Gesicht meiner Heimatstadt erklärt ihre Anziehungskraft nicht; es wäre nicht unsinniger, ein altes Schachbrett liebevoll ins Herz zu schließen. Und doch – wenn ich auch draußen stets glücklicher war –, immer wieder spüre ich einen Zug zu der alten Stadt hin, ein Gefühl, das ich, da mir kein passenderer Ausdruck einfällt, wohl Liebe nennen muß. Vielleicht kommt es von den tiefen, starken Wurzeln, die meine Familie in den Boden getrieben hat. Fast zweieinviertel Jahrhunderte ist es jetzt her, daß der erste Auswanderer meines Namens, der gebürtige Brite, in die von Wald umgebene Siedlung kam, die dann später zur Stadt anwuchs. Hier wurden seine Nachkommen geboren, starben und wurden zu Erde; und kein kleiner Teil dieser Erde ist heute der sterblichen Hülle verwandt, mit der ich für eine kurze Zeit durch die Straßen gehe. So ist wohl die Anhänglichkeit, von der ich sprach, zum Teil nur das bloße

Hingezogensein von Staub zu Staub. Nur wenige meiner Landsleute kennen dieses Gefühl; und ich möchte es ihnen nicht einmal wünschen, denn es bekommt dem jungen Stamm vielleicht besser, oft verpflanzt zu werden.

Aber dieses Gefühl hat noch seine besondere Hintergründigkeit. Die Gestalt jenes Vorfahren, von der Familienüberlieferung mit dunkler, sagenhafter Hoheit umgeben, beschäftigte meine kindliche Einbildungskraft schon, solange ich denken kann. Noch heute steht sie oft geisterhaft vor mir und weckt ein eigenartiges Heimweh, nicht nach dem Salem, wie es heute ist, sondern nach der Vergangenheit. Ich glaube, mein Vorfahr gibt mir ein gewichtigeres Anrecht, in Salem zu wohnen, als ich selbst, der ich kaum hier bekannt bin, es mir geben könnte. Ernst und bärtig, in schwarzem Zobelpelz und hohem, spitzem Hut, kam er mit Bibel und Schwert schon so früh an diesen Ort, ging aufrecht und stolz durch die wenig belebten Straßen und zeigte Größe in Krieg und Frieden. Er war Soldat, Gesetzgeber, Richter; mächtig war er in der Kirche; er besaß alle Züge des Puritaners, die guten und schlechten. Auch war er unerbittlich im Glaubenskampf; die Quäker haben ihm in ihren Geschichtsbüchern ein Denkmal gesetzt und berichten von seiner grausamen Strenge gegen eine Frau ihrer Sekte. Das haftet länger im Gedächtnis, fürchte ich, als die Zeugnisse seiner guten Taten, die zahlreich waren. Der Sohn erbte die Unerbittlichkeit des Vaters und war ein gefürchteter Richter in den Hexenprozessen. Man erzählt sich, ein Fleck des vielen vergossenen Blutes habe ihn gezeichnet, so tief, daß seine Gebeine draußen auf dem Friedhof an der Charterstraße noch das Mal tragen, wenn sie nicht längst zu Staub zerfallen sind. Ich weiß nicht, ob meine Ahnherren reuig vom Himmel Vergebung erbaten für ihre Sünden oder ob sie in einer anderen Welt stöhnend Vergeltung erdulden. Aber als ihr Vertreter trage ich, der ich hier schreibe, ihre Schande und bitte, daß der Fluch nun nicht mehr fortwirken möge, den

sie – wie man sich erzählt und wie Unglück und Mißgeschick unseres Stammes manch langes Jahr bezeugten – heraufbeschworen haben.
Allerdings hätte es jeder dieser ernsthaften und finsterblickenden Puritaner als hinreichende Strafe für seine Sünden angesehen, daß der altehrwürdige, bemooste Familienstamm nach so vielen Jahren als obersten Zweig einen Müßiggänger wie mich hervorgebracht hat. Kein Ziel, das ich je anstrebte, fände ihre Billigung; jeder Erfolg – wäre mein Leben außerhalb des engen häuslichen Bereiches nur erfolgreich gewesen – erschiene wertlos, wenn nicht schimpflich in ihren Augen. »Was treibt er?« flüstert ein schattenhafter Vorfahr dem anderen zu. »Er schreibt Geschichten in Bücher! Was für eine Beschäftigung mag das sein – welche Art, Gott zu dienen und den Mitlebenden nützlich zu sein? Da kann er auch fiedeln gehen, der entartete Bursche!« So tauschten meine Urgroßväter und ich über den Abgrund der Zeit hinweg Komplimente aus. Und doch – mögen sie mich auch verachten –, ich spüre, daß starke Züge ihres Wesens in mir fortleben.
Als die Stadt noch ganz jung war, schlug unsere Familie, von den beiden ernsten, tatkräftigen Männern gepflanzt, hier Wurzeln und blieb seitdem ansässig. Stets war sie geachtet, und soviel ich weiß, war nie ein unwürdiges Glied in der Kette; doch hat sie später, nach den ersten beiden Generationen, keine oder kaum eine denkwürdige Tat mehr vollbracht und nicht wieder die allgemeine Aufmerksamkeit auf sich gelenkt. Mit der Zeit hat man sie fast aus den Augen verloren wie hier und da auf den Straßen alte Häuser, die allmählich in neuem Erdreich halb verschwinden. Sie wurden Seeleute; immer wieder folgte der Sohn dem Vater, ein Jahrhundert lang. In jeder Generation verließ ein ergrauter Kapitän das Achterdeck und setzte sich daheim zur Ruhe, während ein Vierzehnjähriger den ererbten Platz am Mast einnahm und sich dem Sturm und den Wellen entgegen-

stellte, die schon gegen Vater und Großvater gewütet hatten. Auch der Junge wurde beizeiten vom Vorderdeck in die Kajüte geholt, bis er nach stürmischen Mannesjahren von seinen Weltfahrten zurückkehrte, um zu altern und zu sterben und eins zu werden mit der heimatlichen Erde. Wenn eine Familie so lange durch Geburt und Tod mit einem Fleck Erde verbunden ist, so entsteht eine innige Verwandtschaft zwischen dem Menschen und seiner Wohnstätte, mögen auch Landschaft und menschliche Atmosphäre noch so reizlos sein. Das ist nicht Liebe, sondern ein Naturtrieb. Der neue Siedler, der aus fremden Ländern gekommen ist oder dessen Vater oder Großvater einwanderte, hat kaum ein Recht, Salem seine Heimat zu nennen; er kann sich nicht vorstellen, mit welcher Zähigkeit ein alter Siedler, über den das dritte Jahrhundert hinwegschleicht, an dem Boden haftet, wo viele Generationen vor ihm begraben wurden. Wenn der Ort in seiner Freudlosigkeit ihn auch bedrückt – die alten Holzhäuser, der Schmutz und Staub, die Eintönigkeit von Land und Leuten, der kalte Ostwind und die frostigste menschliche Atmosphäre –, all diese Mängel, und es lassen sich noch manch andere entdecken, haben kein Gewicht. Der Zauber wirkt fort, so mächtig, als sei dieser Fleck Heimat ein irdisches Paradies. Ich habe das selbst erlebt. Fast empfand ich es als auferlegtes Schicksal, Salem zu meinem Wohnsitz zu machen, damit die Gesichtszüge und Wesensmerkmale, die hier von jeher so wohlbekannt sind, auch in meinen Tagen weiter in der alten Stadt lebendig bleiben möchten; denn immer hat, wenn sich einer von uns ins Grab zur Ruhe legte, ein anderes Familienglied seinen Platz, sozusagen seinen Wachtposten auf der Hauptstraße, eingenommen. Doch gerade diese Anhänglichkeit ist auch eine Mahnung, daß die Bindung, die nicht mehr gesund ist, schließlich gelöst werden sollte. Wie die Kartoffel, gedeiht auch der Mensch nicht, wenn er wieder und wieder, durch viele Generationen, in den gleichen ausgesogenen

Boden gepflanzt wird. Meine Kinder sind woanders geboren und sollen, soweit es in meinen Kräften steht, ihre Wurzeln in neue Erde senken.
Als ich das alte Pfarrhaus verließ und in Onkel Sams Ziegelbau einzog, war vor allem diese seltsame, müde und freudlose Anhänglichkeit an meine alte Heimatstadt daran schuld; denn ich hätte ebensogut oder besser woanders hingehen können. Mein Geschick verfolgte mich. Schon mehr als einmal war ich fortgegangen – endgültig, wie es schien –, und doch bin ich immer wieder wie eine falsche Münze zurückgekehrt, als sei Salem für mich der unvermeidliche Mittelpunkt der Welt. Ich stieg also eines schönen Morgens die Flucht der Granitstufen hinauf, die Vollmacht des Präsidenten in der Tasche, und stellte mich dem Stab von Herren vor, die mir als oberstem Beamten des Zollhauses bei meiner verantwortungsvollen Aufgabe beistehen sollten.
Ich bezweifle stark – vielmehr, es liegt wohl außerhalb jeden Zweifels –, ob je ein öffentlicher Diener der Vereinigten Staaten, sei es in zivilem oder militärischem Dienst, eine Abteilung solcher Greise unter sich hatte wie ich. Auf den ersten Blick wurde mir klar, wo der älteste Einwohner Amerikas zu finden sei. Infolge der unabhängigen Stellung des Collectors war das Salemer Zollhaus seit zwanzig Jahren unberührt geblieben vom Strudel politischer Wechselfälle, der die Amtsdauer im allgemeinen so leicht verkürzt. Als Soldat – Neuenglands verdientester Soldat – stand dieser Mann fest auf dem Sockel seiner ausgezeichneten Dienste. Bei der diplomatischen Großherzigkeit der verschiedenen aufeinanderfolgenden Regierungen blieb er sicher im Amt, der Halt seiner Mitarbeiter in mancher gefahrvollen, stürmischen Stunde. General Miller war stockkonservativ, ein liebenswürdiger Mann, der sich der Macht der Gewohnheit verschrieben hatte. Er hing an vertrauten Gesichtern und war nur schwer zu Veränderungen zu bewegen, selbst wenn ein Wechsel zweifellos von Vorteil gewesen wäre. So fand ich

bei meinem Dienstantritt wenige, aber bejahrte Herren vor. Meist waren es alte Seeoffiziere, die schließlich in diesem ruhigen Winkel gelandet waren, nachdem sie manchem Sturm getrotzt und viele Meere sie umhergeworfen hatten. Hier, wo sie außer den regelmäßig wiederkehrenden Schrecken der Präsidentschaftswahlen wenig aus der Ruhe brachte, gewannen sie neue Lebenszuversicht. Zwar waren sie durchaus nicht weniger als andere Menschen dem Alter und der Gebrechlichkeit unterworfen; aber einen Talisman hatten sie offenbar, der ihnen den Tod in Schach hielt. Von Gicht und Rheuma geplagt und vielleicht bettlägerig, dachten zwei oder drei von ihnen, wie ich mich überzeugen konnte, fast das ganze Jahr nicht daran, im Zollhaus zu erscheinen. Nur im Mai oder Juni, nach langem Winterschlaf, krochen sie hinaus in den warmen Sonnenschein, begaben sich träge an ihre »Pflicht«, wie sie es nannten, und verfügten sich wieder ins Bett, sobald es ihnen paßte. Ich bekenne mich schuldig, den Pflichtenfaden mancher dieser ehrwürdigen Staatsdiener abgeschnitten zu haben. Auf meine Anregung hin durften sie sich von ihrem schweren Erdenpensum erholen, und bald darauf zogen sie sich in eine bessere Welt zurück, als habe sie nur – und ich glaube wirklich, daß es so war – der Eifer im Dienst des Vaterlandes am Leben erhalten. Es ist ein frommer Trost für mich, daß sie durch mein Eingreifen wenigstens noch Zeit genug hatten, die dunklen Machenschaften zu bereuen, in die natürlich jeder Zollbeamte leicht verstrickt wird. Keine Tür des Zollhauses, weder das Hauptportal noch die Hintertür, führt auf den Weg zum Paradies.

Die Mehrzahl meiner Bekannten gehörte den Whigs an. Es war gut für die ganze ehrwürdige Bruderschaft, daß der neue Inspektor kein Politiker war und, obwohl im Grunde ein zuverlässiger Demokrat, sein Amt keinen politischen Dienstleistungen verdankte. Wäre es anders gekommen, hätte man einen rührigen Politiker an die einflußreiche

Stelle gesetzt, so hätte sich dieser dem schwachen Whig-Collector, den Altersschwäche an der persönlichen Ausübung seiner Pflichten hinderte, mit Leichtigkeit widersetzen können; und kaum einer der alten Garde hätte einen Monat, nachdem der Würgeengel die Stufen zum Zollhaus hinaufgestiegen war, noch die Amtsluft geatmet. Dem allgemein geübten Brauch entsprechend, wäre es nur Pflicht eines Politikers gewesen, all diese ergrauten Häupter unter die Guillotine zu bringen. Ich merkte deutlich, daß die alten Knaben eine solche Unhöflichkeit auch von meiner Seite fürchteten. Bei meinem Dienstantritt schmerzte und belustigte es mich zugleich, ihre Ängste zu sehen; durchfurchte Gesichter, von den Stürmen eines halben Jahrhunderts verwittert, wurden aschfahl beim Anblick eines so harmlosen Wesens wie ich es bin; der eine oder andere begrüßte mich mit Zittern in der Stimme, die früher durchs Sprachrohr laut genug gebrüllt hatte, um selbst Boreas zum Verstummen zu bringen. Sie wußten es wohl, diese vortrefflichen alten Herrschaften, daß es für einige von ihnen angesichts ihrer völligen Unfähigkeit an der Zeit war, jüngeren Leuten das Feld zu räumen, rechtgläubigen Politikern und tüchtigeren Staatsdienern. Ich wußte es auch, konnte es aber nie übers Herz bringen, danach zu handeln. So krochen sie während meiner Amtszeit weiter im Hafengelände herum und schlichen über die Stufen des Zollhauses, eine verdiente Schande für mich selbst und vor allem eine Last für mein Beamtengewissen. Viel Zeit verbrachten sie auch schlafend in ihren angestammten Winkeln, die Stühle gegen die Wand gelehnt; und wenn sie ein- oder zweimal im Laufe des Vormittags aufwachten, langweilten sie einander zum vieltausendsten Mal mit alten Seegeschichten und verstaubten Witzen, die zu ihren Losungen geworden waren.

Schon bald, glaube ich, entdeckten sie, daß der neue Inspektor ziemlich ungefährlich war. Und erleichtert, mit dem schönen Bewußtsein, weiter nützlich zu sein – sich selbst wenig-

stens, wenn auch nicht unserem lieben Vaterland –, gingen die guten alten Herren wieder ihren verschiedenen Pflichten nach. Forschend spähten sie durch ihre Brillengläser in die Schiffsladeräume. Sie schlugen schrecklichen Lärm um kleine Vergehen, größere aber übersahen sie oft mit bewundernswürdiger Blindheit. War das Unglück geschehen und eine Ladung kostbaren Gutes an Land geschmuggelt worden – um die Mittagszeit etwa und unmittelbar vor ihren arglosen Nasen –, so waren sie plötzlich von unübertrefflicher Wachsamkeit und Schnelligkeit und versperrten und versiegelten doppelt und dreifach jeden Zugang des pflichtvergessenen Schiffes. Statt eines Tadels für ihre anfängliche Nachlässigkeit glaubten sie, eher ein Lob verdient zu haben, eine Preisrede auf ihre vorbildliche Umsicht, nachdem das Unglück geschehen, und eine dankbare Anerkennung ihrer eifrigen Bereitschaft in dem Augenblick, da nichts mehr zu retten war.

Ich habe die Schwäche, Leute, die nicht gerade besonders unangenehm sind, gewöhnlich ganz gut leiden zu können. Ich sehe zuerst immer die guten Seiten meines Gegenübers, wenn solche da sind, und beurteile den Menschen danach. Weil die meisten dieser alten Zollbeamten gute Seiten hatten und weil die väterliche und beschützende Stellung, die ich ihnen gegenüber einnahm, freundschaftlichen Regungen zuträglich war, mochte ich sie bald alle gern. An Sommervormittagen – wenn glühende Hitze die übrige Menschheit fast verflüssigte, ihre halberstarrten Körper aber nur mild belebte – war es mir eine Freude, in der Vorhalle ihr Geplauder zu hören; in einer Reihe saßen sie da, die Stühle wie gewöhnlich gegen die Wand gelehnt, und die eingefrorenen Witze vergangener Generationen tauten auf und lösten sich unter sprudelndem Lachen von ihren Lippen. Die Heiterkeit alter Leute hat manche Ähnlichkeit mit dem Frohsinn von Kindern; der Verstand hat nichts damit zu tun, ebensowenig wie ein ausgeprägter Sinn für Humor. Bei beiden ist es ein Schimmer, der über die Oberfläche spielt und dem grünen Ast das gleiche helle Aussehen gibt wie dem grauen vermodernden Baumstumpf. Nur ist es dort wirklicher Sonnenschein, hier mehr das flimmernde Glühen in faulendem Holz.

Nun wird der Leser einsehen, daß es ein großes Unrecht wäre, all meine vortrefflichen alten Freunde als kindische Greise hinzustellen. Denn erstens waren nicht alle meine Gehilfen alt; manche standen im besten Mannesalter, besaßen Geschick und Tatkraft und paßten gar nicht in das träge und abhängige Leben, in das ein böswilliges Geschick sie verschlagen hatte. Und zudem erwies es sich manchmal, daß auch weißes Haar das Dachstroh abgeben kann, unter dem ein geordneter, wacher Geist wohnt. Aber der Mehrzahl meiner Veteranen tue ich kein Unrecht, wenn ich sie als eine Sippe verbrauchter alter Leute darstelle, die sich aus einem bewegten Leben nichts Bewahrenswertes in ihr Alter hinübergerettet hatten. Es war, als hätten sie bei jeder Ernte die goldnen Körner nützlicher Erfahrung fortgeworfen und nur die leeren Hülsen sorgsam in ihr Gedächtnis gesammelt. Sie sprachen mit weit größerer Lebhaftigkeit und Inbrunst vom Frühstück und dem gestrigen, heutigen und morgigen Mittagessen als vom Schiffbruch vor vierzig oder fünfzig Jahren und allen Wundern der Welt, die sie in jungen Jahren gesehen hatten.

Der Senior des Zollhauses – ich darf wohl sagen, nicht nur der Altmeister dieses kleinen Stabes von Beamten, sondern des ganzen achtbaren Zollbeamtenstandes der Vereinigten Staaten – war ein sehr langlebiger Zollaufseher. Man könnte ihn den rechtmäßigen Sohn des Zollwesens überhaupt nennen, der in der Wolle gefärbt oder, besser gesagt, im Purpur geboren war; denn sein Vater, ein Oberst aus der Zeit des Unabhängigkeitskrieges und ehedem oberster Zollbeamter des Hafens, hatte ihm schon früh, zu einer Zeit, an die sich nur wenige Menschen noch erinnern, ein Amt übertragen.

Dieser Zollaufseher war, als ich ihn kennenlernte, ungefähr achtzig und ein wahres Prachtexemplar von Immergrün, wie es einem so leicht kein zweites Mal im Leben begegnet. Mit seinen blühenden Wangen, der kräftigen Figur, die in einem gutsitzenden blauen Überzieher mit glänzenden Knöpfen steckte, dem schnellen, lebhaften Gang und dem frischen, gesunden Aussehen kam er mir zwar nicht gerade jugendlich vor, aber wie eine neue Erfindung der Mutter Natur, ein Wunder in Menschengestalt, dem Alter und Schwäche nichts anhaben konnten. Seine Stimme und sein Lachen, die unablässig durchs Zollhaus hallten, glichen nicht dem schwachen, zitternden Gegacker von Greisen, sondern schmetterten wie ein Hahnenschrei oder Trompetenstoß aus seinen Lungen. Wenn man ihn als bloßes Lebewesen betrachtete – und darüber hinaus bot er recht wenig Betrachtenswertes –, so staunte man über seine unverwüstliche Gesundheit und Kraft und über seine Fähigkeit, in so hohem Alter noch an allen oder fast allen Freuden Gefallen zu finden, die er früher gesucht oder erträumt hatte. Das unbeschwerte Leben im Zollhaus, mit festem Einkommen, kaum belastet von der Sorge, entlassen zu werden, hatte gewiß dazu beigetragen, daß die Zeit beinahe spurlos über ihn hinweggegangen war. Die eigentliche Ursache aber lag in der seltenen Vollkommenheit seiner animalischen Natur; das bescheidene Maß Verstand und die geringfügigen sittlichen und geistigen Zutaten verhüteten gerade noch, daß der alte Herr auf allen vieren lief. Er besaß keine Geisteskraft, keine Gefühlstiefe, keine lästigen Empfindungen; kurz, nichts als ein paar alltägliche Instinkte, die ihm zuverlässig und ausreichend an Stelle eines Herzens dienten, unterstützt von einer immer heiteren Laune, die sich unvermeidlich aus körperlichem Wohlbefinden ergab. Schon drei Frauen hatte er zu Grabe getragen; er war Vater von zwanzig Kindern, von denen die meisten in zarterem oder reiferem Alter gleichfalls zur Erde zurückgekehrt waren. Soviel Leid, könnte man denken, hätte genügen müssen, um das sonnigste Gemüt mit schwarzen Schatten zu umdüstern. Nicht so bei unserm alten Zollaufseher! Ein kurzer Seufzer genügte, um die ganze Bürde dieser trüben Erinnerungen abzuwerfen. Im nächsten Augenblick war er wie ein verspieltes Kind für jede Kurzweil zu haben, viel unbeschwerter als der junge zweite Buchhalter des Collectors, der mit seinen neunzehn Jahren weitaus der ältere und gesetztere von beiden war.

Ich beobachtete und studierte diese ehrwürdige Persönlichkeit mit lebhafterer Neugier als irgendein anderes Menschenwesen meiner Umgebung. Er war wirklich ein seltenes Wunder, so vollkommen in einer Hinsicht, so seicht, so oberflächlich und ungreifbar, so absolut nichtssagend in jeder anderen. Ich kam zu dem Schluß, er habe keine Seele, kein Herz und keinen Geist, nichts, wie gesagt, als ein paar Instinkte; und doch waren die wenigen Bestandteile seines Wesens so geschickt zusammengefügt, daß man einen Mangel gar nicht spürte; ich für mein Teil war durchaus zufrieden mit dem, was ich fand. Es mochte schwierig sein – und das war es in der Tat –, sich vorzustellen, wie er nach dem Tode weiterleben sollte; so erdgebunden und sinnenfreudig schien er. Aber sicherlich war ihm sein Dasein hier, sollte es auch mit dem letzten Atemzug aufhören, nicht ohne Wohlwollen verliehen worden. Er kannte keine höhere moralische Verpflichtung als die Tiere auf dem Felde und hatte doch mehr Möglichkeiten als sie, sich zu vergnügen; und wie sie lebte er selig dahin, unangefochten von Trübsinn und Dunkel des Alters.

Was er seinen vierfüßigen Brüdern voraus hatte, war die Fähigkeit, sich an gute Mahlzeiten zu erinnern, die einen nicht geringen Teil seines Lebensglückes ausgemacht hatten. Sein Feinschmeckertum war eine sehr liebenswerte Eigenschaft; ihn von genossenem Braten reden zu hören, war appetitanregend wie eine saure Gurke oder eine Auster. Da er nun einmal keine edleren Eigenschaften besaß und keine geistigen Gaben opferte oder vernachlässigte, indem er alle Tatkraft und Findigkeit zu Nutz und Frommen seines Magens aufwandte, hörte ich stets mit Freude und Genugtuung zu, wenn er sich über Fisch, Geflügel und Fleisch und ihre passendste Zubereitung verbreitete. Die Reminiszenzen erlesener Speisen – wie weit auch das wirkliche Festmahl zurückliegen mochte – schienen einem tatsächlich den Duft von Schweine- oder Putenbraten vor die Nase zu bringen. Mancher Wohlgeschmack lag ihm auf der Zunge, der nun schon an die sechzig oder siebzig Jahre dort fortdauerte und anscheinend noch so frisch war wie die Erinnerung an das Hammelkotelett, das er soeben zum Frühstück verzehrt hatte. Ich habe gehört, wie er schmatzend Diners genoß, deren Gäste bis auf ihn selbst längst ein Fraß der Würmer waren. Es war wunderbar, wie die Geister vergangener Mahlzeiten immer wieder vor ihm aufstiegen, nicht zürnend oder strafend, sondern als seien sie dankbar für seine einstige Anerkennung und bestrebt, die Genüsse endlos zu wiederholen; eine lange Reihe zugleich wesenloser und schmeckbarer Freuden. Rindslendenbraten, Kalbskeule, Schweinerippchen, ein ungewöhnlich zartes Hähnchen oder ein besonders preiswürdiger Truthahn, der seine Tafel vielleicht schon in den Tagen des älteren Adams geschmückt hatte – all das haftete in seiner Erinnerung, während alle neueren Errungenschaften unseres Volkes und alle lichten und dunklen Ereignisse seines eigenen Lebens spurlos wie ein Windhauch über ihn hinweggegangen waren. Der traurigste Vorfall im Leben des alten Mannes war, so weit ich das beurteilen konnte, sein Unglück mit einer gewissen Gans, die vor etwa zwanzig oder vierzig Jahren lebte und starb. Es war eine Gans von so vielversprechendem Äußeren; aber als sie auf den Tisch kam, erwies sie sich als so hartnäckig zäh, daß das Vorlegemesser auch nicht eine Spur auf ihrem Leichnam zurückließ, und schließlich mußte sie mit Axt und Säge zerlegt werden.

Doch es wird Zeit, diese Skizze abzubrechen, wenn ich auch gerne noch viel länger dabei verweilen würde; denn von allen Leuten, die ich je kennenlernte, war niemand so geeignet zum Zollbeamten wie dieser Mann. Den meisten Menschen – ich kann hier nicht näher auf die Gründe eingehen – schadet diese besondere Lebensweise. Dem alten Zollaufseher keineswegs; und wenn er bis ans Ende aller Tage im Amt verweilen sollte, er würde bleiben wie bisher und sich mit immer gleichem Appetit zu Tisch setzen.

Da ist noch eine Gestalt, die in der Galerie meiner Zollhausporträts nicht fehlen darf; aber ich kann sie nur in groben Umrissen skizzieren, da ich wenig Gelegenheit hatte, sie eingehend zu beobachten. Es ist der Collector, unser tapferer alter General, der nach einer glänzenden militärischen Laufbahn und anschließenden Verwaltungsdiensten im wilden Westen vor zwanzig Jahren hergekommen war, um hier den Abend eines abwechslungsreichen und ehrenvollen Lebens zu verbringen. Der wackere Krieger war wohl an die siebzig und schleppte auf der letzten irdischen Wegstrecke Gebrechen mit sich, die sich selbst durch die kriegerische Musik seiner belebenden Erinnerungen nicht erleichtern ließen. Der Fuß, der früher der erste im Angriff gewesen, war jetzt gelähmt. Nur mit Hilfe eines Dieners konnte er, die Hand schwer auf das eiserne Geländer gestützt, langsam und mühselig die Stufen zum Zollhaus hinaufsteigen, mit Anstrengung den Flur überqueren und seinen angestammten Platz am Kamin erreichen. Dort saß er oft und blickte mit gedämpfter Heiterkeit auf die Gestalten die da kamen und gingen. Das Rascheln von Papier um ihn, die Flüche, die Geschäftsgespräche und der gelegentliche Büroschwatz – alle diese Geräusche und Vorgänge schienen nur undeutlich in seine Sinne zu dringen und kaum in die Welt seiner inneren Betrachtungen zu gelangen. In diesem Halbschlaf sah er mild und freundlich aus. Wenn man ihn ansprach, so glänzten Höflichkeit und Interesse in seinen Zügen auf; ein

Zeichen, daß noch Licht in ihm brannte und daß nur die trüben Scheiben der geistigen Lampe die Strahlen nicht hindurchließen. Je tiefer man in den Kern seines Wesens eindrang, um so gesünder erschien er. Wenn er nicht mehr zu reden oder zuzuhören brauchte – beides Verrichtungen, die ihm offensichtlich Mühe machten –, so senkte sich wieder gelassene Ruhe über sein Gesicht. Dieser Ausdruck hatte nichts Schmerzliches für den Betrachter, denn bei aller Mattigkeit lag doch nicht die Geistesschwäche des verfallenden Alters darin. Seine einst starke und kräftige Natur war noch nicht in sich zusammengefallen.

Allerdings war es ebensoschwer, unter solch ungünstigen Voraussetzungen seinen Charakter zu beobachten und zu erkennen, wie eine alte Festung, etwa Ticonderoga, von der man nur noch graue Trümmer sieht, im Geiste zu ergänzen und neu aufzurichten. Hier und da sind vielleicht die Mauern noch fast erhalten; aber anderswo mag nur noch ein formloser Erdwall stehen, schwerfällig vor lauter Stärke, während langer Friedensjahre vernachlässigt und von Gras und allerlei Unkraut überwuchert.

Dennoch konnte ich, indem ich den alten Krieger mit Zuneigung betrachtete – obwohl die Verbindung zwischen uns locker war, darf ich mein Gefühl für ihn, das ich mit allen Zwei- und Vierfüßlern teilte, doch mit Recht so nennen –, dennoch konnte ich die Hauptwesenszüge dieses Mannes erkennen. Bezeichnend waren die edlen, männlichen Eigenschaften, die bewiesen, daß er nicht durch bloßen Zufall, sondern mit gutem Recht Berühmtheit erlangt hatte. Wohl niemals, glaube ich, hatte man eine unruhige Geschäftigkeit an ihm gekannt; immer muß ein Anstoß nötig gewesen sein, um ihn in Bewegung zu setzen. Aber war er erst einmal aufgerüttelt, hatte er ein lohnendes Ziel vor sich und Hindernisse zu überwinden, so war er nicht der Mann, der nachgab oder versagte. Das Feuer, das früher in seinem Innern gebrannt hatte und auch jetzt noch nicht erloschen war, war nie zur hellen Flamme aufgelodert, sondern eher ein tiefrotes Glühen gewesen, wie von flüssigem Eisen in einem Schmelzofen. Ansehen, Zuverlässigkeit, Entschlossenheit – diese Eigenschaften drückten sich in seiner Haltung aus, trotz der Altersschwäche, die ihn zu der Zeit, von der ich rede, so verfrüht beschlichen hatte. Aber selbst jetzt noch konnte ich mir vorstellen, daß es nur einer Erregung bedurft hätte, die tief in sein Bewußtsein drang – eines lauten Trompetenstoßes, der alle schlummernden, aber noch nicht toten Kräfte weckte –, und er wäre imstande gewesen, all seine Gebrechen wie ein Krankenhemd abzuwerfen, den Stab des Alters fallenzulassen, um das Schwert zu ergreifen und noch einmal als Krieger aufzustehen. Selbst in einem so hochgespannten Augenblick hätte er seine Ruhe bewahrt. Dieses Schauspiel aber ließ sich nur im Geist erleben; es war weder zu erwarten noch zu wünschen. Die Züge, die ich bei ihm wahrnahm – deutlich wie die unzerstörbaren Wälle der alten Ticonderoga, die ich als passendsten Vergleich bereits anführte –, waren eine hartnäckige, schwerfällige Ausdauer, die in seinen jüngeren Jahren wohl leicht bis zur Halsstarrigkeit gehen konnte; Rechtschaffenheit, die wie fast alle seine Eigenschaften von gediegener Schwere war, ungefügig und unverrückbar wie eine Tonne Eisenerz; und schließlich Güte, die, so wild er auch seine Soldaten bei Chippawa oder Fort Erie zum Kampf geführt hatte, gewiß von ebenso echter Prägung war wie die Regungen all der theoretischen Philanthropen unseres Zeitalters. Soviel ich weiß, hatte er mit eigener Hand Menschen totgeschlagen; beim Sturmangriff, dem sein Geist sieghafte Stärke gab, mochten sie wie Grashalme unter der Sense gefallen sein – aber wie dem auch sei, niemals hätte er die Grausamkeit besessen, den feinen Staub vom Flügel eines Schmetterlings zu streifen. Ich habe nie einen Menschen von so tiefer Güte gefunden, einen Menschen, zu dem ich größeres Vertrauen gehabt hätte.

Viele Züge – auch recht wesentliche, die das Bild erst vollständig machen würden – hatten sich verwischt oder waren verschwunden, ehe ich dem General begegnete. Das schmückende Beiwerk ist gewöhnlich am flüchtigsten; und die Natur, die wohl Goldlack auf den Trümmern der Festung Ticonderoga aussät, pflegt ein Menschenwrack nicht mit Blüten neuer Schönheit zu zieren, die in den Spalten und Ritzen des Verfalls wurzeln und Nahrung finden. Dennoch gab es sogar, was Anmut und Schönheit betrifft, einiges Berichtenswertes. So stahl sich ab und zu ein Strahl Fröhlichkeit durch die dichte trübende Hülle und spielte freundlich über unsere Gesichter. Ein Zug natürlicher Anmut, wie man sie im männlichen Charakter nach der Kindheit und frühen Jugend selten findet, zeigte sich in der Freude, die der General an Blumen und ihrem Duft hatte. Man sollte annehmen, ein alter Soldat schätze nur den blutigen Lorbeer an seiner Stirn; aber hier war einer, der die Blumenwelt wie ein junges Mädchen zu lieben schien.
Dort neben dem Kamin pflegte der tapfere alte General zu sitzen, während der Inspektor – der sich zwar nur selten, soweit es sich umgehen ließ, in die schwierige Aufgabe einließ, ein Gespräch mit ihm anzuknüpfen – gern in einiger Entfernung dabeistand und seine ruhige, fast schläfrige Miene betrachtete. Er schien weit weg zu sein, wenn wir ihn auch nur wenige Ellen vor uns sahen; entrückt, obwohl wir dicht an seinem Platz vorbeigingen; unerreichbar, obwohl wir nur die Hände auszustrecken brauchten, um ihn zu berühren. Vielleicht führte er in der Welt seiner Gedanken ein wirklicheres Leben als in der unangemessenen Umgebung des Zollamtes. Parademärsche, Schlachtgetümmel, Fanfarenklänge alter Militärmusik, die er vor dreißig Jahren gehört hatte – solche Bilder und Töne zogen vielleicht an seinem inneren Sinn vorüber. Unterdessen kamen und gingen die Kaufleute und Schiffsherren, die geschniegelten Kontoristen und ungehobelten Seeleute; die Geschäftigkeit

dieser Zoll- und Handelswelt umwogte ihn unablässig; aber der General schien weder mit den Menschen noch mit ihren Geschäften das geringste zu tun zu haben.
Er gehörte nicht hierher, so wenig wie ein altes, verrostetes Schwert, das einst auf dem Schlachtfeld geblinkt hatte und noch immer einen glänzenden Streifen längs der Schneide erkennen ließ, auf das Schreibpult des stellvertretenden Collectors zwischen Tintenfässer, Aktendeckel und Mahagonilineale gehört hätte.
Ein Umstand half mir besonders, den standhaften Krieger der Niagarafront, diesen aufrechten und tatkräftigen Mann, neu erstehen zu lassen. Es war die Erinnerung an seine denkwürdigen Worte vor einem hoffnungslosen, tollkühnen Unternehmen: »Ich will's versuchen, Herr!« – Worte, aus denen die ganze Kühnheit des neuenglischen Geistes spricht, der alle Gefahren erkennt und allen entgegentritt. Wenn in unserem Lande Tapferkeit durch heraldische Ehrenzeichen gelohnt würde, so wäre dieses Wort, das scheinbar so leicht fällt, das aber nur er vor einer so gefahrvollen Aufgabe sprechen konnte, die schönste und passendste Devise für das Wappenschild des Generals.
Es bekommt der seelischen und geistigen Gesundheit eines Menschen glänzend, wenn er Umgang mit Leuten hat, die anders sind als er selbst, die sein Streben und Trachten geringschätzen und deren Lebenskreis und Fähigkeiten er nur anerkennen kann, indem er ganz von sich selbst absieht. Das Leben hat mir oft diesen Vorteil gewährt, aber nie reicher und vielseitiger als während meiner Dienstzeit im Zollhaus. Da war besonders ein Mann, dessen Charakter ich studierte und der mir einen ganz neuen Wertmaßstab gab. Er war der geborene Geschäftsmann, beweglich, scharfsinnig und nüchtern; er besaß ein Auge, das jede Verwicklung durchschaute, und die Gabe, alle Schwierigkeiten wie durch Zauberhand verschwinden zu lassen. Von Kindheit an im Zollamt zu Hause, sah er hier sein angestammtes Wirkungs-

feld; und die vielen Kniffligkeiten des Geschäftslebens, die den Uneingeweihten zur Verzweiflung bringen, hatten für ihn die Regelmäßigkeit eines wohlgeordneten Systems. Ich sah in ihm den idealen Vertreter seines Standes. Er verkörperte geradezu das Zollhaus oder war jedenfalls die Haupttriebfeder, die die verschiedenen Rädchen in Bewegung hielt; denn in einer Behörde wie dieser, wo Beamte eingesetzt werden, die ihrem eigenen Vorteil und Behagen leben, oft ohne im geringsten für ihre Pflichten geeignet zu sein, müssen diese Leute notgedrungen anderswo die Gewandtheit suchen, die sie selbst nicht besitzen. So zog unser Geschäftsmann, wie ein Magnet Eisenspäne anzieht, unfehlbar alle auftauchenden Schwierigkeiten in sein Kraftfeld. Mit leichter Herablassung und freundlicher Nachsicht mit unserer Dummheit – die in seinen Augen fast einem Verbrechen gleichkommen mußte – machte er das Undurchsichtige sogleich klar wie Tageslicht, indem er nur mit dem Finger daran rührte. Die Kaufleute achteten ihn nicht weniger als wir, seine vertrauten Freunde. Seine Korrektheit war vorbildlich; sie war bei ihm eher ein Naturgesetz als Vorsatz oder Prinzip; und zudem konnte es für einen so außergewöhnlich klaren und sorgfältigen Geist gar keine andere Grundbedingung geben als peinliche Genauigkeit in allen Geschäftsdingen. Ein Fleck auf seinem Gewissen, irgendeine Vernachlässigung in seinem Arbeitsbereich würde solch einen Menschen ebenso, ja noch viel heftiger schmerzen als ein Fehler in einer Bilanz oder ein Tintenklecks auf der neuen Seite eines Kassenbuches. Kurz, hier war ich – ein seltenes Ereignis in meinem Leben – einem Menschen begegnet, der wie geschaffen war für die Stellung, die er innehatte.
Das also waren die Leute, mit denen ich mich jetzt verbunden sah. Ich legte es mir als göttliche Fügung aus, daß ich auf einem Posten gelandet war, der meinen früheren Gewohnheiten so gar nicht entsprach, und gab mir alle Mühe, möglichst viel Nutzen daraus zu ziehen. Nach der Gemein-

schaft mit den verträumten Brüdern von Brook Farm mit Plackerei und undurchführbaren Plänen; nachdem ich drei Jahre lang unter dem Einfluß eines so hochentwickelten Geistes wie Emerson gestanden; nach dem wilden freien Leben mit Ellery Channing am Assabeth, wo wir uns Feuer aus abgefallenen Ästen machten und uns in den wunderlichsten Betrachtungen ergingen; nachdem ich mich mit Thoreau in seiner Einsiedelei von Walden über Fichtenbäume und indianische Überreste unterhalten; nachdem mich die Bekanntschaft mit der klassischen Bildung Hillards wählerisch gemacht; nachdem ich mich an Longfellows Herd mit Poesie und Gefühl durchtränkt hatte – nach alledem war es schließlich an der Zeit, daß ich andere Fähigkeiten in mir entwickelte und mich mit Speisen nährte, auf die ich bisher wenig Appetit gehabt hatte. Sogar der alte Zollaufseher war einem Mann, der Alcott gekannt hatte, eine angenehme Abwechslung in der Kost. Daß ich, der ich auf solchen Umgang zurückblicken durfte, mich auf einmal unter völlig andersgeartete Menschen mischen konnte, ohne mich über die Veränderung zu beklagen, das galt mir gewissermaßen als Zeugnis einer wohlausgewogenen und vielseitigen Natur, der keine wesentlichen Bestandteile abgingen.

Die Literatur mit all ihren Äußerungen und Gegenständen spielte jetzt kaum eine Rolle in meinem Leben. Ich machte mir zu dieser Zeit nichts aus Büchern; sie gingen mich nichts an. Die Natur – abgesehen von der menschlichen –, die Natur, die sich in Erde und Himmel offenbart, war mir gewissermaßen verborgen, und die beglückende Phantasie, mit der ich sie früher beseelt hatte, war von mir gewichen. Eine Gabe, eine Kraft ruhte, wenn sie mich nicht verlassen hatte, ungenutzt und leblos in mir. Das alles wäre beklagenswert und unsagbar traurig gewesen, wenn ich nicht gewußt hätte, daß ich ja jederzeit aus der Vergangenheit zurückrufen konnte, was mir teuer war. Aber vielleicht war dies wirklich ein Leben, das man auf die Dauer nicht ungestraft führen kann; es machte womöglich für immer einen anderen Menschen aus mir, ohne mir eine Gestalt zu geben, um die sich die Verwandlung gelohnt hätte. Doch ich habe das Leben hier stets nur als Übergang betrachtet. Immer sagte mir eine Ahnung, ein leises Flüstern im Ohr, daß in kurzer Zeit, und sobald eine andere Lebensweise mir zum Guten gereichen würde, eine Veränderung eintreten werde.

Indessen war ich also Zollinspektor, und soweit ich das beurteilen konnte, machte ich meine Sache leidlich gut. Ein Mann mit Geist, Phantasie und Gemüt – hat er auch zehnmal soviel von diesen Vorzügen wie der Inspektor – kann jederzeit einen Geschäftsmann abgeben, wenn er sich nur die Mühe machen will. Meine Amtsbrüder und die Kaufleute und Schiffskapitäne, mit denen mich meine Berufspflichten ständig in Berührung brachten, sahen mich nur in diesem Licht und kannten mich wahrscheinlich von gar keiner anderen Seite. Keiner von ihnen, nehme ich an, hat je eine Seite meiner Werke gelesen; und selbst wenn er sie alle gelesen hätte, wäre ich keine Spur in seiner Achtung gestiegen, noch hätte es die Sache im geringsten verbessert, wenn all diese unnützen Seiten aus einer Feder wie Chaucers oder Burns' geflossen wären, die ja zu ihrer Zeit auch Zollbeamte waren, so gut wie ich. Für einen Menschen, der von Dichterruhm träumte und der dadurch einen Platz unter den Würdenträgern der Welt zu erlangen hoffte, ist es eine gute Lehre – wenn auch oft eine sehr harte –, einmal aus dem engen Bereich, wo man seine Forderungen anerkannt hat, herauszutreten und zu bemerken, wie wenig all seine Leistungen und Pläne draußen gelten. Ich weiß nicht, ob ich diese Lehre besonders nötig hatte, sei es als Warnung oder als Tadel; aber auf jeden Fall nahm ich sie mir gründlich zu Herzen, und wie ich mich mit Vergnügen erinnere, empfand ich, als ich die Wahrheit erkannte, nicht einmal einen Schmerz oder das Bedürfnis, sie mit einem Seufzer von mir zu stoßen. Was literarische Unterhaltung angeht, so pflegte mich allerdings der Naval Officer – ein prächtiger Kerl, der mit mir zusammen sein Amt antrat und es bald nach mir niederlegte – manchmal in ein Gespräch über eins seiner Lieblingsthemen, Napoleon oder Shakespeare, zu verwickeln. Auch der zweite Buchhalter des Collectors – ein junger Mann, der, wie man munkelte, gelegentlich ein Blatt von Onkel Sams Kanzleipapier mit Zeilen bedeckte, die, aus der Entfernung von einigen Ellen, ganz wie Poesie aussahen –, auch dieser Buchhalter sprach mit mir hin und wieder von Büchern, als vermute er, ich sei mit solchen Dingen vertraut. Das war mein ganzer literarischer Umgang und für meine Bedürfnisse völlig ausreichend.

Es war mir unwichtig und gleichgültig geworden, ob mein Name auf Titelblättern verherrlicht wurde; und ich lächelte, wenn ich daran dachte, wie er nun auf ganz andere Art in Umlauf kam. Ein Angestellter des Zollamts tuschte ihn mit Schablone und schwarzer Farbe auf Pfeffersäcke und Anattokörbe, auf Zigarrenkisten und die verschiedensten Ballen zollpflichtiger Waren, zum Zeichen, daß das Handelsgut verzollt war und die Behörde ordnungsgemäß passiert hatte. Auf solch wunderlichen Vehikeln des Ruhmes wurde die Kunde von meinem Dasein, soweit ein Name sie überbringen kann, in Gegenden getragen, wo sie vorher noch nie hingedrungen war und hoffentlich auch nicht wieder hindringt.

Aber die Vergangenheit war nicht tot. Von Zeit zu Zeit lebten die Gedanken wieder auf, die einst so tätig und wirksam erschienen und dann ganz ruhig geworden waren. Eine dieser denkwürdigen Gelegenheiten, da die einstige Neigung erwachte, gibt mir nach den literarischen Spielregeln überhaupt erst die Berechtigung, mit der Skizze, die ich jetzt schreibe, vors Publikum zu treten.

Im zweiten Stockwerk des Zollhauses befindet sich ein großer Raum, in dem das Mauerwerk und die nackten Dachbalken nie mit Täfelung und Putz überdeckt worden sind.

In dem Gebäude ist viel mehr Platz, als seine Insassen gebrauchen können; denn ursprünglich war es, wie es dem alten Unternehmungsgeist des Hafens entsprach, in großem Maßstab angelegt worden mit der Hoffnung auf künftigen Wohlstand, die sich nie verwirklichen sollte. Dieser luftige Saal über den Zimmern des Collectors ist daher bis heute noch nicht fertig geworden und scheint trotz der Spinnweben, die die dunklen Balken mit Girlanden schmücken, noch immer auf die Arbeit von Zimmermann und Maurer zu warten. An einem Ende des Raumes, in einer Nische, waren eine Anzahl Fässer aufeinandergetürmt, in denen Aktenstücke gebündelt aufbewahrt wurden. Große Mengen ähnlichen Plunders häuften sich auf dem Fußboden. Es war traurig, daran zu denken, wie viele Tage und Wochen, Monate und Jahre der Arbeit man an diese dumpfigen Papiere verschwendet hatte, die jetzt, nur noch eine Last auf Erden, in dem vergessenen Winkel abgestellt waren, um nie wieder vor menschliche Augen zu kommen. Aber wie viele Packen anderer Manuskripte – nicht mit stumpfsinnigem Aktenkram angefüllt, sondern mit den Gedanken erfindungsreicher Geister und den Ergüssen gefühlvoller Herzen –, wie viele solcher Schriften gerieten nicht gleichfalls in Vergessenheit, noch dazu, ohne je einen Zweck zu erfüllen, wie diese aufgestapelten Papiere hier, und – was am traurigsten ist – ohne ihren Verfassern das behagliche Leben zu ermöglichen, das den Angestellten des Zollamts dieses unnütze Gekritzel eingetragen hatte! Aber vielleicht ist es nicht ganz unnütz als Quelle für die Stadtgeschichte. Hier ließen sich bestimmt Aufzeichnungen über das frühere Handelsleben Salems entdecken und Erinnerungen an seine großen Kaufleute – den alten Ding Derby, Billy Gray, Simon Forrester und manch andren Magnaten alter Zeit, dessen gepudertes Haupt jedoch kaum im Grabe lag, als sein aufgehäuftes Gut schon zu schwinden begann. Die Entwicklung vieler Familien, die jetzt die Aristokratie Salems ausmachen, mußte sich hier aufspüren lassen, von den ersten verborgenen Anfängen ihres Handels lange nach dem Unabhängigkeitskrieg bis zu dem, was ihre Nachkommen jetzt für festbegründetes Ansehen halten.

Aus den Zeiten vor dem Unabhängigkeitskrieg finden sich wenig Zeugnisse; denn wahrscheinlich sind die älteren Aufzeichnungen und Urkunden des Zollamts nach Halifax gebracht worden, als die königlichen Beamten mit der britischen Armee aus Boston flohen. Ich habe das oft bedauert, denn diese Schriftstücke, die vielleicht bis in die Zeit des Protektorats zurückreichten, müssen viele Aufschlüsse über vergessene oder bekannte Männer und alte Bräuche enthalten haben, die mir das gleiche Vergnügen bereitet hätten wie die indianischen Pfeilspitzen, die ich auf dem Feld in der Nähe des alten Pfarrhauses auszugraben pflegte.

Aber einmal, an einem langweiligen Regentag, hatte ich das Glück, eine ziemlich bedeutungsvolle Entdeckung zu machen. Während ich in dem aufgehäuften Plunder in der Ecke herumstöberte, hin und wieder ein Schriftstück auseinanderfaltete und die Namen von Schiffen las, die vor langer Zeit auf dem Meere untergegangen oder im Hafen verrottet waren, und die Namen von Kaufleuten, die jetzt nicht mehr an der Börse gelten und kaum auf den bemoosten Grabsteinen zu entziffern sind – während ich diese Dinge mit der traurigen, müden, halb widerstrebenden Aufmerksamkeit betrachtete, die man einem Toten widmet, und meine eingerostete Phantasie anstrengte, um aus diesen morschen Gebeinen ein lichtes Bild der alten Stadt aufsteigen zu lassen, aus der Zeit, da Indien noch Neuland war und nur Salem den Weg dorthin wußte –, während dieser Betrachtungen fiel mir ein kleines Päckchen in die Hände, das sorgfältig in ein Stück alten vergilbten Pergamentes gewickelt war. Diese Umhüllung war allem Anschein nach eine Urkunde aus längst vergangener Zeit, als die Schreiber ihre steifen, regelmäßigen Schriftzüge noch auf dauerhafteres Material malten als heutzutage. Irgend etwas an der Sache fesselte meine Neugier; und mit dem Gefühl, daß hier ein Schatz ans Licht kommen müsse, löste ich das verblichene rote Band, das den Packen zusammenhielt. Als ich die steifen Falten der Pergamentumhüllung auseinanderbog, erwies sie sich als eine Urkunde mit Namenszug und Siegel des Gouverneurs Shirley, die einen gewissen Jonathan Pue zum königlichen Zollinspektor für den Salemer Hafen im Bezirk Massachusetts Bay ernannte. Ich erinnerte mich – wahrscheinlich aus Felts Annalen – an eine kurze Notiz über den Zollinspektor Mr. Pue und seinen Tod vor etwa achtzig Jahren; und zugleich fiel mir ein Zeitungsblatt jüngeren Datums ein, welches berichtete, man habe auf dem kleinen Friedhof der St. Peterskirche bei der Erneuerung dieses Baus seine Gebeine ausgegraben. Nichts, wenn ich mich recht erinnere, war von meinem verehrten Vorgänger übriggeblieben als ein unvollständiges Gerippe, ein paar Kleidungsfetzen und eine majestätische Lockenperücke, die im Gegensatz zu dem Kopf, den sie einst zierte, erstaunlich gut erhalten war. Aber als ich jetzt die Papiere untersuchte, die in das Pergament eingehüllt waren, fand ich mehr Spuren von Mr. Pues Innenleben und der verborgenen Tätigkeit seines Geistes, als sich unter der gelockten Perücke von dem ehrwürdigen Schädel selbst erhalten hatte.

Kurz, es waren Schriftstücke nicht amtlichen, sondern persönlichen Inhalts, oder wenigstens hatte er sie in seiner Eigenschaft als Privatmann und offensichtlich mit eigener Hand geschrieben. Daß sie unter den alten Plunder des Zollamts geraten waren, konnte ich mir nur durch Mr. Pues plötzlichen Tod erklären; entweder waren diese Papiere, die er wahrscheinlich in seinem Amtspult aufbewahrt hatte, seinen Erben nie zu Gesicht gekommen oder für geschäftliche Aufzeichnungen gehalten worden. Bei der Verlegung des Archivs nach Halifax war der Packen, da er nicht von allgemeinem Interesse war, zurückgelassen worden und seitdem uneröffnet geblieben.

Der alte Zollinspektor – der in jenen frühen Tagen wahrscheinlich kaum von Berufspflichten geplagt wurde – scheint manche seiner vielen Mußestunden mit stadtgeschichtlichen Forschungen und ähnlichen Untersuchungen zugebracht zu haben. So fand sein Geist, der sonst eingerostet wäre, ein kleines Betätigungsfeld. Übrigens hat mir ein Teil seiner Aufzeichnungen bei meiner Skizze »Main Street« gute Dienste geleistet. Die übrigen sollen vielleicht später einmal zu ebenso edlen Zwecken genutzt oder möglicherweise zu einer regelrechten Geschichte Salems ausgearbeitet werden, falls meine Verehrung für den heimatlichen Boden mich je zu einem solchen Liebeswerk drängen sollte. Solange sollen sie jedem zur Verfügung stehen, der Lust und das Zeug dazu hat, mir die zeitraubende Arbeit abzunehmen. Bei meinem Tod gedenke ich sie der Essex Historical Society zur Verfügung zu stellen.
Doch was in dem geheimnisvollen Paket meine Aufmerksamkeit am meisten fesselte, war ein gewisses abgetragenes und verblichenes Etwas aus feinem rotem Tuch. Es zeigte noch Spuren von Goldstickerei, jedoch so ausgefasert und unansehnlich, daß fast gar nichts mehr von dem früheren Glanz übrig war. Wie sich leicht erkennen ließ, war die Arbeit mit bewundernswertem Geschick ausgeführt; und der Stich – wie mir Damen versicherten, die mit solchen Geheimnissen vertraut sind – zeugte von einer jetzt vergessenen Kunst, der sich nicht mehr auf die Spur kommen läßt, selbst dann nicht, wenn man die Fäden einzeln herauszieht. Der Fetzen roten Tuches – denn der Zahn der Zeit und eine ruchlose Motte hatten kaum mehr als einen Fetzen übriggelassen – verriet bei sorgfältiger Betrachtung die Form eines Buchstabens. Es war das große A. Eine genaue Messung ergab, daß jeder Schenkel aufs Haar dreiviertel Zoll lang war. Zweifellos sollte das Ganze einmal einen Schmuckgegenstand vorstellen; aber wie man so etwas trug oder welche Stellung, Ehre und Würde einst damit bezeichnet wurde,

das war mir ein Rätsel, und ich hatte – so flüchtig sind die Gebräuche der Welt in diesen Einzelheiten – wenig Hoffnung, es je zu lösen. Und doch übte es einen sonderbaren Reiz auf mich aus. Meine Blicke hefteten sich auf den alten roten Buchstaben und wollten ihn nicht loslassen. Sicherlich lag irgendein tiefer Sinn darin verborgen, der wohl einer Deutung wert gewesen wäre und der gleichsam dem geheimnisvollen Zeichen entströmte und sich meinen Empfindungen mitteilte, aber der Zergliederung durch den Verstand entging.

Während ich verwirrt dastand und unter anderen Vermutungen erwog, ob der Buchstabe nicht vielleicht eins jener Ehrenzeichen sein könne, wie die weißen Männer sie zu ersinnen pflegten, um die Indianer damit einzuschüchtern – hielt ich mir das Zeichen unwillkürlich an die Brust. Da kam es mir vor – der Leser mag lächeln, aber er soll nicht an meinen Worten zweifeln –, es kam mir so vor, als spürte ich eine brennende Hitze, die fast körperlich schmerzte; als sei der Buchstabe nicht von rotem Tuch, sondern von rotglühendem Eisen. Ich schauderte und ließ ihn unwillkürlich zu Boden fallen.

In die Betrachtung des roten Zeichens vertieft, hatte ich bisher versäumt, die kleine Rolle schmutzigen Papiers zu untersuchen, um die es gewickelt war. Diese entrollte ich jetzt und fand zu meiner Genugtuung eine ziemlich ausführliche Erklärung der ganzen Angelegenheit aus der Feder des alten Zollinspektors. Es waren ein paar Bogen Kanzleipapier, auf denen viele Einzelheiten aus dem Leben und Wirken einer gewissen Hester Prynne aufgezeichnet waren, die in den Augen unserer Vorfahren eine recht beachtenswerte Persönlichkeit gewesen sein muß. Die Zeit ihres Wirkens lag zwischen den Anfängen von Massachusetts und dem Ende des siebzehnten Jahrhunderts. Alte Leute, die zur Zeit des Zollinspektors Mr. Pue noch am Leben waren und nach deren mündlichen Aussagen er diesen Bericht zusammenge-

stellt hatte, kannten in ihrer Jugend Hester Prynne als eine sehr alte, aber ungebrochene Frau von stattlichem, würdevollem Äußeren. Seit fast undenklichen Zeiten hatte sie die Gewohnheit, als freiwillige Schwester im Land umherzuwandern, Gutes zu tun, wo sie nur konnte, und in allen Nöten, besonders in Herzensdingen, Rat zu erteilen. So wurde sie, was bei einem Menschen mit solchen Neigungen nur zu erwarten ist, von vielen wie ein Engel verehrt; andere aber, möchte ich meinen, sahen in ihr einen Eindringling und eine Plage. Als ich das Manuskript weiter durchforschte, fand ich noch andere Aufzeichnungen über das Tun und Leiden dieser ungewöhnlichen Frau; doch hier möchte ich den Leser auf die Geschichte »Der scharlachrote Buchstabe« verweisen. Möge er nicht vergessen, daß der Tatbestand dieser Erzählung durch die Aufzeichnungen des Inspektors Mr. Pue als Wahrheit beglaubigt ist. Das Originalschriftstück und der rote Buchstabe selbst – eine höchst merkwürdige Reliquie – sind noch in meinem Besitz und sollen gern jedem gezeigt werden, der unter dem Eindruck der Lektüre den Wunsch danach verspüren sollte. Meine Behauptung ist jedoch nicht etwa so zu verstehen, daß ich mich, indem ich die Erzählung ausschmückte und mir die Triebkräfte und Leidenschaften vor Augen stellte, denen die handelnden Personen unterworfen waren, dabei ausschließlich in den Grenzen eines halben Dutzends Kanzleibogen des alten Zollinspektors bewegt hätte. Im Gegenteil, ich habe mir bei solchen Einzelheiten beinahe oder genausoviel Freiheit zugestanden, als sei der ganze Tatbestand meine eigne Erfindung gewesen. An der Echtheit des Grundrisses aber ist nicht zu zweifeln.

Dieses Ereignis rief meinen Geist gewissermaßen ins alte Geleise zurück. Hier schien die Grundlage einer Erzählung zu sein. Ich war beeindruckt, als sei mir in diesem verlassenen Zimmer des Zollhauses der altehrwürdige Inspektor selbst begegnet, in der Kleidung des vorigen Jahrhunderts und die unvergängliche Perücke auf dem Kopf, die zwar mit ihm beerdigt worden, aber im Grabe nicht zugrunde gegangen war. In seiner Haltung lag die Würde eines Mannes, der im Dienst Seiner Majestät gestanden hatte und deshalb von einem Strahl der Herrlichkeit beschienen wurde, die den Thron umglänzte. Ach, welcher Gegensatz zu der jämmerlichen Miene eines republikanischen Beamten, der sich als Diener des Volkes geringer als der Geringste und niedriger als der Niedrigste fühlt. Mit seiner Geisterhand hatte mir der nur schwach zu erkennende majestätische Schatten das rote Zeichen und die erläuternde kleine Schriftrolle übergeben. Mit Geisterstimme hatte er mich ermahnt, eingedenk meiner heiligen Sohnespflichten und meiner Verehrung für ihn, der sich mit Recht mein dienstlicher Vorfahr nennen dürfe, seine von Schimmel und Wurmfraß bedrohten Nachtarbeiten vors Publikum zu bringen. »Tue also!« sagte der Geist des Zollinspektors Mr. Pue und nickte eindringlich mit dem Kopf, der unter der denkwürdigen Perücke wahrhaft imponierend aussah; »tue also, und der ganze Gewinn soll dein sein! Du wirst ihn bald brauchen; denn heutzutage ist es nicht mehr wie zu meiner Zeit, wo Ämter noch Pachten fürs ganze Leben und oft sogar vererbbar waren. Aber um eins bitte ich dich bei dieser Geschichte der alten Mrs. Prynne: laß deinem Vorgänger die Ehre zuteil werden, die ihm gebührt!« Und ich sagte zum Geist des Zollinspektors Mr. Pue: »Ich will es tun!«

Ich dachte nun viel über Hester Prynnes Geschichte nach. Sie war manche Stunde der Gegenstand meiner Betrachtungen, während ich in meinem Zimmer hin- und herging oder an die hundert Mal den langen Weg zwischen dem Hauptportal des Zollhauses und dem Seiteneingang zurücklegte. Der Unwille und Ärger des alten Zollaufsehers und der Waage- und Eichmeister war groß, wenn sie immer wieder durch meine schweren Schritte unbarmherzig aus dem Schlummer geschreckt wurden. Ihrer eignen früheren Gewohnheiten eingedenk, pflegten sie dann zu sagen, der Inspektor kreuze wieder auf dem Achterdeck auf und ab. Sie nahmen wahrscheinlich an, mein einziger Beweggrund – der einzige Grund überhaupt, aus dem sich ein normaler Mensch freiwillig in Bewegung setzen könne – sei der, Appetit aufs Mittagessen zu kriegen. Und, die Wahrheit zu gestehn, ein guter Appetit, vom Ostwind angeregt, der gewöhnlich den Flur entlangpfiff, war wirklich das einzige wertvolle Ergebnis so unermüdlicher Tätigkeit. Die Atmosphäre eines Zollhauses ist den zarten Früchten von Phantasie und Gefühl wenig zuträglich; und ich zweifle, ob die Erzählung vom »Scharlachroten Buchstaben« je vor das Auge der Öffentlichkeit gekommen wäre, wenn ich noch zehn Präsidentschaften hindurch dort ausgehalten hätte. Meine Einbildungskraft war ein blindgewordener Spiegel. Sie wollte die Gestalten, mit denen ich sie zu bevölkern suchte, nicht oder nur jammervoll undeutlich widerspiegeln. Die Figuren der Erzählung ließen sich in dem nur schwachen Feuer, das ich in meiner Geistesschmiede entfachen konnte, nicht zum Glühen bringen und nicht hämmern. Sie ließen sich weder mit dunkler Leidenschaft noch mit zartem Gefühl durchdringen, sondern blieben starr und steif wie Tote und stierten mir mit geisterhaftem Grinsen und verächtlichem Trotz ins Gesicht: »Was willst du von uns?« schien dieser Ausdruck zu sagen. »Mit dem bißchen Macht, das du vielleicht einmal im Reich des Unwirklichen besessen hast, ist es aus! Du hast es gegen einen Bettelpfennig aus der Staatskasse eingetauscht. So geh nur und empfang deinen Lohn!« Kurz, die halberstarrten Geschöpfe meiner eignen Phantasie warfen mir Geistesschwäche vor, und das nicht ganz zu Unrecht.

Nicht nur während der dreieinhalb Stunden, die Onkel Sam täglich als seinen Tribut forderte, litt ich unter dieser schrecklichen Starre. Sie lähmte mich auch bei meinen Strandspaziergängen und Ausflügen in die Umgebung und allemal, wenn ich mich aufraffte – es geschah selten und widerstrebend –, um den belebenden Zauber der Natur zu suchen, der mein Denken stets erfrischt und beflügelt hatte, sobald ich nur über die Schwelle des alten Pfarrhauses ins Freie getreten war. Die gleiche Betäubung meiner geistigen Kräfte begleitete mich heim und bedrückte mich in dem Zimmer, das ich unsinnigerweise meine Studierstube nannte. Und sie wich auch nicht, wenn ich spät abends in dem verlassenen Empfangszimmer saß, das nur vom glimmenden Kohlenfeuer und vom Mond erhellt war, und Phantasiebilder zu beschwören suchte, die, wie ich hoffte, am nächsten Tag in bunter Folge auf glänzende Bogen überfließen würden.

Wenn die Einbildungskraft in solch einer Stunde versagt, dann ist der Fall wohl hoffnungslos. Mondlicht in einem vertrauten Raum, das so weiß auf den Teppich fällt und das Muster genau erkennen läßt, das jeden Gegenstand sichtbar macht, deutlich und doch so ganz anders als am Morgen oder zur Mittagszeit – das ist die geeignete Atmosphäre für einen Romanschreiber, der seiner unwirklichen Gäste habhaft werden will. Da ist die kleine häusliche Szenerie des wohlvertrauten Zimmers: die Stühle, jeder einzelne ein Sonderstück für sich; der runde Tisch mit dem Nähkorb, ein oder zwei Büchern und der gelöschten Lampe; das Sofa, das Bücherregal, das Bild an der Wand – all diese Dinge sind deutlich zu erkennen; nur scheinen sie, von dem ungewohnten Licht vergeistigt, ihre Körperhaftigkeit zu verlieren und zu Gebilden der Phantasie zu werden. Nichts ist zu klein oder zu unbedeutend, um diese Verwandlung zu erfahren und damit an Würde zu gewinnen. Ein Kinderschuh, die Puppe in ihrem Korbwägelchen, das Schaukelpferd – kurz, alle Dinge, die am Tage zum Gebrauch und zum Spielen dienten, haben jetzt etwas Fremdes und Entrücktes, obwohl sie kaum weniger deutlich sichtbar sind als bei Tageslicht. So ist das vertraute Zimmer zu einem Zwischenreich geworden, irgendwo zwischen Wirklichkeit und Traumland, wo sich Tatsächliches und Wunderbares begegnen und einander von ihrem Wesen abgeben. Hier könnten Geister eindringen, ohne uns zu erschrecken. Und es stünde nur im Einklang mit dieser Umgebung und würde uns nicht verwundern, wenn wir plötzlich in einem Streifen des magischen Mondlichts einen geliebten Verstorbenen vor uns sitzen sähen, so ruhig und unverändert, daß wir nicht wüßten, ob er aus der Ferne zurückgekehrt ist oder seinen Platz am Kamin nie verlassen hat.

Das schwache Kohlenfeuer verstärkt noch den Eindruck, den ich beschreiben wollte. Es gibt dem ganzen Zimmer eine unaufdringliche Tönung, überzieht Wände und Decke mit einer matten Röte und spiegelt sich in der Politur der Möbel. Dieses wärmere Licht mischt sich mit der kühlen Geistigkeit der Mondstrahlen und haucht den Gestalten, die die Phantasie heraufführt, gleichsam eine Seele ein und menschliches Gefühl. Es verwandelt Bildsäulen in Männer und Frauen. Im Spiegel, tief unter seiner verzauberten Oberfläche, sieht man die schwelende Glut des halberloschenen Anthrazits, die weißen Strahlen des Mondlichts auf dem Fußboden und allen Schimmer und Schatten des Urbildes, nur noch einen Schritt weiter von der Wirklichkeit entfernt und dem Traumreich näher. Wenn es ein Mensch zu solcher Stunde, in solcher Atmosphäre nicht fertigbringt, wunderbare Dinge zu ersinnen und ihnen den Schein von Wahrheit zu geben, dann sollte er nie den Versuch machen, Romane zu schreiben.

Ich selbst aber sah während meiner ganzen Dienstzeit im Zollhaus keinen Unterschied zwischen Mondlicht und Sonnenschein und der Glut des Feuers; alle drei waren nicht im geringsten wirksamer als das Flackern eines Talglichts. Mein ganzes Empfindungsvermögen und eine Gabe, die damit verbunden ist – keine kostbare oder bedeutungsvolle, aber die beste, die ich besaß –, hatten mich verlassen.

Ich glaube jedoch, mein Geist hätte nicht so völlig versagt, wenn ich mich an einem anderen Stoff versucht hätte. Zum Beispiel hätte ich mich damit zufriedengeben können, die Schilderungen eines alten Kapitäns nachzuschreiben; er war einer meiner Zollaufseher, und es wäre sehr undankbar, ihn nicht zu erwähnen, denn kein Tag verging, an dem er mich nicht durch seine einzigartige Erzählergabe zum Lachen gebracht und meine Bewunderung erregt hätte. Wäre es mir gelungen, die Bildhaftigkeit seines Stils und den humoristischen Ton beizubehalten, den er in alle seine Schilderungen zu bringen wußte – ich bin überzeugt, etwas ganz Neues in der Literatur wäre das Ergebnis gewesen. Aber ich hätte auch leicht eine ernstere Aufgabe finden können. Es war Torheit von mir, daß ich, während die Alltagswirklichkeit dieses Lebens schwer auf mir lastete, in ein vergangenes Zeitalter einzutauchen suchte oder darauf bestand, Luftgebilden den Schein einer Welt zu geben, wo doch jeden Augenblick die ungreifbare Schönheit meiner Seifenblase mit der rauhen Wirklichkeit zusammenstieß und zerplatzte. Klüger wäre es gewesen, den dunklen Alltag selbst mit Denken und Phantasie zu durchdringen und damit hell und durchscheinend zu machen, die Bürde, die immer schwerer lastete, zu vergeistigen und unermüdlich nach dem wahren und unzerstörbaren Wert zu suchen, der in den belanglosen, eintönigen Vorgängen und den durchschnittlichen Menschen verborgen lag, mit denen ich jetzt zu tun hatte. Es war meine eigne Schuld. Das Buch des Lebens, das aufgeschlagen vor mir lag, erschien mir nur deshalb schal und unbedeutend, weil ich seinen tieferen Sinn nicht begriffen hatte. Es war ein besseres Buch, als ich es je schreiben könnte; Seite um Seite bot sich mir so dar, wie die Wirklichkeit der flüchtigen Stunden sie niederschrieb, und verschwand ebenso schnell wieder, weil meinem Geist der Scharfblick abging und meiner Hand die Geschicklichkeit, sie nachzuschreiben. Vielleicht erinnere ich mich später einmal an ein

paar verstreute Bruchstücke und lückenhafte Abschnitte und schreibe sie nieder, um dann festzustellen, daß sich die Buchstaben auf dem Papier in Gold verwandeln.
Diese Erkenntnisse sind zu spät gekommen. Damals wußte ich nur, daß die Aufgabe, die einst ein Vergnügen gewesen wäre, jetzt eine hoffnungslose Plackerei war. Ich hatte keinen Grund, mich über diesen Stand der Dinge zu beklagen. Ich hatte aufgehört, der Verfasser einigermaßen dürftiger Erzählungen und Aufsätze zu sein, und war ein einigermaßen tüchtiger Zollinspektor geworden. Das war alles. Aber dennoch ist es nicht gerade angenehm, von der Ahnung heimgesucht zu werden, daß einem der Verstand dahinschwindet und sich unbemerkt, wie Äther aus der Phiole, verflüchtigt, so daß man bei jedem Hinsehen einen kläglicheren Rest vorfindet. An der Tatsache war nicht zu zweifeln; und als ich bei mir und anderen Untersuchungen anstellte, kam ich, was die Wirkung öffentlicher Ämter auf den Charakter angeht, zu Ergebnissen, die für diese Art Berufsleben nicht gerade schmeichelhaft sind. Vielleicht werde ich in anderem Zusammenhang später noch darauf eingehen. Hier genüge die Feststellung, daß ein Zollbeamter, der lange im Amt verbleibt, aus mancherlei Gründen kaum eine vorbildliche oder angesehene Persönlichkeit sein kann. Das liegt einmal an der Art seiner Anstellung und dann im Wesen seines Berufs, der zwar gewiß ehrenhaft ist, aber ihn von der gemeinsamen Arbeit der Menschheit ausschließt.
Ich glaube, es läßt sich fast bei jedem, der solch einen Posten innehat, beobachten, daß seine eigene Kraft von ihm weicht, während er sich auf den mächtigen Arm des Staates stützt. Er verliert, in einem Ausmaß, das der ursprünglichen Stärke oder Schwäche seiner Natur entspricht, die Fähigkeit, sich selbst zu helfen. Ist ihm eine ungewöhnliche Tatkraft angeboren oder ist er nicht allzulange dem lähmenden Zauber des Ortes ausgesetzt, so mögen seine verlorenen Kräfte noch einmal wiederzugewinnen sein. Der Beamte,

der zu seinem Glück beizeiten den unfreundlichen Stoß erhält, um inmitten einer streitenden Welt mitzustreiten, kann noch einmal zu sich selbst zurückfinden und wieder ganz derselbe werden, der er einmal gewesen ist. Aber das kommt selten vor. Gewöhnlich behauptet er seinen Posten gerade lange genug, um sich zugrunde zu richten, und wird dann hinausgeworfen, um, aller Kraft beraubt, auf dem beschwerlichen Lebenspfad dahinzuwanken, so gut es geht. Er weiß, daß Wille und Spannkraft gewichen sind, und im Gefühl der eigenen Schwäche hält er für den Rest seines Lebens sehnsüchtig Ausschau nach einer Hilfe von außen. Ständig klammert er sich an die Hoffnung, eines Tages, in nicht zu ferner Zeit, durch einen glücklichen Umstand wieder in sein Amt eingesetzt zu werden – eine Halluzination, die ihn trotz aller Entmutigung und aller Zweifel sein Leben lang heimsucht und ihn wahrscheinlich wie die krampfhaften Zuckungen bei der Cholera noch kurze Zeit nach dem Tode quälen wird. Dieser Glaube schwächt ihn mehr als alles andere und macht ihn unfähig zu jedem Unternehmen. Warum sollte er sich so schinden und plagen, um wieder hochzukommen, wo ihn doch in kurzer Zeit Onkel Sams starker Arm aufrichten und stützen würde? Warum sollte er hier mühsam seinen Lebensunterhalt verdienen oder in Kalifornien Gold graben, wo ihn doch so bald allmonatlich ein nettes Sümmchen klingender Münze aus der Tasche seines Onkels beglücken würde? Es ist höchst merkwürdig zu beobachten, wie schon das geringste bißchen Amtsluft genügt, um bei einem armen Kerl diese eigentümliche Krankheit hervorzurufen. Onkel Sams Gold – ich will dem würdigen alten Herrn keineswegs zu nahe treten – hat in dieser Hinsicht Zauberkräfte wie Teufelslohn. Wer es berührt, sollte gut auf sich achtgeben, sonst könnte ihm der Handel schlecht bekommen und, wenn nicht seine Seele, so doch viele seiner besten Eigenschaften aufs Spiel setzen, nämlich Festigkeit, Mut und Ausdauer, Ehrlichkeit, Selbst-

vertrauen und alles, was dem männlichen Charakter Gewicht gibt.
Das war eine hübsche Aussicht für die Zukunft. Nicht, daß der Inspektor ernstlich befürchtet oder erwartet hätte, er selbst könne einmal so völlig zum Wrack werden, entweder durch seine Fortdauer im Amt oder durch seine Absetzung. Aber meine Betrachtungen waren nicht gerade die angenehmsten. Ich wurde schwermütig und ruhelos und durchforschte ständig meinen Geist, um zu ergründen, wieviel von seinen dürftigen Gütern schon verloren und wie weit die Zerstörung des Restbestandes bereits fortgeschritten war. Ich versuchte zu errechnen, wie lange ich noch im Zollhaus bleiben dürfte, wenn ich noch als Mann daraus hervorgehen wollte. Die Wahrheit zu gestehen, es war meine größte Befürchtung – da man niemals aus politischen Gründen ein so harmloses Wesen wie mich an die Luft setzen würde, und da es kaum in der Natur eines öffentlichen Beamten liegt, zurückzutreten –, es war meine Hauptsorge, daß ich als Inspektor alt und klapprig werden könnte oder gerade so eine Kreatur wie der alte Zollaufseher. Mußte es mir im Lauf des eintönigen Beamtendaseins, das vor mir lag, nicht schließlich so ergehen wie diesem verehrungswürdigen Freund, für den die Stunde des Mittagessens der Kern des ganzen Tages ist und der die übrige Zeit wie ein alter Hund in der Sonne oder im Schatten liegt und schläft? Eine trübe Aussicht für einen Mann, der es stets für das höchste Glück gehalten hat, aus der Fülle geistiger und seelischer Kräfte heraus zu leben. Doch alle meine Befürchtungen erwiesen sich als höchst überflüssig. Die Vorsehung hatte Besseres mit mir im Sinn, als ich ahnen konnte.
Ein bedeutsames Ereignis im dritten Jahr meiner Amtszeit – um im Tone des »P. P.« zu sprechen – war die Wahl General Taylors zum Präsidenten. Um die Vorzüge des Beamtenstandes recht würdigen zu können, ist es von Bedeutung, den Staatsdiener beim Antritt einer neuen Regie-

rung zu beobachten. Seine Lage ist dann die widrigste und in jeder Hinsicht unangenehmste, in die ein armer Sterblicher nur geraten kann, und auf keiner Seite sieht er einen Ausweg, wenn auch das, was ihm das schlimmste scheint, höchstwahrscheinlich zu seinem Besten wäre. Aber es ist traurig für einen Mann von Stolz und Feingefühl, zu erleben, daß seine Geschicke von Leuten abhängen, die ihn weder lieben noch verstehen, und von denen er, wenn er die Wahl hätte, lieber Unbill als Wohltaten empfinge. Und traurig ist es auch für einen, der während des ganzen Streites seine Ruhe bewahrt hat, zu beobachten, wie in der Stunde des Triumphs der Rachedurst erwacht, und zu wissen, daß er selbst eines der Opfer ist. Es gibt kaum einen häßlicheren Zug in der menschlichen Natur als diesen Hang – den ich jetzt an Männern wahrnahm, die nicht schlimmer waren als ihre Mitmenschen –, den Hang, grausam zu sein, sobald sie die Macht besaßen, anderen Böses zuzufügen. Wäre die Guillotine und ihre Anwendung auf Staatsbeamte eine Tatsache und nicht nur ein höchst angemessenes Gleichnis – ich bin fest überzeugt, die aktiven Mitglieder der siegreichen Partei hätten in ihrer Erregung uns allen die Köpfe abgeschlagen und dem Himmel noch für die günstige Gelegenheit gedankt. Es scheint mir – der ich in Sieg und Niederlage stets ein ruhiger und aufmerksamer Beobachter gewesen bin –, daß sich meine eigene Partei bei ihren vielen Siegen nie durch so wilde Gehässigkeit und bittere Rachsucht ausgezeichnet hat wie die Whigs. Die Mitglieder der demokratischen Partei nehmen in der Regel die Ämter ein, weil sie sie brauchen und weil sich das im Lauf der Jahre als politische Spielregel eingebürgert hat, gegen die zu protestieren Schwäche und Feigheit wäre, solange kein neues System verkündet wird. Aber die Gewohnheit zu siegen hat sie großmütig gemacht. Sie wissen Schonung zu üben, wenn es die Umstände gestatten; und wenn sie zuschlagen, so mag das Beil wohl scharf sein, aber seine Schneide ist selten mit

Haß vergiftet; und sie haben nicht die schmähliche Gewohnheit, den Kopf, den sie soeben abgeschlagen haben, noch mit Füßen zu treten.
Kurz und gut – unerfreulich wie meine Lage bestenfalls war –, ich hatte doch Grund genug, mich zu beglückwünschen, daß ich auf der verlierenden und nicht auf der siegreichen Seite stand. War ich auch bisher keiner der eifrigsten Parteigänger gewesen, so wurde mir doch zu dieser Zeit der Not und Gefahr ganz deutlich bewußt, auf welcher Seite meine Sympathien lagen; und ich fand es in gewisser Weise bedauerlich und beschämend, daß ich aller Wahrscheinlichkeit nach bessere Aussichten hatte, im Amt zu bleiben, als meine demokratischen Brüder. Aber wer kann auch nur einen Zoll weit in die Zukunft sehen? Mein eigener Kopf war der erste, der fiel!
Der Augenblick, da einem Menschen der Kopf abgeschlagen wird, ist wohl selten oder nie, möchte ich meinen, der angenehmste in seinem Leben. Doch wie fast jedes Mißgeschick führt selbst ein so bedenkliches Ereignis Hilfe und Trost mit sich, wenn der Betroffene es nur versteht, das Unglück zum Guten und nicht zum Schlimmen zu wenden. In meinem Fall lagen die tröstlichen Begleitumstände auf der Hand, ja ich hatte sie schon längst, ehe ich ihrer bedurfte, entdeckt und darüber nachgedacht. In Anbetracht meiner vorherigen Amtsmüdigkeit und meiner unbestimmten Rückzugspläne kam ich mir jetzt etwa vor wie ein Mensch, der sich mit Selbstmordgedanken getragen und ganz unverhofft das Glück hat, ermordet zu werden. Im Zollamt wie vorher im alten Pfarrhaus hatte ich drei Jahre zugebracht – lange genug, um einen müden Geist auszuruhen, lange genug, um alte Neigungen abzulegen und Platz zu schaffen für neue. Lange genug, nein, viel zu lange hatte ich dieses unnatürliche Dasein ausgehalten, hatte eine Tätigkeit ausgeübt, die auch nicht einer Menschenseele Nutzen oder Gewinn brachte, und mich einer Anstrengung

entzogen, die wenigstens eine innere Unruhe von mir genommen hätte. Was übrigens seine sang- und klanglose Entthronung angeht, so war es dem ehemaligen Inspektor nicht ganz unangenehm, von den Whigs als Feind angesehen zu werden; denn seine Gleichgültigkeit in politischen Dingen – seine Neigung, auf dem weiten, ruhigen Feld umherzustreifen, wo sich die ganze Menschheit friedlich begegnen könnte, anstatt sich innerhalb der engen Grenzen zu halten, wo Angehörige einer Familie so leicht aneinandergeraten – dieser Hang hatte es seinen demokratischen Brüdern oft fraglich erscheinen lassen, ob er einer der Ihren sei. Nun, da er die Märtyrerkrone gewonnen hatte – wenn er auch keinen Kopf mehr besaß, um sie zu tragen –, war diese Frage wohl geklärt. Und endlich schien es ihm, wenn er auch kein Held war, ehrenvoller, in den Sturz seiner Partei mitgerissen zu werden, als übrigzubleiben – der einzige Überlebende, während so viele würdigere Männer fielen; ehrenvoller, als vier Jahre lang von der Gnade einer feindlichen Regierung zu leben, um schließlich seine Stellung von neuem verteidigen zu müssen und die erst recht demütigende Gnade einer wohlwollenden in Anspruch zu nehmen.

Indessen hatte die Presse meine Angelegenheit aufgegriffen, und ein oder zwei Wochen lang wurde ich durch die Zeitungen geschleift, in enthauptetem Zustand wie Irvings kopfloser Reitersmann, grimmig und gespenstisch und mit der Sehnsucht, begraben zu werden, wie es sich für einen politisch Toten gehört. So weit mein symbolisches Selbst. Der wirkliche, lebendige Mensch aber, dem der Kopf noch fest auf den Schultern saß, war inzwischen zu dem befriedigenden Ergebnis gekommen, daß alles zu seinem Besten sei; er hatte sein Geld in Tinte, Papier und Stahlfedern angelegt, sein lange nicht gebrauchtes Schreibpult geöffnet und war wieder zum Schriftsteller geworden.

Jetzt endlich kamen die Nachtarbeiten meines würdigen Vorgängers zu ihrem Recht. Es dauerte einige Zeit, bis sich das Räderwerk meines Geistes, das durch lange Ruhe eingerostet war, des Stoffes bemächtigen und etwas einigermaßen Befriedigendes daraus machen wollte. Doch selbst jetzt noch hat die Geschichte, wenn ich auch schließlich ganz in der Arbeit aufging, für mein Gefühl etwas Abschreckendes und Düsteres; sie ist zu wenig aufgehellt von belebendem Sonnenschein, zu wenig gemildert von den sanften, freundlichen Kräften, die fast alle Vorgänge in Natur und Leben durchwalten und auch jedem Abbild davon wärmere Töne geben sollten. Diese abweisende Wirkung ist vielleicht der Zeit zuzuschreiben, in der sich die Geschichte herausbildete, einer Zeit kaum überstandener Umwälzung und noch immer brodelnder Unruhe. Sie ist jedoch kein Anzeichen für einen Mangel an Heiterkeit im Gemüt des Verfassers; denn während er durch die Düsternis dieser lichtlosen Traumbilder strich, war er glücklicher als je seit der Zeit, da er das alte Pfarrhaus verlassen hatte. Ein paar von den kurzen Aufsätzen, die dem Band eingegliedert sind, entstanden gleichfalls nach meinem unfreiwilligen Rückzug aus den Mühen und Ehren des öffentlichen Lebens, und die restlichen stammen aus Jahrbüchern und Zeitschriften so alten Datums, daß sie inzwischen in Vergessenheit geraten sind und wieder den Reiz der Neuheit haben.* Das Ganze mag, um beim Bild der politischen Guillotine zu bleiben, als die »Nachgelassenen Schriften eines enthaupteten Zollinspektors« angesehen werden; und die Skizze, die ich jetzt beende, wird – obzwar zu autobiographisch, um von einem bescheidenen Menschen zu seinen Lebzeiten veröffentlicht zu werden – einem Mann, der von jenseits des Grabens schreibt, gern verziehen werden. Friede über alle Menschen! Segen über meine Freunde! Vergebung meinen Feinden! Denn ich bin im Reich des Friedens!

* Zur Zeit, da der Verfasser diese Skizze schrieb, beabsichtigte er, zusammen mit dem »Scharlachroten Buchstaben« verschiedene kürzere Erzählungen und Aufzeichnungen zu veröffentlichen. Doch erschien es ihm ratsam, noch damit zu warten.

Das Leben im Zollhaus liegt wie ein Traum hinter mir. Der alte Zollaufseher – der übrigens bedauerlicherweise von einem Pferd umgerissen und getötet wurde, sonst hätte er gewiß ewig gelebt –, er und all die anderen ehrwürdigen Persönlichkeiten, die mit ihm zusammen an der Zolleinnahme saßen, sind nur noch Schatten in meiner Erinnerung, weißhäuptige, runzlige Gestalten, mit denen meine Phantasie einst spielte, um sie dann für immer beiseite zu werfen. Die Kaufleute, Pingree, Phillips, Shepard, Upton, Kimball, Bertram, Hunt und viele andere, deren Namen noch vor sechs Monaten meinen Ohren gewichtig und vertraut klangen, diese Geschäftsleute, die eine so bedeutungsvolle Stellung in der Welt einzunehmen schienen – welch kurzer Zeitspanne hatte es bedurft, um mich von ihnen allen zu lösen, nicht nur räumlich, sondern auch im Geiste. Nur mit Anstrengung kann ich mir ihre Gestalten und Namen noch ins Gedächtnis zurückrufen. Bald wird auch meine alte Heimatstadt hinter dem Schleier der Erinnerung verschwimmen und sich in Nebeldunst einhüllen – kein Ort der irdischen Wirklichkeit mehr, sondern ein versunkenes Dorf irgendwo im Wolkenreich, mit Traumgestalten, die in seinen Holzhäusern umgehen, in den engen Gassen und der endlosen, eintönigen Hauptstraße. Der Ort hat aufgehört, eine Rolle in meinem Leben zu spielen. Ich gehöre nun woanders hin. Meine lieben Mitbürger werden mir nicht nachtrauern; es ist mir zwar bei meinen literarischen Bemühungen höchst wünschenswert gewesen, in ihren Augen etwas zu gelten und mir in der Stadt, wo so viele meiner Vorväter lebten und begraben sind, ein freundliches Andenken zu stiften – aber nie fand ich dort die belebende Atmosphäre, die ein Schriftsteller braucht, um die edelsten Früchte seines Geistes zur Reife zu bringen. Ich werde unter fremden Gesichtern meine Sache besser machen, und die altbekannten, das bedarf wohl kaum der Erwähnung, werden genausogut ohne mich auskommen.

Doch kann es sein – o herrlicher, beflügelnder Gedanke! –, das die Urenkel der jetzt Lebenden einmal wohlwollend an den alten Geschichtenschreiber zurückdenken, wenn der Altertumsforscher kommender Tage ihnen unter den Sehenswürdigkeiten der Stadt die Örtlichkeit der »Town Pump« zeigt.

I DIE GEFÄNGNISTÜR

Bärtige, dunkelgekleidete Männer mit hohen grauen Hüten, dazwischen Frauen mit weißen Hauben oder bloßem Haar, standen dichtgedrängt vor der schweren eisenbeschlagenen Eichentür eines düsteren Holzbaus.

Immer haben die Gründer neuer Kolonien anfangs von Tugend und Glück geträumt und dann doch auf dem unberührten Boden als erste Notwendigkeiten Friedhof und Gefängnis errichtet. So ist auch das erste Gefängnis in Boston, in der Nähe von Cornhill, kaum später entstanden als die erste Begräbnisstätte auf Isaac Johnsons Grundstück und rings um sein Grab, das später der Kern des alten Kirchhofs von King's Chapel wurde. Schon fünfzehn oder zwanzig Jahre nach der Gründung der Stadt war der hölzerne Gefängnisbau von Wetter und Alter gezeichnet und immer bedrohlicher und düsterer geworden. Der Rost auf den schweren Eisenbeschlägen der Eichentür sah älter aus als alles andere in der Neuen Welt. Wie alles aus dem Umkreis des Verbrechens schien er nie eine Jugend gekannt zu haben. Der Grasstreifen zwischen dem finsteren Haus und der ausgefahrenen Straße war überwuchert von Kletten und Gänsefuß, Brennesseln und anderem Unkraut, das sich wohl heimisch fühlte in einem Boden, der schon so früh die düstere Blüte der menschlichen Gesellschaft, ein Gefängnis, hervorgebracht hatte. Doch neben dem Eingang, unmittelbar an der Schwelle, wuchs ein wilder Rosenbusch, der jetzt im Juni voll zarter Knospen stand, als wollte er den Gefangenen beim Eintritt und den Verurteilten vor der Hinrichtung mit Duft und zarter Schönheit beschenken zum Zeichen, daß die Natur ihm noch Mitleid und Liebe bewahrte.

Dieser Rosenbusch hat sich durch wunderlichen Zufall am Leben erhalten; aber woher er kommt, ob er noch ein Rest der alten unnahbaren Wildnis ist, wo er von Riesenfichten und Eichen überschattet wurde, oder ob er, wie viele glauben, unter den Schritten der heiligen Anne Hutchinson entstand, als sie die Gefängnisschwelle überschritt – wir wissen es nicht. Aber weil er auf der Schwelle unserer Erzählung steht, die von dem unheilvollen Ort ausgeht, pflücken wir eine Blüte ab und reichen sie dem Leser. Mag sie Sinnbild sein für innere Lauterkeit, die einen dunklen, leidvollen Weg menschlicher Schwäche erhellt.

II DER MARKTPLATZ

Auf dem Grasplatz vor dem Gefängnis stand an einem Sommermorgen vor zweihundertfünfzig Jahren ein großer Teil der Einwohner Bostons; alle richteten ihre Blicke gespannt auf die eisenbeschlagene Eichentür. Bei anderen Menschen oder zu einer späteren Zeit in der Geschichte Neuenglands hätte die finstere Strenge, die die bärtigen Gesichter der Männer versteinerte, ein schreckliches Schauspiel angezeigt, etwa die Hinrichtung eines berüchtigten Verbrechers, der vom Gerichtshof verurteilt war, nachdem die öffentliche Meinung ihn längst verdammt hatte. Doch bei der Strenge des puritanischen Charakters konnten diese starren Mienen auch anderes bedeuten. Vielleicht sollte ein fauler Leibeigener oder ein eigensinniges Kind, das die Eltern der Obrigkeit übergeben hatten, am Pranger gezüchtigt werden. Vielleicht wollte man auch einen Ketzer aus der Stadt peitschen, einen Quäker oder sonst einen irrgläubigen Schwärmer. Oder ein Indianer, ein Müßiggänger und Vagabund, den das Feuerwasser des weißen Mannes rebellisch gemacht hatte, sollte mit Peitschenhieben in den Schatten der Wälder gejagt werden. Es konnte auch sein, daß eine Hexe gehängt werden sollte, die alte Hibbins etwa, die bösartige Witwe des Friedensrichters. Bei jedem solchen Schauspiel lag der gleiche feierliche Ernst über den Zuschauern, wie es einem Volke zukam, bei dem Religion und Gesetz fast dasselbe bedeuteten und einander so völlig durchdrangen, daß jeder öffentliche Strafvollzug, auch der schrecklichste, zugleich eine heilige Handlung war. Spärlich und kalt war die Teilnahme, die ein Verbrecher auf dem Schafott von solchen Umstehenden erwarten durfte. Doch eine Strafe, die heutzutage nur Spott und Hohn herausfordern würde, hatte hier die gleiche strenge Würde wie die Todesstrafe.

An dem Sommermorgen, da unsere Erzählung anhebt, mußte es auffallen, daß die in der Menge stehenden Frauen ganz besonderes Interesse an dem bevorstehenden Schauspiel zu haben schienen. Die Zeit war noch nicht so verfeinert, daß die Trägerinnen von Unterrock und Krinoline etwas Unschickliches darin gesehen hätten, sich bei einer Hinrichtung zu zeigen und ihre fülligen Gestalten in das dichteste Gedränge am Schafott zu zwängen. Diese Frauen und Mädchen alter englischer Abstammung waren seelisch und körperlich von rauherem Schlage als ihre schönen Nachfahren sechs oder sieben Generationen später. Jede Mutter in dieser langen Kette gab mattere Farben an ihr Kind weiter, eine zartere, rascher welkende Schönheit und schmächtigere Glieder, ja auch einen beugsameren und schwächeren Charakter. Die Frauen, die hier vor der Tür des Gefängnisses standen, waren kaum um ein halbes Jahrhundert von der Zeit getrennt, da die männliche Elisabeth das nicht ganz unwürdige Vorbild ihres Geschlechts gewesen war. Sie waren Landsleute der Königin; das Rindfleisch und Bier ihrer Heimat und die ebenso derbe Seelennahrung waren mitbestimmend für ihr Äußeres gewesen. So schien die helle Morgensonne auf breite Schultern und volle Brüste und auf runde, rote Backen, die noch auf der entfernten Insel gereift und in der Luft Neuenglands kaum blasser und schmaler geworden waren. Die Sprache dieser ehrbaren Frauen – die meisten schienen verheiratet zu sein – war von einer Deutlichkeit und Derbheit, die uns heute vor den Kopf stoßen würde.

»Nachbarinnen«, rief eine Fünfzigjährige mit harten Gesichtszügen, »ich muß euch einmal meine Meinung sagen.

Wir sind reife Frauen und geachtete Glieder der Kirche; man sollte es uns überlassen, mit solchen Sünderinnen wie dieser Hester Prynne fertigzuwerden. Meint ihr nicht auch? Wenn wir uns die Dirne vornehmen würden, wir fünf, die wir gerade hier zusammenstehen, dann käme sie wohl nicht so milde davon wie bei den ehrwürdigen Richtern. Weiß Gott nicht!«

»Die Leute sagen«, fing eine andere an, »daß sich ihr Seelsorger, der fromme Pfarrer Dimmesdale, diesen ganzen Skandal in seiner Gemeinde furchtbar zu Herzen nimmt.«

»Die Richter sind ja gottesfürchtige Herren, aber viel zu milde – das muß ich schon sagen«, bemerkte eine dritte dieser herbstreifen Matronen. »Wenigstens hätten sie die Hester Prynne mit einem glühenden Eisen auf der Stirn brandmarken sollen. Ich hätte sehen mögen, wie sie dabei zusammengezuckt wäre. Aber das Zeichen, das sie jetzt auf dem Kleid tragen muß, wird sie wenig kümmern, die liederliche Dirne! Sie braucht nur eine Brosche oder dergleichen heidnischen Schmuck darüberzustecken, und dann geht sie so unverfroren wie je durch die Stadt!«

»Ach nein«, warf eine junge Frau mit einem Kind an der Hand etwas sanfter ein. »Wenn sie das Zeichen auch verbirgt, die Qual im Herzen wird sie ja doch nicht los.«

»Redet doch nicht von Zeichen und Brandmalen, ob auf dem Kleid oder auf der Stirn!« rief eine andere, die schlimmste und erbarmungsloseste dieser selbstherrlichen Richterinnen. »Die Person hat uns allen Schande gemacht und sollte sterben. Das wäre die rechtmäßige Strafe! So will es die Bibel und unser Gesetz. Die Richter, die nicht Gebrauch davon machen, haben es sich selbst zuzuschreiben, wenn ihre Frauen und Töchter auf Abwege geraten.«

»Bewahr uns der Himmel, Gevatterin!« rief jetzt ein Mann aus der Menge, »gibt es denn keine Tugend bei euch Frauen, wenn ihr nicht in heilsamer Furcht vor dem Galgen lebt? Das war schlimm, was ihr da sagtet. Still jetzt, ihr

Schwätzerinnen! Die Gefängnistür wird aufgeschlossen; da kommt Hester Prynne selbst.«

Die Tür wurde von innen aufgestoßen, und im Eingang erschien ein schwarzer Schatten: die finstere, abstoßende Gestalt des Stadtbüttels mit dem Schwert an der Seite und dem Amtsstab in der Hand. Dieser Mann verkörperte die ganze düstere Strenge des puritanischen Gesetzes, das er immer wieder unerbittlich an dem Schuldigen vollstreckte. Er hielt in der linken Hand den Amtsstab und zerrte mit der Rechten eine junge Frau vorwärts. Aber auf der Gefängnisschwelle wies sie ihn mit einer Bewegung voll Würde und innerer Kraft zurück und trat nach draußen, als sei es ihr eigener freier Wille. Sie hielt ein Kind im Arm, ein kleines Wesen von drei Monaten, das sich blinzelnd vor dem hellen Tageslicht abwendete, denn bis jetzt kannte es ja nur das graue Zwielicht der Gefängniszelle.

Als die junge Frau – die Mutter des Kindes – so preisgegeben vor der Menge stand, drückte sie in plötzlicher Erregung ihr Kind an die Brust; nicht eigentlich aus mütterlicher Liebe, sondern um ein Zeichen zu verbergen, das sie auf dem Kleid trug. Doch im nächsten Augenblick wurde ihr klar, daß sich ein Zeichen der Schande nicht durch ein anderes verdecken läßt. So nahm sie das Kind auf den Arm und blickte tief errötend, doch mit einem stolz überlegenen, abweisenden Lächeln auf ihre Mitbürger und Nachbarn. Auf ihrer Brust konnte man jetzt ein A erkennen, das aus feinem, rotem Tuch geschnitten und in kunstvoller Handarbeit mit goldenem Faden auf das Kleid gestickt war; eine prachtvolle, mit reicher Phantasie ausgeführte Arbeit, die sich auf dem Gewand wie ein erlesenes Schmuckstück ausnahm. Auch das Kleid war prächtig, wie es dem Geschmack der Zeit entsprach, aber es übertraf an Aufwand weit das, was nach den strengen Bestimmungen der Kolonie für erlaubt galt.

Die junge Frau war hochgewachsen und ungewöhnlich schön. Ihr dichtes dunkles Haar war so glänzend, daß es die

Sonne schimmernd zurückwarf; das Gesicht mit den regelmäßigen Zügen und der zarten Haut, der hohen Stirn und den tiefen dunklen Augen war zugleich schön und ausdrucksvoll. Ihr Frauentum zeigte sich nicht in flüchtig zarter und unvergleichlicher Anmut, sondern in Stolz und Würde, die der damaligen Zeit besser zu entsprechen schien. Und nie hatte Hester Prynne mehr Adel – in des Wortes eigentlicher Bedeutung – gezeigt, als beim Verlassen des Gefängnisses. Wer sie vorher gekannt und jetzt eine Unglückliche und Zerknirschte erwartet hatte, war verwundert und beinahe bestürzt über ihre Schönheit, die durch Kummer und Schande hindurchschien und fast einen Heiligenschein daraus machte. Doch konnte einem feinfühligen Beobachter nicht entgehen, welche Qualen hinter ihr lagen. Schon allein das Kleid, das sie nach eigener Phantasie im Gefängnis genäht hatte, verriet durch seine unruhige Auffälligkeit, wie es in ihr aussah, welche Verzweiflung sich hinter der scheinbaren Unbekümmertheit verbergen mochte. Aber der Punkt, auf den sich alle Augen richteten, war der rote Buchstabe, der in prächtiger Stickerei auf ihrer Brust prangte. Er schien die Trägerin verwandelt, ja verklärt zu haben, und auch die Männer und Frauen, die Hester von früher kannten, waren beeindruckt, als hätten sie sie noch nie gesehen. Das Zeichen wirkte wie ein Zauber; es löste sie aus den herkömmlichen Beziehungen zu den Menschen und schloß sie in ihre eigene Sphäre ein.

»Geschick hat sie, das muß man ihr lassen«, bemerkte eine der Zuschauerinnen; »aber noch keine außer dieser schamlosen Dirne hat es fertiggebracht, es in solch empörender Weise zur Schau zu tragen. Damit macht sie sich doch nur über die frommen Richter lustig und brüstet sich noch mit ihrer Strafe.«

»Wir müßten ihr das schöne Kleid von den zarten Schultern ziehen«, murmelte eine andere mit Eiseskälte. »Und für den roten Buchstaben, den sie da so sorgfältig aufgenäht hat,

kann ich ihr einen alten Flanellfetzen geben, der ein besseres A abgäbe.«

»Seid doch still!« flüsterte die jüngste der Frauen; »das darf sie nicht hören! Ich glaube, daß jeder Stich an diesem gestickten Zeichen ihr bis ins Herz gegangen ist.«

Der finstere Büttel erhob jetzt seinen Stab.

»Platz da, im Namen des Königs! Aus dem Weg!« rief er. »Macht eine Gasse frei, daß Hester Prynne hindurch kann. Ich verspreche euch, daß ihr sie noch bis Mittag in ihrem Aufputz auf dem Schandgerüst bewundern könnt. Der Himmel segne das rechtschaffene Massachusetts, wo die Missetat ans Licht gezogen wird. Vorwärts, meine Dame, zeigt Euer rotes Zeichen auf dem Marktplatz!«

Durch die Menge der Zuschauer öffnete sich eine Gasse. Ein feierlicher Zug setzte sich unter Vorantritt des Büttels in Bewegung; finster blickende Männer und Frauen mit verhärteten Gesichtern folgten Hester Prynne zu dem Platz, wo sie ihre Strafe abbüßen sollte. Ein paar aufgeregte und neugierige Schuljungen, die von alledem nur verstanden, daß sie einen halben Tag schulfrei hatten, rannten vor ihr her und drehten sich immerzu um, starrten ihr ins Gesicht, auf das blinzelnde kleine Kind in ihren Armen und das Zeichen der Schande auf ihrer Brust. Es war nur ein kurzer Weg von der Gefängnistür bis zum Marktplatz. Doch für die Gefangene mochte er unendlich lang sein; trotz ihrer stolzen Haltung stand sie vielleicht Todesqualen aus in der hastenden Menge, die sie umdrängte – als habe man ihr Herz auf die Straße geworfen und alle trampelten darauf herum. Doch die Natur hat es wunderbar und barmherzig so eingerichtet, daß der Mensch, während er Leid erfährt, es nie in aller Schwere empfindet; erst hinterher wühlt der Schmerz in ihm weiter. So überwand Hester Prynne diesen Teil ihrer Strafe fast mit Gelassenheit und erreichte das Gerüst am westlichen Ende des Marktes. Es stand dicht an der Kirche, der ältesten in Boston, und schien dazuzugehören.

Dieses Gerüst, heute nur noch eine historische Merkwürdigkeit, war damals ein wichtiges Strafwerkzeug, ein ebenso wirksames Mittel zur Förderung der Bürgertugenden wie bei den französischen Terroristen die Guillotine. Es war ein Pranger; auf der Plattform war ein Holzgestell errichtet, ein Rahmen, in den man den menschlichen Kopf einspannen konnte, um ihn den Blicken der Menge preiszugeben. Eine Verkörperung der Schande war diese Vorrichtung aus Holz und Eisen. Denn es gibt wohl kein größeres Vergehen gegen die menschliche Natur, keine größere Schmach für den Schuldigen – was sein Verbrechen auch sein mag –, als ihm zu verwehren, das Gesicht in Scham zu verbergen, wie es der Sinn dieser Strafe war. Hester Prynne jedoch war, wie schon manche vor ihr, nur dazu verurteilt, ein paar Stunden auf der Plattform zu stehen; der schreckliche Griff um den Hals, das Herunterbiegen des Kopfes zu dem teuflischen Marterwerkzeug blieb ihr erspart. Entschlossen stieg sie die hölzernen Stufen hinauf und stand nun allen sichtbar etwa in Schulterhöhe über der Straße.
Die schöne, in ihrer Kleidung und Haltung so merkwürdige Frau mit dem Kind an der Brust hätte einen Katholiken an das Bild der Mutter Gottes erinnern können, das so viele berühmte Maler wetteifernd immer wieder gestaltet haben. Etwas an ihr gemahnte, wenn auch nur durch den Gegensatz, an das heilige Sinnbild unschuldiger Mutterschaft und an das Kind, das die Welt erlösen sollte. Hier aber hatte schwere Sünde die heiligsten Werte des Lebens befleckt, und die Welt war durch die Schönheit dieser Frau nur dunkler und durch das Kind, das sie geboren, nur verlorener geworden.
Der Anblick hatte etwas Furchtbares, wie es immer dem Schauspiel menschlicher Schuld und Sühne innegewohnt hat, ehe die Menschheit so verderbt war, es zu belächeln, statt davor zu schaudern. Die Zeugen von Hester Prynnes Schmach nahmen diese Dinge noch ernst. Unnachgiebig,

ohne ein Wort gegen die Härte der Richter, hätten sie auch Hesters Tod mit angesehen, wenn das Urteil so gelautet hätte; aber sie kannten noch nicht die Frivolität einer späteren Gesellschaft, der ein Schauspiel wie dieses nur Anlaß zum Spott gewesen wäre. Allein schon die feierliche Anwesenheit würdiger Persönlichkeiten mußte alle Anwandlungen, den Vorfall ins Lächerliche zu ziehen, ersticken; denn der Gouverneur selbst und einige seiner Räte, ein Richter, ein General und die Geistlichkeit der Stadt saßen oder standen auf dem Balkon des Rathauses und sahen herab auf den Pranger. Wenn solche Männer dem Schauspiel beiwohnten, ohne ihrer Würde und ihrem Ansehen etwas zu vergeben, dann durfte man wohl annehmen, daß dieser Strafvollzug ernst und bedeutungsvoll war. Und so herrschte auch unten in der Menge eine düstere Feierlichkeit. Die unglückliche Frau ertrug das alles, so gut sie konnte, und litt unter den tausend mitleidlosen Augen, die sie nicht losließen und auf ihre Brust starrten. Es war kaum auszuhalten. Sie hatte damit gerechnet, daß die giftigen Spitzen und Pfeile des Spottes, eine Flut von Beschimpfungen, sie treffen würden, und ihre erregbare und leidenschaftliche Natur wäre gewappnet gewesen; diese Feierlichkeit aber brachte sie zur Verzweiflung, und lieber hätte sie all diese starren Gesichter von höhnischem Grinsen verzerrt gesehen. Wäre die Menge – alle Männer, Frauen und Kinder – in schallendes Gelächter ausgebrochen – Hester Prynne hätte ihnen mit bitterem, verächtlichem Lächeln erwidert. Doch unter dieser bleiernen Last ihrer Strafe war es ihr, als müsse sie plötzlich mit aller Kraft aufschreien und sich vom Gerüst herab auf die Straße stürzen oder aber wahnsinnig werden.
Nur manchmal schien der ganze Schauplatz, dessen Mittelpunkt sie war, vor ihren Augen zu verschwinden oder zu vagen Umrissen zu verblassen, zu einer Reihe verschwommener und schattenhafter Erscheinungen. Ihr Geist und besonders ihr Gedächtnis waren übernatürlich wach und

führten ihr fortgesetzt andere Bilder herauf als diese holprige Straße einer kleinen Stadt am Rande der westlichen Wildnis, andere Gesichter als diese, die sie hier anstarrten unter den Rändern hoher Hüte. Belanglose, unwesentliche Erinnerungssplitter, Episoden aus der Kindheit und Schulzeit, Spiele, Kinderstreit und kleine häusliche Szenen der Mädchenzeit stürmten auf sie ein, verschmolzen mit schwerwiegenden Erlebnissen aus ihrem späteren Leben. Ein Bild war so lebendig wie das andere, als seien alle von gleicher Wichtigkeit oder alle gleichermaßen ein Spiel. Vielleicht rettete sie sich unwillkürlich in diese Traumerscheinungen, um sich von der grausamen Last und Härte der Wirklichkeit zu befreien.

Vom Gerüst des Prangers aus blickte Hester Prynne auf den ganzen Weg zurück, den sie seit ihrer glücklichen Kinderzeit gegangen war. Von dieser traurigen Höhe aus sah sie ihr Heimatdorf in Altengland und ihr Vaterhaus wieder, ein verfallenes, armseliges graues Steinhaus, von dessen altem Adel nur noch ein halbvergessenes Wappenschild über dem Eingang zeugte. Sie sah den Kopf des Vaters mit der hohen Stirn und dem ehrwürdigen weißen Bart, der über den altmodisch-breiten elisabethanischen Kragen herabfiel. Da war auch das Gesicht der Mutter mit dem Ausdruck wachsamer, besorgter Liebe, das Hester immer im Gedächtnis trug und das so oft, auch nach dem Tod der Mutter, eine sanfte Ermahnung schützend auf ihren Weg gelegt hatte. Sie sah sich selbst, im Glanz mädchenhafter Schönheit; der dunkle Spiegel, in den sie so oft geschaut hatte, wurde licht beim Auffangen ihres Bildes. Noch ein anderes Antlitz stieg vor ihr auf: die blassen, schmalen, schon vom Alter gezeichneten Züge eines Gelehrten mit trüben, kurzsichtigen Augen, die von langer Nachtarbeit überanstrengt waren. Und doch hatten diese getrübten Augen eine seltsam durchdringende Kraft, wenn sie die menschliche Seele zu erforschen suchten. Auch die Gestalt dieses Mannes, der nur die Abge-

schlossenheit der Studierstube kannte, war in Hester Prynnes Vorstellung lebendig; er war verwachsen und trug die linke Schulter etwas höher als die rechte. Neue Bilder lösten sich aus der Erinnerung: winklige Gassen, hohe graue Häuser, mächtige fremdartige Bauten aus früherer Zeit, die Kirchen und öffentlichen Gebäude der Stadt, wo sie an der Seite des gebeugten Gelehrten ein neues Leben begonnen hatte; neu – wenn es sich auch an Altem, Verbrauchtem nährte, wie grünes Moos an einer verfallenden Mauer. Endlich tauchte aus dem Wechselspiel der Erscheinungen der Marktplatz der puritanischen Kleinstadt wieder auf. Immer noch waren die Bewohner versammelt und hefteten ihre verurteilenden Blicke auf Hester Prynne – auf sie selbst, die hier am Pranger stand, ihr Kind im Arm und den Buchstaben A in brennendrotem Tuch kunstvoll mit goldenem Faden auf ihrer Brust.
War dies Wahrheit? Sie preßte das Kind so heftig an sich, daß es weinte; sie senkte den Blick auf das scharlachrote Zeichen und griff danach, um Gewißheit zu haben, daß Kind und Schande wirklich waren. Es war so – hier war ihre Wirklichkeit –, alles andere war geschwunden.

III DAS ERKENNEN

Das beklemmende Bewußtsein, der Gegenstand strenger allgemeiner Beobachtung zu sein, verlor sich schließlich, als Hester Prynne am Rande der Menge eine Gestalt wahrnahm, die ihre Gedanken nicht wieder losließ. Ein Indianer stand dort in seiner heimischen Tracht; aber Indianer waren nicht so seltene Gäste in den englischen Siedlungen, daß sie Hester Prynne heute besonders aufgefallen wären oder gar alles andere in ihrem Bewußtsein verdrängt hätten. Doch neben dem Indianer stand ein Weißer, offenbar sein Gefährte, der merkwürdig, halb europäisch und halb nach Art der Eingeborenen, gekleidet war.

Er war klein und hatte tiefe Furchen im Gesicht; doch sah er nicht eigentlich alt aus. Seine Züge verrieten einen ungewöhnlich scharfen Verstand, einen Geist, der so ausgeprägt war, daß er den Körper nach sich geformt hatte und sich in ihm offenbarte. Es entging Hester nicht, daß der Mann die eine Schulter etwas höher trug, wenn er sich auch bemüht hatte, diesen Fehler durch die wunderliche, scheinbar nachlässige Kleidung zu verbergen. Im ersten Augenblick, als sie das schmale Gesicht und die leicht verwachsene Gestalt bemerkte, preßte sie wieder das Kind so krampfhaft an sich, daß es einen Schrei ausstieß. Aber die Mutter schien es nicht zu hören.

Schon bei seiner Ankunft auf dem Marktplatz und noch ehe Hester Prynne ihn sah, hatte der Fremde sie betrachtet; achtlos zuerst, wie ein Mensch, der nur nach innen sieht und für den die Dinge der Außenwelt wertlos und unwichtig sind, wenn sie nicht zu seinem Inneren in einer Beziehung stehen. Bald aber wurde sein Blick scharf und durchdringend. Ein krampfhaftes Erschrecken entstellte seine Züge, als glitte plötzlich in Zuckungen und Windungen eine Schlange darüber hin. Sein Gesicht verdunkelte sich in starker Erschütterung, die er jedoch sofort mit aller Willenskraft beherrschte, so daß er im nächsten Augenblick fast ruhig schien. Wenig später war seine Erregung kaum noch wahrzunehmen und sank schließlich hinab in sein Innerstes. Als er bemerkte, daß Hester Prynne ihn ansah und zu erkennen schien, hob er langsam und ruhig den Finger, gab ihr damit ein Zeichen und legte ihn auf die Lippen.

Dann tippte er einem Bürger, der neben ihm stand, auf die Schulter und redete ihn förmlich und höflich an.

»Verzeiht, mein Herr«, sagte er, »wer ist diese Frau, und warum hat man sie hier öffentlicher Schande preisgegeben?«

»Ihr seid sicher fremd in dieser Gegend, mein Freund«, erwiderte der Bürger und sah den Fragenden und seinen

Begleiter neugierig an. »Sonst hättet Ihr bestimmt von Hester Prynne und ihrem gottlosen Treiben gehört. Sie hat in der Gemeinde des frommen Pfarrers Dimmesdale viel Aufsehen erregt.«

»Ihr habt recht«, entgegnete der andere. »Ich bin fremd hier und war lange gegen meinen Willen heimatlos. Zu Wasser und zu Lande habe ich manches durchgemacht und bin lange von den heidnischen Eingeborenenstämmen im Süden gefangengehalten worden; jetzt hat mich dieser Indianer hierher gebracht, um mich gegen ein Lösegeld freizulassen. Aber erzählt mir mehr von Hester Prynne – so war doch ihr Name? Was hat die Frau verbrochen, und warum steht sie hier auf dem Strafgerüst?«

»Hört zu, mein Freund«, sagte der Bürger. »Ich glaube, nach all Euren Irrfahrten und Leiden in der Wildnis werdet Ihr Euch freuen, endlich in einem Lande zu sein, wo man die Sünde aufdeckt und vor aller Öffentlichkeit bestraft, wie hier in unserem frommen Neuengland. Diese Frau war mit einem Gelehrten verheiratet, einem gebürtigen Engländer, der in Amsterdam gelebt hat, bis er vor längerer Zeit beschloß, auszuwandern und zu uns nach Massachusetts zu kommen. So schickte er seine Frau voraus und blieb selbst noch zurück, um dringende Geschäfte abzuwickeln. Ja, und jetzt lebt die Frau schon bald zwei Jahre hier in Boston, und nichts hat man seitdem von dem Gelehrten gehört; und seine junge Frau, seht Ihr, war sich selbst und ihren Versuchungen überlassen . . .«

»Ich verstehe Euch wohl«, sagte der Fremde mit bitterem Lächeln. »So ein Gelehrter sollte auch das aus seinen Büchern wissen. Und wer ist wohl der Vater des Kindes, das Mrs. Prynne auf dem Arm trägt? Drei oder vier Monate mag es alt sein.«

»Das bleibt allerdings ein Rätsel, und der Daniel fehlt noch, der es lösen soll«, antwortete der Bürger. »Aus Mrs. Prynne ist nichts herauszubekommen, und die Richter haben ver-

geblich die Köpfe zusammengesteckt. Vielleicht steht der Schuldige sogar unerkannt unter der Menge, sieht dem traurigen Schauspiel zu und vergißt dabei, daß Gott ihn sieht.«
»Der Gelehrte«, bemerkte der Fremde und lächelte wieder, »sollte selbst herkommen und in das Geheimnis eindringen.«
»Das wäre wohl gut, wenn er noch am Leben ist«, erwiderte der Bürger. »Übrigens haben unsere Richter bedacht, daß diese Frau jung und schön ist und daß ihre Versuchung groß war; auch, daß ihr Mann wahrscheinlich auf dem Grund des Meeres liegt – und sie haben das Gesetz nicht in seiner ganzen gerechten Strenge gegen sie angewendet. Eigentlich hätte sie den Tod verdient. Aber in großer Güte und Barmherzigkeit haben die Richter Mrs. Prynne nur dazu verurteilt, drei Stunden lang am Pranger zu stehen und für den Rest ihres Lebens das Mal der Schande auf der Brust zu tragen.«
»Ein weises Urteil!« bemerkte der Fremde und nickte ernsthaft. »So ist sie eine lebendige Warnung vor der Sünde, bis das schlimme Zeichen einmal auf ihren Grabstein eingemeißelt wird. Aber es ärgert mich doch, daß der Mitschuldige nicht wenigstens neben ihr am Pranger steht. Doch er wird entlarvt werden! Er wird – er wird entlarvt werden!«
Mit höflicher Verbeugung verließ der Fremde den mitteilsamen Bürger, flüsterte dem Indianer einige Worte zu und verschwand mit ihm in der Menge. Bis jetzt hatte Hester Prynne von ihrem Gerüst herab unverwandt den Fremden angesehen, so vertieft in seinen Anblick, daß alles andere um sie herum verblaßte und nur er und sie übrigblieben. Wäre sie ganz allein mit ihm gewesen, sie hätte vielleicht noch furchtbarer gelitten als jetzt, da die heiße Mittagssonne auf ihr Gesicht brannte und es in Scham aufglühen ließ; da eine ganze Volksmenge wie zu einem Festakt ausgezogen war, um das rote Zeichen und das Kind der Sünde zu sehen und

ihr selbst ins Gesicht zu starren, das nur am stillen Herdfeuer, in häuslicher Geborgenheit oder in der Kirche hinter dem Schleier hätte sichtbar sein dürfen. Qualvoll war es – und doch empfand Hester diese tausend Zeugen fast als einen Schutz. Es war besser, so viele Menschen zwischen sich und ihm zu wissen, als ihm ganz allein gegenüberzustehen. Sie suchte Zuflucht bei den vielen und fürchtete den Augenblick, da sie ohne diesen Schutz sein würde. Verloren in diese Gedanken, hörte sie kaum die Stimme hinter sich, die ihren Namen mehr als einmal laut und feierlich und der ganzen Menge vernehmbar wiederholte.

»Höre zu, Hester Prynne!« sagte die Stimme.

Wie schon erwähnt, war unmittelbar über dem Gerüst, auf dem Hester stand, eine Art Balkon, eine offene Galerie, die zum Rathaus gehörte. Hier pflegten sich die Stadtväter zu versammeln, um mit der üblichen Feierlichkeit, die jede öffentliche Amtshandlung begleitete, Proklamationen zu verlesen. Der Gouverneur Bellingham war selbst gekommen, um dem Schauspiel beizuwohnen; vier Soldaten mit Hellebarden standen als Ehrenwache um seinen Stuhl. Er trug eine dunkle Feder am Hut, einen mit Stickerei besetzten Mantel und darunter eine schwarzsamtene Tunika. Ein Mann in vorgerücktem Alter, mit den Spuren harter Erfahrung im Gesicht, war er der rechte Führer und Vertreter eines Staatswesens, das seinen Ursprung und seine Entwicklung nicht dem Schwung der Jugend, sondern der ernsten, gleichmäßigen Tatkraft reifer Männer und der abgeklärten Weisheit des Alters verdankte, die so vieles erreichte, gerade weil sie nur wenig plante und hoffte. Die Stadtoberhäupter, die den Gouverneur umgaben, waren würdige Männer, denen man ansah, daß die Obrigkeit damals als geheiligte, göttliche Einrichtung geachtet wurde. Sie waren tüchtig, gerecht und weise. Und doch gab es wohl kaum jemanden, der weniger geeignet gewesen wäre, ein unberatenes Frauenherz zu richten und das Netzwerk von Gut und Böse zu entwirren, als diese klugen, unzugänglichen Ehrenmänner, denen sich Hester Prynne jetzt zuwandte. Sie wußte wohl, daß hier noch weniger Mitgefühl zu erwarten war als von dem größeren und wärmeren Herzen der Menge; und bleich und zitternd sah die Unglückliche zum Balkon hinauf.

Die Stimme, die sie gerufen hatte, war die des ehrwürdigen, geachteten John Wilson, Bostons ältestem Geistlichen; er war ein großer Gelehrter, wie die meisten Theologen seiner Zeit, und dabei ein freundlicher und gütiger Mensch. Aber er hatte diese menschlichen Eigenschaften weniger sorgfältig entwickelt als die geistigen Gaben, und im Grunde schämte er sich ihrer. Ein Kranz grauer Locken sah unter seinem Samtkäppchen hervor; wie Hesters Kind schloß er vor dem blendenden Sonnenschein die grauen Augen, die nur an das gedämpfte Licht der Studierstube gewöhnt waren. Er erinnerte an die dunklen Porträtstiche in alten Predigtbänden und hatte kaum mehr Recht als eines jener Bildnisse, sich in ein Geheimnis menschlicher Schuld und Leidenschaft und Seelenqual zu drängen.

»Hester Prynne«, sagte der Geistliche, »ich habe mit meinem jungen Amtsbruder gesprochen, der dein Seelsorger war.« – Hier legte der Pfarrer die Hand auf die Schulter eines blassen jungen Menschen, der neben ihm stand. – »Ich wollte diesen gottesfürchtigen jungen Geistlichen bitten, dir hier unter dem Himmel, vor unserer weisen und gerechten Obrigkeit und vor diesen Mitbürgern deine Schlechtigkeit und Sündhaftigkeit vorzuhalten. Er kennt dich besser als ich und müßte wissen, wie deine hartnäckige Verstocktheit zu überwinden ist, ob durch Milde oder durch Strenge; denn du darfst uns nicht länger den Namen deines Verführers verschweigen. Mein junger Freund ist über seine Jahre hinaus klug und einsichtig, aber doch allzu weichherzig; er meint, man tue einer Frau Unrecht, wenn man sie zwingen wollte, ihre tiefsten Geheimnisse im hellen Tageslicht und vor so vielen Menschen preiszugeben. Ich versuchte ihm klarzumachen, daß die Schande in der Sünde selbst und nicht im Geständnis liege. Also, was meint Ihr, Bruder Dimmesdale? Wollt Ihr mit der armen Sünderin sprechen, oder muß ich es tun?«

Unter den würdevollen Männern auf dem Balkon erhob sich Geflüster, dem Gouverneur Bellingham Ausdruck verlieh, indem er sich gebieterisch, wenn auch achtungsvoll, an den jungen Geistlichen wandte.

»Lieber Bruder Dimmesdale«, sagte er, »Ihr tragt besondere Verantwortung für die Seele dieser Frau. Eure Aufgabe ist es, sie zur Reue zu ermahnen, die sich nur im Geständnis erweist.«

Bei dieser Aufforderung richteten sich die Blicke der ganzen Menge auf Mr. Dimmesdale, einen jungen Geistlichen, der von einer der großen englischen Universitäten gekommen war und die ganze Bildung eines Zeitalters in unsere abgelegene Wildnis gebracht hatte. Die Kraft seiner Rede und seine leidenschaftliche Frömmigkeit hatten ihn schon berühmt gemacht. Seine besondere Erscheinung mußte auffallen: die blasse, hohe, gewölbte Stirn, die großen, dunklen, schwermütigen Augen und der Mund, der leise zuckte, wenn er nicht gewaltsam zusammengepreßt war, und Erregbarkeit und Selbstbeherrschung zugleich verriet. Trotz seiner hohen Gaben und umfassenden Kenntnisse hatte der junge Pfarrer eine seltsame Scheu an sich, einen unsicheren, erschreckten, halb ängstlichen Blick – wie jemand, der sich in der Welt fremd und verloren vorkommt und nur in der Zurückgezogenheit auf sich selbst Ruhe findet. Er hielt sich abseits, soweit es seine Pflichten zuließen, und blieb anspruchslos und kindhaft; wenn er aber hin und wieder mit einer Predigt hervortrat, berührten die Klarheit, Frische und Reinheit seiner Gedanken die Menschen wie Worte eines Engels.

Auf diesen jungen Mann lenkten der alte Pfarrer Wilson und der Gouverneur jetzt die Blicke der Menge, indem sie ihm geboten, vor allen Umstehenden in diese geheimnisvolle Frauenseele einzudringen, die selbst in ihrer Befleckung noch geweiht schien. Bei dem schwierigen Auftrag wurde der junge Geistliche blaß, und seine Lippen zuckten.

»Sprecht mit der Frau, mein Bruder«, sagte Mr. Wilson. »Es ist wichtig für ihre Seele und auch für Euch selbst, wie unser verehrter Gouverneur sagt, denn Euch ist sie anvertraut. Ermahnt sie, die Wahrheit zu bekennen!«

Mr. Dimmesdale senkte den Kopf wie zum stillen Gebet und trat dann vor.

»Hester Prynne«, sagte er; dabei lehnte er sich weit über die Brüstung und sah sie fest an. »Du hast gehört, was dieser ehrwürdige Mann gesagt hat, und weißt, welche Verantwortung auf mir lastet. Nenne uns den Namen deines Mitschuldigen und Mitleidenden, wenn du glaubst, daß deine Seele dann Frieden findet und deine irdische Strafe dir zum Heil wird. Schweige nicht aus mißverstandenem Mitleid oder aus Liebe zu ihm; denn glaub mir, Hester, wenn er auch tief hinabsteigen müßte, um neben dir am Pranger zu stehen, es wäre doch besser, als ein Leben lang eine Schuld zu verbergen. Durch dein Schweigen hilfst du ihm nicht; du versuchst ihn nur, ja du zwingst ihn fast, seine Sünde durch Heuchelei zu verschlimmern. Der Himmel hat es dir gewährt, deine Schande vor allem Volke zu tragen. Nur so kannst du Herr werden über das Böse in dir und über das Leid, das du erfährst. Du darfst ihm – der vielleicht selbst nicht den Mut hat, danach zu greifen – den bitteren, aber heilsamen Becher nicht versagen, den du jetzt leeren mußt!«

Die volle Stimme des jungen Pfarrers klang bewegt und war tief und gebrochen. Das Gefühl, das in seinen Worten mitschwang, bewegte die Zuhörer mehr als der eigentliche Sinn seiner Rede und gewann ihre Herzen. Sogar das kleine Wesen in Hesters Armen wurde davon berührt; es richtete seinen bisher unbeteiligten Blick auf den Geistlichen und streckte mit halb zufriedenem, halb kläglichem Lallen seine

Ärmchen aus. Der Pfarrer hatte so eindringlich gesprochen, daß alle glaubten, Hester Prynne werde nun den Namen des Schuldigen nennen, oder der Schuldige selbst, er mochte hoch oder niedrig stehen, werde das Gerüst besteigen, einem inneren, unausweichlichen Zwange folgend.

Hester schüttelte den Kopf.

»Verkenne nicht die Grenzen der himmlischen Barmherzigkeit!« rief der alte Pfarrer Wilson strenger als zuvor. »Deinem Kinde ist eine Stimme verliehen, die unseren Rat bekräftigen wird. Sprich den Namen aus! Das allein und deine Reue können vielleicht einmal das rote Zeichen von deiner Brust nehmen.«

»Niemals!« antwortete Hester Prynne und sah dabei nicht Mr. Wilson an, sondern den jungen Pfarrer mit den dunklen, traurigen Augen. »Zu tief ist es eingebrannt. Ihr könnt es mir nicht fortnehmen. Könnte ich nur seine Seelenqual auch noch auf mich nehmen!«

»Gestehe!« sagte eine kalte, strenge Stimme neben dem Gerüst. »Gestehe und gib deinem Kind einen Vater!«

»Ich will es nicht!« entgegnete Hester Prynne; totenblaß antwortete sie auf diese Stimme, die sie nur zu gut kannte. »Mein Kind muß seinen Vater im Himmel suchen; es soll nie einen irdischen kennen!«

»Sie will nicht sprechen!« murmelte Mr. Dimmesdale. Über die Brüstung gelehnt, die Hand auf dem Herzen, hatte er gewartet, wie seine Worte wirken würden. Jetzt trat er tief Atem holend zurück. »Wunderbar ist die Kraft und Stärke dieser Frau! Sie will nicht sprechen!«

Der alte Pfarrer, der die Hartnäckigkeit der armen Sünderin wohl erkannte und sich für diesen Fall sorgfältig vorbereitet hatte, hielt jetzt dem versammelten Volk eine lange Predigt über die Sünde in all ihren Erscheinungsformen und wies immer wieder auf den schmachvollen Buchstaben hin. Eine Stunde lang ließ er seine Perioden über die Köpfe der Menge dahinrollen und verweilte immer wieder so eindringlich bei dem Zeichen, daß es in der Vorstellung der Leute immer neue Schrecken annahm, bis sie glaubten, sein brennendes Rot stamme aus den Flammen der Hölle. Hester Prynne stand noch immer mit starrem Blick und dem Ausdruck müder Gleichgültigkeit am Pranger. Sie hatte bis zur Grenze des Ertragbaren gelitten, und weil es ihr nicht gegeben war, aus übergroßer Anspannung in eine Ohnmacht zu fliehen, konnte sie nur unter der harten Kruste der Gleichgültigkeit Schutz suchen, während die äußeren Lebensfunktionen erhalten blieben. So donnerte die Stimme des Predigers unbarmherzig, aber wirkungslos an ihr Ohr. Das Kind wimmerte und schrie, während sich ihre Prüfung dem Ende näherte; sie versuchte es zu beruhigen, mechanisch, aber ohne Teilnahme an seinem Kummer. Starr, wie sie gekommen war, ließ sie sich ins Gefängnis zurückführen und verschwand vor den Blicken der Menschen hinter der eisenbeschlagenen Tür. Die Menschen, die ihr nachblickten, flüsterten sich zu, der rote Buchstabe habe durch den dunklen Gefängnisgang einen gespenstischen Schein geworfen.

IV DER BESUCH

Nach ihrer Rückkehr ins Gefängnis verfiel Hester Prynne in so starke Erregung, daß man sie nicht aus den Augen lassen durfte; halb wahnsinnig hätte sie sich selbst oder dem armen Kind ein Leid antun können. Keine Ermahnung und keine Drohung konnte sie zur Ruhe bringen, und am Abend hielt es Master Brackett, der Gefängniswärter, für geraten, einen Arzt zu holen. Er rühmte ihn als einen geschickten Heilkundigen, der nicht nur die ärztliche Wissenschaft der christlichen Welt beherrschte, sondern auch mit der Heilkunst der Eingeborenen vertraut war und die wirksamen Kräuter und Wurzeln ihrer Wälder kannte. Wirklich war ärztliche Hilfe dringend notwendig, nicht nur für Hester selbst, sondern vor allem für das Kind, das wohl mit der Muttermilch Hesters ganze Unruhe und Angst und Verzweiflung eingesogen hatte. Es krümmte sich in schmerzhaften Krämpfen, und sein kleiner Körper bot ein Bild der seelischen Qual, die Hester Prynne den Tag über ausgestanden hatte.

In den düsteren Raum trat, von dem Gefängniswärter geführt, der merkwürdige Fremde, der schon auf dem Marktplatz die Frau mit dem roten Buchstaben so tief erregt hatte. Er wohnte im Gefängnis, nicht weil er im Verdacht einer Schuld stand, sondern weil es die bequemste Art war, ihn unterzubringen, bis die Stadtväter sich mit den Indianern über sein Lösegeld geeinigt hätten. Er nannte sich Roger Chillingworth. Der Gefängniswärter blieb noch einen Augenblick stehen, nachdem er ihn hereingeführt hatte, und wunderte sich über die plötzliche Ruhe; denn Hester Prynne war sofort totenstill geworden, wenn auch das Kind noch weiter vor sich hinwimmerte.

»Seid so gut, Freund, und laßt mich allein mit der Patientin«, sagte der Arzt. »Ihr könnt mir glauben, daß bald Frieden im Hause herrschen wird; und ich verspreche Euch, daß Ihr Mrs. Prynne bald gefügiger finden werdet als bisher.«

»Ach, wenn Ihr das fertigbringt«, antwortete Master Brackett, »dann werde ich Eure Kunst hoch einschätzen. Die Frau war wirklich wie vom Teufel besessen, und am liebsten hätte ich ihr den Satan mit Schlägen ausgetrieben.«

Der Fremde hatte den Raum mit der ruhigen Überlegenheit eines erfahrenen Arztes betreten. Und er blieb auch ruhig, als ihn der Gefängniswärter allein ließ mit der Frau, die ihn schon auf dem Marktplatz so erregt bemerkt hatte, daß man eine nahe Beziehung zwischen den beiden vermuten durfte. Seine erste Sorge galt dem Kinde; schreiend und am ganzen Körper zuckend lag es auf der Pritsche, und alles andere hatte zurückzustehn vor der Notwendigkeit, es zu beschwichtigen. Er untersuchte es sorgfältig und öffnete dann ein ledernes Futteral, das er bei sich trug. Allerlei heilkräf-

tige Mittel waren darin, von denen er eines in einem Becher Wasser auflöste.
»Meine früheren alchimistischen Studien«, bemerkte er, »und das Jahr bei den Eingeborenen, die die Heilkräfte der Pflanzen kennen, haben einen guten Arzt aus mir gemacht, der es mit manchem aufnehmen könnte, den der Doktorhut schmückt. Nimm dies! Das Kind gehört dir – nicht mir –, und meine Stimme und Erscheinung sind ihm fremd. Gib du ihm diesen Trank.«
Hester wies die Arznei zurück und sah den Arzt besorgt und fragend an.
»Willst du dich an dem unschuldigen Kind rächen?« flüsterte sie.
»Törichte Frau!« antwortete der Arzt, kalt und doch beschwichtigend. »Glaube doch nicht, daß ich diesem armen, vaterlosen Wesen schaden möchte. Dies Mittel ist stark und heilsam; und wäre es mein Kind – ja gehörte es uns beiden –, ich könnte ihm nichts Besseres tun.«
Als sie noch immer zögerte, keines Gedankens und keines Entschlusses mächtig, nahm er das Kind auf den Arm und gab ihm zu trinken. Das Mittel wirkte bald, wie er es vorausgesagt hatte. Das Wimmern der kleinen Kranken ließ nach, die krampfhaften Zuckungen hörten allmählich auf, und nach einigen Augenblicken fiel sie in einen tiefen, gesunden Schlaf, wie alle kleinen Kinder nach ausgestandenen Schmerzen. Der Arzt – wie er mit gutem Recht genannt werden durfte – wendete jetzt seine Sorge der Mutter zu. Ruhig und forschend fühlte er den Puls und sah ihr in die Augen – der Blick war so vertraut, und doch so fremd und kalt, daß sie zusammenzuckte und schauderte. Schließlich mischte er einen zweiten Trank, nachdem er die Untersuchung zu seiner Zufriedenheit beendet hatte.
»Lethe und Nepenthes kenne ich nicht«, sagte er; »aber ich habe manche Geheimnisse in der Wildnis erfahren, und hier ist eines davon. Ein Indianer verriet es mir zum Dank für

einige meiner Weisheiten, die schon von Paracelsus stammen. Trink es! Ein reines Gewissen würde dir noch besser helfen. Das kann ich dir nicht geben. Aber der Trank wird deine Leidenschaft beruhigen, wie Öl die Wogen eines stürmisch bewegten Meeres glättet.«

Er reichte Hester den Becher, sie nahm ihn und sah den Arzt lange und ernst an, nicht eigentlich furchtsam, aber doch unsicher und voll Zweifel an seiner Absicht. Dann sah sie zu dem schlafenden Kind hinüber.

»Ich habe oft an den Tod gedacht«, sagte sie. »Ich habe mich danach gesehnt und hätte auch darum gebetet, wenn ich überhaupt noch gewagt hätte zu beten. Und doch – wenn dieser Becher den Tod enthält –, bedenke es noch einmal, ehe ich ihn leere. Sieh, ich setze ihn an die Lippen.«

»Trinke nur«, antwortete er, noch immer kalt und gelassen. »Kennst du mich so wenig, Hester Prynne? Hältst du meine Pläne für so töricht? Und wenn ich mich rächen wollte – was könnte ich Besseres tun als dich leben lassen und dir Arzneien gegen die Leiden und Gefahren des Lebens geben, damit dir noch lange das brennende Mal die Brust versengt?« Dabei berührte er mit seinem langen Zeigefinger das rote Zeichen, und es brannte auf Hesters Brust wie glühendes Eisen. Er merkte, wie sie unwillkürlich zusammenzuckte, und lächelte. »Du sollst leben und deine Schande mit dir herumtragen, vor allen Männern und Frauen, vor mir, der ich einmal dein Mann war, vor diesem Kind! Leben sollst du, deshalb nimm diesen Trank!«

Hester Prynne wehrte sich nicht mehr; ohne zu zögern leerte sie den Becher und setzte sich dann, einem Wink des Arztes folgend, auf die Pritsche zu dem schlafenden Kind; er rückte den einzigen Stuhl heran, der im Zimmer war, und setzte sich neben sie. Sie zitterte bei diesen Vorbereitungen. Bis jetzt hatte er aus Menschlichkeit oder ärztlichem Grundsatz oder auch aus überlegter Grausamkeit alles getan, um ihr körperliches Leiden zu erleichtern. Sie wußte, daß er jetzt als der

Mensch zu ihr sprechen würde, den sie tief und nachhaltig verletzt hatte.
»Hester«, sagte er, »ich frage dich nicht, warum und wie du so tief gefallen bist, oder warum du das Strafgerüst betreten mußtest, auf dem ich dich fand. Der Grund dafür ist nicht weit zu suchen. Meine Torheit war es und deine Schwäche. Was hatte ich, ein Gelehrter und Bücherwurm, ein alternder Mann, der seine besten Jahre dem unstillbaren Drang nach Wissen opferte – was hatte ich mit deiner Jugend und Schönheit zu schaffen? Wie konnte ich glauben – ein Krüppel von Geburt an –, daß geistige Fähigkeiten einem jungen Mädchen meine Mißgestalt verhüllen könnten? Die Menschen nennen mich weise. Ich hätte das alles voraussehen müssen; aber jeder Weise versagt, wenn es um ihn selbst geht. Ich hätte wissen müssen, als ich aus den riesigen, dunklen Wäldern in diese Puritanersiedlung kam, daß ich dich so wiederfinden würde, Hester Prynne – als Bild der Schande dem Volk preisgegeben. Ja, schon als wir nach unserer Hochzeit die alten Kirchenstufen hinabstiegen, hätte ich am Ende unseres Weges das flammende rote Zeichen sehen müssen.«
Niedergedrückt, wie Hester war, verletzte sie dieser letzte Stich tief. »Du weißt«, sagte sie, »daß ich immer aufrichtig gegen dich war. Ich fühlte keine Liebe und heuchelte auch keine.«
»Das ist wahr«, antwortete er. »Es war meine Torheit. Ich weiß. Aber bis du kamst, war mein Leben vergeblich gewesen. Die ganze Welt war so freudlos. Mein Herz, das wohl Raum genug hatte für viele Dinge, war vereinsamt und kalt und ohne ein wärmendes Feuer. Ich sehnte mich danach, es anzufachen. Der Traum schien nicht so vermessen; wenn ich auch alt war und schwermütig und verwachsen – warum sollte das bescheidene Glück, das überall ausgestreut ist, damit es die Menschen ergreifen, nicht auch mir gehören? So zog ich dich in mein Herz, Hester, in seine innerste Kammer, und wollte dich wärmen mit der Glut, die dein Dasein dort schuf.«

Hans Jonas

»Dem Prinzip Hoffnung stellen wir das Prinzip Verantwortung gegenüber, nicht das Prinzip Furcht. Wohl aber gehört die Furcht zur Verantwortung so gut wie die Hoffnung ...

... für das Unbekannte im voraus mitzuhaften, ist bei der letztlichen Ungewißheit der Hoffnung gerade eine Bedingung handelnder Verantwortung; eben das, was man den ›Mut zur Verantwortung‹ nennt.

Wir unsererseits fürchten nicht den Vorwurf der Kleinmütigkeit ... wenn wir derart Furcht zur Pflicht erklären ... begründete Furcht, nicht Zaghaftigkeit; vielleicht gar Angst ...
Der Angst aus dem Wege zu gehen, wo sie sich ziemt, wäre in der Tat Ängstlichkeit.

Das Paradoxe unserer Lage besteht darin, daß wir die verlorene Ehrfurcht vom Schaudern, das Positive vom vorgestellten Negativen zurückgewinnen müssen: die Ehrfurcht für das, was der Mensch war und ist, aus dem Zurückschaudern vor dem, was er werden könnte und was uns als diese Möglichkeit aus der vorgedachten Zukunft anstarrt. Die Ehrfurcht allein, indem sie uns ein ›Heiliges‹ ... enthüllt ... wird uns auch davor schützen, um der Zukunft willen die Gegenwart zu schänden. So wenig wie die Hoffnung darf auch die Furcht dazu verführen, den eigentlichen Zweck ... auf später zu verschieben und inzwischen eben diesen Zweck durch die Mittel zuschanden zu machen. Solches würden Mittel tun, die den Menschen ihrer eigenen Zeit nicht respektieren. Ein degradiertes Erbe wird die Erben mit degradieren.

Die Integrität des ›Ebenbildes‹ aber ist nichts anderes als das Offensein für den immer ungeheuerlichen und zu Demut stimmenden Anspruch an seinen immer unzulänglichen Träger. Dies durch die Fährnisse der Zeiten, ja, gegen das eigene Tun des Menschen heil zu erhalten, ist nicht ein utopisches, doch ein gar nicht so bescheidenes Ziel der Verantwortung für die Zukunft des Menschen.«

»Ich habe dir großes Unrecht zugefügt«, murmelte Hester.
»Das taten wir beide«, antwortete er. »Ich beging das erste Unrecht, als ich deine aufblühende Jugend zu der falschen und unnatürlichen Bindung an mein Alter verleitete. Als ein Mann, der nicht vergeblich nachgedacht und gegrübelt hat, suche ich keine Rache und wünsche dir nichts Böses. Wir haben einander nichts vorzuwerfen. Aber, Hester, der Mann, der sich an uns beiden versündigt hat, lebt noch! Wer ist es?«
»Frage mich nicht!« antwortete Hester und sah ihn fest an. »Du wirst es nie erfahren.«
»Nie, sagst du?« erwiderte er mit undurchdringlichem, wissendem Lächeln. »Nie ihn kennen? Glaub mir, Hester, nur wenige Dinge – ob in der sichtbaren Welt oder in den unsichtbaren Bereichen des Geistes –, nur wenige Dinge bleiben dem Menschen verborgen, der sich ernsthaft und unablässig bemüht, sie zu entschleiern. Vor der zudringlichen Menge magst du dein Geheimnis hüten. Du magst es vor den Pfaffen und Richtern verbergen, wie heute, als sie dir den Namen aus dem Herzen reißen wollten, um dir in deiner Schande einen Gefährten zu geben. Ich aber forsche mit anderen Sinnen als sie. Wie ich in den Büchern nach Wahrheit, in der Alchimie nach Gold gesucht habe, so werde ich diesen Menschen suchen. Ich werde spüren, wenn er mir nahe ist. Ich werde ihn zittern sehen. Plötzlich und unvermutet werde ich in seiner Nähe zurückschaudern. Früher oder später wird er mein sein!«
Vor dem durchdringenden, brennenden Blick des alten Gelehrten preßte Hester Prynne die Hände aufs Herz, als fürchte sie, er könne dort ihr Geheimnis lesen.
»Du willst seinen Namen nicht nennen? Und dennoch ist er mein«, fuhr er mit Überzeugung fort, als sei er mit dem Schicksal im Bunde. »Er trägt das schimpfliche Zeichen nicht auf dem Gewand wie du, aber ich lese es auf seinem Herzen. Habe keine Angst um ihn! Glaube nicht, daß ich

der Vergeltung des Himmels vorgreifen oder ihn den irdischen Richtern ausliefern will; es wäre mein eigener Nachteil. Sei beruhigt, sein Leben ist vor mir sicher, und auch sein guter Ruf, wenn er, wie ich vermute, ein Mann von Rang ist. Er soll leben! Er soll sich hinter äußerem Ansehen verbergen, wenn er kann. Und dennoch ist er mein!«

»Was du tust, sieht wie Barmherzigkeit aus«, sagte Hester entsetzt und beklommen. »Aber hinter deinen Worten liegt Schreckliches!«

»Du warst einmal meine Frau – eine Bitte habe ich noch an dich«, fuhr der Gelehrte fort. »Du hast das Geheimnis deines Geliebten bewahrt. Bewahr auch das meine! Es kennt mich niemand hier. Verrate keiner Menschenseele, daß ich je dein Mann war. Hier, am Rande der Wildnis, will ich mein Zelt aufschlagen. Überall heimatlos und unter den Menschen vereinsamt, finde ich hier eine Frau, einen Mann und ein Kind, die mich nahe angehen. Ob durch Haß oder Liebe, ob durch Recht oder Unrecht – es ist gleichgültig! Du und die Deinen, Hester Prynne, gehören zu mir. Meine Heimat ist, wo du bist und wo er ist. Aber verrate mich nicht!«

»Warum verlangst du das?« fragte Hester; ohne zu wissen weshalb, schreckte sie vor diesem dunklen Versprechen zurück. »Warum gibst du dich nicht offen zu erkennen und verstößt mich dann?«

»Vielleicht«, entgegnete er, »will ich der Schande aus dem Weg gehen, die den Mann einer untreuen Frau befleckt. Vielleicht habe ich andere Gründe. Jedenfalls will ich unerkannt leben und sterben. Deshalb laß deinen Mann für die Welt tot und verschollen sein. Laß dir nie anmerken, daß du mich kennst, durch kein Wort, kein Zeichen, keinen Blick! Und, vor allem, verrate das Geheimnis niemals dem Manne, den ich suche. Hüte dich, dein Wort zu brechen! Sein Ansehen, seine Stellung und sein Leben sind in meiner Hand. Hüte dich!«

»Ich will dein Geheimnis wahren wie das seine«, sagte Hester.
»Schwöre es!« entgegnete er.
Da gehorchte sie.
»Und nun, Mrs. Prynne«, sagte der alte Roger Chillingworth, wie er von jetzt ab heißen sollte, »lasse ich dich allein; allein mit deinem Kind und dem roten Buchstaben! Wie ist das, Hester? Mußt du das Zeichen auch im Schlaf tragen? Hast du nicht Angst vor Gespenstern und bösen Träumen?«
»Was lächelst du so?« fragte Hester und forschte beklommen in seinem Gesicht. »Gleichst du dem Schwarzen Mann, der in den Wäldern umgeht? Hast du mich in Fesseln gelockt, die meine Seele zugrunde richten?«
»Nicht deine Seele«, antwortete er und lächelte wieder. »Nein, die deine nicht!«

V HESTER UND IHRE NADEL

Hester Prynnes Gefangenschaft war nun zu Ende. Die Gefängnistür wurde geöffnet, und sie trat hinaus in die Sonne, die über Guten und Bösen leuchtet; aber ihrem kranken, gequälten Herzen war es, als scheine sie nur, um das rote Zeichen auf ihrer Brust noch sichtbarer zu machen. Vielleicht litt sie jetzt bei den ersten Schritten in die Freiheit größere Qualen als damals auf dem schmachvollen Weg zum Pranger, wo alles Volk mit den Fingern auf sie zeigte. Damals halfen ihr eine ungewöhnliche innere Anspannung und die Unbeugsamkeit ihrer Natur, die Schande in einen düsteren Triumph zu verwandeln. Es war eine einmalige Kraftprobe, die nie im Leben wiederkommen würde. Um sie zu bestehen, mußte Hester verschwenderisch ihre ganze Lebenskraft einsetzen, mit der sie sonst viele ruhige Jahre hindurch hätte haushalten können. Das Gesetz – der unerbittliche Riese, dessen eiserner Arm Schutz und Vernichtung bedeuten konnte –, das gleiche Gesetz, das sie verurteilt hatte, hielt sie auch aufrecht und stützte sie während der furchtbaren Prüfung. Aber jetzt, als sie frei aus der Gefängnistür trat, begann der Alltag; sie mußte ihn auf sich nehmen und alle ihre Kräfte aufbieten, um ihn zu meistern, oder darunter zusammenzubrechen. Sie durfte, um mit der Not der Gegenwart fertigzuwerden, nicht länger bei der Zukunft borgen. Der morgige Tag würde seine eigenen Prüfungen haben, und auch der folgende und der nächstfolgende. Jeder Tag würde neues Leid mit sich bringen, und doch würde es immer wieder das gleiche sein, das auch jetzt so unsäglich schwer zu tragen war. Mühsam würden die künftigen Tage dahinschleichen und ihr immer wieder die gleiche Last auferlegen, und sie würde sie schleppen müssen und niemals abwerfen dürfen; und die Tage und Jahre, die vergingen, würden auf die Schande noch Elend häufen. Sie würde ihr Ich verlieren und nur noch das abschreckende Beispiel sein, auf das die Pfarrer und Tugendprediger hinweisen würden, um ihren Sermonen über weibliche Schwäche und sündhafte Leidenschaft mehr Nachdruck zu geben. Sie, das Kind redlicher Eltern, die Mutter eines Kindes, das einmal eine Frau werden sollte – sie, die einmal unschuldig war und jetzt das brennende rote Zeichen auf der Brust trug –, sie würde der heranwachsenden Jugend als die leibgewordene Sünde gezeigt werden. Und noch auf ihrem Grab würde die Schande, die sie ihr Leben lang tragen mußte, ihr einziges Denkmal sein.

Es schien fast unverständlich, daß Hester, obwohl ihr die ganze Welt offenstand und kein Gesetz sie an die abgelegene, düstere puritanische Siedlung fesselte, obwohl sie ungehindert in ihre Heimat zurückkehren oder in einem anderen europäischen Land ein neues Leben anfangen konnte, obgleich die dunklen riesigen Wälder sie riefen und die Menschen darin, deren Wildheit ihrer eigenen Natur verwandt war und die das Gesetz, das sie verurteilt hatte, nicht kannten – es war seltsam, daß Hester trotz allem dem Orte treu blieb, wo sie als Urbild der Schande gelten mußte. Aber es gibt geheime, unausweichliche Schicksalskräfte; sie bannen den Menschen an den Ort, wo ein großes und einschneidendes Geschehnis einmal sein Leben geprägt hat, und zwingen ihn, gespenstergleich dort umzugehen, zwingen ihn um so unwiderstehlicher, je dunkler sein Erlebnis war. Hesters Schuld und Schande waren die Wurzeln, die sie in diesem Boden festhielten. Es war, als habe eine neue Geburt sie verwandelt und dieses unwegsame Waldland, das jedem anderen Pilger fremd blieb, für immer zu ihrer wilden, eintönigen Heimat gemacht. Alle anderen Orte der Erde waren ihr fremd geworden – sogar das Dorf in Altengland, wo ihre glückliche Kindheit und die unbeschwerten Mädchenjahre noch immer, so schien ihr, von der Mutter aufbewahrt wurden wie alte, längst ausgewachsene Kleider. Hier, an diesen Ort, banden sie eiserne Fesseln, die ihr weh taten, aber die sie nicht abwerfen konnte.

Vielleicht hielt sie auch noch eine andere Kraft an dem unseligen Ort fest, obwohl sie es vor sich selbst nicht zugab und blaß wurde, sobald sich der Gedanke aus ihrem Herzen hervorwagte wie eine Schlange aus ihrem Versteck. Auf diesem Boden wandelte ein Mensch, der zu ihr gehörte, wenn auch die Welt ihren Bund verdammte. Aber am Jüngsten Tag würden die Schranken des Weltgerichts zum Hochzeitsaltar werden; gemeinsam würden sie sühnen und für alle Ewigkeit zusammenbleiben. Immer wieder weckte der Versucher diesen Gedanken in Hester und lachte, wenn sie sich in leidenschaftlicher, verzweifelter Hoffnung daran klammerte, um ihn gleich darauf entsetzt von sich zu weisen und in den geheimsten Winkel ihres Herzens zu verbannen. Was sie schließlich für den Grund ihres Bleibens in Neuengland hielt, war halb Wahrheit und halb Selbstbetrug. Hier, sagte sie sich, war sie schuldig geworden, und hier wollte sie auch ihre irdische Strafe auf sich nehmen. Vielleicht würde

die tägliche Qual und Schande ihre Seele läutern und ihr eine neue Unschuld geben, die, weil aus tiefem Leid geboren, reiner und geweihter sein würde als die verlorene.
So ergriff Hester Prynne nicht die Flucht. Am Rande der Stadt, noch auf der Halbinsel, aber abseits von anderen Wohnungen, stand eine kleine strohgedeckte Hütte. Ein Siedler hatte sie früher einmal gebaut und dann verlassen, denn der Boden ringsum war unfruchtbar, und die Hütte lag weitab von dem geselligen Leben, das unter den Siedlern üblich war. Sie stand dicht am Strand und sah über eine Meeresbucht hinweg auf die bewaldeten Hügel im Westen. Ein paar Bäume – niedrig und windgezaust wie alle Bäume auf der Halbinsel – verdeckten sie halb und schienen anzudeuten, daß hier etwas war, das gern im Verborgenen blieb. Mit Erlaubnis der Obrigkeit, die Hester immer noch streng überwachte, richtete sie sich mit ihrem Kind in dem einsamen kleinen Haus ein, so gut es ihre bescheidenen Ersparnisse zuließen. Sogleich legte sich der dunkle Schatten des Argwohns über den Ort. Kinder, die noch nicht verstanden, warum diese Frau von den Menschen gemieden wurde, schlichen sich manchmal in die Nähe des Hauses und beobachteten sie – an ihrem Fensterplatz beim Nähen, an der Haustür, bei der Gartenarbeit oder auf ihren Gängen zur Stadt. Doch sobald sie das rote Zeichen auf ihrer Brust bemerkten, stürzten sie in wilder Flucht davon.
Wenn Hester auch einsam war und keine Menschenseele sich um sie kümmerte, sie litt doch nicht Not. Sie verfügte über eine Kunstfertigkeit, für deren Ausübung dieses Land zwar recht wenig Gelegenheit bot, mit der sie aber doch ihr Kind und sich ernähren konnte. Es war die Kunst, mit der Nadel umzugehen – damals wie heute fast die einzige, die einer Frau erreichbar war. Der kunstvoll gestickte Buchstabe auf Hesters Brust war eine Probe ihrer Geschicklichkeit und Phantasie; die Damen eines Hofes hätten wohl mit Freuden ihren Gewändern aus Seide und Gold von solcher

Hand die letzte Vollendung geben lassen. Aber hier mochten Hesters feine Handarbeiten nur wenig Anklang finden, denn die puritanische Kleidung pflegte düster und schmucklos zu sein. Und doch konnten sich unsere gestrengen Vorfahren, die so viele, nur schwer zu entbehrende Lebensgewohnheiten hinter sich geworfen hatten, nicht ganz dem Einfluß des Zeitgeschmacks verschließen, der alles schmückende Beiwerk liebte. Jede Amtshandlung, die der Obrigkeit vor dem Volk Würde und Ansehen geben konnte – die Ordination eines Geistlichen etwa oder die Einsetzung eines Richters in sein Amt –, war von einem feierlichen, wohlausgeführten Zeremoniell begleitet und in düstere, einstudierte Pracht getaucht. Breite Halskrausen, sorgfältig gearbeitete Manschetten und prächtig bestickte Handschuhe gehörten unumgänglich zum Ornat eines Staatsgewaltigen, wenn er vor die Öffentlichkeit trat; und jedem anderen Manne, dem Rang und Reichtum ein Ansehen gaben, wurde solcher Aufwand gern zugebilligt, wenn er auch den niederen Schichten streng verboten war. Auch bei Begräbnissen brauchte man oft Arbeiten, wie Hester Prynne sie anzufertigen verstand, nämlich an den Totengewändern oder an der Trauerkleidung der Leidtragenden, wo in dunklem Tuch und schneeweißem Batist mannigfache Muster den Kummer der Hinterbliebenen versinnbildlichten. Durch die Neugeborenen, die damals in prächtige Gewänder gekleidet wurden, bot sich eine weitere Aussicht auf Arbeit und Verdienst.

Es dauerte nicht lange, daß Hesters Handarbeiten in Mode kamen, wie wir heute sagen würden. Ob aus Mitleid mit der unglücklichen Frau oder aus einer krankhaften Sucht nach Neuem, die selbst gewöhnliche und nichtige Dinge mit einem eingebildeten Wert umgibt, ob aus einem anderen, undurchsichtigen Grund, der damals wie heute genügen mochte, um einigen Menschen das zuzuwenden, was andere vergebens zu erreichen suchen, ob Hester wirklich eine

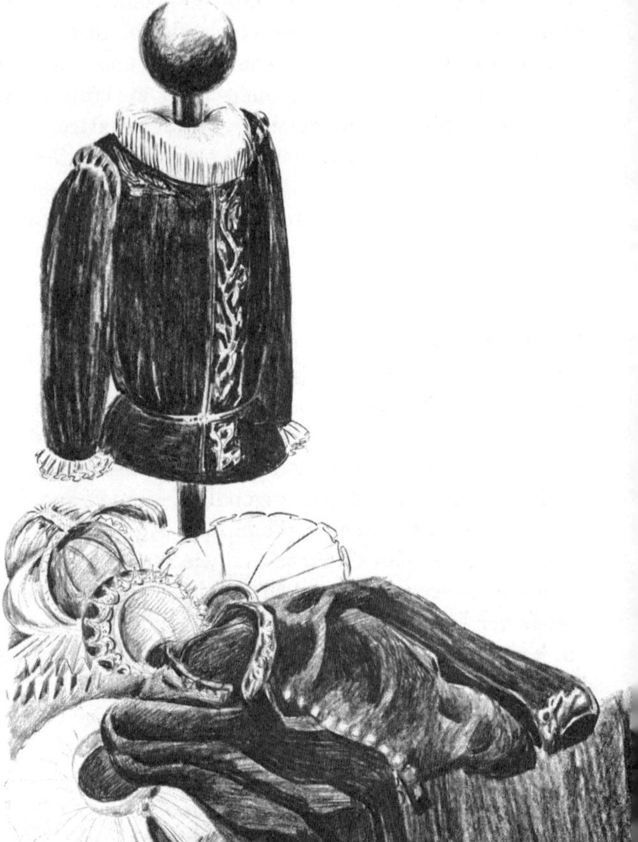

Lücke ausfüllte, die sonst offengeblieben wäre – jedenfalls fand sie Arbeit genug und konnte davon leben. Es war, als wollte die Eitelkeit sich selbst demütigen, wenn sie zu feierlichen Gelegenheiten Kleider anlegte, die aus Hesters sündigen Händen kamen. Man sah ihre Handarbeit an der Halskrause des Gouverneurs; Offiziere trugen sie an ihren Schärpen und der Geistliche an seinem Beffchen; sie schmückte das Mützchen des Säuglings, und sie wurde mit den Toten in die Erde gesenkt, um zu vermodern. Aber nicht ein einziges Mal vertraute man Hesters Händen den weißen Schleier an, der das züchtige Erröten einer Braut verhüllen sollte; denn immer noch wurde ihre Sünde von der Gesellschaft mit unnachgiebiger Strenge verdammt.

Hester brauchte nicht viel, um ganz einfach, fast asketisch leben zu können und einen bescheidenen Aufwand für ihr Kind zu ermöglichen. Sie kleidete sich in dunkle, grobe Stoffe und trug nur den einen unseligen Schmuck – den roten Buchstaben. Die Kleidung des Kindes aber war farbig und phantasievoll und erhöhte noch den Liebreiz und Zauber, der von dem kleinen Mädchen ausging und der wohl eine tiefere Bedeutung hatte. Doch wir wollen später noch davon sprechen. Abgesehen von diesem geringen Aufwand für ihr Kind verschenkte Hester alles, was sie erübrigen konnte, an Unglückliche, die weniger elend waren als sie selbst und oft die Hand beschimpften, die ihnen half. Viel Zeit, die sie besser auf feine Stickereien hätte verwenden können, benutzte sie, um aus derbem Stoff Kleider für die Armen zu nähen. Vielleicht sah sie darin eine Art Bußübung und brachte ein wirkliches Opfer, wenn sie sich stundenlang dieser groben Arbeit widmete. In ihrem Wesen lag etwas Orientalisches, ein üppiger, sinnenfreudiger Zug, eine Vorliebe für das verschwenderisch Schöne, die sich nirgends sonst auswirken konnte als in ihren kunstvollen Handarbeiten. Die feine Arbeit mit der Nadel bedeutet für Frauen ein Vergnügen, das den Männern unverständlich bleibt. Hester

Prynne fand vielleicht hier eine Möglichkeit, einer ihr innewohnenden Leidenschaft Ausdruck zu geben und sie damit zu beschwichtigen. Aber wie alle anderen Freuden verwarf sie auch diese als Sünde. Die krankhafte Einmischung des Gewissens in so harmlos scheinende Fragen verriet, daß sie noch keine echte, dauerhafte Reue fühlte, daß noch immer Zweifel sie quälte und vielleicht in die Irre führte.

So kam es, daß Hester Prynne einen Platz in der Welt ausfüllte. Denn die Welt konnte eine Frau von solcher Charakterstärke und solchem Geschick nicht ganz verstoßen, obwohl sie ihr ein Zeichen aufgedrückt hatte, das heftiger brannte als das Mal an Kains Stirn. Wenn Hester auch oft mit Menschen zusammenkam, nie fühlte sie sich ihnen zugehörig. Jede Gebärde, jedes Wort und sogar das Schweigen der Mitmenschen ließen sie spüren, daß sie draußen stand und einsam war, als bewohne sie eine andere Sphäre und habe andere Organe und Sinne als die übrige Menschheit. Sie lebte abseits von den anderen und doch unter ihnen, wie der Geist eines Verstorbenen, der unsichtbar zu den Seinen zurückkehrt, aber nicht mehr ihre Freude und ihren Kummer teilen kann, und nur Schrecken und Entsetzen hervorrufen würde, wenn man ihn plötzlich wahrnähme. Wirklich schienen Schrecken und Entsetzen – und zudem die bitterste Verachtung – die einzigen Gefühle zu sein, die die Menschen für sie übrig hatten. Das Zeitalter kannte wenig Zartgefühl. Wenn Hester ihre Stellung auch gut genug kannte und nie vergaß, immer wieder brachte man sie ihr schmerzhaft zu Bewußtsein, indem man roh an ihre Wunde rührte. Die Armen, denen sie helfen wollte, schmähten oft die dargebotene Hand. Vornehme Damen, denen sie ihre Arbeiten brachte, träufelten ihr bittere Tropfen ins Herz; manchmal brauten sie mit boshafter Gelassenheit ein tückisches Gift aus belanglosen Kleinigkeiten; ein andermal traf eine grobe Beschimpfung Hesters Brust wie ein Schlag, der auf eine offene Wunde fällt. Hester hatte lernen müssen, sich zu beherrschen. Sie erwiderte solche Angriffe nie anders als durch eine tiefe Röte, die rasch ihr blasses Gesicht überzog und wieder verschwand. Sie litt geduldig, einem Märtyrer gleich, aber beten konnte sie nicht für ihre Feinde, denn ohne daß sie es wollte, hätte sich vielleicht ein Fluch in die Worte des Segens eingeschlichen.

Immer wieder, auf tausenderlei Arten und in unzähligen Qualen, bekam sie zu spüren, daß der Urteilsspruch der weisen puritanischen Richter noch wirksam war und nie erlöschen würde. Geistliche blieben auf der Straße stehen, um Worte der Ermahnung an die arme Sünderin zu richten, und allerlei Volk gesellte sich höhnend und tadelnd dazu. Wenn sie zur Kirche ging, um am Sonntagslächeln des Himmlischen Vaters teilzuhaben, hatte sie oft das Unglück, Gegenstand der Predigt zu sein. Besonders fürchtete sich Hester vor den Kindern. Sie hatten von ihren Eltern gehört, daß es eine schreckliche Bewandtnis mit dieser dunklen Frau habe, die schweigsam, immer nur von einem Kind begleitet, durch die Straßen ging. Sie ließen Hester erst vorübergehen und liefen dann in einiger Entfernung schreiend hinter ihr her, mit einem Schimpfwort, das sie selbst nicht verstanden und nur den Erwachsenen nachplapperten, das aber Hester um so tiefer verletzte. Es schien ihr, als sei die Kunde von ihrer Schande so weit verbreitet, daß selbst die Natur darum wußte. Hätten die Blätter auf den Bäumen die traurige Geschichte einander zugeflüstert, hätte der Sommerwind sie erzählt oder der Wintersturm sie hinausgeheult, es hätte Hester nicht schmerzhafter treffen können. Eine Marter war es auch, wenn ihr Fremde begegneten, die neugierig das rote Zeichen anstarrten und es ihr von neuem in die Seele brannten; gern hätte sie die Hand darüber gehalten und es verborgen, aber sie tat es nicht. Ebenso qualvoll und unerträglich war es, dem kalten, vertraulichen Blick eines Eingeweihten zu begegnen. Immer wieder litt Hester Prynne die gleiche Folter, wenn sie ein Auge auf dem Zeichen spürte; die

Wunde konnte nicht vernarben – täglich wurde sie von neuem aufgerissen.
Nur selten, in Tagen oder vielleicht in Monaten einmal, fühlte sie einen menschlichen Blick auf dem Schandmal. Dann atmete sie für einen Augenblick auf, als werde ihr die Hälfte der Last abgenommen. Aber gleich darauf schlug alles Leid mit doppelter Stärke wieder über ihr zusammen, denn in dem kurzen Augenblick hatte sie von neuem gesündigt. Hatte nur Hester gesündigt?
Die Einsamkeit und die dauernde Angst und Qual, an der ein Mensch mit geringerer Seelenkraft wohl zerbrochen wäre, hatten Hesters Einbildungskraft krankhaft überreizt. Wenn sie so allein durch die Stadt ging, mit der sie äußerlich zusammenhing, war es ihr oft – es mochte nur Einbildung sein, aber sie wurde das Gefühl nicht los –, als habe ihr der rote Buchstabe einen sechsten Sinn gegeben. Sie schauderte davor, aber dennoch glaubte sie fest, daß das Zeichen ihr die Kraft verliehen habe, verborgene Sünde in anderen Herzen zu lesen. Solche Enthüllungen erfüllten sie mit Grauen. Woher kamen sie? Waren es die Einflüsterungen des Bösen, der die Widerstrebende, erst halb Unterlegene, gern überzeugt hätte, daß alle Unschuld Lüge und Maske sei und daß noch auf mancher anderen Brust das rote Zeichen aufflammen müßte, käme das Verborgene ans Licht? Sollte sie diese dunklen und doch so deutlichen Einflüsterungen für Wahrheit halten? In all ihrem Unglück hatte sie noch nichts so mit Schrecken und Abscheu erfüllt wie dieser dunkle Spürsinn. Plötzlich, bei den feierlichsten Anlässen, erwachte er und stürzte Hester in Verwirrung und Entsetzen. Manchmal pochte das rote Zeichen an ihrer Brust geheimnisvoll, wenn ein ehrwürdiger Geistlicher oder Richter vorbeiging – Musterbilder der Tugend und Frömmigkeit, die von ihrem Zeitalter verehrt wurden, als stünden sie mit den Engeln im Bunde. »Was mag Böses in der Nähe sein?« fragte sich Hester in solchen Augenblicken. Widerstrebend sah sie sich um und

fand nichts außer der Gestalt eines irdischen Heiligen! Ein andermal spürte sie eine dunkle Verwandtschaft, wenn sie dem strafenden, frommen Blick einer Matrone begegnete, von der man wissen wollte, sie habe ihr Leben lang an Stelle des Herzens kalten Schnee in der Brust gehabt. Was hatten der ungetaute Schnee und Hesters brennende Schande miteinander gemein? Dann wieder durchzuckte sie plötzlich das Gefühl: »Hier ist meinesgleichen!« – und wenn sie aufsah, bemerkte sie ein junges Mädchen, das mit flüchtigem, scheuem Blick den roten Buchstaben streifte, während ihr eine leichte Röte ins Gesicht stieg, als habe der Anblick ihre Reinheit befleckt. Wollte der Dämon, der in dem unseligen Zeichen wirkte, der armen Frau denn nichts, weder an der Jugend noch am Alter, zu verehren übriglassen? Es ist wohl die traurigste Folge der Sünde, daß der Mensch den Glauben an das Gute verliert. Aber noch versuchte Hester Prynne zu glauben, daß kein anderer Mensch so schuldig sei wie sie selbst – ein Zeichen, daß dieses arme Opfer eigener Schwäche und harter Menschengesetze noch nicht ganz verloren war.

Das Volk schmückte damals alles, was seine Einbildungskraft erregte, mit finsteren Schrecknissen aus und erzählte sich auch von dem roten Buchstaben eine dunkle Geschichte, die sich leicht zu einer schauerlichen Legende aufputzen ließe. Das Zeichen sei nicht aus gewöhnlichem rotem Tuch, hieß es, und in keinem gewöhnlichen Farbtopf gefärbt, sondern es sei rotglühend vom Feuer der Hölle und leuchte hell, wenn Hester Prynne nachts durch die Straßen gehe. Wohl war es tief in Hesters Brust eingebrannt; und vielleicht war mehr Wahres an dem Gerede, als unser moderner Unglaube zugeben möchte.

VI PEARL

Bisher haben wir kaum das Kind erwähnt, das kleine Geschöpf, dessen unschuldiges Leben nach einem unerforsch-

lichen höheren Ratschluß als eine liebliche, unsterbliche Blüte aus sündiger Leidenschaft hervorgegangen war. Mit seltsamen Gefühlen sah Hester das Heranwachsen dieses Kindes, seine täglich liebreichere Anmut und den wachen Geist, der wie blitzender Sonnenschein auf seinem Gesicht spielte. Ihre Pearl! So hatte Hester das Kind genannt; nicht weil sein Äußeres sie an eine Perle erinnerte – es hatte nicht den ruhigen, weißen, leidenschaftslosen Glanz –, sondern weil es ihr einziger, kostbarer Schatz war, den sie mit allem, was sie besaß, erkauft hatte. Es war seltsam! Die Menschen hatten diese Frau mit dem Zeichen der Schande gebrandmarkt, und sie versagten ihr selbst das Mitleid, um nicht schuldig zu werden wie sie. Gott aber hatte aus der Sünde, die die Menschen verdammten, ein liebliches Kind entstehen lassen. Sein Platz war an derselben Brust, die das Mal der Schande trug, und es verknüpfte die Mutter für immer mit der großen Menschenfamilie, um endlich selbst eine Selige im Himmel zu werden. Aber Hester empfand mehr Furcht als Hoffnung bei diesen Gedanken. Sie wußte um ihre Schuld und konnte nicht glauben, daß Gutes daraus entstehen würde. Jeden Tag forschte sie angstvoll im Wesen des Kindes; immer fürchtete sie, irgendeinen dunklen, wilden Zug darin zu entdecken, der mit ihrer Schuld in geheimem Zusammenhang stünde.
Körperliche Fehler hatte es nicht. So vollkommen war es an Gestalt und Kraft und natürlicher Gewandtheit, als sei es im Paradies geboren; und es wäre wohl würdig gewesen, dort als Spielzeug der Engel zu bleiben, als die ersten Menschen vertrieben worden waren. Das Kind hatte eine natürliche Anmut, die nicht immer neben makelloser Schönheit zu finden ist. Es mochte noch so einfach gekleidet sein, immer schien es, als stehe ihm nichts besser als das Kleid, das es gerade trug. Aber die kleine Pearl war nicht wie die Landkinder angezogen. Einer krankhaften Neigung folgend, die wir vielleicht später besser verstehen, hatte ihre Mutter die

kostbarsten Stoffe gekauft, die es gab, und ihrer Phantasie beim Nähen der Kleider, die das Kind vor dem Auge der Öffentlichkeit trug, weiten Spielraum gelassen. Prachtvoll sah die kleine Gestalt in diesen Gewändern aus; aber Pearls eigene Schönheit übertraf noch die prächtigen Kleider, die eine blassere Lieblichkeit wohl erstickt hätten, und strahlte förmlich Licht aus in der dunklen Hütte. Doch sie war ebenso reizend anzusehen, wenn sie nur ein einfaches Kleid aus braunem Stoff trug, das von ihren wilden Spielen beschmutzt und zerrissen war. Pearl besaß den Zauber einer unendlichen Wandlungsfähigkeit; in diesem einen Kind waren viele Kinder verborgen, die feldblumenhafte Anmut eines Bauernkindes und das Gepränge einer kleinen Prinzessin. Doch immer, bei allen Verwandlungen, blieb eine eigentümliche Leidenschaftlichkeit, ein tiefer Grundton, der sich nie verlor und nie schwächer wurde, denn sonst hätte Pearl aufgehört, sie selbst zu sein.

Diese äußere Wandelbarkeit entsprach nur der Vielseitigkeit ihres inneren Lebens. Veränderlichkeit und Tiefe gehörten wohl zu ihrem Wesen; aber ihr fehlte, wenn Hester sich in ihren Befürchtungen nicht täuschte, die Rücksicht und die Fähigkeit, sich der Welt, in die sie hineingeboren war, anzupassen. Das Kind ließ sich durch keine Vorschrift einzwängen. Als man es ins Leben rief, war ein Gesetz gebrochen worden, und es war ein Wesen entstanden, das wohl schöne und glänzende Eigenschaften besaß, das sich aber in keine bestehende Ordnung fügte, sondern nur in eine ihm eigene, die schwer zu enträtseln war. Um sich den Charakter des Kindes zu erklären, wenn auch nur unbestimmt und unvollkommen, rief sich Hester ins Gedächtnis zurück, wie sie selbst in jener bedeutungsvollen Zeit gewesen war, da Pearl ihre Seele aus der geistigen Welt empfing und aus irdischem Stoff ihren Körper bildete. Ihre eigene leidenschaftliche Erregtheit war das Medium gewesen, durch das Strahlen in das Wesen des ungeborenen Kindes fielen; so weiß und rein sie ursprünglich gewesen sein mochten, sie hatten das tiefe Rot und Gold, den feurigen Glanz, den schwarzen Schatten und das ungedämpfte Licht dieses Mediums angenommen. Und besonders lebte Hesters innerer Kampf in Pearl weiter. Sie erkannte ihren eigenen wilden, verzweifelten Trotz, die Flüchtigkeit ihrer Launen und auch die düsteren Wolken der Mutlosigkeit wieder, die sich damals über ihrem Herzen zusammengezogen hatten. Bei Pearl waren sie noch vom Morgenlicht eines kindlichen Gemütes erhellt, aber später konnten Sturm und Unwetter daraus hervorbrechen.

Die Kinder wurden damals viel strenger erzogen als heute. Zurechtweisende Blicke, harter Tadel und häufige Züchtigung mit der Rute, die schon die Heilige Schrift empfiehlt, galten nicht nur als Strafmittel für wirkliche Vergehen, sondern auch als bekömmliche Kost für das Gedeihen aller kindlichen Tugenden. Hester Prynne aber, die allein stand mit diesem einzigen Kind, kam nicht in Gefahr, übermäßig streng zu sein. Wohl dachte sie an ihre eigenen Fehler und Irrungen und versuchte früh, die ihr anvertraute Kinderseele zugleich gütig und streng zu lenken. Aber diese Aufgabe überstieg ihre Kräfte. Oft hatte sie es mit Milde und Tadel versucht und gefunden, daß beides nichts fruchtete; so blieb ihr schließlich nichts anderes übrig, als beiseite zu stehen und das Kind seinen eigenen Launen zu überlassen. Äußerer Zwang und Schläge wirkten wohl, jedoch nur für den Augenblick. Jedes andere Erziehungsmittel aber, ob es sich an den Verstand oder an das Herz des Kindes wandte, war einmal wirksam und ein andermal nicht, wie Pearl gerade gelaunt war. Schon an dem ganz kleinen Kind hatte die Mutter oft einen eigentümlichen Blick wahrgenommen, der anzeigte, daß alle Bitten, Zurechtweisungen und Überredungskünste vergeblich sein würden. Dieser Blick war so verständig und doch unerklärlich, so verstockt und manchmal so boshaft, immer aber von so wilden Launen begleitet, daß sich Hester in solchen Augenblicken fragte, ob Pearl denn wirklich ein menschliches Wesen sei. Sie glich eher einem übermütigen Kobold, der eine Weile auf dem Fußboden der Hütte seine wunderlichen Spiele trieb und plötzlich mit spöttischem Lachen davonhuschen konnte. Immer, wenn sich dieser Ausdruck in Pearls wilden, schwarzglänzenden Augen zeigte, gab er ihr eine merkwürdige Fremdheit und Entrücktheit; es war, als schwebe sie in der Luft und könne plötzlich verschwinden, wie ein flimmerndes Licht, von dem man nicht weiß, woher es kommt und wohin es geht. Denn stürzte Hester dem Kind nach, verfolgte den kleinen Luftgeist und riß ihn mit zärtlichen Küssen an sich – nicht eigentlich aus mütterlicher Liebe, sondern um Gewißheit zu haben, daß Pearl aus Fleisch und Blut und nicht nur ein Trugbild war. Aber wenn sie das Kind endlich eingefangen hatte, machte sein lustiges helles Lachen die Mutter noch unsicherer als zuvor.

Hester war bestürzt über diesen verwirrenden Zauber, der sich so oft zwischen sie und ihren einzigen, teuer erkauften Besitz drängte, der ihre Welt war, und sie brach manchmal in bittere Tränen aus. Dann zog Pearl wohl die Stirn kraus – es ließ sich nie voraussehen, wie Hesters Tränen auf sie wirken würden –, ballte die kleinen Fäuste und verfinsterte ihr Gesicht in unbarmherziger Mißbilligung. Manchmal aber – doch das kam selten vor – wurde sie plötzlich von wildem Schmerz geschüttelt und gestand unter herzzerbrechendem Schluchzen und in abgerissenen Worten der Mutter ihre Liebe, als wolle sie zeigen, daß sie doch ein Herz hatte. Aber Hester konnte dieser stürmischen Zärtlichkeit nie recht trauen; sie verging so rasch, wie sie gekommen war. Die Mutter grübelte viel über diese Dinge nach, und oft schien es ihr, als habe sie einen Geist heraufbeschworen, aber durch eine Unachtsamkeit bei der Beschwörung das Zauberwort nicht erfaßt, mit dem dieses fremde und unbegreifliche Wesen zu lenken sei. Ruhe fand sie nur, wenn das

Kind friedlich schlummerte. Dann war sie seiner sicher und genoß die Stunden eines stillen, köstlichen, wenn auch gedämpften Glückes – bis die kleine Pearl erwachte und vielleicht wieder der gefürchtete Ausdruck in den halbgeöffneten Augen flackerte.

Wie schnell kam Pearl in das Alter, in dem ein geselliges Bedürfnis erwacht und das Lächeln und die Schmeichelworte der Mutter nicht mehr genügen! Und wie glücklich wäre Hester gewesen, wenn Pearls klare, zwitschernde Stimme in das Geschrei der anderen Kinder eingestimmt, wenn sie beim Lärmen und Spielen der anderen ihr Kind herausgehört hätte. Aber das konnte nicht sein. Von Geburt an war Pearl aus der Kinderwelt ausgestoßen. Als ein böser Kobold, eine Verkörperung und Frucht der Sünde hatte sie kein Recht, mit Christenkindern zu spielen. Mit merkwürdigem Instinkt begriff Pearl ihre Einsamkeit; sie spürte die dunkle Macht, die einen nicht zu brechenden Ring um sie gelegt hatte, und erkannte ihre sonderbare Stellung zu den anderen Kindern. Seit ihrer Entlassung aus dem Gefängnis war Hester nie ohne das Kind unter Menschen gegangen. Auf allen Gängen in die Stadt hatte Pearl die Mutter begleitet, schon als Säugling, als sie noch in Hesters Armen lag, und dann als kleines Mädchen, das mit seiner ganzen Hand den Zeigefinger der Mutter umklammerte und mit winzigen, raschen Schritten neben ihr hertrippelte. Dabei sah sie am Grasrand der Straße oder vor den Haustüren die Kinder der Siedlung, die sich auf seltsame, unkindliche Art vergnügten, wie es der puritanischen Erziehung entsprach. Sie spielten Kirchgang, Quäker-Auspeitschen oder Skalpjagd mit Indianern, oder sie erschreckten einander, indem sie Hexen nachahmten. Pearl sah diesen Spielen aufmerksam zu, aber niemals suchte sie die Bekanntschaft der Kinder. Wenn man sie ansprach, gab sie keine Antwort. Wenn die Kinder ihr jedoch zu nahe kamen, konnte sie furchtbar zornig werden. Dann warf sie mit Steinen nach ihnen und stieß schrille, unzusammenhängende Schreie aus, bei denen die Mutter zitterte, denn sie klangen wie die schlimmsten Verwünschungen in einer unbekannten Sprache.

Den kleinen Puritanern lag die Unduldsamkeit im Blut; sie witterten in der Frau und dem Kind etwas Fremdes und Unheimliches, was den gewohnten Sitten widersprach, und deshalb verachteten sie die beiden und schmähten sie oft mit harten Worten. Pearl spürte diese Feindseligkeit und erwiderte sie mit dem bittersten Haß, den ein Kind nur empfinden kann. Ihre wilden Zornesausbrüche hatten eine gewisse Bedeutung und sogar etwas Tröstliches für die Mutter; denn statt der unberechenbaren Launenhaftigkeit, die sie so oft an dem Kinde beunruhigte, lag darin wenigstens ein verständlicher Ernst. Und doch erschreckte es Hester, auch hier wieder den dunklen Widerschein des Bösen zu sehen, das sie selbst beherrscht hatte. All diese Feindseligkeit und Leidenschaft hatte sich nach einem unausweichlichen Gesetz von Hester auf das Kind übertragen. Mutter und Tochter lebten in demselben Bannkreis, ausgestoßen von der menschlichen Gesellschaft; und in das Wesen des Kindes war die ganze Ruhelosigkeit eingegangen, die Hester Prynne vor Pearls Geburt gequält hatte, aber seitdem durch den sänftigenden Einfluß der Mutterschaft langsam gemildert worden war.

Zu Hause, in der Hütte und im Freien, vermißte Pearl den Umgang mit anderen Kindern nicht. Ein belebender Zauber ging von ihrer immer wachen Erfindungskraft aus und teilte sich tausend Dingen mit, wie eine brennende Fackel überall Feuer entzünden kann. Scheinbar unbelebte Gegenstände – ein Stock, ein Bündel Lumpen oder eine Blume – unterwarfen sich Pearls Zauberkraft und fügten sich, wenn sie auch äußerlich unverändert blieben, in jedes Schauspiel ein, das sich auf der Bühne ihrer inneren Welt abspielte. Ihre Kinderstimme diente all ihren Phantasiegestalten, alten und jungen, zum Sprechen. In den verkrüppelten Kiefern, die so schwarz und unnahbar aussahen und im Wind sor-

genvoll ächzten und stöhnten, sah Pearl finstere Puritaner; die häßlichsten Unkräuter im Garten waren Puritanerkinder, die sie unbarmherzig niedertrat und ausriß. Es war erstaunlich, wie vielen verschiedenartigen Gebilden sie Leben einhauchte; flüchtige, tanzende Wesen ohne Dauer waren es, die nur den Zustand höchster Anspannung kannten und bald, von der wilden, fieberhaften Jagd erschöpft, dahinsanken, während andere Gestalten von gleichem Ungestüm ihnen folgten. Das ganze Treiben war wie das Gaukelspiel der Nordlichter. Wenn Pearl in dieser Weise ihre Phantasie betätigte und ihren Geist spielen ließ, so unterschied sie sich darin kaum von anderen aufgeweckten Kindern; nur war sie stärker auf die Geschöpfe ihrer Einbildungskraft angewiesen, weil ihr menschliche Spielgefährten fehlten. Aber seltsam waren die feindseligen Gefühle, mit denen das Kind all diesen selbstgeschaffnen Gestalten begegnete. Sie erschuf sich nie einen Freund, sondern säte immer nur Drachenzähne aus, wie es schien, aus denen ein Heer bewaffneter Feinde entstand, gegen die sie zu Felde zog. Hester, die sich an alledem schuldig fühlte, litt furchtbar darunter, bei einem so jungen Geschöpf immer wieder die Vorstellung einer feindlichen Welt zu finden und den wilden angespannten Kampf um Selbstbehauptung zu beobachten.

Oft, wenn sie Pearls Spielen zusah, ließ Hester Prynne ihre Arbeit plötzlich aus der Hand gleiten, und von übermächtiger Angst gequält, die sich von selbst Luft machte, wenn Hester sie auch gern verborgen hätte, stöhnte sie auf: »O Vater im Himmel – wenn Du noch mein Vater bist –, was ist das für ein Wesen, das ich zur Welt gebracht habe?« Wenn Pearl den Stoßseufzer hörte oder mit feineren Organen die Seelenangst der Mutter spürte, wandte sie ihr das helle, schöne Gesicht zu, lächelte koboldhaft und spielte weiter.

Im Wesen des Kindes lag noch ein anderer merkwürdiger Zug. Nicht das Lächeln der Mutter hatte es als allererstes im Leben wahrgenommen, nicht wie andere Kinder mit dem schwachen Versuch eines Lächelns darauf geantwortet, das der Mutter hinterher so zweifelhaft erscheint und sie immer wieder fragen läßt, ob es wirklich ein Lächeln gewesen sei. Nein, der erste Gegenstand, der Pearls Aufmerksamkeit erregt hatte, war – sollen wir es sagen? – das rote Zeichen auf Hesters Brust! Eines Tages, als sich die Mutter über die Wiege beugte, blieben die Blicke des Kindes plötzlich an der schimmernden Goldstickerei haften; lächelnd streckte es die kleine Hand nach dem Buchstaben aus und griff danach, nicht zögernd, sondern so entschlossen, daß das kleine Gesicht in diesem Augenblick viel älter aussah. Hester stockte der Atem; unwillkürlich packte sie das unselige Zeichen, um es abzureißen – so unendliche Qualen litt sie, als Pearls Kinderhand daran rührte. Die kleine Pearl aber sah die Mutter nur an und lächelte, als sei die angstvolle Bewegung nichts als Scherz gewesen. Von diesem Tag an hatte sich Hester keinen Augenblick mehr sicher gefühlt; nur wenn das Kind schlief, konnte sie sich noch ruhig an ihm freuen. Manchmal vergingen Wochen, in denen Pearl nicht einen Blick auf das rote Zeichen warf, aber dann war ihre Aufmerksamkeit plötzlich – für Hester wie ein tödlicher Schlag – wieder wach, immer von dem eigentümlichen Lächeln und dem seltsamen Augenausdruck begleitet.

Einmal trat dieser merkwürdige, unheimliche Ausdruck in Pearls Augen, als Hester gerade, wie es Mütter gern tun, ihr eigenes Spiegelbild darin suchte. Plötzlich war es ihr – denn einsame Frauen, die ein Kummer drückt, werden oft von unerklärlichen Wahnvorstellungen heimgesucht –, als sehe sie in dem kleinen schwarzen Spiegel nicht ihr eigenes verkleinertes Abbild, sondern ein fremdes Gesicht. Es waren teuflische Züge voll lächelnder Bosheit; sie erinnerten Hester an ein Gesicht, das sie einmal gut gekannt hatte, wenn es auch selten ein Lächeln und nie Bosheit gezeigt hatte. Es war, als habe sich ein böser Geist des Kindes bemächtigt und gerade spöttisch aus Pearls Augen geblickt. Noch oft, wenn auch weniger lebhaft, wurde Hester von dem gleichen Trugbild gequält.

An einem Nachmittag im Sommer, als Pearl schon so groß war, daß sie herumspringen konnte, vergnügte sie sich damit, ganze Hände voll Feldblumen abzureißen und, eine nach der anderen, gegen Hesters Brust zu werfen. Immer, wenn sie den roten Buchstaben getroffen hatte, hüpfte sie wie ein kleiner Kobold auf und nieder. Hester hob unwillkürlich die Hände, um sie schützend vor die Brust zu halten. Aber aus Stolz oder Ergebung ließ sie es, oder vielleicht sah sie auch eine Buße in diesem qualvollen Spiel. Aufrecht und totenblaß blieb sie sitzen und sah das Kind traurig an. Pearl warf noch immer mit Blumen; fast alle trafen das Zeichen und rissen Wunden in Hesters Brust, für die es keine Linderung gab, weder auf Erden noch im Himmel. Schließlich, als keine Geschosse mehr übrig waren, blieb das Kind stehen und lächelte, und wieder schien es Hester, als sehe ein kleiner boshafter Teufel aus Pearls unergründlichen dunklen Augen.

»Kind, wer bist du nur?« rief die Mutter.

»Deine kleine Pearl!« antwortete das Kind.

Dabei lachte es und fing an, mit dem wunderlichen Gebärdenspiel eines Kobolds, der im nächsten Augenblick durch den Schornstein entwischen konnte, hin und her zu tanzen.

»Bist du denn wirklich mein Kind?« fragte Hester.

Es war ihr ganz ernst mit der Frage; denn das Kind besaß so viel Verstand, daß die Mutter fast glaubte, es kenne den geheimen Zauberspruch seines Daseins und werde ihn vielleicht jetzt verraten.

»Ja, ich bin die kleine Pearl!« wiederholte das Kind und setzte seine Possen fort.

»Du bist nicht mein Kind! Du bist nicht meine Pearl!« sagte die Mutter – halb im Scherz; oft überkam sie in der traurigsten Stimmung plötzlich die Lust zum Necken. »Sag, wer du bist und wer dich auf die Erde sandte!«

»Sag du mir's doch, Mutter!« erwiderte das Kind ernsthaft

und schmiegte sich an Hesters Knie. »Du mußt mir's sagen!«
»Dein Himmlischer Vater hat dich gesandt!« antwortete Hester Prynne.
Aber sie sagte es mit einem Zögern, das Pearls wacher Beobachtung nicht entging. Ob sie nur einer Laune folgte oder der Stimme eines bösen Geistes – sie hob den kleinen Zeigefinger und berührte den roten Buchstaben.
»Er hat mich nicht geschickt!« rief sie mit Bestimmtheit. »Ich habe keinen Himmlischen Vater!«
»Still, Pearl, still! Das darfst du nicht sagen!« antwortete die Mutter; sie unterdrückte ein Stöhnen. »Er hat uns alle in die Welt geschickt, sogar mich, deine Mutter. Und dich erst recht. Oder woher bist du sonst gekommen, du seltsames Kind?«
»Sag mir's doch, sag mir's!« wiederholte Pearl. Sie war nicht mehr ernst, sondern hüpfte lachend herum. »Du mußt es doch wissen.«
Aber Hester wußte keine Antwort; sie wurde von düsteren Zweifeln gequält. Lächelnd und schauernd zugleich erinnerte sie sich des Geredes unter den Siedlern. Die Leute hatten vergeblich nach dem Vater des Kindes geforscht und einige sonderbare Eigenschaften an dem kleinen Mädchen wahrgenommen. Da behaupteten sie, das Kind sei ein Sprößling des Satans. Schon seit alten katholischen Zeiten habe man immer wieder solch böse Geister gesehen, die den Sünden ihrer Mütter entstammten und schlechte, gottlose Zwecke auf der Erde erfüllten. Auch Luther war nach den Verleumdungen seiner Feinde ein Sprößling der Hölle; und Pearl war nicht das einzige Kind, dem die Puritaner in Neuengland diesen dunklen Ursprung nachsagten.

VII DAS HAUS DES GOUVERNEURS

Eines Tages ging Hester Prynne zum Gouverneur Bellingham, um ein Paar Handschuhe abzuliefern, die sie mit

Fransen und Stickereien verziert hatte und die der Gouverneur bei einem feierlichen Anlaß tragen wollte. Obwohl der frühere Regent nach der letzten Volkswahl ein oder zwei Stufen von seinem hohen Rang herabgestiegen war, nahm er doch immer noch eine angesehene und einflußreiche Stellung in der Kolonie ein.

Wenn Hester Prynne heute eine Unterredung mit dem mächtigen Manne suchte, so hatte sie noch einen anderen und wichtigeren Grund als die Ablieferung eines Paars bestickter Handschuhe. Es war ihr zu Ohren gekommen, daß einige führende Bürger der Stadt, die besonders strenge religiöse und politische Grundsätze vertraten, ihr das Kind wegnehmen wollten. Wie schon angedeutet, behaupteten diese frommen Leute, daß Pearl teuflischen Ursprungs sei, und hielten es für ihre Christenpflicht, den Dämon aus Hesters Umkreis zu entfernen. Und falls das Kind doch sittlicher und religiöser Erziehung zugänglich und seine Seele vielleicht noch zu retten sein sollte, schien es ihnen ratsam, es einem weiseren und besseren Hüter als Hester Prynne zu übergeben. Gouverneur Bellingham sollte einer der eifrigsten Förderer dieses Planes sein. Es mag uns seltsam, ja lächerlich vorkommen, daß eine Angelegenheit wie diese, die zu einer späteren Zeit kaum ein paar städtische Beamte interessiert hätte, damals ein Gegenstand öffentlicher Erörterung war, zu dem sogar bedeutende Staatsmänner Stellung nahmen. Aber zu jener guten, alten Zeit wurden selbst aus den geringfügigsten Dingen, die noch viel unwesentlicher als Hesters und ihres Kindes Seelenheil waren, Haupt- und Staatsaktionen gemacht. So konnte ein heftiger Rechtsstreit um ein Schwein entbrennen, in den die ganze gesetzgebende Körperschaft der Kolonie verwickelt wurde und der sogar entscheidende Veränderungen in der Gesetzgebung selbst hervorrief.

Als Hester Prynne die abgelegene Hütte verließ und sich auf den Weg machte, war sie voller Sorge, aber doch so überzeugt von ihrem Recht, daß der Kampf zwischen der Öffentlichkeit und der einsamen Frau, die jedoch die Stimme der Natur auf ihrer Seite hatte, kaum ungleich erschien. Die kleine Pearl war, wie immer, ihre Begleiterin. Sie war jetzt in einem Alter, da sie von morgens bis abends in Bewegung sein mußte; leichtfüßig lief sie neben der Mutter her und hätte gut einen noch längeren Weg als den bevorstehenden zurücklegen können. Trotzdem setzte sie sich's unterwegs in den Kopf, von der Mutter getragen zu werden; aber ebenso plötzlich wollte sie wieder zur Erde, hüpfte vor Hester her auf dem Wiesenweg und stolperte auch wohl einmal und fiel ins Gras. Wir haben Pearls blühende, lebensvolle Schönheit kennengelernt, eine Schönheit der tiefen und warmen Farben – ihre helle Haut, die unergründlichen, glänzenden Augen und das schimmernde, dunkelbraune, später fast schwarze Haar. Das ganze kleine Wesen sprühte Feuer; man sah ihm an, daß es die Frucht eines leidenschaftlichen, unbedachten Augenblicks war. Als die Mutter das Kleid des Kindes nähte, hatte sie ihrer Phantasie und Prachtliebe keine Grenzen gesetzt; es war ein leuchtendrotes Samtkleid von besonderem Schnitt, das reich mit phantastischen Goldstickereien verziert war. Diese Farbenpracht, in der ein blasseres Gesicht kaum zur Geltung gekommen wäre, ergänzte nur Pearls eigene Schönheit und verwandelte das Kind in die hellste kleine Flamme, die je über die Erde tanzte.

Es war merkwürdig an diesem Gewand und an der ganzen Erscheinung des Kindes, daß es so auffällig dem Zeichen glich, das Hester Prynne auf der Brust tragen mußte. Wie das rote Mal in neuer Gestalt, das mit Leben erfüllte rote Mal sah Pearl in diesem Kleid aus. Die Mutter selbst hatte die Ähnlichkeit sorgfältig herausgearbeitet, als habe das Zeichen der Schande sich so tief in ihr Hirn eingebrannt, daß all ihre Gedanken seine Form annahmen. Manche Stunde krankhafter Erregung hatte es gekostet, bis der Gegenstand ihrer Liebe und das Sinnbild ihrer Schuld und Qual einander glichen. Aber in Wahrheit verkörperte Pearl beides, Liebe und Schuld, und nur deshalb hatte es Hester vermocht, das Äußere des Kindes so vollkommen dem roten Mal anzugleichen.

Als die beiden Wanderer in die Stadt kamen, unterbrachen die Puritanerkinder ihr Spiel – oder was die finsteren kleinen Gesellen Spiel nannten – und sagten gewichtig zueinander: »Seht mal, da ist die Frau mit dem roten Buchstaben, und das Abbild des roten Zeichens läuft neben ihr her. Kommt, wir bewerfen sie mit Schmutz!«

Pearl, die keine Furcht kannte, verfinsterte ihr Gesicht, stampfte mit dem Fuß und ballte drohend die Faust; plötzlich stürmte sie auf den feindlichen Haufen los und schlug ihn in die Flucht. Bei dieser wilden Jagd glich sie einer Kinderseuche, dem Scharlachfieber etwa, oder einem gerade flügge gewordenen Würgeengel, der den Auftrag hat, die Sünden der heranwachsenden Generation zu bestrafen. Mit schrillem Schreien und lautem Gebrüll jagte sie den Flüchtigen einen heillosen Schrecken ein. Nach errungenem Sieg kehrte sie gelassen zur Mutter zurück und lächelte sie an.

Ohne weitere Zwischenfälle erreichten die beiden das Haus des Gouverneurs. Es war ein großer Holzbau von der Art, wie man sie noch heute in älteren amerikanischen Städten finden kann. Jetzt sind diese Häuser moosbewachsen, dem Verfall nahe und schwermütig von halbvergessener Trauer und Freude, die einmal die dunklen Räume erfüllten und dann versunken sind. Damals waren sie noch frisch und neu, und aus den sonnenbeschienenen Fenstern leuchtete Fröhlichkeit, die den Tod noch nicht kannte. Das Haus des Gouverneurs sah wirklich ausnehmend freundlich aus. Der Putz an der Außenwand war mit vielen kleinen Glassplittern durchsetzt, und wenn die Sonne schräg auf die Front des Hauses fiel, glitzerte und funkelte es, als habe man

Hände voll Diamanten dagegen geworfen. Dieser Glanz hätte besser zum Palaste Aladins als zur Wohnung eines ernsten alten Puritaners gepaßt. Eine weitere Zierde des Hauses waren die seltsamen, kabbalistisch anmutenden Muster und Figuren, die, dem wunderlichen Zeitgeschmack entsprechend, in den frischen Putz hineingezeichnet und jetzt hart und dauerhaft geworden waren, späteren Geschlechtern zur Bewunderung.
Als Pearl das schimmernde Wunderwerk sah, fing sie an zu hüpfen und zu tanzen und verlangte von der Mutter, daß sie den glitzernden Sonnenschein von der Hauswand streifen und ihr zum Spielen geben solle.
»Nein, Kind«, sagte Hester. »Du mußt dir deinen Sonnenschein schon selbst sammeln. Ich kann dir keinen geben.«
Sie näherten sich dem rundbogigen Eingang; dieser war von zwei schmalen, turmartigen Vorbauten flankiert, in die vergitterte Fenster und Holzläden eingelassen waren. Hester Prynne hob den eisernen Klopfer, der an der Pforte hing, und pochte, worauf ein Sklave öffnete, ein freigeborener Engländer, den der Gouverneur für sieben Jahre gekauft hatte. Während dieser Zeit war er das Eigentum seines Herrn, eine veräußerlichte Ware wie ein Stück Rindvieh oder ein Stuhl. Er trug einen blauen Rock, die damals übliche Tracht der Bediensteten, wie sie schon vor langer Zeit auf alten englischen Herrensitzen gebräuchlich war.
»Ist der Herr Gouverneur zu Haus?« fragte Hester.
»Ja, zu Haus ist er«, antwortete der Diener und starrte mit weitaufgerissenen Augen den roten Buchstaben an, den er, als ein Neuling in diesem Lande, noch nie gesehen hatte. »Aber Seine Gnaden haben Besuch, einen oder zwei Geistliche und einen Arzt. Ihr könnt Seine Gnaden jetzt nicht sprechen.«
»Ich will trotzdem eintreten«, erwiderte Hester Prynne, und der Diener wagte keinen Widerspruch. Ihr entschiedenes Auftreten und der glitzernde Schmuck auf ihrer Brust ließen

ihn vielleicht glauben, sie gehöre zu den großen Damen des Landes.

So wurden Hester und ihr Kind in die Vorhalle geführt. Soweit das Baumaterial, das andere Klima und die andere Lebensweise es zuließen, hatte Gouverneur Bellingham seine neue Wohnung den Herrensitzen seiner englischen Heimat nachbilden lassen. Eine große, geräumige Diele erstreckte sich von einem Ende des Hauses bis zum anderen und verband die übrigen Räume miteinander. Durch die Fenster in den beiden Eingangstürmen, die schmale Nischen bildeten, fiel Licht in den großen Raum. Vom anderen Ende her fiel stärkeres Licht durch eines jener hohen Bogenfenster, von denen man in alten Büchern liest; es war teilweise durch einen Vorhang verdeckt und mit einem bequemen, kissengepolsterten Sitz versehen. Auf dem Polster lag ein dicker Foliant – eine englische Chronik oder dergleichen –, der wohl eine ähnliche Bestimmung hatte wie die Bände mit Goldschnitt, die man heutzutage für gelegentliche Besucher auf den Tisch des Empfangszimmers legt. Die Einrichtung der Halle bestand aus ein paar schweren eichenen Stühlen mit kunstvoll geschnitzten Blumen an den Rückenlehnen und einem dazu passenden Tisch. Es waren alte Familienstücke, die aus elisabethanischen oder vielleicht noch früheren Zeiten stammten und die der Gouverneur in seine neue Heimat herübergebracht hatte. Auf dem Tisch stand – zum Zeichen, daß die alte englische Gastlichkeit nicht vergessen war – ein großer Zinnkrug, auf dessen Grunde Hester und Pearl einen noch schaumigen Bierrest hätten bemerken können.

An den Wänden hingen Bildnisse, die die Vorväter der Familie Bellingham darstellten, einige in kriegerischem Harnisch, andere in prächtigen Roben und Halskrausen. Über allen Gesichtern lag die gleiche Düsterkeit und Strenge, wie wir sie oft auf alten Porträts wahrnehmen; die Geister und nicht die Abbilder der Verstorbenen schienen mit hartem, unduldsamem Tadel auf das Treiben und die Freuden der Lebenden herabzublicken.

Etwa in der Mitte der eichenen Täfelung, mit der die Halle ausgekleidet war, hing eine Rüstung, kein altererbtes Familienstück wie die Bilder, sondern aus neuester Zeit. Ein geschickter Waffenschmied in London hatte sie gefertigt, kurz bevor der Gouverneur nach Neuengland ging. Ein Helm, ein Harnisch, eine Halsberge und Beinschienen, ein Paar Panzerhandschuhe und ein Schwert hingen da beieinander; sie waren so auf Hochglanz geputzt – besonders der Helm und der Brustharnisch –, daß sie das Licht funkelnd widerspiegelten und auf dem Fußboden verstreuten. Die glänzende Rüstung war nicht nur ein Schaustück; der Gouverneur hatte sie so manches Mal bei Paraden und Manövern getragen, und sie hatte sogar im Pequotkrieg an der Spitze eines Regiments gefunkelt. Denn obwohl er als Jurist begonnen hatte und gewohnt war, von Bacon, Coke, Noye und Finch als von seinesgleichen zu sprechen, hatten die Erfordernisse der neuen Heimat ihn doch bald zu einem ebensoguten Soldaten wie Staatsmann und Regenten gemacht.

Die kleine Pearl war von der schimmernden Rüstung genauso entzückt wie vorher von der glitzernden Front des Hauses; sie blieb stehen und sah in den spiegelnden Harnisch.

»Mutter«, rief sie, »ich kann dich sehen! Sieh doch nur!«

Hester tat dem Kind den Willen und schaute hinein. In dem gewölbten Spiegel erblickte sie das rote Zeichen in so erschreckenden, riesenhaften Ausmaßen, daß ihre ganze Erscheinung dahinter zurückzutreten, ja völlig zu verschwinden schien. Pearl deutete auf ein ähnliches Bild in der Spiegelfläche des Helmes und lächelte die Mutter an; wieder zeigte sich der unheimliche, wissende Ausdruck eines Kobolds auf dem Kindergesicht. Auch dieser boshaft lächelnde Blick erschien in dem spiegelnden Harnisch, so lebhaft und dabei so verzerrt, daß Hester Prynne nicht das Bild ihres

Kindes, sondern eines kleinen Teufels zu sehen glaubte, der in Pearls Körper zu schlüpfen versuchte.
»Komm, Pearl«, sagte sie und zog das Kind fort. »Komm und sieh hinaus in den schönen Garten. Vielleicht sind Blumen dort, noch schönere als im Walde.«
Pearl lief zum Bogenfenster am anderen Ende der Halle und sah den Gartenweg entlang, der mit kurzgeschorenem Gras bewachsen und von ein paar kümmerlichen Sträuchern eingefaßt war. Es war ein schwacher Versuch, in der Neuen Welt, auf hartem Boden und mitten im Kampf ums Dasein einen Ziergarten nach englischem Geschmack anzulegen; aber der Besitzer schien sein Bemühen bereits als hoffnungslos aufgegeben zu haben. Kohlköpfe wuchsen dicht am Haus; und eine Kürbispflanze, die weiter hinten wurzelte, hatte eine lange Ranke getrieben und eine ihrer mächtigen Früchte unmittelbar unter das Bogenfenster der Diele gelegt, als wolle sie den Gouverneur überzeugen, daß so eine große goldne Kugel die prächtigste Zierde sei, die Neuengland ihm bieten konnte. Auch ein paar Rosenbüsche standen im Garten und einige Apfelbäume, wahrscheinlich Nachkommen jener Bäume, die der alte Mr. Blackstone gepflanzt hatte, der sagenumwobene erste Besiedler der Halbinsel, der auf dem Rücken eines Stieres durch unsere ältesten Annalen reitet.
Als Pearl die Rosenbüsche sah, wollte sie eine rote Rose haben und ließ sich nicht beschwichtigen.
»Still, Kind, still!« sagte die Mutter ernst. »Du mußt nicht weinen, Pearl! Ich höre Stimmen im Garten. Jetzt kommt der Gouverneur mit den anderen Herren.«
Wirklich kamen einige Männer den Gartenweg entlang auf das Haus zu. Pearl hörte nicht auf Hesters beruhigende Worte und stieß einen wilden Schrei aus; doch dann wurde sie still, nicht aus Gehorsam, sondern weil das Erscheinen dieser fremden Menschen ihre leicht erregbare Neugier geweckt hatte.

Gouverneur Bellingham, angetan mit einem lose fallenden Hausgewand und einem weichen Käppchen, wie ältere Herren sie in häuslicher Zurückgezogenheit anzulegen liebten, ging seinen Gästen voran; er schien ihnen seinen Besitz zu zeigen und sich über geplante Verbesserungen zu verbreiten. Sein Kopf mit dem grauen Bart über der großen, kunstvoll gearbeiteten Halskrause, wie man sie zur Zeit König Jakobs getragen hatte, glich dem Haupte Johannes des Täufers auf der Schüssel. Der ernste, im Alter starr und hart gewordene Gesichtsausdruck vertrug sich schlecht mit der freundlichen Behaglichkeit, mit der sich der Gouverneur geflissentlich umgab. Aber wenn unsere gestrengen Vorfahren auch das menschliche Dasein nur als eine Zeit der Prüfung und des Kampfes ansahen und stets bereit waren, Besitz und Leben der Pflicht zu opfern, so dürfen wir doch nicht glauben, daß sie ein bescheidenes Maß an Bequemlichkeit und Luxus als sündhaft verworfen hätten. Auch der alte Pfarrer Wilson, dessen schneeweißer Bart gerade hinter der Schulter des Gouverneurs hervorsah, war nicht so weltabgewandt. Er schlug eben vor, Birnen und Pfirsiche in Neuengland heimisch zu machen, und meinte, daß vielleicht sogar roter Wein an der sonnigen Gartenmauer gedeihen könne. Der alte Geistliche war unter dem Glanz der englischen Hochkirche aufgewachsen und allem Angenehmen und Behaglichen durchaus nicht abgeneigt; und so unerbittlich er sich auch auf der Kanzel und vor der Öffentlichkeit zeigen mochte, wie damals, als er Hester Prynnes Fehltritt brandmarkte – durch seine Güte und Freundlichkeit als Mensch genoß er doch wärmere Zuneigung als irgendeiner seiner Amtsbrüder.

Dem Gouverneur und dem alten Geistlichen folgten noch zwei andere Gäste: der Pfarrer Arthur Dimmesdale, der, wie sich der Leser vielleicht erinnert, damals bei dem Schauspiel auf dem Marktplatze kurz und widerstrebend eine Rolle gespielt hatte, und neben ihm der alte Roger Chillingworth, der sich als geschickter Heilkundiger vor zwei oder drei Jahren in der Stadt niedergelassen hatte. Dieser Gelehrte galt als der Arzt und Freund des jungen Geistlichen, dessen Gesundheit in letzter Zeit durch die aufopferungsvolle Seelsorgearbeit sehr gelitten hatte.

Der Gouverneur ging seinen Gästen voran und stieg ein paar Stufen hinauf. Als er die großen Flügel der Glastür aufstieß, fand er sich plötzlich der kleinen Pearl gegenüber. Hester stand im Schatten des Vorhangs und war kaum zu sehen.

»Wen haben wir denn hier?« fragte der Gouverneur und betrachtete verwundert die kleine rote Gestalt. »Seit den eitlen Tagen meiner Jugend, als es mir schmeichelte, ein Maskenfest am Hofe des alten Königs Jakob mitzufeiern, habe ich dergleichen nicht mehr gesehen. Damals schwärmten zu Festzeiten immer viele solcher kleinen Geister umher, und wir nannten sie Kinder der Lustbarkeit. Aber wie kommt solch ein Gast in mein Haus?«

»Sonderbar!« rief der alte Wilson. »Was mag das nur für ein rotgefiederter Vogel sein? Ich glaube, ich habe solche Gestalten schon einmal gesehen, als die Sonne durch ein buntes Glasfenster schien und goldene und purpurrote Bilder auf den Boden warf. Aber das war noch in der alten Heimat. Sag mal, Kind, wer bist du denn, und warum hat dich deine Mutter so wunderlich herausgeputzt? Bist du überhaupt ein Christenkind? Kannst du deinen Katechismus? Oder gehörst du zu den nichtsnutzigen Kobolden oder Elfen, die wir mit anderen Überbleibseln der Papisterei im lustigen Altengland zurückgelassen haben?«

»Ich bin Mutters Kind«, antwortete die rote Erscheinung, »und ich heiße Pearl.«

»Pearl? Deiner Farbe nach solltest du eher Rubin heißen, Koralle oder Rosenrot!« erwiderte der alte Pfarrer; er streckte die Hand aus und versuchte vergeblich, der kleinen Pearl die Backe zu klopfen. »Aber wo ist denn deine Mutter?

Ah, ich verstehe«, fügte er hinzu und wandte sich flüsternd an den Gouverneur. »Das ist das Kind, von dem wir eben sprachen; und hier ist auch seine Mutter, die unselige Hester Prynne.«

»Wahrhaftig!« rief der Gouverneur. »Wir hätten uns denken können, daß die Mutter eines solchen Kindes nur eine Dirne sein kann, ein würdiges Gegenstück zu ihrer babylonischen Schwester. Aber sie kommt zur rechten Zeit, wir wollen gleich mit ihr sprechen.«

Der Gouverneur trat mit seinen Gästen durch die Glastür in die Halle.

»Hester Prynne«, sagte er und richtete seinen strengen Blick auf die Frau mit dem roten Zeichen. »Es ist in letzter Zeit viel von dir die Rede gewesen. Wir haben hin und her überlegt, ob wir es als Männer von Ansehen und Einfluß vor unserem Gewissen verantworten können, die unsterbliche Seele dieses Kindes der Obhut einer Frau zu überlassen, die in der Welt gestrauchelt und gefallen ist. Sprich du selbst als die Mutter des Kindes! Glaubst du nicht, daß es für das zeitliche und ewige Wohl des Mädchens besser wäre, wenn es in andere Obhut käme, wenn es einfach gekleidet, streng erzogen und in den himmlischen und irdischen Wahrheiten unterwiesen würde? Was kannst du für die Erziehung deines Kindes tun?«

»Ich kann mein Kind alles das lehren, was ich selbst hieraus gelernt habe«, antwortete Hester Prynne und legte ihren Finger auf das rote Zeichen.

»Das ist das Mal deiner Schande!« entgegnete der Gouverneur streng. »Gerade weil dieser Makel an dir haftet, wollen wir ja das Kind in andere Hände geben.«

»Dennoch«, sagte die Mutter ruhig, obgleich sie blaß wurde, »dennoch hat mich dieses Zeichen etwas gelehrt – täglich, auch jetzt in diesem Augenblick gibt es mir Lehren, die vielleicht einmal mein Kind weiser und besser machen, wenn sie mir selbst auch nichts mehr nützen können.«

»Wir wollen vorsichtig urteilen«, sagte Bellingham, »und uns gut überlegen, was wir tun. Lieber Pastor Wilson, ich bitte Euch, diese Pearl – wie sie nun einmal heißt – zu prüfen. Wir wollen sehen, ob sie die christliche Unterweisung erhalten hat, die einem Kinde ihres Alters zukommt.«

Der alte Pfarrer ließ sich auf einen Lehnstuhl nieder und versuchte, Pearl zwischen seine Knie zu ziehen. Aber das Kind war nicht an die Vertraulichkeit von Fremden gewöhnt und entwischte durch die offene Glastür. Sie blieb auf der obersten Stufe stehen und sah wie ein buntgefiederter tropischer Vogel aus, der sich jeden Augenblick in die Lüfte erheben konnte. Mr. Wilson, der durch seine großväterliche Art sonst sehr beliebt war bei Kindern, wunderte sich nicht wenig über diese Flucht, versuchte aber trotzdem, die Prüfung vorzunehmen.

»Pearl«, begann er mit großer Feierlichkeit, »du mußt dich belehren lassen, damit du einmal die kostbarste Perle in deinem Herzen tragen darfst. Kannst du mir sagen, Kind, wer dich erschaffen hat?«

Pearl wußte es gut genug, denn Hester Prynne, die selbst fromm erzogen worden war, hatte bald nach dem Gespräch über den Himmlischen Vater angefangen, das Kind jene Wahrheiten zu lehren, die der menschliche Geist, wie unreif er sein mag, so begierig aufnimmt. So hätte Pearl mit ihren drei Jahren eine Prüfung über das neuenglische Gebetbuch oder den Anfang des Westminster-Katechismus ganz leidlich bestehen können, obwohl sie nicht einmal wußte, wie diese berühmten Bücher aussahen. Aber der Eigensinn, der bei Pearl zehnmal so stark war wie bei anderen Kindern, beherrschte sie gerade in diesem ungeeigneten Augenblick und verschloß ihr die Lippen oder ließ sie Unsinn schwatzen. Sie steckte den Finger in den Mund und ließ sich nicht dazu bewegen, Mr. Wilsons Frage zu beantworten; schließlich erklärte sie, daß sie überhaupt nicht erschaffen worden

sei, sondern daß die Mutter sie von dem wilden Rosenbusch neben der Gefängnistür abgepflückt habe.
Diese wunderliche Idee mochte Pearl gekommen sein, als sie jetzt außerhalb der Glastür stand und den Rosenstrauch im Garten sah; er erinnerte sie an die Rosen vor dem Gefängnis, an denen sie auf dem Weg hierher vorbeigekommen war.
Der alte Roger Chillingworth flüsterte lächelnd dem jungen Geistlichen etwas ins Ohr. Hester Prynne sah den Gelehrten an, und selbst in diesem Augenblick, da ihr eigenes Schicksal auf dem Spiel stand, bemerkte sie mit Schrecken, wie sich seine Züge verändert hatten, wieviel häßlicher sie geworden waren. Seit der Zeit, da sie einander gut gekannt hatten, schien sein dunkles Gesicht noch düsterer und sein Körper noch mißgestalteter geworden zu sein. Sekundenlang begegnete sie seinem Blick, dann verlangten die Vorgänge um sie herum ihre volle Aufmerksamkeit.
»Das ist ja furchtbar!« rief der Gouverneur, der sich nur langsam von seiner Verblüffung über Pearls Antwort erholen konnte. »Da weiß ein Kind von drei Jahren noch nicht einmal, wer es erschaffen hat! Sicherlich tappt es ebenso im Dunkel, was seine Seele angeht, ihre derzeitige Verderbtheit und ihr ewiges Heil. Ich glaube, meine Herren, weitere Fragen sind hier zwecklos.«
Hester zog das Kind heftig an sich und stellte sich dem alten Puritaner in fast wilder Erregung entgegen. Vereinsamt und von der Welt ausgestoßen, besaß sie nur diesen einzigen Schatz, der ihr Herz lebendig erhielt; dieser Besitz war ihr unantastbares Recht, das sie bis in den Tod verteidigen wollte.
»Gott gab mir dieses Kind!« rief sie. »Er gab es mir zum Trost, denn ihr habt mir alles andere genommen. Es ist mein ganzes Glück – und zugleich meine Qual. Pearl erhält mich am Leben, aber sie straft mich auch! Seht ihr denn nicht: sie ist das rote Zeichen – das ich dennoch lieben kann –, und sie

straft mich für meine Sünde millionenfach! Ihr dürft sie mir nicht nehmen! Eher will ich sterben!«
»Arme Frau«, sagte der alte Pfarrer nicht unfreundlich. »Für dein Kind soll gut gesorgt werden – viel besser, als du es kannst.«
»Aber Gott hat es mir gegeben!« antwortete Hester Prynne, und fast schrie sie diese Worte. »Ich gebe es nicht her!« Einer plötzlichen Eingebung folgend, wandte sie sich an den jungen Geistlichen, Mr. Dimmesdale, den sie bisher kaum beachtet zu haben schien. »Sprecht Ihr für mich!« rief sie. »Ihr wart mein Seelsorger und kennt mich besser als diese Männer. Ich will das Kind nicht verlieren! Sprecht Ihr für mich! Ihr wißt, was in meinem Herzen vorgeht – denn Ihr habt Mitgefühl, das diesen Männern fremd ist. Ihr kennt die Rechte einer Mutter und wißt, um wieviel stärker sie sind, wenn diese Mutter nichts hat als ihr Kind und das Zeichen ihrer Schande. Helft mir doch! Ich will das Kind nicht verlieren. Helft mir!«
Die leidenschaftliche Erregung hatte Hester Prynne fast an den Rand des Wahnsinns gebracht. Bei ihrem verzweifelten Hilferuf trat der junge Pfarrer vor; er war blaß und preßte die Hand aufs Herz, wie immer, wenn sein reizbares Gemüt erregt war. Er sah noch sorgenvoller und abgezehrter aus als damals, da er Hesters Anprangerung beigewohnt hatte; ob er sich krank fühlte oder was sonst der Grund sein mochte – in seinen tiefen dunklen Augen lag unendliche Qual und Traurigkeit.
»Es ist Wahres an dem, was sie sagt«, begann er mit sanfter, bewegter, aber doch so kraftvoller Stimme, daß sie im Raum widerhallte und die Rüstung zum Klingen brachte. »Es ist Wahres in Hesters Worten, und echt ist auch das Gefühl, das sie beseelt. Gott gab ihr das Kind, und er gab ihr auch den mütterlichen Instinkt; sie allein und kein anderer Sterblicher kennt das sonderbare Wesen des Kindes und seine Bedürfnisse. Und liegt nicht sogar etwas Ehrfurchtgebieten-

des und Weihevolles in der Beziehung zwischen dieser Mutter und diesem Kind?«

»Wie meint Ihr das, Mr. Dimmesdale?« unterbrach ihn der Gouverneur. »Erklärt Euch deutlicher!«

»Es muß so sein«, fuhr der Pfarrer fort. »Denn sonst müßten wir glauben, daß der Himmlische Vater, der Schöpfer alles Lebens, die Sünde leicht nimmt und keinen Unterschied macht zwischen gottloser Wollust und geheiligter Liebe. Dieses Kind der Schuld und Schande ist aus Gottes Hand gekommen, um in mancherlei Weise auf das Herz der Frau einzuwirken, die jetzt so eindringlich und leidenschaftlich ihr Recht verteidigt. Das Kind war ihr zum Segen bestimmt, zum einzigen Segen ihres Lebens. Aber zugleich ist es ihre Strafe, wie sie uns selbst gestanden hat, ihre Qual, die immer wieder unerwartet über sie kommt, ihr Schmerz und Stachel und die immer wiederkehrende Todesangst inmitten unruhiger Freude. Hat sie das nicht in der Kleidung des armen Kindes ausgedrückt, die uns so deutlich an das brennende rote Zeichen an ihrer Brust erinnert?«

»Gut gesagt!« rief Mr. Wilson. »Ich dachte schon, die Frau wollte eine Jahrmarktsfigur aus dem Kinde machen.«

»O nicht doch!« fuhr Mr. Dimmesdale fort. »Glaubt mir, sie erkennt das Wunder, das Gott durch das Dasein dieses Kindes gewirkt hat. Und sie soll auch fühlen, daß dieses Geschenk – wie ich fest glaube – vor allem dazu bestimmt ist, die Seele der Mutter lebendig zu erhalten und sie vor schwärzeren Sünden zu bewahren, in die der Satan sie sonst vielleicht gelockt hätte. Es ist gut für die arme, schuldig gewordene Frau, daß ihr ein Kind anvertraut ist, ein Wesen mit einer unsterblichen Seele, das von ihr zur Rechtschaffenheit erzogen werden soll und sie doch in jedem Augenblick an ihren Fehltritt erinnert. Aber dieses Kind, ein heiliges Unterpfand des Schöpfers, wird seine Mutter einmal dem Himmel zuführen, wenn sie ihm den rechten Weg dorthin zeigt. Hierin hat es die Mutter besser als der Vater. Um

Hester Prynnes und auch um ihres armen Kindes willen wollen wir die beiden beieinander lassen, so wie Gott es gefügt hat.«

»Ihr sprecht mit merkwürdigem Eifer, mein Freund«, sagte der alte Roger Chillingworth lächelnd.

»Und es ist von Bedeutung, was mein junger Amtsbruder sagte«, fügte Mr. Wilson hinzu. »Was meint Ihr, Mr. Bellingham, hat er die arme Frau nicht gut verteidigt?«

»Das hat er wohl«, erwiderte der Gouverneur, »und er hat so zwingende Gründe angeführt, daß wir die ganze Sache auf sich beruhen lassen wollen; wenigstens, solange die Frau nicht neues Ärgernis erregt. Aber wir müssen dafür sorgen, daß das Kind regelmäßig im Katechismus unterwiesen wird, von Euch oder von Mr. Dimmesdale. Außerdem sollen die Sittenaufseher darauf achten, daß es zu gegebener Zeit Schule und Gottesdienst besucht.«

Als der junge Geistliche aufgehört hatte zu sprechen, war er ein paar Schritte von der Gruppe zurückgetreten. Er stand jetzt am Fenster, sein Gesicht war teilweise verdeckt von den Falten des Vorhangs, und sein Schatten, den das Sonnenlicht auf den Boden warf, zitterte leise wie von heftiger Erregung. Pearl, das sonst so wilde und flüchtige kleine Wesen, stahl sich leise zu ihm hin, nahm seine große Hand in ihre beiden Hände und drückte sie an ihr Gesicht; eine so zarte und scheue Liebkosung, daß die Mutter sich fragte: »Ist das mein Kind?« Sie wußte, daß Pearl im Herzen liebevoll war, aber meist zeigte sie es in leidenschaftlichen Ausbrüchen, und kaum zweimal im Leben war sie von so sanfter Zärtlichkeit beseelt gewesen. Wie die langersehnte Gunst einer Frau kann solch ein unwillkürliches Zeichen kindlicher Zuneigung unendlich wohltun und dem Menschen das Vertrauen zu sich selbst wiedergeben. Der junge Pfarrer blickte sich um und legte die Hand auf den Scheitel des Kindes; er zögerte einen Augenblick und küßte es dann auf die Stirn. Doch Pearls ungewohnte Sanftmut war schon wieder verflogen; sie lachte und hüpfte so leichtfüßig durch die Halle, daß der alte Mr. Wilson sich fragte, ob ihre Zehenspitzen überhaupt den Boden berührten. »Das kleine Ding muß Zauberkräfte in sich haben«, sagte er zu Mr. Dimmesdale. »Sie braucht nicht einmal einen Besenstiel, um davonzufliegen.«

»Ein seltsames Kind!« bemerkte der alte Roger Chillingworth. »Man erkennt leicht das mütterliche Erbteil in ihm. Aber was meint Ihr, müßte es einem Philosophen nicht möglich sein, das Wesen dieses Kindes zu ergründen und aus seiner Veranlagung und seinem Charakter den Vater zu erraten?«

»Nein, es wäre sündhaft, in einer solchen Frage weltliche Philosophie zu Hilfe zu nehmen«, sagte Mr. Wilson. »Besser ist es, zu fasten und zu beten und das Geheimnis im Dunkel zu lassen, wenn Gott es nicht selbst enthüllt. Und jeder gute Christ sollte sich des armen, verlassenen Kindes wie ein Vater annehmen.«

Nachdem man zu einem so befriedigenden Abschluß gekommen war, verließen Hester und Pearl das Haus. Als sie die Stufen hinuntergingen, wurde oben – wie später die Leute erzählten – ein Kammerfenster aufgestoßen, und Mrs. Hibbins, die bösartige Schwester des Gouverneurs, die ein paar Jahre später als Hexe verbrannt wurde, schob ihren Kopf hinaus in den Sonnenschein.

»Pst, Pst!« machte sie, während ihr Gesicht einen unheilverkündenden Schatten über das freundliche neue Haus zu werfen schien. »Willst du heute nacht mitkommen? Im Walde wird sich eine lustige Gesellschaft treffen, und ich habe dem Schwarzen Mann versprochen, die schöne Hester Prynne mitzubringen.«

»Entschuldigt mich nur bei ihm!« antwortete Hester mit überlegenem Lächeln. »Ich muß zu Hause bleiben und mein Kind hüten. Hätten sie mir's weggenommen, so wäre ich gern mit dir in den Wald gegangen und hätte mich mit

meinem eigenen Blute dem Schwarzen Mann verschrieben.«
»Wir werden dich schon noch kriegen«, sagte die Hexe boshaft und zog den Kopf zurück.
Diese Begebenheit – wenn wir sie für Wahrheit und nicht nur für ein Gleichnis halten wollen – bestätigte die Worte des jungen Geistlichen: daß man eine Mutter nicht von ihrem Kind trennen darf, selbst wenn es die Frucht ihrer Sünde ist. Denn das Kind schon kann sie vor den Versuchungen des Bösen bewahren.

IX DER ARZT

Unter dem Namen Roger Chillingworth verbarg sich, wie wir wissen, ein anderer Name, der – so wollte es sein Träger – für immer vergessen sein sollte. Wir wissen, daß unter der Menge, die damals Hester Prynne am Pranger umdrängte, ein älterer, reisemüder Mann stand. Er war aus der Wildnis gekommen und fand die Frau, bei der er Wärme und häuslichen Frieden zu finden gehofft hatte, als eine Ausgestoßene wieder. Ihre Frauenwürde wurde mit Füßen getreten. Das Volk auf der Straße betuschelte ihre Schande. Ihre Verwandten, wenn je die Nachricht sie erreichen sollte, und alle, die ihr in ihrem früheren unbefleckten Leben nahegestanden hatten, wurden von dem Schimpf mitbetroffen, um so schmerzlicher, je vertrauter und reiner die Beziehung einmal gewesen war. Und warum – da er die Wahl hatte – sollte der Mensch, den das innigste und heiligste Band mit der Ausgestoßenen verknüpft hatte, jetzt vortreten und ein so unseliges Erbe einfordern? Er wollte nicht neben ihr angeprangert werden. Allen außer Hester Prynne unbekannt und ihrer Verschwiegenheit sicher, wollte er seinen Namen aus der Liste der Menschen streichen und sein ganzes früheres Leben so restlos auslöschen, als liege er wirklich auf dem Grunde des Meeres, wo ihm das Gerücht schon längst einen

Platz angewiesen hatte. War ihm das einmal gelungen, so würde sein Leben einen neuen Inhalt bekommen, ein neues, dunkles, wenn nicht gar verbrecherisches Ziel, das alle seine Kräfte fordern würde.

So ließ er sich als Roger Chillingworth in der kleinen puritanischen Stadt nieder, ohne eine andere Empfehlung als seine ungewöhnliche Gelehrsamkeit und Klugheit. Da ihm seine früheren Studien umfassende Kenntnisse in der zeitgenössischen Heilkunde vermittelt hatten, gab er sich als Arzt aus und wurde gern aufgenommen. Es gab nur wenige geschickte und erfahrene Heilkundige in der Kolonie. Denn in diesem Beruf schien der religiöse Eifer selten zu sein, der so viele Auswanderer über den Atlantik getrieben hatte. Beim Durchforschen des menschlichen Körpers mochten diese Männer nüchterner geworden sein; in das kunstvolle Wunderwerk vertieft, das seinen Sinn in sich selbst zu haben schien, hatten sie die Fähigkeit zu einer geistigen Erfassung des Lebens vielleicht verloren. Jedenfalls lag das Wohlergehen der frommen Stadt Boston, soweit es die Heilkunde betraf, bisher in den Händen eines alten Diakonus und Apothekers, dessen Gottesfürchtigkeit und Tugend bessere Zeugnisse für ihn waren als jedes Diplom. Der einzige Wundarzt war ein Mann, der die nur gelegentlich ausgeübte Kunst der Chirurgie mit dem alltäglichen Handwerk eines Barbiers verband. Roger Chillingworth war also eine glänzende Neuerwerbung in der Zunft der Ärzte. Es zeigte sich bald, daß er mit der ganzen großen abendländischen Arzneikunde vertraut war, wo jedes Heilmittel aus einer Unzahl verschiedenster, weithergeholter Bestandteile so kunstvoll zusammengesetzt war, als sei es das Elixier des Lebens. Außerdem hatte er während seiner Gefangenschaft bei den Indianern die Heilkräfte heimischer Kräuter und Wurzeln kennengelernt, und er ließ seine Patienten wissen, daß diese einfachen Mittel, mit denen die Natur die Wilden beschenkte, ebenso hoch in seinem Vertrauen stünden

wie die europäische Arzneikunde, die Jahrhunderte hindurch von vielen gelehrten Doktoren ausgearbeitet worden war.
Dieser vielerfahrene Fremde war ein Musterbild der Frömmigkeit – jedenfalls was die äußeren Formen religiösen Lebens anging – und hatte bald nach seiner Ankunft den Pfarrer Dimmesdale zu seinem geistlichen Ratgeber erwählt. Der junge Theologe, dessen Ruf als Gelehrter in Oxford noch immer lebendig war, wurde von seinen eifrigsten Bewunderern fast als ein auserwählter Apostel verehrt, der dazu bestimmt war – sollte er ein Menschenalter hindurch leben und wirken –, für die schwache Kirche Neuenglands das zu vollbringen, was die ersten Kirchenväter in der Frühzeit des Christentums vollbracht hatten. Doch fing man an, sich um die Gesundheit Mr. Dimmesdales Sorge zu machen. Diejenigen, die ihn gut kannten, schrieben die Blässe des jungen Pfarrers den allzu eifrigen Studien zu, der aufopferungsvollen Arbeit in der Gemeinde und vor allem den häufigen Fasten und Nachtwachen, durch die er seine irdische Hülle schwächte, damit sie das geistige Licht nicht verdunkele. Wenn Mr. Dimmesdale wirklich sterben müsse, erklärten viele, so nur deshalb, weil die Welt es nicht wert sei, daß sein Fuß sie länger berühre. Er selbst aber glaubte demütig, daß er unwürdig sei, auch nur die bescheidenste Sendung auf Erden zu erfüllen, und daß Gott recht täte, ihn abzurufen. Doch was auch die Ursache des Leidens sein mochte, seine Kräfte nahmen immer mehr ab. Sein Körper verfiel zusehends, und seine weiche, melodische Stimme klang, als trage sie den Tod in sich. Oft, bei der geringfügigsten Erregung, preßte er die Hand aufs Herz, errötete und wurde gleich darauf blaß, als habe er Schmerzen.
So stand es um den jungen Geistlichen, so nahe schien der Tag, an dem sein flackerndes Lebenslicht vorzeitig erlöschen sollte, als Roger Chillingworth in die Stadt einzog. Sein plötzliches Erscheinen hatte etwas Geheimnisvolles, ja

Wunderbares, denn niemand wußte, woher er kam, ob er etwa vom Himmel gefallen oder aus der Unterwelt aufgetaucht sei. Man merkte bald, daß er ein gelehrter Mann war, und beobachtete, wie er Kräuter und Feldblumen sammelte, Wurzeln ausgrub und im Walde Zweige von den Bäumen brach, wie einer, der vertraut ist mit den verborgenen Kräften der Dinge, die dem Auge des Unkundigen wertlos erscheinen. Auch erzählte er, daß er mit Sir Kenelm Digby und anderen berühmten Männern, deren wissenschaftliche Leistungen für beinahe übernatürlich gehalten wurden, Briefe gewechselt und Umgang gehabt habe. Was mochte einen Mann, der soviel Achtung in der gelehrten Welt genoß, hierher geführt haben? Was suchte er, dessen Heimat die großen Städte waren, in der Wildnis? Als Antwort auf diese Fragen entstand ein merkwürdiges Gerücht, das sogar von einigen sonst sehr verständigen Leuten geglaubt wurde. Der Himmel habe ein großes Wunder gewirkt, hieß es, und einen berühmten Doktor der Medizin aus einer deutschen Universität durch die Luft entführt und vor Mr. Dimmesdales Studierstube abgesetzt. Aber auch vernünftigere Leute, die wohl wußten, daß der Himmel seine Zwecke auch ohne den Theatereffekt eines sogenannten Wunders erreicht, neigten dazu, eine göttliche Fügung in Roger Chillingworth' rechtzeitiger Ankunft zu erblicken.

Dieser Glaube wurde noch durch die Teilnahme bestärkt, die der Arzt von Anfang an dem jungen Geistlichen entgegenbrachte. Er schloß sich seiner Gemeinde an und suchte Mr. Dimmesdales zurückhaltendem Wesen Vertrauen und Freundschaft abzugewinnen. Der Gesundheitszustand seines Seelsorgers schien ihm ernste Sorge zu machen, und er drängte darauf, ein Heilverfahren vorzunehmen, das, rechtzeitig begonnen, vielleicht noch Hilfe bringen könne. Die ganze Gemeinde, die Kirchenältesten und Diakone, die alten Mütterchen und jungen, hübschen Mädchen bestürmten den Pfarrer, er solle es doch mit der Kunst des Arztes versuchen, die ihm so freundlich angeboten wurde. Mr. Dimmesdale wies ihre Bitten sanft zurück.

»Ich brauche keine Arznei«, sagte er.

Aber wie konnte der junge Pfarrer das behaupten, da doch sein Gesicht von Sonntag zu Sonntag blasser und schmaler und seine Stimme unsicherer wurde; da es seine ständige Gewohnheit und nicht länger eine zufällige Geste war, die Hand aufs Herz zu pressen? War er seiner Pflichten müde? Sehnte er sich nach dem Tode? So fragten ihn die älteren Geistlichen Bostons und die Diakone seiner Gemeinde mit großem Ernst und »haderten mit ihm« – um ihren eignen Ausdruck zu gebrauchen. Es sei sündhaft, solche von Gott geschickte Hilfe zurückzuweisen. Er hörte schweigend zu und versprach schließlich, mit dem Arzt zu reden.

»Wäre es Gottes Wille«, sagte er, als er seinem Versprechen gemäß Roger Chillingworth' ärztlichen Rat einholte, »ich wäre es wohl zufrieden, wenn meine Pflichten und Sorgen, meine Sünden und Schmerzen bald mit mir enden würden, wenn ihr irdischer Teil mit mir begraben und was unsterblich ist, mit mir in die Ewigkeit eingehen würde. Es wäre besser so, als daß Ihr Eure Kunst an mir erprobt.«

»Ich verstehe«, erwiderte Roger Chillingworth mit großer Ruhe, die, ob sie nun gespielt oder natürlich war, sein ganzes Wesen kennzeichnete. »Ein junger Pfarrer mag zu solchen Gedanken neigen. Wenn man jung ist und noch nicht fest im Leben wurzelt, gibt man es so leicht auf. Und fromme Menschen, die auf Erden ein Gott wohlgefälliges Leben führen, würden gern mit Ihm auf den goldenen Straßen des neuen Jerusalem wandeln.«

»Nein«, entgegnete der Geistliche und legte die Hand aufs Herz, während eine tiefe Röte über sein Gesicht flog. »Wäre ich würdiger, dort zu wandeln, so könnte ich hier ruhiger meine Pflicht tun.«

»Gute Menschen denken immer zu gering von sich«, sagte der Arzt.
So wurde der geheimnisvolle alte Roger Chillingworth zum ärztlichen Ratgeber des jungen Geistlichen. Da ihn nicht nur die Krankheit des Patienten interessierte, sondern er vor allem Einblick in sein Inneres gewinnen wollte, ergab es sich allmählich, daß die beiden an Alter so verschiedenen Männer viel Zeit miteinander verbrachten. Um die Gesundheit des Pfarrers zu kräftigen, nahm der alte Gelehrte ihn oft auf die weiten Wald- und Strandspaziergänge mit, die er unternahm, um heilkräftige Kräuter zu sammeln. Dann klang in ihre Unterhaltungen das leise Rauschen des Meeres und der feierliche Gesang des Windes in den Baumwipfeln. Oft besuchten sie auch einander in ihren Studierstuben. Für den Pfarrer lag ein besonderer Reiz in der Gesellschaft des Gelehrten, der eine ungewöhnlich tiefe und umfassende Bildung besaß und überdies eine Freisinnigkeit, die Mr. Dimmesdale unter seinen Amtsbrüdern vergeblich gesucht haben würde und die ihn beunruhigte, ja fast in Furcht versetzte. Mr. Dimmesdale war ein echter Priester, ein aufrichtig frommer Mensch mit einem stark ausgeprägten Ehrfurchtsgefühl und einem Geist, der auf dem Wege des Glaubens vorwärtsdrängte und immer tiefer in diesen Glauben einzudringen suchte. Keine staatliche Ordnung hätte aus ihm gemacht, was man einen Liberalen nennt. Immer wäre es für seine innere Ruhe notwendig gewesen, einen Glauben zu haben, der ihn schützend umgab, der ihn aufrechterhielt und zugleich in ein eisernes System einzwängte. Halb furchtsam genoß er es dennoch als gelegentliche Erholung, einmal mit anderen Augen als gewöhnlich das Weltall zu betrachten. Dann war es ihm, als werde ein Fenster aufgestoßen und frische Luft ströme in die enge, stickige Klause, wo sein Leben bei Lampenschein oder trübem Tageslicht und dem für Geist und Sinne beklemmenden Modergeruch alter Bücher langsam verkümmerte. Aber die Luft war so

frisch und kalt, daß der Pfarrer nicht lange darin atmen konnte. Bald zog er sich wieder in die abgesteckten Grenzen seines Kirchenglaubens zurück, und der Arzt folgte ihm.
So erforschte Roger Chillingworth das Wesen seines Patienten; er beobachtete ihn im Alltag, in den vertrauten, ausgefahrenen Geleisen seines Glaubens, und er erprobte, wie er auf eine ihm fremde Gedankenwelt reagierte, ob sie vielleicht einen verborgenen Zug an die Oberfläche seines Wesens lockte. Der Arzt schien es für notwendig zu halten, erst den Menschen zu kennen, ehe er versuchte, ihm zu helfen. Denn immer sind Seele und Geist mitbestimmend für die Krankheiten, die der Körper durchmacht. Bei Arthur Dimmesdale waren Denken und Einbildungskraft so angespannt, seine Gefühlswelt so erregt, daß hier wohl die Ursache seiner Krankheit liegen mochte. Und Roger Chillingworth versuchte als geschickter, gütiger Arzt und Freund, tief in das Wesen seines Patienten hinabzuloten; er wühlte in seinen Gedanken, durchforschte seine Erinnerungen und tastete sorgfältig jede Stelle ab, wie ein Schatzgräber in einer dunklen Höhle. Wenige Geheimnisse bleiben dem Forscher verborgen, der Zeit und Vollmacht für seine Aufgabe mitbringt und die Geschicklichkeit, sie zu bewältigen. Ein Mensch, auf dem ein Geheimnis lastet, sollte vor allem den vertrauten Umgang mit seinem Arzt vermeiden. Denn wenn dieser natürlichen Scharfsinn und darüber hinaus ein gewisses Fingerspitzengefühl besitzt; wenn er weder aufdringliche Selbstgefälligkeit noch andere abstoßende Eigenschaften zeigt; wenn er die Gabe hat – sie muß ihm angeboren sein –, den Kranken gleichsam zu hypnotisieren, so daß dieser unwillkürlich ausspricht, was er nur gedacht zu haben glaubt; wenn der Arzt solche Enthüllungen gleichmütig aufnimmt, ohne zudringliche Teilnahme, sondern schweigend, mit einem leisen Wort hier und da, zum Zeichen, daß er versteht; wenn er nicht nur als Mensch Vertrauen erweckt, sondern außerdem ein anerkannter Arzt ist – dann

muß einmal der Augenblick kommen, da die Seele des Kranken auftaut und überfließt, da sich in einem dunklen, aber durchsichtigen Strom all ihre Geheimnisse ans Tageslicht ergießen.

Roger Chillingworth besaß fast alle diese Eigenschaften. Indessen, die Zeit verrann; zwischen den beiden gelehrten Männern, die sich auf dem ganzen weiten Felde menschlichen Denkens und Forschens begegneten, war, wie wir schon sagten, eine Art Vertraulichkeit entstanden. Sie sprachen über Ethik und Religion, über öffentliche und private Dinge, sie erzählten sich viel von dem, was sie persönlich anging; aber nie stahl sich das Geheimnis, das der Arzt in seinem Patienten vermutete, über die Lippen des Geistlichen. Und Roger Chillingworth hegte den Verdacht, daß ihm der Pfarrer auch die wahre Natur seines körperlichen Leidens verheimliche. Er stieß auf eine merkwürdige Zurückhaltung.

Auf einen Wink des Gelehrten wußten es Mr. Dimmesdales Freunde bald so einzurichten, daß beide in dasselbe Haus zogen; so konnte jede Schwankung im Lebensablauf des Geistlichen sorgsam von dem befreundeten Arzt überwacht werden. In der ganzen Stadt herrschte Freude über diese günstige Wendung. Man glaubte, das sei die beste Gewähr für das Wohlergehen des Predigers, falls er nicht doch noch, wie ihm Leute, die sich dazu berechtigt fühlten, immer wieder rieten, eins der vielen jungen Mädchen, die ihm geistig längst ergeben waren, zur Frau nehmen wollte. Aber zunächst bestand keine Aussicht, daß Arthur Dimmesdale sich zu diesem Schritt bewegen lassen werde; er wies alle Vorschläge solcher Art zurück, als verpflichteten ihn die Satzungen seiner Kirche zum Zölibat. Da er sich nun selbst dazu verurteilt hatte, sein karges Mahl an fremden Tischen zu essen, an fremden Herdfeuern Wärme zu suchen und doch sein Leben lang zu frieren, schien der kluge, erfahrene und wohlwollende alte Arzt mit seiner zugleich väterlichen und

verehrenden Liebe zu dem jungen Pfarrer wirklich der rechte Mensch zu sein, um ständig in seiner Nähe zu leben.
Die neue Wohnung der beiden Freunde gehörte der frommen Witwe eines wohlhabenden Bürgers. Ihr Haus stand etwa an der Stelle, wo später der ehrwürdige Bau von King's Chapel errichtet wurde. Es grenzte an den Friedhof, ursprünglich das Ackerland des alten Isaac Johnson, und war wohl dazu angetan, den Seelsorger und den Arzt zu ernsten, ihrem Berufe angemessenen Betrachtungen anzuregen. Mit mütterlicher Fürsorglichkeit wies die fromme Witwe Mr. Dimmesdale ein sonniges Vorderzimmer mit schweren Vorhängen an, die ihn, wenn er wollte, vor der heißen Mittagssonne schützten. Der Raum war mit Wandteppichen ausgekleidet, echten Gobelins, wie die Witwe meinte. Fest stand nur, daß sie die biblische Geschichte von David und Bathseba und dem Propheten Nathan darstellten, in kräftigen, unverblaßten Farben, die aber die schöne Frau in ebenso düstere Pracht kleideten wie den unheilverkündenden Seher. Hier also brachte der blasse Geistliche seine Bibliothek unter, die reiche Schätze barg, schwere Pergamentbände mit den Schriften der Kirchenväter, rabbinischer Weisheit und mönchischer Gelehrsamkeit; Schriften, die protestantischen Theologen oft gute Dienste leisteten, wenn sie auch von ihnen geschmäht und herabgesetzt wurden. Auf der anderen Seite des Hauses richtete Roger Chillingworth sein Studierzimmer und Laboratorium ein, das allerdings einem modernen Wissenschaftler höchst unvollkommen erscheinen würde. Es beherbergte einen Destillierapparat und allerlei Vorrichtungen zum Brauen von Arzneien und Präparaten, die der erfahrene Alchimist wohl anzuwenden verstand. So ließen sich die beiden Gelehrten, wie es ihren Bedürfnissen entsprach, jeder in seinem eigenen Bereich nieder. Aber sie konnten ungezwungen einander besuchen und einer am Leben des anderen freundschaftlichen Anteil nehmen.

Die scharfsichtigsten Freunde des Pfarrers glaubten, wie gesagt, in alledem die Hand Gottes zu erkennen, der die vielen öffentlichen, häuslichen und geheimen Stoßgebete erhört und alles getan habe, um den jungen Geistlichen wieder gesund zu machen. Aber es muß doch gesagt werden, daß eine Gruppe in der Gemeinde zu dieser Zeit anfing, sich über die Beziehung zwischen Mr. Dimmesdale und dem geheimnisvollen alten Arzt ihre eigenen Gedanken zu machen. Eine unwissende Menge, die mit eigenen Augen zu sehen versucht, wird sich leicht täuschen. Wenn sie jedoch ihrem Herzen folgt und nach dem Gefühl urteilt, wie es gewöhnlich geschieht, so kommt sie oft zu tiefen und wahren Erkenntnissen, die fast als übernatürliche Offenbarungen erscheinen. Die Menschen, von denen hier die Rede ist, konnten ihr Vorurteil gegen Roger Chillingworth durch nichts begründen, was einer ernsten Widerlegung wert gewesen wäre. Doch gab es einen alten Handwerker in der Stadt, der vor etwa dreißig Jahren, zu der Zeit, da Sir Thomas Overbury ermordet wurde, in London gelebt hatte. Er behauptete, er habe den Arzt unter einem anderen Namen, der ihm entfallen sei, gekannt und ihn oft in der Gesellschaft des alten Doktor Forman, eines berühmten Geisterbeschwörers, gesehen, der in die Mordgeschichte um Overbury verwickelt war. Einige Leute wollten wissen, der Arzt habe während seiner Gefangenschaft bei den Indianern seine medizinischen Kenntnisse dadurch erweitert, daß er an den Beschwörungen der Eingeborenenpriester teilgenommen habe, die als mächtige Zauberer bekannt waren und mit Hilfe der Schwarzen Kunst die reinsten Wunderkuren verrichteten. Viele andere – darunter verständige Leute mit nüchternem, klarem Blick, deren Meinung in anderen Dingen gern gehört wurde – fanden, daß sich Roger Chillingworth' Aussehen merkwürdig verändert habe, seit er in der Stadt wohnte und besonders, seit er mit Mr. Dimmesdale zusammengezogen war. Anfangs sei der Ausdruck seines Gesichts ruhig, besonnen und nachdenklich gewesen; jetzt aber liege etwas Häßliches, Bösartiges darin, das man vorher nicht bemerkt habe und das immer deutlicher hervortrete, je länger man ihn ansehe. Man erzählte sich sogar, das Feuer in seinem Laboratorium stamme aus den unteren Regionen und nähre sich von höllischem Brennstoff; so sei es kein Wunder, daß sein Gesicht allmählich von Ruß geschwärzt werde.

Mit einem Wort, es verbreitete sich die Ansicht, daß der ehrwürdige Arthur Dimmesdale, wie viele fromme, gottesfürchtige Menschen zu allen Zeiten der christlichen Geschichte, vom Satan heimgesucht werde oder von einem höllischen Sendboten in Gestalt des alten Roger Chillingworth. Dieser Diener des Teufels habe die göttliche Erlaubnis, sich für einige Zeit in das Vertrauen des Geistlichen zu drängen und seine Seele zu versuchen. Kein vernünftiger Mensch konnte daran zweifeln, welche Seite den Sieg davontragen werde. Mit unerschütterlicher Hoffnung wartete das Volk darauf, daß der Pfarrer mit einem Heiligenschein verklärt aus dem Kampf hervorgehen werde. Aber es war traurig, an die Todesqualen zu denken, durch die er sich vielleicht erst hindurchkämpfen mußte.

Und die dunkle Angst in den Augen des jungen Pfarrers verriet, daß der Kampf hart und der Sieg durchaus noch nicht sicher war.

X DER ARZT UND SEIN PATIENT

Der alte Roger Chillingworth war sein Leben lang von ruhiger Gelassenheit gewesen, freundlich, wenn auch nicht herzlich, und in seinen Beziehungen zu den Menschen aufrecht und gerade. Als er diese Untersuchung begann, hatte er geglaubt, als strenger und unparteiischer Richter nur der Wahrheit zu dienen, fast als gehe es um ein geometrisches Problem mit körperlosen Linien und Zahlen und nicht um

menschliche Leidenschaften und selbsterlittenes Unrecht. Aber je länger sich der alte Gelehrte der Aufgabe widmete, um so furchtbarer wurde ihre Anziehungskraft, die ihn fast unmerklich, doch unwiderstehlich bannte und nicht loslassen würde, bis alle Rätsel gelöst waren. Weiter durchforschte er das Herz des Unglücklichen wie ein Goldsucher oder ein Totengräber, der nach einem Kleinod, das der Tote an der Brust trug, ein altes Grab durchwühlt, aber wahrscheinlich nichts findet als Tod und Verwesung. Wehe seiner eigenen Seele, wenn es dieses war, wonach er suchte!
Manchmal glomm in den Augen des Arztes ein unheimliches blaues Licht auf, wie der Widerschein eines Schmelzofens oder einer jener geisterhaften Feuerstrahlen, die aus Bunyans schrecklicher Eingangspforte im Berghang herausschossen und über das Gesicht des Pilgers flackerten. Vielleicht hatte der dunkle Schatzgräber in dem Boden, den er durchwühlte, ermutigende Anzeichen wahrgenommen.
»Dieser Mann«, sagte er dann wohl zu sich selbst, »so rein und durchgeistigt er auch aussehen mag, hat einen starken sinnlichen Zug von seinem Vater oder seiner Mutter geerbt. Das ist die Ader, der ich nachgehen muß!«
Dann durchsuchte er von neuem das Innere des Pfarrers und förderte wohl manches edle Metall zutage: Weltverbesserungspläne, Nächstenliebe, echte Gefühlskraft und eine natürliche, durch Nachdenken und Studium vertiefte und durch Offenbarungen erleuchtete Frömmigkeit. Doch all dieses kostbare Gold erschien dem Suchenden nicht wertvoller als Kehricht, und entmutigt ließ er ab, um an einer anderen Stelle von vorn zu beginnen. Behutsam und vorsichtig tastete er sich mit leisen Schritten weiter, wie ein Dieb, der zu einem halb eingeschlafenen, vielleicht gar noch wachenden Menschen ins Zimmer schleicht, um einen Schatz zu stehlen, den der Mann wie seinen Augapfel hütet. Aber trotz aller Vorsicht kann es geschehen, daß einmal die Diele knarrt, daß die Kleider des Diebes rascheln oder sein

Schatten plötzlich aus gefährlicher Nähe über das Opfer fällt. Mit anderen Worten, Mr. Dimmesdale, den krankhafte Überreiztheit manchmal hellsichtig machte, fühlte, daß sich etwas Feindliches in seine Nähe gedrängt hatte und seinen Frieden bedrohte. Aber auch der alte Roger Chillingworth hatte geschärfte Sinne, mit denen er Geheimstes erspürte. Wenn sich der Geistliche verstört nach ihm umsah, fand er den Arzt stets als einen gütigen und wachsamen, teilnehmenden und niemals aufdringlichen Freund neben sich.

Vielleicht würde Mr. Dimmesdale den Charakter dieses Mannes besser durchschaut haben, wenn eine gewisse Empfindlichkeit, die kranken Herzen eigen ist, ihn nicht allen Menschen gegenüber mißtrauisch gemacht hätte. Da er niemandem als Freund vertraute, erkannte er auch nicht den Feind, der sich in seiner Nähe zeigte. Immer noch bestand ein freundschaftlicher Verkehr zwischen den beiden; täglich empfing der Pfarrer den alten Arzt in seinem Studierzimmer, besuchte ihn im Laboratorium, um sich zu entspannen, und sah zu, wie Kräuter in wirksame Arzneien verwandelt wurden.

Eines Tages stand er mit aufgelehntem Ellenbogen, den Kopf in die Hand gestützt, am offenen Fenster, das auf den Friedhof hinaussah, und unterhielt sich mit Roger Chillingworth, während der alte Arzt ein Büschel unansehnlicher Pflanzen untersuchte.

»Wo habt Ihr diese Kräuter mit den dunklen, schlaffen Blättern gefunden, Doktor?« fragte er mit einem unsicheren Blick auf die Pflanzen. Es war merkwürdig, daß er in letzter Zeit weder Menschen noch Dinge gerade ansehen konnte.

»Hier auf dem Friedhof«, erwiderte der Arzt, ohne von der Arbeit aufzusehen. »Sie sind mir unbekannt. Ich fand sie auf einem Grab, wo kein Stein und keine Inschrift an den Toten erinnert und nur dieses häßliche Unkraut sein Andenken lebendig erhält. Es ist aus seinem Herzen hervorgegangen und verrät vielleicht ein dunkles Geheimnis, das mit ihm begraben wurde. Er hätte es lieber zu seinen Lebzeiten beichten sollen.«

»Vielleicht«, sagte Mr. Dimmesdale, »sehnte er sich danach, es zu bekennen, und konnte doch nicht.«

»Und weshalb nicht?« entgegnete der Arzt. »Warum nicht, da doch selbst die Kräfte der Natur so dringend ein Schuldbekenntnis fordern, daß schwarzes Unkraut aus dem Herzen des Toten wächst, um von seinem verborgenen Verbrechen zu künden?«

»Das ist wohl nur ein phantastischer Einfall von Euch, mein Freund«, erwiderte der Pfarrer. »Ich glaube, es gibt außer der göttlichen Gnade keine Macht, die ein mit dem Menschen begrabenes Geheimnis enthüllen könnte, sei es durch Worte oder durch Zeichen und Symbole. Das Herz, auf dem ein solches Geheimnis lastet, muß es bis zu dem Tage bewahren, an dem alles Verborgene ans Licht kommen wird. Doch habe ich die Heilige Schrift nie so verstanden, daß die Enthüllungen menschlichen Denkens und Handelns am Jüngsten Tag als Teil der Sühne gedacht seien. Das wäre eine oberflächliche Auffassung. Nein, diese Offenbarungen sollen, wie ich glaube, den Menschen Frieden geben, allen, die darauf warten, daß sich endlich das dunkle Rätsel ihres Lebens löst. Nur wer das menschliche Herz kennt, wird dieses Rätsel vollständig lösen können. Überdies meine ich, daß die Menschen die unseligen Geheimnisse, von denen Ihr spracht, am Jüngsten Tag nicht widerstrebend, sondern mit unaussprechlicher Freude preisgeben werden.«

»Warum bekennen sie sie dann nicht gleich hier auf Erden?« fragte Roger Chillingworth mit einem ruhigen Seitenblick auf den Pfarrer. »Warum sollten sich die Schuldigen nicht schon früher diese große Erleichterung gewähren?«

»Meistens tun sie es ja«, sagte der Geistliche und griff mit der Hand nach dem Herzen, als quäle ihn ein plötzlicher Schmerz. »So manch armer Sünder hat sich mir anvertraut, nicht erst auf dem Sterbebett, sondern als er noch mitten im Leben stand und geachtet war. Wie erleichtert fühlten sich diese armen Menschen nach ihrem Geständnis! Es war, als sögen sie plötzlich frische Luft ein, nachdem sie fast an ihrem eigenen verdorbenen Atem erstickt wären. Wie kann es auch anders sein? Warum sollte ein Verbrecher, der einen Mord auf dem Gewissen hat, den Leichnam in seinem eigenen Herzen begraben, anstatt ihn von sich zu werfen und der Welt zu überlassen?«

»Und doch begraben manche Menschen ihre Geheimnisse im Herzen«, bemerkte der Arzt gleichmütig.

»Ihr habt recht, es gibt solche Menschen«, antwortete Mr. Dimmesdale. »Aber sie mögen zwingende Gründe haben. Vielleicht liegt es in ihrem Wesen, daß sie nicht anders können als schweigen. Wäre es nicht auch denkbar, daß sie trotz ihrer Schuld noch weiter zu Gottes Ehre und zum Wohl der Menschen wirken möchten und davor zurückschrecken, ihre Sünde und Schlechtigkeit vor den Menschen zu enthüllen; denn von da an könnten sie kein gutes Werk mehr vollbringen und das Böse der Vergangenheit nicht wieder gutmachen. So wandeln sie unter ihren Mitmenschen, leiden im Innern unsägliche Qualen und sehen rein aus wie frischer Schnee, während ihre Herzen von untilgbarer Schuld befleckt sind.«

»Diese Menschen betrügen sich selbst«, sagte Roger Chillingworth nachdrücklicher als gewöhnlich und unterstrich seine Worte mit einer Handbewegung. »Sie fürchten sich vor der Schande, die sie verdient haben. Ihre Liebe zu den Menschen, ihr Eifer, Gott zu dienen – all diese frommen Regungen mögen in ihren Herzen neben den schlimmen Bewohnern hausen, die von der Sünde eingelassen wurden und nun dort eine Teufelsbrut aushecken. Aber diese Menschen sollten nicht ihre unreinen Hände zum Himmel erheben, um Gott zu loben! Wenn sie ihren Mitmenschen dienen wollen, so sollten sie die Macht und Wirksamkeit des Gewis-

sens offenbaren und sich zu reuiger Selbsterniedrigung durchringen. Soll ich Euch etwa glauben, mein kluger und frommer Freund, daß ein Trugbild der Ehre Gottes und dem Wohl der Menschen nützlicher sei als Gottes eigene Wahrheit? Glaubt mir, diese Menschen betrügen sich selbst!«
»Es mag sein«, sagte der junge Geistliche scheinbar gleichgültig, als sei er einer unwesentlichen, zwecklosen Erörterung müde. Er besaß die Fähigkeit, jedem Thema, das sein überempfindliches Gemüt erregte, geschickt auszuweichen. »Aber jetzt würde ich von meinem erfahrenen Arzt gern einmal wissen, ob er wirklich glaubt, daß seine Bemühungen meinem schwachen Körper schon geholfen haben.«
Ehe Roger Chillingworth antworten konnte, hörten sie vom nahen Friedhof herüber das helle, ausgelassene Lachen eines Kindes. Unwillkürlich blickte der Pfarrer aus dem offenen Fenster – es war Sommer – und sah Hester Prynne und die kleine Pearl den Fußweg entlangkommen, der über den Friedhof führte. Pearl war schön wie der Tag, aber sie hatte eine ihrer wilden, ungezügelten Launen, die sie aus der Sphäre der Menschen völlig zu entrücken schienen. Gedankenlos hüpfte sie von einem Grab zum anderen, bis sie an die große, flache, wappengeschmückte Grabplatte eines verdienten Kolonisten kam – vielleicht war es Isaac Johnsons Grab – und darauf herumtanzte. Als die Mutter sie ermahnte und bat, sich gesitteter zu benehmen, hörte Pearl auf zu tanzen und pflückte von dem großen Klettenstrauch, der neben dem Grabe wuchs, die stachligen Früchte ab. Als sie eine Handvoll davon gesammelt hatte, heftete sie die Kletten, genau den Linien des roten Buchstabens folgend, auf Hesters Brust, wo sie fest hängenblieben. Und die Mutter riß sie nicht ab.
Roger Chillingworth war inzwischen auch ans Fenster getreten und sah mit finsterem Lächeln hinaus.
»Dieses Kind kennt kein Gesetz, keine Ehrfurcht vor der Obrigkeit, keine Rücksicht auf die Gebote und Sitten der

Mitmenschen, kein Gefühl für Recht und Unrecht«, bemerkte er mehr zu sich selbst als zu seinem Gefährten. »Neulich sah ich, wie es an der Viehtränke in der Brunnengasse den Gouverneur mit Wasser bespritzte. Was, um Himmels willen, ist das nur für ein Wesen? Ist es ein kleiner Teufel und böse durch und durch? Hat es überhaupt ein Herz? Gibt es irgendeine erkennbare Ordnung in seinem Leben?«

»Keine – außer der Freiheit eines gebrochenen Gesetzes!« antwortete Mr. Dimmesdale ruhig, als habe er schon oft über diese Frage nachgedacht. »Ob es zum Guten fähig ist – ich weiß es nicht.«

Das Kind schien die Stimmen zu hören; es sah mit fröhlichem, etwas naseweisem Lächeln zum Fenster hinauf und warf eine der stachligen Kletten nach Mr. Dimmesdale. Befangen und schreckhaft zuckte der junge Geistliche vor dem leichten Wurfgeschoß zusammen. Als Pearl sein Erschrecken bemerkte, klatschte sie begeistert in die Hände. Auch Hester Prynne hatte unwillkürlich aufgeblickt, und die vier Menschen, alte und junge, betrachteten einander schweigend, bis das Kind laut auflachte. »Komm hier weg, Mutter!« rief es. »Komm mit, sonst fängt dich der alte schwarze Mann da drüben. Den Pfarrer hat er schon gefangen. Komm, Mutter, daß er dich nicht kriegt! Aber mich fängt er nicht!«

So zog sie die Mutter fort und hüpfte und tanzte wieder über die Grabhügel, ein Wesen, das sich einer vergangenen und begrabenen Generation weder verbunden noch verwandt fühlte. Sie schien ein neuer Anfang zu sein, aus neuen Stoffen geformt; man mußte ihr gewähren, ihr eigenes Leben zu leben und sich selbst Gesetz zu sein, und durfte ihre Eigenart nicht als Verbrechen werten.

»Diese Frau dort«, sagte Roger Chillingworth nach einer Weile, »was ihr Vergehen auch sein mag, sie trägt nicht das Geheimnis verborgener Schuld mit sich herum, das Ihr für so qualvoll haltet. Glaubt Ihr, Hester Prynne sei weniger unglücklich, weil sie das rote Zeichen auf der Brust trägt?«

»Das glaube ich wohl«, antwortete der Geistliche, »wenn ich auch nicht dafür bürgen kann. In ihrem Gesicht lag ein so schmerzvoller Zug, den ich lieber nicht darin gesehen hätte. Aber doch ist es für den Menschen leichter, meine ich, den Schmerz frei zeigen zu dürfen, wie die arme Hester Prynne, als ihn im Herzen verschließen zu müssen.«

Wieder entstand eine Pause, und der Arzt fuhr fort, die neuen Pflanzen zu untersuchen und zu ordnen.

»Ihr fragtet mich vorhin, wie ich über Eure Gesundheit denke«, sagte er schließlich.

»Ja«, antwortete der Geistliche, »ich würde es gern wissen. Sprecht nur ganz offen, Ihr braucht mich nicht zu schonen.«

»Frei und offen also«, sagte der Arzt, der noch mit seinen Pflanzen beschäftigt schien, aber doch den Pfarrer scharf beobachtete; »Eure Krankheit ist merkwürdig; das heißt, nicht eigentlich die Krankheit selbst, und auch nicht ihr äußeres Bild, wenigstens soweit mir die Symptome bekannt geworden sind. Ich bin nun täglich mit Euch zusammen, mein Freund, und beobachte Euer Aussehen seit Monaten. Ich halte Euch wohl für ernstlich krank, doch nicht für so krank, daß ein erfahrener und wachsamer Arzt nicht hoffen dürfte, Euch zu heilen. Aber – ich weiß nicht, was ich davon halten soll – ich meine, die Krankheit zu kennen, und kenne sie doch nicht.«

»Ihr sprecht in Rätseln, Doktor«, sagte der blasse Pfarrer und sah dabei aus dem Fenster.

»Dann will ich es deutlicher sagen«, fuhr der Arzt fort, »und bitte verzeiht mir, wenn es der Verzeihung bedarf, die notwendige Offenheit meiner Rede. Erlaubt mir als Eurem Freund, den Gott beauftragt hat, über Euer Leben und Eure Gesundheit zu wachen, eine Frage. Habt Ihr mir wirklich jede Einzelheit Eures Leidens offenbart?«

»Wie könnt Ihr daran zweifeln?« fragte der Geistliche. »Es

wäre kindisch, erst einen Arzt zu rufen und ihm dann das Übel zu verbergen!«

»Ihr wollt also damit sagen, daß ich alles wisse?« Roger Chillingworth sprach bedachtsam und beobachtete den Pfarrer mit angespannter Aufmerksamkeit. »Nun gut! Aber der Arzt, dem nur die äußeren Symptome der Krankheit offenbart werden, kennt oft nur die Hälfte des Übels, das er heilen soll. Eine Erkrankung des Körpers, so abgerundet das Krankheitsbild scheinen mag, ist oft nur das Anzeichen für ein seelisches Leiden. Verzeiht mir, mein Freund, wenn ich Euch mit meinen Worten zu nahe trete. Aber ich habe noch nie einen Menschen kennengelernt, bei dem die Seele und der Körper, der ihr dient, so innig miteinander verbunden, so sehr eins geworden sind wie bei Euch.«

»Dann brauche ich Euren Rat wohl nicht mehr«, sagte der Geistliche und stand hastig auf. »Soviel ich weiß, führt Ihr keine Heilmittel für die Seele!«

»So wirkt eine Krankheit«, fuhr der Arzt ruhig und unbeirrt fort, ohne die Unterbrechung zu beachten; er stand nur auf und stellte sich, klein, dunkel und mißgestaltet, vor den abgezehrten, blassen Pfarrer – »so wirkt eine Krankheit, eine Wunde im Innern sozusagen, unmittelbar auf Euren Körper ein. Wollt Ihr, daß der Arzt Euren Körper heilt? Er kann es nur, wenn Ihr ihm zuerst die Wunde oder Krankheit Eurer Seele enthüllt.«

»Nein! Euch nicht! Keinem irdischen Arzt!« rief Mr. Dimmesdale mit plötzlicher Heftigkeit und richtete den vollen Blick beinahe haßerfüllt auf den alten Roger Chillingworth. »Euch nicht! Es gibt nur einen Seelenarzt, und ihm will ich mich anvertrauen, wenn meine Seele krank ist. Er kann heilen oder töten, wie es ihm gefällt. In seiner Weisheit und Gerechtigkeit mag er mit mir machen, was er für gut befindet. Aber wer seid Ihr, daß Ihr Euch in fremde Dinge einmischt, daß Ihr es wagt, Euch zwischen den Leidenden und seinen Gott zu drängen?«

In höchster Erregung stürzte er aus dem Zimmer.
»Es ist ganz gut, daß ich so weit gegangen bin«, sagte Roger Chillingworth zu sich selbst und sah dem Geistlichen gedankenvoll lächelnd nach. »Es schadet nichts – wir werden bald wieder Freunde sein. Aber wie doch die Leidenschaft diese Menschen beherrschen und außer sich bringen kann! Wo eine Leidenschaft ist, da sind auch andre. Ich bin überzeugt, daß dieser fromme Seelenhirt schon früher einmal eine Unbesonnenheit begangen hat, in heißer Leidenschaftlichkeit.«
Es dauerte nicht lange, bis die frühere Vertraulichkeit zwischen den beiden Gelehrten wiederhergestellt und alles wieder beim alten war. Der junge Geistliche sah nach wenigen Stunden der Zurückgezogenheit ein, daß er sich von seinen zerrütteten Nerven zu einem Zornesausbruch hatte hinreißen lassen, zu dem ihm die Worte des Arztes durchaus keinen Anlaß gegeben hatten. Er wunderte sich jetzt, wie er mit solcher Heftigkeit den gütigen alten Mann zurückweisen konnte, der doch nur seine Pflicht getan hatte und ihm einen guten Rat geben wollte, um den der Pfarrer selbst gebeten hatte. Reuevoll entschuldigte er sich sogleich bei seinem Freund und bat ihn, doch die Behandlung fortzusetzen, die ihm zwar nicht die Gesundheit habe wiedergeben können, aber doch gewiß sein kraftloses Dasein bis zu diesem Tage verlängert habe. Roger Chillingworth willigte gern ein; er wachte weiter über dem Leben des Geistlichen und tat für ihn, was in seinen Kräften stand. Aber immer, wenn er nach einem Krankenbesuch das Zimmer seines Patienten verließ, spielte ein geheimnisvolles, bedeutsames Lächeln um seine Lippen. Dieser Ausdruck zeigte sich nie in Mr. Dimmesdales Gegenwart, aber er trat deutlich hervor, sobald der Arzt zur Tür hinausging.
»Ein seltsamer Fall«, murmelte er. »Ich muß noch tieferen Einblick gewinnen. Was für eine merkwürdige Übereinstimmung zwischen Seele und Körper! Schon um der Wissen-

schaft willen – ich muß dieser Sache auf den Grund kommen!«

Nicht lange nach diesem Vorfall fiel Mr. Dimmesdale eines Tages um die Mittagszeit unversehens in einen tiefen Schlummer, während er, einen dicken Folianten aufgeschlagen vor sich, an seinem Schreibtisch saß. Es muß ein Meisterwerk der Einschläferungsliteratur gewesen sein. Der tiefe Schlaf des Geistlichen war um so erstaunlicher, als sein Schlummer sonst ganz leise und oberflächlich war, so leicht zu verscheuchen wie ein Vogel, der auf einem Zweig herumhüpft. Heute hatte sich sein Geist in so ungewohnte Fernen zurückgezogen, daß der Pfarrer sich nicht einmal rührte, als der alte Roger Chillingworth ohne besondere Vorsicht ins Zimmer trat. Der Arzt ging rasch auf den Patienten zu, griff nach seiner Brust, die der Prediger selbst dem ärztlichen Auge noch nie enthüllt hatte, und schob das Gewand zurück.

Mr. Dimmesdale zuckte zusammen und bewegte sich leise.

Einen Augenblick später wandte der Arzt sich ab.

Doch mit welch wildem Blick der Freude, des Staunens und Entsetzens! Mit welch schrecklicher Verzückung, die zu mächtig war, um sich nur in Blick und Mienenspiel zu offenbaren, und die aus seiner ganzen häßlichen Mißgestalt hervorbrach! Wie von Sinnen warf er die Arme in die Höhe und stampfte mit den Füßen auf den Boden. Hätte jemand den alten Roger Chillingworth in diesem Augenblick der Ekstase beobachtet, er hätte gewußt, wie der Satan sich aufführt, wenn eine kostbare Seele dem Himmel verlorengeht und für sein Höllenreich gewonnen ist.

Aber was die Verzückung des Arztes von der des Satans unterschied, war der Zug von Verwunderung in seinem Gesicht.

XI DAS INNERE EINES HERZENS

Nach diesem letzten Vorfall änderte sich das Verhältnis zwischen dem Geistlichen und seinem Arzt, wenn auch äußerlich alles beim alten blieb. Roger Chillingworth sah nun endlich einen beschreitbaren Weg vor sich, wenn auch einen anderen, als er ursprünglich einschlagen wollte. So ruhig, sanft und leidenschaftslos der unselige alte Mann auch scheinen mochte, in seinem Innern, fürchten wir, lauerte Bosheit, die nur bisher geschwiegen hatte, aber sich jetzt regte und ihm einen teuflischen Racheplan eingab, grausamer, als ihn je ein Sterblicher für seinen Feind erdachte. Der Arzt hatte gehofft, sich zum einzigen vertrauten Freund des Pfarrers zu machen, dem dieser alle Ängste, Qualen und Gewissensnöte, die fruchtlose Reue und die vergeblich verbannten, immer wiederkehrenden sündigen Gedanken anvertrauen würde. Die verborgene Schuld, die das große Herz der Welt vielleicht mitleidig verziehen hätte, sollte ihm, dem Erbarmungslosen, dem Unversöhnlichen, enthüllt werden! Der ganze dunkle Hort sollte ihm zufallen, gerade dem Mann, der nur seinen Durst nach Rache damit stillen wollte.

Die scheue, empfindliche Zurückhaltung des Pfarrers hatte sein Vorhaben durchkreuzt. Roger Chillingworth war jedoch ganz zufrieden, daß eine höhere Macht – die den Rächer wie sein Opfer lenkte und vielleicht dort verzieh, wo sie am härtesten zu strafen schien – seinen schwarzen Plänen diese Wendung gegeben hatte. Etwas wie eine Offenbarung war ihm zuteil geworden. Ob sie himmlischen Ursprungs war oder aus anderen Regionen stammte, war für seine Zwecke gleichgültig. Mit ihrer Hilfe glaubte er von nun an nicht nur Einblick in den äußeren Lebensablauf des Pfarrers zu haben, sondern auch in sein tiefstes Innere schauen und jede Regung seiner Seele wahrnehmen und ausdeuten zu können. Er war nicht nur Zuschauer, sondern handelnde Person in der inneren Welt des Geistlichen geworden. Er konnte auf ihm spielen wie auf einem Instrument. Sollte er ihn mit Todesängsten quälen? Das Opfer war immer auf die Folter gespannt: man mußte nur die geheime Feder kennen, die das Rad in Gang brachte – und der Arzt kannte sie wohl! Sollte er dem Kranken einen tödlichen Schrecken einjagen? Wie durch Zauberhand beschworen, stieg ein gräßliches Gespenst, stiegen Tausende von Gespenstern auf; Tod und die noch schrecklichere Schande umdrängten den Geistlichen in unzähligen Gestalten und wiesen mit den Fingern nach seiner Brust.

Der Arzt ging dabei mit so ausgeklügelter Behutsamkeit zu Werke, daß der Pfarrer, obgleich er dauernd die teuflische Macht in seiner Nähe spürte, doch nie ihren wahren Ursprung erkannte. Wohl sah er mit Zweifel und geheimer Furcht, ja manchmal mit Schauder und bitterem Haß die Mißgestalt des alten Arztes neben sich. Seine Bewegungen, sein Gang, sein grauer Bart, die geringfügigste seiner Handlungen und selbst der Schnitt seiner Kleider erfüllten den Geistlichen mit Abscheu – ein untrügliches Zeichen, daß er im Herzen eine tiefere Abneigung gegen den Arzt hegte, als er vor sich selbst zugeben wollte. Denn da er sein Mißtrauen und seinen Widerwillen mit nichts begründen konnte und wohl wußte, daß die eine schwärende Wunde sein ganzes Inneres vergiftete, sah er in seinem eigenen Herzen die Ursache aller bösen Vorahnungen. Er machte sich Vorwürfe wegen seiner Abneigung gegen Roger Chillingworth, und anstatt dem warnenden Gefühl nachzugeben, versuchte er, es zu ersticken. Es gelang ihm nicht, aber dennoch setzte er als Mann von Grundsätzen den gewohnten Umgang mit dem alten Gelehrten fort und gab ihm täglich Gelegenheit, das dunkle Ziel zu verfolgen, dem der rachedurstige, unselige Mann, der vielleicht noch elender war als sein Opfer, sich verschrieben hatte.

Während Krankheit den Pfarrer peinigte und geheime Qualen sein Inneres zerfraßen, während er den Ränken seines Todfeindes ausgesetzt war, hatte er als Seelsorger immer größere Beliebtheit erlangt. Das Leid hatte viel dazu beigetragen. Seine geistigen Gaben, seine innere Kraft und die Fähigkeit, mitzufühlen und die Herzen der Menschen anzurühren, waren durch die tägliche Qual und Gewissensangst fast ins Übernatürliche gesteigert worden. Sein Ruhm, der noch immer wuchs, überschattete schon die soliden Verdienste seiner Amtsbrüder, unter denen bedeutende Männer waren. Manche waren alte Gelehrte, die mehr Jahre, als Mr. Dimmesdale überhaupt am Leben war, damit zugebracht hatten, sich die schwer zugängliche theologische Wissenschaft anzueignen, und die ihrem jungen Bruder an gediegenen und nützlichen Kenntnissen überlegen sein mochten. Andere waren kraftvollere Naturen als er, mit scharfem, nüchternem Geist, einem eisernen, unbeugsamen Willen und einem guten Schuß Dogmatik – achtbare, tüchtige, aber nicht gerade liebenswerte Vertreter des geistlichen Standes. Wieder andere waren wahrhafte Heilige, vergeistigt durch mühsames Studium und geduldiges Nachdenken und verklärt durch den Umgang mit einer besseren Welt, in der ein lauterer Lebenswandel diese frommen Männer schon jetzt fast heimisch gemacht hatte, während ihnen die Hülle der Sterblichkeit noch anhaftete. Es fehlte ihnen nichts als die Gabe, die am Pfingsttag in feurigen Zungen über die auserwählten Jünger gekommen war, nämlich die Kraft des Wortes, die keine fremden, unbekannten Sprachen braucht, sondern die in der einfachen Sprache des Herzens die ganze Menschheit anrührt. Diesen frommen Vätern, die so apostelhaft schienen, fehlte das höchste himmlische Siegel, die Zunge von Feuer. Vergeblich würden sie versucht haben – wäre ihnen je eingefallen, es zu versuchen –, die tiefsten Wahrheiten durch anspruchslose, vertraute Worte und Bilder auszudrücken. Sie weilten in höheren Regionen, und ihre Stimmen tönten dunkel aus weiter Ferne her.

Zu dieser Gruppe von Männern gehörte eigentlich auch Mr. Dimmesdale durch manchen Zug seines Wesens. Er würde die höchsten Gipfel des Glaubens und der Frömmigkeit erklommen haben, wenn nicht eine Last, es mochte Schuld oder Angst sein, auf seinem Herzen gelegen und sein Streben gehemmt hätte. Sie zog ihn herab zu den Ärmsten und Geringsten, ihn, der fast ein Heiliger schien und mit den Engeln hätte Zwiesprache halten können. Aber gerade diese Bürde verband ihn aufs innigste mit den sündigen Menschen; sein Herz schlug im Einklang mit ihren Herzen, er machte ihr Leid zu seinem eigenen und übertrug die eigne Seelenqual in ergreifenden, überzeugenden Worten auf tausend andere Seelen. Immer überzeugte er, doch zuweilen entsetzte er die Menschen. Sie kannten nicht die Kraft, die sie so im Innersten ergriff. Sie hielten den jungen Prediger für ein Wunder an Heiligkeit, für das Sprachrohr des Himmels, das ihnen göttliche Botschaften der Weisheit, Ermahnung und Liebe vermittelte. Selbst der Boden, den er betrat, war in ihren Augen geweiht. Die jungen Mädchen seiner Gemeinde wurden blaß in seiner Nähe; sie verzehrten sich in leidenschaftlicher Liebe, die mit religiöser Schwärmerei so durchtränkt war, daß sie ihr Gefühl für fromme Andacht hielten und es reinen Herzens als kostbarste Opfergabe vor dem Altar niederlegten. Die älteren Gemeindeglieder glaubten, wenn sie Mr. Dimmesdales Kräfte schwinden sahen, während sie selbst trotz einiger Gebrechen noch so rüstig waren, daß er vor ihnen sterben werde, und sie legten ihren Kindern ans Herz, ihre sterblichen Reste in der geweihten Nähe des jungen Pfarrers zu beerdigen. Und indessen dachte vielleicht auch der arme Mr. Dimmesdale an sein Grab und fragte sich, ob jemals Gras darauf wachsen werde; denn ein Verdammter würde dort liegen.

Die öffentliche Verehrung bereitete ihm unsägliche Qualen. Immer hatte er die Wahrheit über alles geliebt, und alle Dinge, die nicht diese göttliche Kraft als innersten Kern in sich trugen, waren ihm schattenhaft, leer und nichtig erschienen. Und was war er selbst – war er wesenhaft oder der

nichtigste aller Schatten? Oft drängte es ihn, von der Kanzel herab mit voller Stimme den Menschen zuzurufen, wer er sei. »Ich, den ihr hier im schwarzen Talar des Priesters vor euch seht – der ich auf der Kanzel stehe und meine Augen zum Himmel aufhebe, um in eurem Namen mit dem Allmächtigen Zwiesprache zu halten – ich, in dessen Alltag ihr die Heiligkeit eines Henoch vermutet – dessen Schritte, wie ihr glaubt, auf der Erde einen leuchtenden Schein zurücklassen, der noch den Pilgern einer späteren Zeit den Weg zur ewigen Seligkeit weisen wird – der ich eure Kinder getauft habe und das letzte Gebet für eure sterbenden Freunde sprach, die das Amen nur noch schwach aus einer schon aufgegebenen Welt herübertönen hörten – ich, euer Seelsorger, dem ihr so viel Liebe und Vertrauen schenkt, ich bin nichts als Verbrechen und Lüge!«
Mehr als einmal hatte Mr. Dimmesdale die Kanzel mit der festen Absicht betreten, Worte wie diese zu sprechen und nicht eher wieder herabzusteigen. Mehr als einmal hatte er sich geräuspert und tief und zitternd Luft geholt, um den nächsten Atemstoß das dunkle Geheimnis seiner Seele mitzugeben. Mehr als einmal – mehr als hundertmal – hatte er wirklich gesprochen, laut und vernehmlich! Aber was? Er hatte seinen Zuhörern gesagt, daß er durch und durch schlecht sei, der Schlechteste der Schlechten, der Schlimmste aller Sünder, ein Verworfener und Verabscheuungswürdiger. Es sei nur ein Wunder, daß sein elender Körper nicht vor ihren Augen unter dem flammenden Zorn des Allmächtigen zusammenschrumpfe. Konnte er es deutlicher sagen? Mußten nicht alle Leute augenblicklich von ihren Plätzen aufspringen und ihn von der Kanzel zerren, die er schändete? Aber nichts dergleichen geschah. Sie hörten seine Worte und verehrten ihn nur um so mehr. Sie ahnten nicht, welch tödlicher Sinn in seinen Selbstanklagen verborgen lag. »Der fromme Jüngling!« sagten sie zueinander. »Ein Heiliger auf Erden! Wenn er in seiner reinen Seele so viel

Sündhaftigkeit findet, was für schreckliche Dinge würde er erst in uns entdecken!« Der Pfarrer – bei aller Gewissensangst ein kluger Heuchler – wußte wohl, wie man sein unklares Geständnis auffassen würde. Er hatte versucht, sich selbst mit diesem Schuldbekenntnis zu betrügen; aber er hatte nur neue Sünde auf sich geladen und das Bewußtsein der Schande, ohne auch nur für einen Augenblick die Erleichterung der Selbsttäuschung zu finden. Er hatte die volle Wahrheit gesagt und sie gleichzeitig in die größte Lüge verwandelt. Und doch liebte er die Wahrheit von ganzem Herzen und verabscheute die Lüge, wie ein Mensch sie nur verabscheuen kann. Mehr als alles andere aber verabscheute er sein eignes erbärmliches Ich!

In seiner Gewissensnot nahm er seine Zuflucht zu Bußübungen, die eher dem alten katholischen Glauben als der besseren Einsicht seiner Kirche entsprochen hätten. Mr. Dimmesdale bewahrte in einem geheimen Fach, wohl verschlossen, eine blutige Geißel. Schon oft hatte der protestantische, puritanische Geistliche sie über seinem eignen Rücken geschwungen und bitter dabei gelacht; und um sein Lachen zu strafen, hatte er nur um so erbarmungsloser zugeschlagen. Auch das Fasten war ihm, wie vielen andren frommen Puritanern, zur Gewohnheit geworden. Aber er fastete nicht wie sie, um seinen Leib zu läutern und ein besseres Gefäß für himmlische Wahrheiten daraus zu machen, sondern um zu büßen, unerbittlich, bis seine Knie zitterten. Nacht für Nacht wachte er, oft in völliger Dunkelheit, manchmal bei flackerndem Lampenlicht; zuweilen stellte er auch die Lampe neben den Spiegel und betrachtete seine eignen hellerleuchteten Züge. So zergliederte er ständig sein Inneres und zermarterte sich, ohne Erleichterung zu finden. Manchmal verwirrten sich seine Sinne während der langen Nachtwachen, und es war ihm, als umschwirrten ihn Gespenster. Schattenhafte, mattleuchtende Erscheinungen schienen in den Winkeln des halbdunklen Zimmers umher-

zuhuschen, oder er sah sie deutlicher neben sich im Spiegel. Einmal waren es teuflische Schemen, die den bleichen Pfarrer höhnisch angrinsten und ihn mit sich fortziehen wollten; dann wieder waren es leuchtende Engelsgestalten, die mit traurigen Gesichtern gen Himmel schwebten und immer durchsichtiger wurden. Tote Freunde seiner Jugend kamen zu ihm; sein frommer Vater mit dem weißen Bart sah ihn zürnend an, und seine Mutter wandte das Gesicht ab, als sie vorüberging. Das blasse Traumbild der Mutter – nicht einmal einen mitleidigen Blick hatte sie für den Sohn übrig! Zuletzt glitt Hester Prynne mit ihrem Kind durch den Raum, den die gespenstischen Gedanken so unheimlich gemacht hatten. Pearl trug das rote Samtkleid, und Hester deutete auf das rote Zeichen an ihrer Brust und wies dann auf die Brust des Geistlichen.
Keine dieser Traumgestalten konnte den Pfarrer völlig täuschen. Es bedurfte nur einer Willensanstrengung, und er konnte durch die wesenlosen Schatten hindurchsehen und sich überzeugen, daß sie nicht greifbare Wirklichkeit waren wie der eichengeschnitzte Tisch oder der dicke, ledergebundene theologische Foliant mit den Messingschließen. Aber doch war diese Traumwelt die eigentliche Welt, in der Mr. Dimmesdale jetzt lebte. Es ist das unsägliche Elend eines so verfälschten Lebens, daß es alle Wirklichkeit, die uns umgibt und die uns vom Himmel zur Freude und Erholung bestimmt ist, ihrer Kraft und Bedeutung beraubt. Dem unaufrichtigen Menschen scheint die ganze Welt verlogen und unwirklich; sie zerfällt unter seinen Händen zu einem Nichts. Und er selbst, je mehr er sich in Lüge verstrickt, wird zu einem Schatten, ja er hört auf zu sein. Die einzige Wahrheit, die dem Leben Mr. Dimmesdales auf dieser Welt noch Wirklichkeit gab, war die Qual im Innersten seiner Seele, die sich in seinem Äußeren unverstellt widerspiegelte. Hätte er nur einmal die Kraft zu einem Lächeln, zu einem heiteren Gesicht gefunden, er wäre nicht mehr derselbe Mensch gewesen.

In einer dieser schlimmen Nächte, die wir nur schwach umrissen haben, deren Ausmalung wir uns jedoch versagen, sprang der Pfarrer plötzlich vom Stuhl auf. Ein Gedanke war ihm gekommen. Vielleicht konnte er für einen Augenblick Frieden finden. Sorgfältig kleidete er sich an, wie für einen Gottesdienst. Dann schlich er leise die Treppe hinunter, öffnete die Haustür und trat ins Freie.

XII DIE NACHTWACHE

Wie im Schatten eines Traumes und vielleicht wirklich unter der Einwirkung somnambuler Kräfte erreichte Mr. Dimmesdale den Ort, wo vor langer Zeit Hester Prynne die ersten Stunden öffentlicher Schande durchlitten hatte. Noch immer stand unter dem Balkon des Rathauses das gleiche Schandgerüst, schwarz und verwittert vom Sturm und Sonnenschein sieben langer Jahre und abgetreten von den Füßen vieler Missetäter, die es seitdem bestiegen hatten. Der Pfarrer ging die Stufen hinauf.

Es war eine dunkle Mainacht. Eine dichte Wolkendecke verhüllte das Himmelsgewölbe bis zum Horizont. Hätte man all die Menschen, die damals Hester Prynnes Bestrafung mit angesehen hatten, zu dieser Mitternachtsstunde herbeigerufen, sie hätten in dem grauen Dunkel den Angeprangerten nicht erkannt und kaum die Umrisse einer menschlichen Gestalt wahrgenommen. Aber die ganze Stadt lag in tiefem Schlaf. Niemand würde den Pfarrer entdecken, und er mochte ruhig hier stehenbleiben, bis sich im Osten der Morgen rötete. Nur die feuchte, kalte Nachtluft würde ihm in die Glieder kriechen und seine Gelenke versteifen, und vielleicht würde ihm eine böse Erkältung die Kehle zuschnüren und die erwartungsvolle Gemeinde am nächsten Tag um die Sonntagspredigt bringen. Kein menschliches Auge konnte ihn hier sehen, nur das eine ewig wachende Auge, das ihn auch zu Hause in seinem Arbeits-

zimmer sah, wenn er die blutige Geißel schwang. Warum war er hierhergekommen? Spielte er nur mit der Reue? Es war wirklich nur ein Spiel, das seine Seele mit sich selber trieb! Ein Possenspiel, vor dem die Engel sich abwandten und weinten, während die Teufel mit höhnischem Gelächter frohlockten! Das Gewissen, das ihn überall verfolgte, hatte ihn hierhergetrieben; aber die Schwester und nächste Gefährtin des Gewissens war die Feigheit, die ihn jedesmal zitternd zurückhielt, wenn er nahe daran war, ein Geständnis abzulegen. Der unselige Mensch – warum mußte seine Schwachheit sich mit einem Verbrechen beladen? Das Verbrechen ist nur etwas für Menschen mit eisernen Nerven, die entweder die Last aushalten oder sie von sich werfen, wenn sie zu schwer wird, in einer einzigen gewaltigen Kraftanstrengung zum Guten. Die schwache und empfindliche Natur des Pfarrers war weder zum einen noch zum andern fähig; aber ständig versuchte er beides, bis sich die Qualen einer zum Himmel schreienden Schuld und fruchtlose Reue zu einem unlösbaren Knoten verschlangen.
Während dieser sinnlosen Bußübung am Pranger faßte den Pfarrer plötzlich wildes Entsetzen. Ihm war, als starre das ganze Weltall auf ein rotes Zeichen an seiner nackten Brust, genau über dem Herzen. Wirklich quälte ihn an dieser Stelle seit langer Zeit ein nagender körperlicher Schmerz. Ohne es zu wollen, ohne die Kraft, sich zu beherrschen, schrie er laut auf; der Schrei hallte durch die Nacht und wurde von den Häusern und fernen Hügeln zurückgeworfen, als hätten Höllengeister diesen gequälten, angstvollen Schrei zu ihrem Spielball gemacht und würfen ihn einander zu.
»Jetzt ist's geschehen!« murmelte der Geistliche und bedeckte sein Gesicht mit den Händen. »Die ganze Stadt wird aufwachen und herbeieilen und mich hier finden.«
Aber nichts geschah. Vielleicht hatte der Schrei seinen überreizten Sinnen lauter geklungen, als er es wirklich war. Die Stadt blieb ruhig, und wenn wirklich jemand aufgewacht

war und schlaftrunken hinaushorchte, so glaubte er, etwas Schreckliches geträumt zu haben, oder er hielt den Schrei für Hexenstimmen, wie sie zu jener Zeit nicht selten über die Siedlungen und einsamen Hütten hallten, wenn die Hexen mit dem Satan durch die Lüfte ritten. Da sich nichts regte, nahm der Pfarrer schließlich die Hände vom Gesicht und blickte um sich. An einem Fenster von Gouverneur Bellinghams Haus, das nicht weit vom Marktplatz in einer angrenzenden Straße stand, sah er den ehrwürdigen alten Herrn selbst, eine Lampe in der Hand und die weiße Nachtmütze auf dem Kopf. Er war in ein langes weißes Schlafgewand gehüllt und sah aus wie ein Geist, den man zur Unzeit aus dem Grab heraufbeschworen hat. Der Schrei hatte ihn offenbar aufgeschreckt. An einem anderen Fenster des Hauses erschien die alte Hibbins, die Schwester des Gouverneurs, auch sie mit einer Lampe, deren Schein selbst auf die weite Entfernung hin ihr griesgrämiges, unzufriedenes Gesicht erkennen ließ. Sie zwängte den Kopf durch das Gitterwerk vor dem Fenster und sah begierig hinaus. Sicherlich hatte die unheimliche Alte Mr. Dimmesdales Aufschrei gehört und hielt den vielfältigen Widerhall für den Lärm von Geistern und Hexen, mit denen sie, wie man wohl wußte, oft nächtliche Ausflüge in die Wälder machte.

Als die alte Dame den Lichtschein in Gouverneur Bellinghams Fenster sah, löschte sie schnell ihre eigene Lampe und verschwand. Vielleicht schwang sie sich in die Wolken hinauf; aber der Pfarrer konnte sie nicht weiter beobachten. Auch der Gouverneur zog sich vom Fenster zurück, nachdem er eine Weile aufmerksam ins Dunkel gespäht hatte, das er jedoch genausowenig mit den Blicken durchdringen konnte wie einen Mühlstein.

Allmählich wurde der Geistliche ruhiger. Indessen sah er bald ein kleines flimmerndes Licht, das sich von weither die Straße heraufbewegte und langsam näher kam. Der wandernde Lichtkegel ließ einmal einen Pfosten, dann einen

Gartenzaun erkennen, hier das Gitterwerk eines Fensters, dort eine Pumpe mit dem gefüllten Wassertrog und dann wieder eine rundbogige eichene Haustür mit dem eisernen Klopfer und der roh behauenen Türschwelle. Mr. Dimmesdale nahm jede Einzelheit in sich auf, wenn er auch überzeugt war, daß mit den Schritten, die er schon vernahm, sein Verderben heranschleiche, daß der Lichtschein in wenigen Augenblicken auf ihn selbst fallen und sein lange gehütetes Geheimnis offenbaren werde. Als das Licht noch näher kam, erkannte er im Schein der Lampe seinen Amtsbruder – oder genauer gesagt, seinen geistlichen Vater und verehrten Freund, den alten Pfarrer Wilson, der, wie Mr. Dimmesdale vermutete, am Bett eines Sterbenden gebetet hatte. So war es auch. Der gute alte Geistliche kam aus dem Sterbezimmer Gouverneur Winthrops, der in dieser Stunde das Zeitliche gesegnet hatte. Jetzt ging Mr. Wilson nach Hause und beleuchtete seinen Weg mit einer Laterne. Wie die Heiligen alter Zeiten war er von einem strahlenden Glorienschein umgeben, der ihn in dieser dunklen Nacht der Sünde verklärte, als sei die Herrlichkeit des verstorbenen Gouverneurs auf ihn übergegangen oder als habe er einen Abglanz des Himmelreichs aufgefangen, während er hinaufblickte, um den siegreichen Pilger dort einziehen zu sehn. Diese Vergleiche drängten sich Mr. Dimmesdale bei dem flimmernden Lichtschein auf; er mußte lächeln – fast hätte er aufgelacht –, und dann glaubte er, dem Wahnsinn nahe zu sein.

Als der alte Pfarrer am Pranger vorüberkam, mit der einen Hand die Laterne vor sich her haltend, während er mit der andern den weiten Mantel fester um sich zog, war Mr. Dimmesdale nahe daran, ihn anzusprechen.

»Einen guten Abend, lieber Vater Wilson! Kommt doch herauf und verbringt mit mir eine vergnügte Stunde hier oben!«

Lieber Himmel! Hatte er das wirklich gesagt? Für einen Augenblick glaubte er, diese Worte seien tatsächlich über seine Lippen gekommen. Aber er hatte sie nur im Geiste

gesprochen. Der alte Pfarrer ging ruhig weiter, er achtete nur auf den durchweichten Weg vor seinen Füßen, ohne auch nur einmal den Blick nach dem Strafgerüst zu wenden. Als der flimmernde Lichtschein ganz im Dunkel verschwunden war, überkam den Geistlichen eine plötzliche Schwäche, und er merkte jetzt erst, welch furchtbare Angst er in den letzten Minuten ausgestanden hatte, wenn er auch unwillkürlich versucht hatte, sich durch eine verzweifelte Heiterkeit darüber hinwegzusetzen.
Bald schlich sich der gleiche schreckliche Mutwille von neuem unter seine ernsten Gedankenbilder. Mr. Dimmesdale spürte, wie seine Glieder von der ungewohnten Nachtkälte steif wurden, und er zweifelte, ob er überhaupt noch die Stufen des Gerüsts werde hinabsteigen können. Der Morgen würde anbrechen und ihn hier überraschen. Die Nachbarschaft würde erwachen, und der erste, der in die trübe Morgendämmerung hinausträte, würde am Pranger eine zusammengesunkene Gestalt erkennen. Halb irre vor Schrecken und Neugier würde er von Haus zu Haus laufen, an jede Tür klopfen und die ganze Bürgerschaft auf dem Marktplatz zusammenrufen, wo er glaubte, den Geist eines verstorbenen Missetäters gesehen zu haben. Ein dunkler Aufruhr würde von einem Haus auf das andere übergreifen. Während der Morgen immer heller heraufzog, würden alte Stadtväter in großer Hast aufstehn und in langen Flanellgewändern herbeieilen, und gesetzte Matronen würden sich nicht einmal Zeit nehmen, ihre Nachtjacken abzulegen. Die ganze Zunft hochachtbarer Standespersonen, die man noch nie auch nur mit einem einzigen gezausten Haar auf dem Kopf gesehen hatte, würde, Nachtgespenstern gleich, in wilder Unordnung auf dem Marktplatz zusammenlaufen. Finster würde der alte Gouverneur Bellingham daherkommen, mit schiefhängender Stuarthalskrause; hinter ihm, verdrießlicher denn je, Mrs. Hibbins, die nach ihrem nächtlichen Ritt kaum ein Auge zugetan und der noch Zweige aus

dem Wald am Rocksaum hängen würden. Auch der alte Pfarrer Wilson würde kommen, unwillig, daß man ihn so früh aus seinen Träumen von verklärten Heiligen aufstörte, nachdem er die halbe Nacht bei einem Sterbenden gewacht hatte. Die Kirchenältesten und Diakone aus Mr. Dimmesdales Gemeinde würden gelaufen kommen und die jungen Mädchen, die ihren Seelsorger vergötterten, die ihm in ihren reinen Herzen Altäre errichtet hatten und in all der Hast und Aufregung dieses Morgens wohl kaum Zeit finden würden, die Brust mit dem Tüchlein zu verhüllen. Kurz, die ganze Einwohnerschaft würde aus den Haustüren stolpern und sich voller Neugier und Entsetzen um den Pranger drängen. Und wen würden sie hier finden, das Gesicht vom Morgenrot beleuchtet? Niemand anders als den Prediger Arthur Dimmesdale, halberfroren, von Scham überwältigt und an dem gleichen Ort, wo Hester Prynne einmal gestanden hatte!

Von der grausigen Ironie dieses Bildes durchzuckt, mußte der Pfarrer unwillkürlich, zu seinem eignen Schrecken, laut auflachen. Sogleich antwortete ihm ein helles, lustiges Kinderlachen, in dem er mit stockendem Herzen – er wußte nicht, ob vor Schmerz oder Freude – die Stimme der kleinen Pearl erkannte.

»Pearl, kleine Pearl!« rief er nach kurzer Pause; dann, mit gedämpfter Stimme: »Hester, Hester Prynne! Bist du es?«

»Ja, ich bin's, Hester Prynne«, antwortete sie verwundert; und der Pfarrer hörte ihre Schritte von der anderen Straßenseite her näherkommen. »Ich bin's und meine Pearl!«

»Wo kommst du her, Hester?« fragte der Geistliche. »Was führt dich diesen Weg?«

»Ich habe bei einem Sterbenden gewacht«, antwortete Hester Prynne; »am Sterbebett Gouverneur Winthrops. Ich habe ihm für das Totengewand Maß genommen, und jetzt gehe ich nach Hause.«

»Komm herauf zu mir, Hester, und du auch, Pearl!« sagte Mr. Dimmesdale. »Ihr habt beide schon einmal hier gestan-

den, aber ich war nicht dabei. Steigt noch einmal herauf, jetzt wollen wir drei hier beieinander stehn.«
Schweigend stieg Hester die Stufen hinauf und stand nun, die kleine Pearl an der Hand, auf dem Strafgerüst. Der Pfarrer tastete nach der anderen Hand des Kindes und hielt sie fest. In diesem Augenblick spürte er, wie plötzlich eine Flut ungekannten neuen Lebens in ihn strömte und ihm durch Herz und Adern pulste, als teilten Mutter und Kind seinem halberstarrten Körper ihre Lebenswärme mit. Die drei bildeten gleichsam eine galvanische Kette.
»Pfarrer!« flüsterte Pearl.
»Was ist denn, Kind?« fragte Mr. Dimmesdale.
»Willst du nicht morgen mittag mit Mutter und mir hier stehen?« wollte das Kind wissen.
»Nein, Pearl, morgen nicht«, antwortete der Geistliche. Mit der neuen Lebenskraft war auch alle Furcht vor einer öffentlichen Bloßstellung, die ihn lange genug gequält hatte, wieder über ihn gekommen, und zitternd, wenn auch mit geheimer Freude, dachte er daran, in welcher Gesellschaft er hier stand. »Morgen nicht, mein Kind. Bestimmt werde ich eines Tages mit deiner Mutter und dir zusammenstehn, aber nicht morgen.«
Pearl lachte und versuchte, ihre Hand wegzuziehen. Aber der Pfarrer hielt sie fest.
»Noch einen Augenblick, mein Kind!« sagte er.
»Aber du mußt versprechen«, rief Pearl, »mich morgen mittag bei der Hand zu fassen und die Mutter auch!«
»Dann nicht, Pearl«, erwiderte er, »aber ein andermal.«
»Wann ist das?« beharrte das Kind.
»Am Tage des Jüngsten Gerichts«, flüsterte der Geistliche; und merkwürdig war es, daß ihn das Bewußtsein, ein Lehrer der Wahrheit zu sein, so zu dem Kinde sprechen ließ. »An dem Tage werden wir drei, deine Mutter, du und ich, zusammen vor den Richterstuhl Gottes treten. Aber

in dieser Welt soll kein Tageslicht auf unsere Begegnung fallen.«

Pearl lachte wieder.

Doch ehe Mr. Dimmesdale noch ausgeredet hatte, breitete sich über den ganzen verhangenen Himmel ein heller Lichtschein aus. Er mußte von einem jener Meteore herrühren, die der Schlaflose nachts so oft in den unermeßlichen Räumen des Weltalls aufglühen und verschwinden sieht. So mächtig war die Ausstrahlung des Lichtes, daß es die dichte Wolkendecke zwischen Erde und Himmel völlig durchdrang. Das ganze Himmelsgewölbe leuchtete wie die Glocke einer riesigen Lampe. Das vertraute Straßenbild lag deutlich wie am Tage da, aber zugleich unheimlich wie alle bekannten Dinge in ungewohntem Licht. Die Holzhäuser mit den vorspringenden Stockwerken und altertümlichen Giebeln, die Holzschwellen und die Stufen vor der Haustür, zwischen denen Gras hervorsproßte, die schwarzen, frisch umgegrabenen Streifen Gartenland, die wenig ausgefahrenen Wagenspuren, die sogar hier auf dem Marktplatz zu beiden Seiten grün gesäumt waren – alles dies war plötzlich sichtbar und doch so merkwürdig verändert, als hätten die Dinge dieser Welt eine andere Bedeutung bekommen. Und da stand der Geistliche mit der Hand auf dem Herzen, da stand Hester Prynne mit dem glitzernden gestickten Buchstaben auf der Brust, und neben ihr die kleine Pearl, selbst ein Sinnbild und das Bindeglied zwischen den beiden. Sie standen in dem seltsamen, feierlichen Glanze, als sei der Tag angebrochen, dessen Licht alle Geheimnisse offenbart, der Tag, der alles Zusammengehörige für immer vereinigt.

In Pearls Augen lag wieder der unheimliche Zauber, und als sie zu dem Geistlichen aufblickte, zeigte sie ein naseweises Lächeln, das ihrem Gesicht so oft etwas Koboldhaftes gab. Sie zog ihre Hand aus der des Pfarrers und wies über die Straße. Er aber preßte die Hände auf seine Brust und sah zum Himmel auf.

Fallende Meteore und alle Naturerscheinungen, die nicht so regelmäßig eintreten wie Auf- und Untergang von Sonne und Mond, galten damals noch allgemein als Offenbarungen übernatürlichen Ursprungs. Wenn ein aufleuchtender Speer, ein flammendes Schwert, ein Bogen oder ein Bündel Pfeile am mitternächtlichen Himmel erschienen, so bedeutete das Krieg mit den Indianern. Man wußte, daß sich die Pest durch einen Regen purpurroten Lichtes ankündigte. In der Geschichte Neuenglands gab es von der Zeit seiner Besiedlung bis zur Revolution wohl kein bedeutendes Ereignis, sei es gut oder böse, das sich den Menschen nicht vorher durch irgendein Naturschauspiel angezeigt hätte. Manchmal wurde es von vielen bemerkt. Oft aber gründete sich die Glaubwürdigkeit eines solchen Zeichens nur auf die Aussage eines einzigen Augenzeugen, der das Wunder durch das farbige, entstellende Vergrößerungsglas seiner Phantasie wahrgenommen und ihm erst nachträglich eine eindeutige Gestalt gegeben hatte. Es war ein erhebender Gedanke, daß das Schicksal von Völkern sich in solch riesigen Hieroglyphen am Himmelsgewölbe offenbarte, daß Gott die unermeßlichen Weiten entrollte, um das Geschick eines Volkes darauf niederzuschreiben. Das war eine Lieblingsvorstellung unserer Vorväter; denn sie glaubten, ihr junger Staat stehe dem Himmel besonders nahe und unter seinem besonderen Schutz. Aber welche Vermessenheit, wenn ein einzelner Mensch ein Zeichen auf dem riesigen Schriftbogen auf sich allein bezieht! Solch ein Gedanke konnte nur einem geistig zerrütteten Menschen kommen, den ein quälendes, verborgnes Leiden zu krankhafter Selbstbetrachtung drängte, bis er schließlich selbst im Weltall nichts weiter sah als die rechte Schreibtafel für sein kleines Menschenschicksal.

Nur seiner Krankheit konnte es zuzuschreiben sein, daß der Pfarrer jetzt beim Aufblicken einen riesigen Buchstaben zu sehen glaubte, ein großes A, das in dunkelrotem Licht gerade über ihm auf den Himmel geschrieben war. Vielleicht leuchtete das Meteor an dieser Stelle durch den Wolkenschleier, aber nicht in der Gestalt, die es in der Phantasie des Schuldigen annahm, sondern in so verschwommenen Umrissen, daß die Gewissensangst eines anderen vielleicht einen anderen Sinn herausgelesen hätte.

Noch etwas war bezeichnend für Mr. Dimmesdales Geistesverfassung in diesem Augenblick. Während er zum Himmel hinaufstarrte, war er sich gleichzeitig ganz deutlich bewußt, daß die kleine Pearl mit dem Finger auf den alten Roger Chillingworth wies, der ganz in der Nähe des Prangers stand. Der Pfarrer glaubte ihn zu sehen, obgleich sein Blick auf das geheimnisvolle Zeichen gerichtet war. Wie allen anderen Dingen, verlieh das meteorische Licht auch den Zügen des Arztes einen unheimlichen Ausdruck; aber es konnte auch sein, daß der alte Gelehrte nur nicht wie sonst darauf bedacht war, die Feindseligkeit vor seinem Opfer zu verbergen. Wenn der flammende Schein, der Himmel und Erde in schreckliche Helle tauchte, Hester und den Geistlichen an das Jüngste Gericht gemahnte, dann mochte Roger Chillingworth ihnen als der Satan selbst erscheinen, der mit höhnischem Grinsen dastand, um seine Opfer einzufordern. So lebhaft war dieses Grinsen, so deutlich prägte es sich dem Pfarrer ein, daß er es noch, in die Dunkelheit hineingemalt, zu sehen glaubte, als das Meteor erloschen und die Straße und alle Dinge plötzlich wie vom Erdboden verschwunden waren.

»Wer ist dieser Mann, Hester?« keuchte er, von schrecklicher Angst ergriffen. »Ich zittere vor ihm. Kennst du den Menschen? Ich hasse ihn, Hester!«

Sie dachte an ihren Eid und schwieg.

»Ich sage dir, meine Seele zittert vor ihm!« murmelte der Geistliche wieder. »Wer ist es? Wer? Kannst du mir nicht helfen? Ich habe ein namenloses Grauen vor dem Menschen.«

»Pfarrer«, sagte die kleine Pearl, »ich kann dir sagen, wer es ist.«
»Schnell, Kind!« sagte der Pfarrer und beugte sich zu ihr herab. »Schnell! Und so leise du kannst!«
Pearl flüsterte ihm etwas ins Ohr, was wohl wie menschliches Sprechen klang, aber nichts als ein unsinniges Kauderwelsch war, in dem sich Kinder manchmal stundenlang unterhalten. Wenn Pearl ihm wirklich eine geheime Botschaft über den alten Roger Chillingworth zuflüsterte, so waren doch ihre Worte dem gelehrten Geistlichen unverständlich und erhöhten nur seine Verwirrung. Schließlich lachte der kleine Kobold laut auf.
»Willst du dich über mich lustig machen?« fragte der Pfarrer.
»Du warst nicht mutig, und du warst nicht treu!« antwortete das Kind. »Du wolltest nicht versprechen, morgen mittag die Mutter und mich bei der Hand zu fassen.«
»Verehrter Freund«, warf hier plötzlich der Arzt ein, der inzwischen neben dem Strafgerüst stand. »Bester Mr. Dimmesdale, seid Ihr es wirklich? Mein Gott! Auf uns Gelehrte, die wir uns in die Bücher verkriechen, sollte man wirklich besser aufpassen! Wir träumen im Wachen und gehen im Schlaf spazieren. Kommt jetzt, mein Lieber, ich werde Euch nach Hause bringen!«
»Woher wußtet Ihr, daß ich hier bin?« fragte der Geistliche betreten.
»Ihr könnt mir glauben«, erwiderte Roger Chillingworth, »daß ich gar nichts davon wußte. Ich habe die halbe Nacht am Bett des ehrwürdigen Gouverneurs Winthrop zugebracht und getan, was in meinen schwachen Kräften steht, um ihm Erleichterung zu verschaffen. Dann ist er in eine bessere Welt heimgegangen, und auch ich war gerade auf dem Heimweg, als plötzlich dieses seltsame Licht aufleuchtete. Aber jetzt kommt nach Hause, Freund, sonst werdet Ihr morgen kaum Euren Sonntagspflichten gewachsen sein.

Da seht Ihr, wie diese Bücher uns den Geist verwirren können! Diese Bücher! Ihr solltet weniger lesen, mein Freund, und Euch lieber etwas Erholung gönnen, damit solche nächtlichen Grillen Euch nicht noch über den Kopf wachsen.«

»Ich will mit Euch nach Hause gehen«, sagte Mr. Dimmesdale.

Abgekämpft und gedrückt, als sei er völlig erschöpft aus einem bösen Traum erwacht, ließ er sich willenlos von dem Arzte fortführen.

Am nächsten Tag, einem Sonntag, hielt er eine Predigt, vollkommener, gewaltiger und begnadeter als alles, was man je aus seinem Munde gehört hatte. Manche Seele, hieß es, wurde an diesem Tag durch die Kraft seiner Worte für die Wahrheit gewonnen und gelobte sich, dem jungen Pfarrer ewige Dankbarkeit zu bewahren. Doch als er die Kanzelstufen herabkam, erwartete ihn der graubärtige Küster und hielt ihm einen schwarzen Handschuh entgegen, den der Pfarrer als seinen eigenen erkannte.

»Er wurde heute morgen auf dem Strafgerüst gefunden«, sagte der Küster, »dort, wo die Missetäter angeprangert werden. Sicher hat ihn der Teufel dort hingeworfen, um Ehrwürden einen bösen Streich zu spielen. Aber er war blind und töricht, wie immer. Denn eine reine Hand braucht sich nicht in einem Handschuh zu verstecken.«

»Danke, lieber Freund«, erwiderte der Pfarrer ruhig, wenn er auch im Innersten erschrocken war. Denn so verworren waren seine Erinnerungen an die letzte Nacht, daß er schon fast geglaubt hatte, alles sei nur ein Traum gewesen. »Ja, es scheint wirklich mein Handschuh zu sein.«

»Wenn es der Satan auf den Handschuh abgesehen hat, so müssen Ehrwürden ihn künftig mit bloßen Händen anfassen!« bemerkte der alte Küster mit grimmigem Lächeln. »Aber haben Ehrwürden von dem Wunder gehört, das heute nacht geschehen ist? Ein großer roter Buchstabe stand am Himmel – ein riesiges A, das wir als Angelus, Engel, deuten. Sicher wollte der Himmel damit kundtun, daß unser guter Gouverneur Winthrop heut nacht ein Engel geworden ist.«

»Ach«, erwiderte der Geistliche, »davon hatte ich noch nichts gehört.«

XIII HESTER IN NEUEM LICHT

Bei der merkwürdigen nächtlichen Begegnung mit Mr. Dimmesdale sah Hester Prynne tief erschrocken, in welch erbarmungswürdigem Zustand sich der Pfarrer befand. Sein Lebensnerv schien durchschnitten. Von seiner inneren Kraft war nicht mehr als kindische Schwachheit übriggeblieben. Hilflos kroch sie am Boden, wenn auch seine geistigen Fähigkeiten ihre frühere Kraft behalten hatten, ja vielleicht gerade durch sein Leiden krankhaft gesteigert waren. Hester wußte um eine Kette von Umständen, die allen anderen verborgen blieben, und konnte leicht erraten, daß außer seiner eignen Gewissensnot eine schreckliche Macht von außen auf den Pfarrer einwirkte und ständig seine Gesundheit und Ruhe bedrohte. Sie wußte, was dieser arme, zusammengesunkene Mann einmal gewesen, und war im Innersten bewegt, als er sie, die Ausgestoßene, zitternd vor Angst um Hilfe anrief gegen den dunklen Feind, den er in seiner Nähe witterte. Sie sah ein, daß er jedes Recht auf ihren Beistand hatte. Seit langer Zeit aus der menschlichen Gesellschaft ausgeschlossen, hatte sich Hester daran gewöhnt, ihr eigenes Maß an Recht und Unrecht zu legen. Sie erkannte – oder glaubte zu erkennen –, daß eine Verantwortung für den Geistlichen auf ihr ruhe, daß sie ihm verpflichtet sei wie keinem anderen auf der ganzen Welt. Die Bande, die sie mit der übrigen Menschheit verknüpft hatten – vielerlei Bande, aus Blumen, aus Seide oder Gold –, waren alle zerrissen. Geblieben war nur die eiserne Kette einer gemeinsamen Schuld, die weder er noch sie zerbrechen konnte und die wie jede andere Bindung eine Verpflichtung einschloß. Hester Prynne nahm inzwischen eine andere Stellung in der Stadt ein als während der ersten Zeit ihrer Schande. Jahre waren vergangen. Pearl war jetzt sieben Jahre alt. Die Frau mit dem roten glitzernden Buchstaben auf der Brust war den Leuten längst ein vertrauter Anblick geworden. Man hatte schließlich eine gewisse Achtung vor ihr bekommen, wie es leicht geschieht, wenn jemand eine Sonderstellung in einem Gemeinwesen einnimmt, ohne dabei öffentliche oder private Bereiche zu verletzen. Es gereicht dem Menschen zur Ehre, daß er, wenn seine Selbstsucht nicht erregt wird, eher zu lieben als zu hassen bereit ist. Allmählich und unmerklich kann sich sogar Haß in Liebe verwandeln, wenn diese Wandlung nicht durch ständiges Aufreizen der alten Feindseligkeiten gestört wird. Hester Prynne reizte und erzürnte niemanden. Sie rechtete nicht mit der Öffentlichkeit, sondern ertrug ohne Klage die schlimmste Behandlung; sie erwartete nicht, für ihre Leiden entschädigt zu werden, und lastete nicht auf dem Mitgefühl der Menschen. Auch wurde ihr das fleckenlos reine Leben hoch angerechnet, das sie während all dieser Jahre des Ausgestoßenseins geführt hatte. In den Augen der Menschen hatte sie nichts mehr zu verlieren; sie hatte nicht die Hoffnung, kaum noch den Wunsch, irgend etwas zu gewinnen, und so konnte es nur echte Tugendliebe sein, die die arme Verirrte auf den rechten Weg zurückgebracht hatte.

Niemals stellte Hester einen anderen, wenn auch noch so bescheidenen Anspruch an die Welt als den, die allen Menschen gemeinsame Luft zu atmen und durch ihrer Hände Arbeit das tägliche Brot für ihr Kind und sich zu erwerben. Aber man bemerkte bald, daß sie sich als Schwester ihrer Mitmenschen fühlte, sobald es galt, Gutes zu tun. Immer war sie bereit, mit ihren geringen Mitteln den Bedürftigen zu helfen. Auch wenn sie keinen anderen Dank als groben Spott erntete, brachte sie den Armen regelmäßig Nahrung und nähte ihnen Kleider, mit denselben Händen, die das Staatsgewand eines Königs hätten besticken können. Niemand war so selbstlos wie Hester, wenn die Pest durch die Stadt schlich. In allen Zeiten der Not, mochten viele oder einzelne betroffen sein, war sie, die Ausgestoßene, sogleich zur Stelle. Nicht als Gast, sondern als helfende Hausgenossin ging sie in die von Kummer überschatteten Hütten, als sei das düstere Zwielicht darin der einzige erlaubte Rahmen für ihren Umgang mit den Mitmenschen. Tröstlich und unirdisch schimmerte hier der gestickte Buchstabe. Anderswo ein Zeichen der Sünde, war er hier im Krankenzimmer eine Quelle des Lichtes. Wenn der Kranke mit dem Tode kämpfte, überstrahlte er sogar die Grenzen der Zeitlichkeit. Er zeigte dem Sterbenden, wohin er seinen Fuß setzen sollte, wenn das Erdenlicht verblaßt war und das Licht der Ewigkeit ihn noch nicht erreichte. In solchen Nöten zeigte sich Hesters warmes, mitfühlendes Herz, ein Quell der Menschenliebe, der sich vor keinem Anruf verschloß und auch in der größten Bedrängnis nicht versiegte. Die Brust mit dem Mal der Schande wurde dem Bekümmerten zur Ruhestatt. Aus eigenem Antrieb war Hester zur Barmherzigen Schwester geworden, oder vielleicht hatte eine mächtigere Hand ihr dieses Amt auferlegt, als weder sie selbst noch die Welt es erwarteten. Der Buchstabe wurde zum Zeichen ihrer Berufung. Als die Menschen so viel Hilfsbereitschaft, so viel Tatkraft und Mitgefühl bei ihr fanden, glaubten viele nicht mehr an die ursprüngliche Bedeutung des roten Buchstabens und sahen darin ein Sinnbild für besondere Aufopferungsfähigkeit; so groß war die innere Kraft dieser Frau. Nur ein von Unglück verdüstertes Haus konnte sie festhalten. Sobald die Sonne wieder schien, war sie fort. Ihr Schatten war über die Schwelle geglitten und verschwunden. Ohne auch nur den Blick zurückzuwerfen, war die hilfreiche Frau gegangen, denn sie wollte keinen Dank – wenn die Menschen, denen sie so selbstlos gedient hatte, überhaupt

Dankbarkeit empfanden. Begegnete sie ihnen auf der Straße, so blickte sie niemals auf, um ihren Gruß zu empfangen. Wollte man sie ansprechen, so legte sie nur den Finger auf das rote Zeichen und ging weiter. Vielleicht war es Stolz, aber es sah aus wie Demut und stimmte die Menschen milde. Die Menge ist despotisch in ihren Launen; sie ist imstande, das billigste Recht zu verweigern, wenn es herrisch gefordert wird; aber wenn man ihre Großmut anruft, wie Tyrannen es lieben, dann gewährt sie oft mehr als Gerechtigkeit. In Hester Prynnes Verhalten sah die Stadt solch eine Unterwerfung und war geneigt, der einstmals Verdammten mehr Wohlwollen zu zeigen, als Hester es wünschte und vielleicht verdiente.

Die Obrigkeit und die Ältesten der Gemeinde waren nicht so schnell bereit, Hesters Vorzüge anzuerkennen, wie das Volk. Die Vorurteile, die sie mit allen Siedlern teilten, waren bei ihnen mit einem System von Grundsätzen verflochten und nur schwer zu beseitigen. Doch wurden ihre finsteren, unerbittlichen Mienen mit jedem Tage etwas heller, und im Lauf der Jahre mochte sich vielleicht gar etwas wie Wohlwollen darin zeigen. So stand es mit den Männern von Rang und Würden, die als hohe Beamte zu Hütern der öffentlichen Moral bestellt waren. Die einfachen Bürger aber hatten Hester Prynne den Fehltritt längst verziehen, ja sie sahen in dem scharlachroten Buchstaben nicht mehr das Mal der Sünde, für die Hester so lange und schwer gebüßt hatte, sondern das Zeichen ihrer vielen guten Werke. »Seht Ihr die Frau mit dem gestickten Buchstaben?« pflegten sie zu Fremden zu sagen. »Das ist unsere Hester, Bostons Hester, die so gut zu den Armen, so hilfreich gegen Kranke und der Trost aller Betrübten ist.« Aber dann konnten sie der menschlichen Schwäche, den Mitmenschen anzuschwärzen, doch nicht widerstehn und erzählten flüsternd die dunkle alte Skandalgeschichte. Und dennoch übte selbst auf die Männer, die jetzt so sprachen, der rote Buchstabe eine ähnliche

Wirkung aus wie das Kreuz am Gewand einer Nonne. Er verlieh seiner Trägerin eine gewisse Weihe und führte sie sicher durch alle Gefahren hindurch. Wäre sie unter die Räuber gefallen, das Zeichen hätte sie geschützt. Es wurde erzählt und von vielen geglaubt, ein Indianer habe einen Pfeil auf das rote Mal abgeschossen, das Geschoß habe auch wirklich getroffen, sei aber wirkungslos abgeprallt und zu Boden gefallen.
Das rote Zeichen – eigentlich die Stellung zur Gesellschaft, die sich darin spiegelte – hatte eine tiefe, nachhaltige Wirkung auf Hester Prynne selbst ausgeübt. Alles lichte und anmutige Blattwerk ihres Wesens war unter dem roten Brande verdorrt und längst abgefallen; nur das kalte, rauhe Geäst war übriggeblieben und hätte Freunde und Gefährten, wenn sie solche gehabt hätte, abstoßen können. Selbst die Anziehungskraft ihrer Erscheinung hatte einen solchen Wandel durchgemacht. Das mochte zum Teil an der gesuchten Einfachheit ihrer Kleidung und an ihrem bescheidenen, unauffälligen Auftreten liegen. Eine traurige Verwandlung war es auch, daß sie ihr reiches, üppiges Haar abgeschnitten oder so vollständig unter einer Haube verborgen hatte, daß sich nie auch nur eine einzige der schimmernden Locken ans Sonnenlicht drängte. Doch neben all diesem mochte noch etwas anderes die letzte Ursache sein, daß aus Hesters Gesicht alles geschwunden war, darauf Liebe hätte verweilen mögen, daß ihre hohe, würdevolle Erscheinung keine Leidenschaft, keinen Gedanken an eine Umarmung mehr wecken, daß ihre Brust nie wieder die Zuflucht der Liebe werden konnte. Der eigentliche Kern ihres Frauentums war verlorengegangen. Dieses Schicksal, die gleiche Verhärtung des weiblichen Wesens, finden wir oft bei Frauen, die Schweres durchgemacht haben. Eine allzuweiche, zarte Natur wird daran zerbrechen. Wenn sie es übersteht, dann hat das Leid alle Zärtlichkeit erstickt oder – und der äußere Anschein ist der gleiche – so tief in ihr Herz hinabgebannt,

daß sie sich nie wieder hervorwagen kann. Dies ist wohl das wahrscheinlichste. Aber eine Frau, die einmal ganz Frau gewesen ist, kann in jedem Augenblick wieder zur Weiblichkeit erwachen, wenn sie nur der Zauber berührt, der die Verwandlung bewirkt. Es wird sich zeigen, ob Hester Prynne noch einmal so angerührt und verwandelt wurde.

Die Marmorkälte, die von Hester ausging, rührte wohl auch daher, daß Leidenschaft und Gefühl in ihrem Leben fast ganz vom Denken verdrängt worden waren. In der Welt vereinsamt, losgelöst aus der menschlichen Gesellschaft und allein mit dem Kind, das sie lenken und behüten sollte, hatte sie die Trümmer einer zerbrochenen Kette fortgeworfen – ohne die Hoffnung, ja selbst den Wunsch weit von sich weisend, ihren früheren Platz im Leben je wiederzuerlangen. Die Gesetze der Welt galten nicht mehr für sie. Sie lebte in einer Zeit, da der menschliche Geist vorurteilsloser und tätiger geworden war und sich weitere Räume erobert hatte als in Jahrhunderten zuvor. Männer des Schwertes hatten Fürsten und Könige gestürzt. Andere – kühnere Männer noch als diese – hatten das ganze System alter Vorurteile und damit viele der alten Grundsätze niedergerissen, nicht in der Wirklichkeit, aber doch in der Welt ihrer Gedanken, die ihre eigentliche Welt war. Hester Prynne sog diesen neuen Geist in sich ein. Sie nahm eine Freiheit des Denkens an, die damals auf der anderen Seite des Atlantiks nichts Ungewöhnliches mehr war, die jedoch in den Augen unserer Vorfahren, wenn sie etwas davon gewußt hätten, ein schlimmeres Verbrechen gewesen wäre als die Sünde, die mit dem scharlachroten Zeichen gebrandmarkt wurde. In ihrer einsamen Hütte am Strand wurde Hester von Gedanken heimgesucht, die sich in keinem anderen Hause Neuenglands zu zeigen wagten. Hätte man diese schattenhaften Gäste nur an die Tür klopfen sehen, sie hätten ihrer Gastgeberin gefährlich werden können wie böse Geister.

Es ist sonderbar, daß sich oft gerade die Menschen, die die

kühnsten Gedankengebäude errichten, mit der größten Gelassenheit einer bestehenden äußeren Ordnung unterwerfen. Sie begnügen sich mit dem bloßen Gedanken, ohne ihm durch die Tat wirkliches Leben zu geben. So schien es auch bei Hester zu sein. Wäre ihr Pearl nicht geschenkt worden, so hätte vielleicht vieles ganz anders ausgesehen. Vielleicht stünde sie dann, zusammen mit Anne Hutchinson, als die Gründerin einer religiösen Sekte in unseren Geschichtsbüchern. Vielleicht hätte sie auch eine Zeitlang als Prophetin gewirkt. Vielleicht, ja aller Wahrscheinlichkeit nach, wäre sie von den strengen Gerichtshöfen jener Zeit zum Tode verurteilt worden, weil sie versucht hätte, die Grundlagen des puritanischen Staatswesens zu untergraben. In der Erziehung des Kindes aber fand Hester eine Aufgabe, die ihre drängenden Gedanken in Anspruch nahm. Mit diesem kleinen Mädchen hatte Gott ihr eine zarte Knospe der Weiblichkeit anvertraut, die sie unter vielen Schwierigkeiten pflegen und zur Entfaltung bringen sollte. Alles war gegen sie. Die Welt war feindlich. Selbst im Wesen des Kindes lag ein Widerspruch, der ihre Mutter ständig daran erinnerte, daß es gesetzlos, als Frucht ihrer unerlaubten Leidenschaft, geboren war; und immer wieder drängte sich ihr die bittere Frage auf, ob es zum Bösen oder Guten sei, daß das arme kleine Wesen überhaupt auf die Welt gekommen war.

Dieselbe dunkle Frage stieg in ihr auf, wenn sie an das ganze weibliche Geschlecht dachte. Lohnte es überhaupt zu leben, selbst für die Glücklichste? Soweit es ihr eigenes Dasein betraf, hatte sie die Frage längst verneinend entschieden und damit abgetan. Grübeleien stimmen eine Frau traurig, wenn sie ihr auch, wie dem Manne, eine gewisse innere Ruhe geben können. Aber sie sieht bald eine so hoffnungslose Aufgabe vor sich. Als erstes müßte die ganze Gesellschaftsordnung niedergerissen und neu aufgebaut werden. Dann müßten die Natur des Mannes und seine althergebrachten Gewohnheiten, die ihm schon zur zweiten Natur geworden sind, von Grund auf geändert werden, ehe der Frau eine gerechte und angemessene Stellung in der Gesellschaft eingeräumt werden könnte. Und wenn schließlich alle anderen Schwierigkeiten überwunden wären, könnte die Frau doch kaum einen Nutzen aus diesen Vorarbeiten ziehen, solange sie nicht selbst eine noch gründlichere Wandlung durchgemacht hätte, eine Wandlung, bei der sich so leicht der zarte Hauch, ihr eigentliches Wesen, verflüchtigen konnte. Eine Frau kann diese Probleme nicht durch Nachdenken bewältigen. Sie lassen sich nur auf eine einzige Art lösen: wenn das Herz der Frau plötzlich die Oberhand gewinnt, dann verschwinden sie. Aber Hester Prynnes Herz hatte aufgehört, gesund und gleichmäßig zu schlagen, und so irrte sie ohne Anhaltspunkt in dem dunklen Irrgarten ihrer Gedanken umher, bald einem unüberwindlichen Berghang ausweichend, bald vor einem tiefen Abgrund zurückschreckend. Rings umher war schauerliche Wildnis und nirgends Ruhe und Trost. Manchmal wollte sich ihrer Seele der schreckliche Zweifel bemächtigen, ob es nicht besser wäre, Pearl schon jetzt in den Himmel zu schicken und selbst einer Zukunft entgegenzugehn, die die ewige Gerechtigkeit ihr bestimmen würde.

Das scharlachrote Zeichen hatte seine Wirkung verfehlt.

Indessen hatte die nächtliche Begegnung mit Mr. Dimmesdale Hester neuen Stoff zum Grübeln gegeben und ihr ein Ziel gezeigt, daß jeder Anstrengung und jedes Opfers wert schien. Sie hatte das tiefe Elend gesehen, gegen das der Geistliche mühsam anzukämpfen suchte oder, genauer gesagt, gegen das er nicht mehr kämpfen konnte. Sie wußte, daß er an der Grenze des Wahnsinns stand, wenn er sie nicht schon überschritten hatte. Es bestand kein Zweifel, daß ihm, wie furchtbar auch seine geheimen Gewissensqualen wirken mochten, ein noch schlimmeres Gift von eben der Hand eingeflößt wurde, die ihm Hilfe anbot. Ein dunkler Feind war ständig unter der Maske eines Freundes und Helfers an

seiner Seite und benutzte jede Gelegenheit, um an den empfindlichen Saiten in Mr. Dimmesdales Innerem zu reißen. Hester mußte sich fragen, ob es ihr selbst nicht damals an Treue, Mut und Wahrhaftigkeit gefehlt habe, als sie es zuließ, daß der Pfarrer in eine Lage gedrängt wurde, aus der nur Unheil, aber nichts Gutes erwachsen konnte. Ihre einzige Rechtfertigung lag darin, daß sie keinen anderen Weg gesehen hatte, den Geistlichen vor noch schwärzerer Schande als ihrer eigenen zu bewahren, als sich Roger Chillingworth' dunklem Vorhaben stillschweigend zu fügen. Unter diesem Zwang hatte sie ihre Wahl getroffen und, wie sie jetzt sehen mußte, größtes Elend erwählt. Sie war entschlossen, ihren Fehler wiedergutzumachen, soweit es noch möglich war. Durch Jahre harter, schwerer Prüfungen gefestigt, fühlte sie sich Roger Chillingworth jetzt besser gewachsen als in jener Nacht, da sie, durch Schuld entwürdigt und halb wahnsinnig von der ungewohnten Schmach, in der Gefängniszelle mit ihm gesprochen hatte. Seitdem war sie ein gutes Stück weiter. Der alte Mann aber hatte sich ganz seiner Rachgier verschrieben und war tief hinabgesunken, vielleicht noch tiefer als sie selbst damals.
Hester beschloß also, ihren früheren Mann aufzusuchen und alles zu tun, was in ihren Kräften stand, um das Opfer, das er so offensichtlich in seiner Gewalt hatte, zu befreien. Die Gelegenheit ließ nicht lange auf sich warten. Eines Nachmittags, als sie mit Pearl in einer entlegenen Gegend der Halbinsel spazierenging, erblickte sie den alten Arzt, der, einen Korb am Arm und in der anderen Hand einen Stock, gebückt dahinschlich und Wurzeln und Kräuter suchte, aus denen er seine Arzneien braute.

XIV HESTER UND DER ARZT

Hester schickte das Kind hinunter an den Strand, wo es mit Muscheln und Seetang spielen konnte, bis sie selbst mit dem

Kräutersammler gesprochen hätte. Die kleine Pearl flog davon wie ein Vogel, zog Schuhe und Strümpfe aus und patschte dicht am Wasser entlang durch den nassen Sand. Ab und zu blieb sie stehen und blickte neugierig in einen der kleinen Seen, die ihr die Flut als Spiegel zurückgelassen hatte. Aus dem Wasserspiegel sah ihr ein kleines Mädchen entgegen, mit dunklen, glänzenden Locken um den Kopf und einem schalkhaften Lächeln in den Augen. Pearl, die keine anderen Spielgefährten hatte, winkte dem Kinde zu und bat es, doch mit ihr einen Wettlauf zu machen. Aber das wundersame kleine Mädchen winkte zurück, als wollte es sagen: »Hier ist es viel schöner, komm du nur zu mir!« Und als Pearl bis an die Knie hineinwatete, sah sie ihre eigenen weißen Füße auf dem Grund, während ganz aus der Tiefe ein verschwommenes Lächeln heraufstieg und auf dem bewegten Wasser hin und her tanzte.

Unterdessen hatte Hester sich dem Arzt genähert. »Ich möchte mit Euch sprechen«, sagte sie, »es ist wichtig für uns beide.«

»Nanu, Frau Hester hat ein Wort für den alten Roger Chillingworth übrig?« erwiderte er und richtete sich aus seiner gebückten Haltung auf. »Das freut mich! Übrigens höre ich überall nur Gutes von Euch, Frau Hester. Erst gestern abend sprach einer der Stadtväter, ein gerechter und frommer Mann, über Eure Angelegenheiten und flüsterte mir zu, daß in der Ratsversammlung von Euch die Rede gewesen sei. Es ging darum, ob man nicht, ohne Gefahr für das Gemeinwohl, den roten Buchstaben von Eurer Brust entfernen könne. Glaubt mir, Hester, ich redete dem würdigen Ratsherrn zu, es sogleich zu tun!«

»Es steht der Obrigkeit nicht zu, dieses Zeichen von mir zu nehmen«, antwortete Hester ruhig. »Wäre ich würdig, davon befreit zu werden, so würde es von selbst fallen oder sich in ein Zeichen von ganz anderer Bedeutung verwandeln.«

»Nun, dann tragt es weiter, wenn Euch das lieber ist«, entgegnete er. »Eine Frau muß sich schon nach ihrem eignen Geschmack kleiden. Das Zeichen ist schön bunt gestickt und nimmt sich gut aus an Eurer Brust.«

Die ganze Zeit über hatte Hester den alten Mann fest angesehen und war entsetzt und erstaunt zugleich, welche Veränderung in den letzten sieben Jahren mit ihm vorgegangen war. Es war nicht so sehr sein zunehmendes Alter; denn obwohl man die Spuren der Jahre bemerkte, war er doch noch rüstig und schien sich seine Energie und Beweglichkeit bewahrt zu haben. Aber der frühere Ausdruck, den Hester noch so lebhaft im Gedächtnis trug, die ruhige Besonnenheit eines klugen, gelehrten Mannes, war ganz aus seinem Gesicht geschwunden, und ein scharfer, lauernder, fast wilder Blick, den er jedoch sorgfältig zu beherrschen suchte, war an seine Stelle getreten. Roger Chillingworth bemühte sich, diesen Zug unter einem Lächeln zu verbergen, aber es spielte ihm einen Streich und flackerte so höhnisch über sein Gesicht, daß man seine Bosheit nur um so deutlicher erkannte. Zuweilen glomm ein rotes Licht in den Augen des alten Mannes auf, als schwele in seiner Brust ein dunkler Brand und werde manchmal durch den plötzlichen Luftzug der Leidenschaft zur hellen Flamme angefacht. So schnell wie möglich erstickte er diese Flamme und versuchte, so auszusehen, als sei nichts geschehen.

Der alte Roger Chillingworth bewies deutlich, daß der Mensch sich in einen Teufel verwandeln kann, wenn er nur eine Zeitlang die Rolle eines Teufels spielt. Dieser unselige Mensch hatte solch eine Verwandlung durchgemacht; sieben Jahre hatte er damit zugebracht, ein gequältes Herz zu zergliedern, die brennenden Qualen immer von neuem zu schüren und sich daran zu weiden.

Der rote Buchstabe brannte auf Hesters Brust. Hier war noch ein Mensch zugrunde gerichtet, und nicht zuletzt durch ihre Schuld.

»Was ist denn in meinem Gesicht zu sehen«, fragte der Arzt, »daß Ihr mich so ernsthaft anblickt?«

»Etwas, über das ich weinen könnte, wenn ich Tränen hätte, die bitter genug dafür wären«, antwortete sie. »Aber lassen wir das. Ich wollte mit Euch von jenem unglücklichen Menschen sprechen.«

»Was ist mit ihm?« rief Roger Chillingworth begierig, als habe er eine Vorliebe für dieses Thema und freue sich über die Gelegenheit, mit dem einzigen Menschen darüber zu reden, den er ins Vertrauen ziehen konnte. »Um die Wahrheit zu sagen, Frau Hester, ich habe mich gerade in Gedanken mit diesem Herrn beschäftigt. So sprecht nur offen, ich will Euch schon Antwort geben.«

»Bei unserer letzten Unterredung vor sieben Jahren«, sagte Hester, »habt Ihr mir das Versprechen abgenommen, die früheren Beziehungen zwischen uns beiden zu verschweigen. Leben und Ruf jenes Mannes waren in Eurer Hand, und so blieb mir nichts anderes übrig, als mich Euch zu fügen und zu schweigen. Aber nicht ohne bange Zweifel gab ich dieses Versprechen. Wenn ich auch alle Verpflichtungen gegen andere Menschen von mir geworfen hatte, ihm war ich doch noch verpflichtet; und eine Stimme flüsterte mir zu, ich hätte diese Pflicht verletzt, als ich gelobte, Euer Geheimnis zu wahren. Seit jenem Tag seid Ihr ihm näher als alle anderen. Immer seid Ihr ihm auf den Fersen. Ihr weicht nicht von seiner Seite, er mag schlafen oder wachen. Ihr durchforscht seine Gedanken. Ihr grabt und wühlt in seinem Herzen. Sein Leben ist in Eurer Gewalt, und täglich laßt Ihr ihn einen neuen Tod sterben. Und doch hat er Euch noch nicht erkannt. Ich habe das alles mit angesehen, und bestimmt habe ich treulos an dem einzigen Menschen gehandelt, dem ich noch treu zu sein vermochte!«

»Konntet Ihr anders?« fragte Roger Chillingworth. »Ich hätte nur mit dem Finger auf diesen Mann zu weisen brauchen, und er wäre von der Kanzel herab in den Kerker geworfen worden und vielleicht noch an den Galgen gekommen!«

»Es wäre besser so gewesen!« sagte Hester Prynne.

»Was habe ich dem Menschen denn Böses getan?« fragte Roger Chillingworth. »Glaub mir, Hester Prynne, der höchste Lohn, den je ein Arzt von einem König bekam, könnte nicht die Mühe bezahlen, die ich an diesen erbärmlichen Priester verschwendet habe! Ohne meine Hilfe wäre sein Leben schon in den ersten zwei Jahren nach Eurem gemeinsamen Verbrechen unter Qualen ausgebrannt. Denn, Hester, er besaß nicht die innere Kraft, die du hattest, um eine Last wie das scharlachrote Zeichen zu tragen. Oh, ich könnte dir ein treffliches Geheimnis verraten. Aber genug davon! Was die Heilkunst vermag, habe ich an ihm getan. Daß er überhaupt noch atmet und auf der Erde herumkriecht, hat er nur mir zu verdanken!«

»Besser, er wäre gleich gestorben!« sagte Hester Prynne.

»Ja, da hast du recht!« rief der alte Roger Chillingworth, während dicht vor ihren Augen das unheimliche Feuer aus seinem Innern aufflammte. »Besser wäre er gleich gestorben! Noch kein Sterblicher litt, was dieser Mann gelitten hat. Und alles, alles vor den Augen seines ärgsten Feindes. Er witterte den Feind in mir. Immer spürte er eine Macht wie einen Fluch über sich. Eine innere Stimme verriet ihm – denn nie erschuf der Schöpfer ein Wesen mit feineren Sinnen –, daß keine Freundeshand an den Saiten seiner Seele zerrte und daß ein Auge forschend über ihm wachte, das nur Böses suchte und es auch fand. Aber er wußte nicht, daß es mein Auge war und meine Hand! Abergläubisch, wie fast alle seines Berufs, glaubte er, einem Teufel ausgeliefert zu sein, der ihn mit schrecklichen Träumen, mit Hoffnungslosigkeit und Gewissensqualen peinigte und an der himmlischen Gnade verzweifeln ließ – ein Vorgeschmack dessen, was ihn jenseits des Grabes erwartet. Aber es war nur der beständige Schatten meiner Gegenwart, die drückende

Nähe des Mannes, dem er größtes Unrecht zugefügt hat und der nun das furchtbare Gift unaufhörlicher Rache zum Leben braucht. Wahrhaftig, er hat recht gehabt! Es stand wirklich ein Teufel neben ihm. Ein Sterblicher, der einmal ein menschliches Herz hatte, ist zum Teufel geworden, nur um ihn zu quälen!«

Bei diesen Worten hob der unselige Arzt abwehrend und entsetzt die Hände, als habe er in einem Spiegel an Stelle seines eignen Bildes eine schreckliche Fratze gesehen, die er nicht kannte. Es war einer jener seltenen Augenblicke – wie sie vielleicht nur in Abständen von Jahren wiederkehren –, da das ganze Wesen eines Menschen unverhüllt vor sein geistiges Auge tritt. Vielleicht hatte sich Roger Chillingworth noch nie so deutlich gesehen wie jetzt.

»Hast du ihn nicht genug gequält?« fragte Hester, die den Blick des alten Mannes bemerkt hatte. »Hat er seine Schuld nicht abgezahlt?«

»Nein! Nein! Er hat seine Schuld nur vergrößert!« antwortete der Arzt; und als er fortfuhr, verlor sich der unheimliche, wilde Ausdruck und wich einer düsteren Schwermut. »Weißt du noch, Hester, wie ich vor neun Jahren war? Schon damals stand ich im Herbst meiner Tage und nicht mehr im Frühherbst. Aber bis dahin hatte mein ganzes Leben aus ernsten, arbeitsreichen, gedankenschweren, ruhigen Jahren bestanden, die ich getreulich damit zubrachte, mein Wissen zu erweitern und das Wohl der Menschheit zu fördern, wenn dies auch nicht mein eigentliches Ziel war. Kein Leben ist friedlicher und schuldloser gewesen als meines, wenige so reich an Segen. Kennst du mich noch so? Wenn ich dir auch kalt scheinen mochte, war ich nicht dennoch ein Mensch, der stets an die anderen dachte und wenig für sich selbst beanspruchte – gütig, treu, gerecht und beständig, vielleicht sogar herzlich in seinen Empfindungen? War ich nicht all dies?«

»Alles dies und mehr noch«, sagte Hester.

»Und was bin ich jetzt?« fragte er heftig und sah sie an; dabei ließ er alles Böse aus seinem Inneren unverhüllt auf seine Züge treten. »Ich habe dir schon gesagt, was ich bin. Ein Teufel! Und wer hat mich dazu gemacht?«
»Ich war es!« rief Hester schaudernd. »Ich so gut wie er. Warum hast du dich nicht an mir gerächt?«
»Ich überließ dich dem scharlachroten Zeichen«, erwiderte Roger Chillingworth. »Wenn das mich nicht gerächt hat, kann ich es auch nicht!«
Er legte den Finger auf das Zeichen und lächelte.
»Es hat dich gerächt!« antwortete Hester.
»Ich dachte es mir«, sagte der Arzt. »Aber du wolltest mit mir über diesen Mann sprechen. Was ist?«
»Ich muß dein Geheimnis preisgeben«, antwortete Hester entschlossen. »Er soll wissen, wer du wirklich bist. Was daraus folgen kann, weiß ich nicht. Aber ich, die ich ihm zum Fluch und Verderben geworden bin, will wenigstens endlich die alte Vertrauensschuld abtragen. Sein guter Name, seine Stellung auf Erden und vielleicht auch sein Leben sind auf Gedeih und Verderben in deiner Hand. Das rote Zeichen hat mich zur Wahrheit erzogen, wenn auch zu einer Wahrheit, die wie rotglühendes Eisen in die Seele dringt – ich glaube nicht, daß es zu seinem Vorteil ist, wenn er noch weiter ein Leben von so furchtbarer Hohlheit dahinfristet, und ich werde mich nicht dazu erniedrigen, dich um Gnade für ihn anzuflehen. Mach mit ihm, was du willst! Für ihn ist nichts zu hoffen, auch nicht für mich, auch nicht für dich! Und auch nicht für die kleine Pearl! Es gibt keinen Weg, der uns aus diesem dunklen Irrgarten herausführt.«
»Fast könnte ich dich bemitleiden, Hester!« sagte Roger Chillingworth, der doch ein Gefühl der Bewunderung nicht unterdrücken konnte, denn in der Verzweiflung dieser Frau lag fast etwas Großartiges. »Du hattest große Anlagen. Vielleicht wäre dieses Unglück nicht geschehen, wenn dir früher eine echtere Liebe als meine begegnet wäre. Du tust mir leid

um des Guten willen, das in dir vergeudet worden ist.«

»Und ich bedaure dich«, sagte Hester, »den weisen und gerechten Menschen, den der Haß in einen Teufel verwandelt hat. Willst du ihn nicht aus dir vertreiben und wieder ein Mensch werden? Wenn nicht um seinetwillen, so doch um deiner selbst willen! Vergib und überlasse die Vergeltung der Macht, der sie zukommt! Ich sagte vorhin, daß nichts Gutes mehr zu hoffen sei, weder für ihn, noch für dich oder mich, die wir hier in dem finsteren Irrgarten des Bösen herumtappen und bei jedem Schritt über die Schuld stolpern, die wir selbst auf unseren Weg gelegt haben. Aber so ist es nicht. Du kannst noch zum Guten zurückfinden, und nur du allein, denn du hast schweres Unrecht erlitten, und es steht bei dir, zu verzeihen. Willst du dieses einzige Vorrecht aufgeben? Willst du diese unvergleichliche Gnade zurückweisen?«

»Still, Hester, still!« erwiderte der alte Mann mit düsterem Ernst. »Ich kann nicht verzeihen. Ich habe nicht die Kraft, von der du sprichst. Mein alter, lange vergessener Glaube kommt noch einmal zu mir und erklärt mir all unser Tun, all unser Leiden. Mit deinem ersten Schritt vom rechten Wege ab hast du den Samen des Bösen ausgestreut; von diesem Augenblick an ist alles nur dunkle Notwendigkeit gewesen. Ihr, die ihr mir Unrecht zugefügt habt, seid nicht schuldig, wenn ihr auch in dieser Selbsttäuschung lebt. Auch ich, der ich einem Teufel sein Amt aus den Händen gerissen habe, bin kein Teufel. Es ist unser Schicksal. Laß die schwarze Blume blühen, wie sie will! Geh nun deiner Wege und tue für jenen Menschen, was du für richtig hältst!«

Müde winkte er ab und wandte sich wieder seinen Kräutern zu.

XV HESTER UND PEARL

So nahm Roger Chillingworth Abschied von Hester und ging tiefgebückt weiter – ein mißgestalteter alter Mann, dessen Gesicht länger im Gedächtnis der Menschen spukte, als ihnen lieb sein mochte. Hier und da pflückte er ein Kraut oder grub eine Wurzel aus und legte sie in den Korb, den er am Arm trug. Wie er so dahinschlich, berührte sein grauer Bart fast den Boden. Hester sah ihm eine Weile nach, halb neugierig, als erwarte sie, daß das zarte junge Frühlingsgras unter seinen Tritten verdorre und daß ein welker brauner Streifen in dem heiteren Grün seine Fußspur anzeige. Sie fragte sich, was für Kräuter das wohl sein mochten, die der alte Mann so emsig sammelte. Mußten nicht in der Erde, von seinem Blick getroffen, böse Kräfte erwachen und fremdartige Giftgewächse, ihm zum Gruß, unter seinen Händen aufsprießen? Oder genügte es ihm, wenn sich jede heilkräftige Pflanze in etwas Schädliches, Todbringendes verwandelte, sobald er sie berührte? Fiel wirklich das Sonnenlicht auf ihn, das überall so hell glänzte? Oder lag nicht, wie es fast schien, ein drohender Schatten um seine Mißgestalt und begleitete ihn auf Schritt und Tritt? Und wohin ging er jetzt? Konnte er nicht plötzlich im Erdboden versinken und nur eine öde, verbrannte Stelle hinterlassen, wo bald giftiger Nachtschatten, Hartriegel, Bilsenkraut und dergleichen bösartige Gewächse, die in diesem Klima gediehen, in häßlicher Üppigkeit wuchern würden? Oder würde er plötzlich Fledermausflügel entfalten, davonfliegen und immer häßlicher aussehen, je mehr er sich dem Himmel näherte?

»Es mag Sünde sein«, sagte Hester bitter, während sie ihm noch immer nachblickte, »aber ich hasse diesen Mann!«

Sie machte sich Vorwürfe, und doch konnte sie dieses Gefühl weder unterdrücken noch dämpfen. Während sie dagegen anzugehen suchte, mußte sie an längst vergangene Tage in einem fernen Land zurückdenken. Damals war er jeden Abend aus der Abgeschlossenheit seiner Studierstube zu ihr herübergekommen, um sich am Kaminfeuer und im Lichte ihres Lächelns auszuruhen. Er müsse sich in diesem Lächeln sonnen, sagte er, um die Kälte so vieler einsamer Forscherstunden aus seinem Herzen zu treiben. Damals hatte sie geglaubt, glücklich zu sein, aber jetzt, durch das trübe Medium ihres späteren Lebens betrachtet, gehörten diese Abende zu ihren häßlichsten Erinnerungen. Sie wunderte sich, daß es solche Stunden je gegeben hatte. Sie fragte sich, was sie nur bewogen haben mochte, ihn zu heiraten. Aber das größte Vergehen schien ihr, daß sie je den lauen Druck seiner Hand geduldet und erwidert hatte, daß sie es hatte ertragen können, wie das Lächeln ihrer Lippen und Augen mit dem seinen verschmolz. Zu einer Zeit, da ihr Herz nichts anderes kannte, hatte er ihr den Wahn eingegeben, an seiner Seite glücklich zu sein, und das war ein schlimmeres Unrecht, glaubte sie, als alles, was sie ihm seitdem angetan hatte.

»Ja, ich hasse ihn!« wiederholte Hester, noch heftiger als zuvor. »Er hat mich verraten! Er hat mir größeres Unrecht zugefügt als ich ihm!«

Mögen die Männer zittern, die nur die Hand einer Frau gewinnen und nicht zugleich die ganze Leidenschaft ihres Herzens! Denn wenn ein mächtigerer Eindruck einmal alle Gefühle in ihr geweckt hat, dann mag es ihnen, wie Roger Chillingworth, zum traurigen Schicksal werden, nur Vorwürfe zu ernten, selbst für die ruhige Zufriedenheit, das marmorne Scheinglück, das sie der Frau als lebendige Wirklichkeit aufgedrängt haben. Aber Hester hätte das erlittene Unrecht längst begraben sollen. Was ging in ihr vor? Hatte das brennende rote Zeichen in den sieben Jahren so viele Schmerzen verursacht und doch keine Reue erweckt? Die Gefühle, die Hester in der kurzen Zeit überkamen, während sie der gebeugten Gestalt des alten Roger Chillingworth nachblickte, warfen ein dunkles Licht auf ihren inneren Zustand und enthüllten vieles, was sie sich sonst nicht einzugestehen wagte.

Als er gegangen war, rief sie ihr Kind zurück.

»Pearl, kleine Pearl, wo bist du?«

Pearl, deren Lebendigkeit nie erlahmte, hatte sich nicht gelangweilt, während die Mutter mit dem alten Kräutersammler sprach. Anfangs spielte sie, wie wir schon wissen, in einem der kleinen Teiche mit ihrem eigenen Spiegelbild; sie winkte dem Trugbild zu, und als es nicht kommen wollte, versuchte sie schließlich, in sein Reich einzudringen, in ein Land, wo die Erde unsichtbar und der Himmel nicht erreichbar war. Als sie jedoch erkennen mußte, daß entweder sie selbst oder das Spiegelbild Trug war, suchte sie sich einen besseren Zeitvertreib. Sie machte kleine Boote aus Birkenrinde, belud sie mit Schneckenhäusern und vertraute der mächtigen Tiefe größere Frachten an als nur irgendein Kaufherr in Neuengland. Doch die meisten Schiffchen scheiterten schon in der Nähe des Strandes. Pearl ergriff nun eine lebende Krabbe beim Schwanz, erbeutete ein paar Seesterne und legte eine Qualle zum Schmelzen in die pralle Sonne. Dann hob sie den weißen Schaum auf, der die Flutgrenze säumte, warf ihn in die Luft und sprang leichtfüßig hinterher, um die großen Schneeflocken aufzufangen, ehe sie zu Boden fielen. Als sie einen Schwarm von Strandvögeln bemerkte, die am Ufer umherflatterten und nach Nahrung suchten, sammelte sie lauter Kieselsteine in ihre Schürze. Damit schlich sie den kleinen Seevögeln von Fels zu Fels nach und zeigte sich sehr geschickt im Werfen. Ein kleiner grauer Vogel mit weißer Brust schien von einem Stein getroffen zu sein und flatterte mit gebrochenem Flügel davon. Da seufzte das seltsame Kind und gab das Spiel auf, denn es tat ihm leid, einem kleinen Wesen wehgetan zu haben, das so wild war wie der Seewind oder so wild wie es selbst.

Schließlich sammelte Pearl allerlei Arten von Seetang und machte sich einen Umhang oder Mantel daraus und einen Kopfputz, so daß sie aussah wie eine kleine Seejungfer.

Von der Mutter hatte sie die besondere Gabe, Kleidung und

Putz zu ersinnen. Um ihrem Nixengewand die letzte Vollendung zu geben, pflückte Pearl Seegras und bildete an ihrer Brust, so gut sie konnte, den Schmuck nach, der ihr an der Mutter so vertraut war – einen Buchstaben, ein großes A, aber kein scharlachrotes, sondern eins von frischem Grün! Sie senkte das Kinn auf die Brust und betrachtete das Zeichen nachdenklich und aufmerksam, als sei sie nur auf die Welt gekommen, um seinen verborgenen Sinn zu enträtseln.

»Ob die Mutter mich wohl fragen wird, was das bedeutet?« dachte Pearl.

Da hörte sie die Stimme der Mutter, und leicht wie einer der kleinen Seevögel dahinflatternd, lief sie zu Hester Prynne, tanzte lachend herum und wies mit dem Finger auf den Schmuck an ihrer Brust.

»Meine kleine Pearl«, sagte Hester nach kurzem Schweigen, »der grüne Buchstabe an deiner Kinderbrust hat keine Bedeutung. Aber weißt du, mein Kind, was der Buchstabe bedeutet, den deine Mutter tragen muß?«

»Ja, Mutter«, sagte das Kind. »Es ist das große A. Du hast es mir in der Fibel gezeigt.«

Hester sah ernst in das kleine Gesicht; doch obwohl sie wieder, wie schon so oft, den merkwürdigen Ausdruck in den schwarzen Augen bemerkte, wußte sie nicht genau, ob Pearl in dem Zeichen wirklich irgendeine Bedeutung sah, und diese Ungewißheit ließ ihr keine Ruhe.

»Weißt du, Kind, warum deine Mutter den Buchstaben trägt?«

»Gewiß weiß ich's!« antwortete Pearl und sah die Mutter pfiffig an. »Aus demselben Grunde, aus dem der Pfarrer immer die Hand aufs Herz legt.«

»Und was ist das für ein Grund?« fragte Hester und mußte lächeln über die wunderliche Ungereimtheit in den Worten des Kindes; doch als sie ihnen nachsann, wurde sie blaß. »Was hat der Buchstabe denn mit einem anderen Herzen als meinem zu tun?«

»Glaub mir, Mutter, ich hab dir alles gesagt, was ich weiß«, sagte Pearl feierlicher, als es sonst ihre Art war. »Frag nur den alten Mann da drüben, mit dem du eben gesprochen hast, vielleicht kann der dir's sagen. Aber jetzt ganz im Ernst, Mutter, was bedeutet der rote Buchstabe? Warum trägst du ihn auf der Brust? Und warum legt der Pfarrer immer die Hand auf sein Herz?«
Mit beiden Händen ergriff sie die Hand der Mutter und blickte ihr ins Gesicht, mit einer Ernsthaftigkeit, die sich nur selten in dem wilden, launenhaften Wesen zeigte. In Hester stieg ein Gedanke auf: Vielleicht versuchte das Kind wirklich, sich ihr in kindlichem Vertrauen zu nähern, und bemühte sich mit allen Kräften um eine Gemeinsamkeit mit der Mutter. Das war ein neuer Zug an Pearl. Hesters ganze innige Liebe gehörte ungeteilt ihrem Kind; aber sie hatte lernen müssen, keine Gegenliebe zu erwarten, sondern nur die unberechenbaren Launen eines Frühlingswindes, der unbeschwert dahintändelt und plötzlich mit unerklärlicher Leidenschaft losbrechen kann, der auch bei bester Laune unbeständig ist und dich eher zaust als liebkost, wenn du ihn ans Herz ziehen willst. Doch zuweilen, um seine Unfreundlichkeit wieder gutzumachen, küßt er mit unschlüssiger Zärtlichkeit deine Wange und spielt sanft mit deinem Haar, bis er fortgeht zu neuem Zeitvertreib und eine gedämpfte Freude in dir zurückläßt. So dachte die Mutter über das Wesen ihres Kindes. Jeder andere hätte vielleicht nur unliebsame Seiten herausgefunden und sie noch viel schwärzer gemalt. Der Gedanke drängte sich Hester auf, daß Pearl mit ihrer ungewöhnlichen Frühreife und Auffassungsgabe vielleicht schon in einem Alter war, da man sie zur Freundin machen und ihr so viel von den eigenen Kümmernissen anvertrauen konnte, wie für die Mutter selbst und das Kind gut war. In dem kleinen Chaos von Pearls Charakter zeigten sich deutlich – schon seit ihrer frühesten Kindheit – festumrissene Grundanlagen: ein unerschrockener Mut, ein un-

beugsamer Wille, ein eigensinniger Stolz, der sich vielleicht einmal in Selbstachtung umwandeln ließ, und eine tiefe Verachtung für alle Dinge, die, wenn man ihnen auf den Grund ging, einen Hauch von Lüge bargen. Sie besaß auch echte Gefühlskraft, aber noch war eine unangenehme Schärfe darin, wie auch in edlen Früchten, solange sie noch unreif sind. Wenn bei so vielen wertvollen Eigenschaften keine rechte Frau aus dem seltsamen Kind würde, dachte Hester, dann müsse die Schlechtigkeit, die es von seiner Mutter geerbt hatte, wohl groß sein.

Der unwiderstehliche Drang, dem Geheimnis des roten Zeichens nachzuspüren, schien Pearl angeboren zu sein. Schon in der allerersten Zeit ihres bewußten Lebens war sie dem Rätsel nachgegangen, als sei dies ihre eigentliche Bestimmung. Hester hatte oft geglaubt, Gott habe sie richten und strafen wollen, als er dem Kind diese ausgeprägte Neigung einpflanzte; aber nie bisher war ihr der Gedanke gekommen, daß vielleicht auch eine Gnade und ein Segen darin liegen könnte. Wenn sie die kleine Pearl nicht nur als ihr eigenes Kind, sondern auch als eine Botin des Himmels aufnähme und ihr Glauben und Vertrauen schenkte, könnte es dann nicht die Bestimmung des Kindes sein, den Schmerz zu lindern, der dumpf im Herzen der Mutter lag und es zu einem Grabe machte, und die Leidenschaft überwinden zu helfen, die einmal so heftig war und die jetzt weder tot war noch schlief, sondern nur in dem gleichen dunklen Grab gefangen lag?

Das waren die Gedanken, die Hester jetzt mit solcher Lebhaftigkeit bewegten, als habe sie ihr jemand ins Ohr geflüstert. Und die ganze Zeit über stand die kleine Pearl vor ihr, hielt ihre Hand mit beiden Händen fest und sah forschend zu ihr auf, während sie wieder und wieder die gleichen Fragen stellte.

»Was bedeutet der Buchstabe, Mutter? Und warum trägst du ihn? Und warum legt der Pfarrer immer die Hand auf sein Herz?«

»Was soll ich ihr sagen?« dachte Hester. »Nein! Wenn das der Preis für die Liebe des Kindes ist, kann ich ihn nicht zahlen.« Laut sprach sie weiter.

»Törichtes Kind«, sagte sie, »was sind das für Fragen? Es gibt manches auf der Welt, wonach Kinder nicht fragen müssen. Was weiß ich vom Herzen des Pfarrers? Und den roten Buchstaben, den trage ich nur wegen der schönen Goldfäden.«

In den ganzen sieben Jahren hatte Hester nie das Zeichen auf ihrer Brust verleugnet. Vielleicht verließ sie in diesem Augenblick ein guter, wenn auch ernster und strenger Schutzgeist, der erkennen mußte, daß sich trotz seiner Wachsamkeit neues Übel in ihr Herz geschlichen hatte oder daß sich das alte nie ganz vertreiben ließ. Aus Pearls Gesicht hingegen wich bald aller Ernst.

Aber das Kind wollte das Thema nicht wieder fallenlassen. Zwei- oder dreimal auf dem Heimweg und ebensooft beim Abendbrot, beim Zubettgehen und noch, als sie schon fest zu schlafen schien, sah Pearl plötzlich auf, und Unheil blitzte aus ihren schwarzen Augen.

»Mutter«, sagte sie, »was bedeutet der rote Buchstabe?«

Und am nächsten Morgen, sobald sie nur wach war, hob sie den Kopf aus den Kissen und stellte die andere Frage, die sich bei ihr so merkwürdig mit der Frage nach dem roten Zeichen verknüpft hatte: »Mutter! Mutter, warum legt der Pfarrer immer die Hand auf sein Herz?«

»Schweig, du unartiges Kind!« entgegnete die Mutter mit einer Schroffheit, die sie sich sonst nie gestattete. »Mach mich nicht ärgerlich! Sonst sperr ich dich in die dunkle Kammer!«

XVI EIN WALDSPAZIERGANG

Hester Prynne blieb bei ihrem Entschluß, dem Pfarrer, mochten auch jetzt oder später schlimme Folgen daraus erwachsen, das wahre Gesicht des Mannes zu enthüllen, der sich in sein Vertrauen geschlichen hatte. Einige Tage lang suchte sie jedoch vergeblich nach einer Gelegenheit, ihn auf einem seiner einsamen Spaziergänge anzureden, die er, wie sie wußte, am Strande der Halbinsel oder auf den bewaldeten Hügeln des angrenzenden Festlands zu machen pflegte. Sie hätte ihn auch, ohne Anstoß zu erregen oder die fleckenlose Reinheit seines guten Namens zu gefährden, in seiner Studierstube aufsuchen können, wo schon manche reuige Seele ihre Sünden bekannt hatte, ebenso schwarze vielleicht wie die Sünde, die der rote Buchstabe andeutete. Aber Hester fürchtete das heimliche oder offene Dazwischentreten des alten Roger Chillingworth; auch ließ ihr Schuldbewußtsein sie selbst dort Mißtrauen vermuten, wo gar kein Anlaß dazu bestand, und dann glaubte sie, daß der Pfarrer und sie bei ihrem Gespräch die ganze weite Natur brauchen würden, um überhaupt atmen zu können. Aus allen diesen Gründen wollte sie ihm an keinem anderen Ort begegnen als unter freiem Himmel.

Schließlich erfuhr sie an einem Krankenbett, daß man den Pfarrer Dimmesdale habe rufen wollen, damit er ein Gebet spreche, daß er aber tags zuvor zu einem bekehrten Indianerstamm aufgebrochen sei, um den Apostel Eliot zu besuchen. Wahrscheinlich werde er erst am Nachmittag des folgenden Tages zu einer bestimmten Stunde zurückkehren. Beizeiten machte sich Hester am nächsten Tag auf den Weg, zusammen mit Pearl, die die Mutter auf allen Gängen begleitete, so unbequem ihre Gegenwart auch manchmal sein mochte. Als die beiden Wanderer die Halbinsel hinter sich gelassen hatten, kamen sie auf einen schmalen Fußweg, der sich im Geheimnis des Urwalds verlor. Dieser erhob sich beklemmend dicht und schwarz zu beiden Seiten des Pfades und ließ kaum ein Stückchen Himmel hindurchblicken, so daß er Hester wie ein Abbild der inneren Wildnis erschien, in der sie so lange umhergeirrt war. Der Tag war kühl und trübe. Am Himmel hingen graue Wolken, die der Wind in leichter Bewegung hielt, so daß man zuweilen einen flimmernden Sonnenstrahl sehen konnte, der auf dem Waldweg sein einsames Spiel trieb. Aber das flüchtige Strahlenspiel war immer weit weg, ganz am anderen Ende eines der langen Durchblicke. Sobald Hester und Pearl näher kamen, entfernte sich das Sonnenlicht, dessen Heiterkeit in der dunklen, ernsten Umgebung auch nur gedämpft war, und die Stellen, wo es getanzt hatte, erschienen ihnen nur um so düsterer, weil sie gehofft hatten, dort strahlende Helle zu finden.

»Mutter«, sagte die kleine Pearl, »der Sonnenschein mag dich nicht. Er läuft fort und versteckt sich, weil er Angst hat vor dem Ding an deiner Brust. Sieh nur! Da vorne ist er wieder und spielt. Bleib du hier stehn, ich will hinlaufen und ihn fangen. Ich bin ja bloß ein Kind. Vor mir wird er nicht weglaufen, denn ich trage ja noch nichts auf der Brust.«

»Das wirst du hoffentlich nie, mein Kind«, sagte Hester.

»Warum denn nicht, Mutter?« fragte Pearl und hielt noch einmal inne, gerade als sie fortlaufen wollte. »Kommt das nicht ganz von selber, wenn ich groß bin?«

»Lauf nur, Kind«, antwortete die Mutter, »und fang den Sonnenschein! Bald wird er fort sein.«

Pearl lief schnell davon und fing den Sonnenschein wirklich ein, wie Hester lächelnd bemerkte. Ganz übergoldet von dem Glanz stand sie lachend mitten darin und sprühte nach dem raschen Lauf vor Lebendigkeit. Als freue es sich über die Spielgefährtin, verweilte das Licht bei dem einsamen Kind, bis die Mutter fast nahe genug herangekommen war, um auch in den Zauberkreis zu treten.

»Jetzt wird es weggehen«, sagte Pearl und schüttelte den Kopf.

»Sieh nur«, erwiderte Hester lächelnd. »Jetzt kann ich die Hand ausstrecken und danach greifen.«

Als sie es versuchte, da verschwand der Sonnenschein. Doch die strahlende Heiterkeit, die über Pearls Gesicht tanzte, ließ die Mutter fast glauben, das Kind habe ihn aufgesogen, um ihn später, wenn sie in noch dichteren Schatten eintauchen würden, wieder auszustrahlen und den Weg zu erleuchten. Keine andere Eigenschaft gab Hester so deutlich das Bewußtsein von einer neuen, ursprünglichen Kraft im Wesen des Kindes wie diese nie ermüdende Lebendigkeit. Pearl kannte nicht die Krankheit der Schwermut, die in unseren Tagen so viele Kinder belastet, als das Erbe der Vorväter und ihrer Gebrechen. Aber vielleicht war auch diese Unbeschwertheit eine Krankheit und nur der Widerschein der wilden Kraft, mit der Hester vor Pearls Geburt gegen ihre Sorgen angekämpft hatte. Wohl war es eine zweifelhafte Gabe, die dem Wesen des Kindes einen harten, metallischen Glanz gab. Ihr fehlte das, was manchen Menschen ihr Leben lang fehlt – ein Schmerz, der im Innersten anrührt, der menschlich und mitfühlend macht. Doch dazu blieb der kleinen Pearl noch Zeit genug.
»Komm, mein Kind«, sagte Hester und blickte von dem Platz aus um sich, wo Pearl im Sonnenschein gestanden hatte. »Komm noch etwas tiefer in den Wald, da wollen wir uns hinsetzen und ausruhen.«
»Ich bin noch nicht müde, Mutter«, erwiderte das kleine Mädchen. »Aber du kannst dich ja hinsetzen, wenn du mir dabei eine Geschichte erzählen willst.«
»Eine Geschichte, Kind? Wovon denn?« fragte Hester.
»Ach, eine Geschichte vom Schwarzen Mann«, antwortete Pearl; dabei hielt sie die Mutter am Kleid fest und sah halb ernsthaft, halb schelmisch zu ihr auf. »Wie er hier im Walde umgeht und ein Buch mit sich herumträgt, ein großes, schweres Buch mit eisernen Schließen; und wie der häßliche Schwarze Mann allen Leuten, die er hier unter den Bäumen trifft, sein Buch und eine eiserne Feder hinhält, damit sie mit ihrem eigenen Blut ihren Namen hineinschreiben. Und

dann setzt er ihnen sein Zeichen auf die Brust. Hast du den Schwarzen Mann schon einmal getroffen, Mutter?«

»Wer hat dir denn diese Geschichte erzählt, Pearl?« fragte die Mutter, die einen in jener Zeit verbreiteten Aberglauben darin erkannte.

»Die alte Frau in der Kaminecke, in dem Haus, wo du gestern nacht gewacht hast«, sagte das Kind. »Aber sie dachte, ich schliefe, als sie davon erzählte. Sie hat gesagt, daß viele tausend Menschen ihn schon hier getroffen und sich in sein Buch eingeschrieben haben und daß sie alle sein Zeichen tragen. Die böse alte Mrs. Hibbins gehört auch dazu. Und dann, Mutter, hat die alte Frau noch gesagt, daß dein roter Buchstabe das Zeichen vom Schwarzen Mann ist und daß es wie Feuer glüht, wenn du ihn um Mitternacht im dunklen Walde triffst. Ist das wahr, Mutter? Triffst du ihn wirklich manchmal in der Nacht?«

»Bist du schon einmal aufgewacht und hast mich nicht gefunden?« fragte Hester.

»Ich glaube nicht«, sagte das Kind. »Doch wenn du mich nicht allein zu Haus lassen willst, kannst du mich ruhig mitnehmen. Ich würde so gern mitkommen! Aber, Mutter, sag mir doch, gibt es wirklich einen Schwarzen Mann? Hast du ihn schon einmal getroffen, und ist das sein Zeichen?«

»Willst du mich endlich in Ruhe lassen, wenn ich es dir erzähle?« fragte die Mutter.

»Ja, wenn du mir alles erzählst«, erwiderte Pearl.

»Einmal in meinem Leben habe ich den Schwarzen Mann getroffen«, sagte die Mutter. »Der rote Buchstabe ist sein Zeichen.«

Während dieser Unterhaltung waren sie tief genug in den Wald eingedrungen, um vor den Blicken von Wanderern sicher zu sein, die zufällig des Weges kommen konnten. Sie setzten sich auf einen üppig mit Moos gepolsterten alten Baumstamm; irgendwann in den letzten hundert Jahren hatte hier einmal eine riesige Fichte gestanden, Wurzeln und Stamm im finsteren Schatten der Wipfel hoch oben im Licht. Es war ein enges kleines Tal, wo die beiden sich niedergelassen hatten. Zu beiden Seiten stieg der laubbedeckte Waldboden sanft an, und in der Mitte floß ein kleiner Bach durch ein Bett abgefallener und ertrunkener Blätter. Die Bäume, die ihn überdachten, hatten hin und wieder große Äste abgeworfen, die das Wasser aufhielten, so daß es manchmal Strudel und kleine schwarze Seen bildete, während man an den Stellen, wo es schnell und lebhaft dahinfloß, Kieselsteine und braunen, glitzernden Sand auf dem Grunde sehen konnte. Hester und Pearl folgten mit den Blicken dem Lauf des Baches und sahen, wie das Licht vom Wasser zurückgeworfen wurde und in einiger Entfernung im Walde aufblitzte. Aber bald verloren sie jede Spur des Gewässers in dem Gewirr von Baumstämmen, Unterholz und großen, von grauen Flechten überwachsenen Felsblöcken. Es schien, als wollten all die riesigen Bäume und Granitblöcke den Lauf des kleinen Baches geheimhalten, als fürchteten sie, daß er in nie ermüdender Geschwätzigkeit verborgene Dinge aus dem Herzen des alten Waldes, von wo er kam, ausplaudern oder seine Geheimnisse auf der glatten Oberfläche eines Teiches spiegeln könne. Wirklich murmelte der Bach, während er so verstohlen dahinfloß, unaufhörlich vor sich hin, freundlich, sanft und wohltuend, aber schwermütig, wie ein Kind, das ohne Freude aufwächst und nicht weiß, wie es unter traurigen Menschen und düsteren Eindrücken fröhlich sein soll.

»Du Bach! Dummer, langweiliger Bach!« rief Pearl, nachdem sie eine Weile seinem Gemurmel zugehört hatte. »Warum bist du so traurig? Du mußt mal lustig sein und nicht die ganze Zeit seufzen und klagen!«

Aber der Bach hatte in seinem kurzen Leben unter den alten Bäumen schon so viel Trauriges gesehen, daß er es weitererzählen mußte und von nichts anderem sprechen konnte. Pearl hatte manche Ähnlichkeit mit dem Bach, denn auch ihr Lebensstrom war aus einer geheimnisvollen Quelle hervorgegangen und durch Düsternis und Schatten geflossen. Aber anders als das kleine Gewässer tanzte und schwatzte sie sprühend und unbeschwert dahin.

»Was sagt denn der traurige kleine Bach, Mutter?« wollte sie wissen.

»Wenn du selbst einen Kummer hättest«, antwortete die Mutter, »dann würde der Bach dir vielleicht davon erzählen, so wie er mir von meinem Kummer erzählt. Aber ich höre Schritte auf dem Weg und ein Knacken, als biege jemand die Zweige auseinander. Such dir ein Spiel, Pearl, und laß mich allein; ich will mit dem Mann reden, der dort kommt.«

»Ist es der Schwarze Mann?« fragte Pearl.

»Geh spielen, Kind«, wiederholte die Mutter. »Aber lauf nicht zu weit in den Wald, und komm gleich wieder, wenn ich dich rufe.«

»Ja, Mutter«, antwortete Pearl. »Aber wenn es der Schwarze Mann ist, kann ich dann nicht noch einen Augenblick hierbleiben und ihn mal sehen, mit seinem großen Buch unterm Arm?«

»Geh, du dummes Kind«, sagte die Mutter ungeduldig. »Es ist nicht der Schwarze Mann. Du kannst ihn schon durch die Bäume erkennen. Es ist der Pfarrer.«

»Ach ja, wirklich!« sagte das Kind. »Und er hat wieder die Hand auf dem Herzen, Mutter! Tut er es deshalb, weil der Schwarze Mann sein Zeichen dorthin gesetzt hat, als der Pfarrer seinen Namen in das Buch schrieb? Aber warum trägt er das Zeichen nicht außen auf seiner Brust wie du, Mutter?«

»Geh jetzt, Kind; ein andermal kannst du mich fragen, soviel du willst«, rief Hester Prynne. »Aber geh nicht weit fort; nur so weit, wie du das Murmeln des Baches hören kannst.«

Das Kind lief singend davon; es folgte dem Lauf des Baches und versuchte, einen fröhlicheren Ton in das traurige Gemurmel zu mischen. Aber das Wasser wollte sich nicht trösten lassen und murmelte weiter vor sich hin, traurige, geheimnisvolle Geschichten, die sich einmal in dem düsteren Wald zugetragen hatten, oder klagende Prophezeiungen von zukünftigem Leid. So brach Pearl lieber die Bekanntschaft mit dem mißvergnügten Wasser ab, denn sie kannte schon Schatten genug aus ihrem eigenen Leben. Sie machte sich daran, Veilchen und Waldanemonen zu pflücken und ein paar scharlachrote Akeleien, die sie in den Spalten eines hohen Felsens fand.

Als Pearl gegangen war, ging Hester Prynne ein paar Schritte auf den Weg zu, der durch den Wald führte, aber noch blieb sie im tiefen Schatten der Bäume. Sie sah, wie der Pfarrer den Pfad entlang näher kam, ganz allein und auf einen Stock gestützt, den er sich am Wege geschnitten hatte. Er sah abgehärmt und elend aus, und sein Ausdruck verriet eine müde Verzagtheit, die er sich auf seinen Spaziergängen in der Nähe der Siedlung oder an anderen Orten, wo er sich beobachtet glaubte, nicht so anmerken ließ. Aber hier, in der tiefen Abgeschiedenheit des Waldes, die selbst ein unbeschwertes Herz hätte bedrücken können, trat sie mit schrecklicher Deutlichkeit hervor. Sein Gang hatte etwas Kraftloses, als sehe er keinen Grund, noch einen Schritt weiter zu tun, und habe auch nicht den leisesten Wunsch danach, sondern wäre froh – hätte er überhaupt noch froh zu sein vermocht –, wenn er sich am nächsten Baum hätte niederwerfen können, um dort reglos für immer liegenzubleiben. Die Blätter mochten auf ihn herabfallen, und das Erdreich mochte allmählich einen kleinen Hügel über seinem Leib entstehen lassen, gleichviel, ob noch Leben in ihm war oder nicht. Der Tod war doch unausweichlich, und es war sinnlos, ihn zu ersehnen oder ihm aus dem Wege zu gehn.

Hester konnte kein Anzeichen eines wirklichen, heftigen Schmerzes an Mr. Dimmesdale entdecken; nur preßte er, wie Pearl bemerkt hatte, wieder die Hand auf sein Herz.

XVII DER PFARRER UND SEIN PFARRKIND

So langsam der Geistliche auch ging, er war doch fast vorüber, ehe Hester ihre Stimme soweit beherrschte, daß sie ihn anrufen konnte. Endlich gelang es ihr.

»Arthur Dimmesdale!« sagte sie, ganz leise zuerst, dann lauter, aber mit heiserer Stimme. »Arthur Dimmesdale!«

»Wer spricht da?« fragte der Pfarrer.

Schnell raffte er sich zusammen und richtete sich auf, als habe man ihn in einer Stimmung überrascht, in der er keine Zeugen haben wollte. Ängstlich blickte er in die Richtung, aus der die Stimme kam, und sah unter den Bäumen eine in dunkle Gewänder gehüllte Gestalt. So wenig hob sie sich von dem grauen Zwielicht ab, in das der bewölkte Himmel und das schwere Blätterdach diese Mittagsstunde getaucht hatten, daß er nicht wußte, ob es eine Frau oder ein Schatten war. Vielleicht spukte auch auf seinem Lebensweg ein Geist, der aus seinem eigenen Hirn hervorgegangen war.

Er trat einen Schritt näher und erkannte das scharlachrote Zeichen.

»Hester! Hester Prynne!« sagte er. »Bist du es? So lebst du wirklich?«

»Ja«, antwortete sie, »dasselbe Leben, wie ich es seit sieben Jahren führe. Und du, Arthur Dimmesdale, auch du bist noch am Leben?«

Es war nicht verwunderlich, daß jeder an der körperlichen Wirklichkeit des anderen, ja fast an seiner eigenen zweifelte. So merkwürdig war diese Begegnung im dunklen Wald; es war, als sähen sich zwei Seelen, die im Leben innig verbunden waren, zum erstenmal in der Welt jenseits des Grabens wieder und stünden nun schaudernd und furchtsam einander gegenüber, noch nicht mit ihrer neuen Daseinsform vertraut und noch nicht gewöhnt an den Umgang mit entkörperten Wesen. Jeder ein Geist, dem der andere Geist Furcht einflößte! Sie fürchteten sich auch vor sich selbst, denn die Erregung gab ihnen das Bewußtsein wieder und enthüllte jedem seine ganze Vergangenheit und seine Erfahrungen, deutlich wie nie im Leben, außer in solchen hochgespannten Augenblicken. Die Seele erkannte ihr Bild im Spiegel der flüchtigen Sekunden. Furchtsam und zitternd, als gehorchte er nur widerstrebend einem Zwang, streckte Arthur Dimmesdale seine todeskalte Hand aus und berührte Hester Prynnes kalte Hand. Und doch – mochten ihre Hände auch kalt sein – nahm die Berührung ihrem Wiedersehen das Unwirkliche. Wenigstens fühlten sie, daß sie noch derselben Welt angehörten.

Ohne ein weiteres Wort, ohne daß einer von beiden die Führung übernahm, glitten sie in stillschweigender Übereinkunft zurück in den Schatten des Waldes, aus dem Hester aufgetaucht war, und ließen sich auf dem Mooshügel nieder, wo sie mit Pearl gesessen hatte. Langsam fanden sie die Kraft zum Sprechen, anfangs nur, um wie zwei beliebige Bekannte belanglose Bemerkungen und Fragen auszutauschen. Sie redeten von dem düsteren Himmel und dem heraufziehenden Unwetter und fragten einander nach ihrem Ergehen. So tasteten sie sich behutsam, Schritt für Schritt, an die Dinge heran, die ihnen eigentlich am Herzen lagen. Das Schicksal und die Umstände hatten sie einander entfremdet, und sie brauchten die kleinen Belanglosigkeiten, die vorauseilten und die Tür des Gesprächs aufstießen, um die wirklichen Gedanken über die Schwelle zu lassen.

Nach einer Weile richtete der Pfarrer den Blick auf Hester Prynne.

»Hester«, sagte er, »hast du Frieden gefunden?«

Sie lächelte düster und sah auf ihre Brust herab.

»Du?« fragte sie.

»Nein! Nichts als Verzweiflung!« antwortete er. »Konnte ich etwas anderes erwarten, ein Wesen wie ich, das solch ein Leben führt? Wäre ich Atheist, ein Mann ohne Gewissen, ein Lump mit rohen, brutalen Trieben – vielleicht hätte ich längst Frieden gefunden, ja ich hätte ihn wohl nie verloren!

Aber so wie es mit mir steht, ist alles Gute, was einmal in mir war, sind Gottes köstlichste Gaben zu Werkzeugen seelischer Folter geworden. Ach, Hester, ich bin sehr unglücklich!«

»Die Menschen verehren dich«, sagte Hester. »Und sicherlich wirkst du Gutes unter ihnen. Schafft dir das keinen Trost?«

»Nur Elend, Hester! Nur um so größeres Elend!« antwortete der Geistliche mit bitterem Lächeln. »Und an das Gute, das ich zu tun scheine, kann ich nicht glauben. Es muß eine Täuschung sein. Was kann eine verlorene Seele wie meine zur Erlösung anderer Seelen tun – eine befleckte Seele zur Läuterung anderer? Und die Verehrung der Menschen – ich wünschte, sie verwandelte sich in Haß und Verachtung! Glaubst du denn, Hester, es sei ein Trost, daß ich auf meiner Kanzel stehen und all den Blicken begegnen muß, die an meinem Gesicht hängen, als gehe das himmlische Licht davon aus, daß ich sehen muß, wie meine Herde nach Wahrheit dürstet und meinen Worten lauscht, als spreche der Heilige Geist daraus? Und wenn ich dann nach innen schaue, erkenne ich die ganze Schlechtigkeit dessen, den sie vergötterten. In Bitterkeit und Qual mußte ich oft auflachen über den Gegensatz zwischen dem, was ich scheine, und dem, was ich bin. Und auch der Satan lacht darüber!«

»Damit tust du dir selbst Unrecht«, sagte Hester sanft. »Du hast tief und ernsthaft bereut. Deine Sünde liegt hinter dir, in längst vergangenen Tagen. Dein jetziges Leben ist in Wahrheit nicht weniger heilig, als es in den Augen der Leute scheint. Ist denn die Reue, die so durch gute Werke bekräftigt und bewiesen wird, nicht Wirklichkeit? Und warum sollte sie dir nicht Frieden bringen?«

»Nein, Hester, nein«, erwiderte der Geistliche. »Das ist keine echte Reue! Sie ist kalt und tot und kann mir nicht helfen. Buße habe ich genug getan, aber Reue habe ich noch nicht gespürt. Sonst hätte ich längst diese Gewänder einer falschen Heiligkeit abgeworfen und mich der Menschheit so gezeigt, wie sie mich am Jüngsten Tage sehen wird. Du hast es gut, Hester, daß du den roten Buchstaben offen auf deiner Brust tragen kannst. Meiner brennt im geheimen. Du glaubst nicht, was für eine Befreiung es ist, endlich, nachdem mich sieben Jahre lang der Betrug gepeinigt hat, in ein Auge zu blicken, das mich sieht, wie ich wirklich bin. Hätte ich nur einen Freund – ja wäre es mein ärgster Feind –, zu dem ich täglich, wenn mich Ekel vor den Lobreden der Menschen packt, meine Zuflucht nehmen könnte und der mich als den schlimmsten aller Sünder kennt – ich glaube, das würde meine Seele am Leben erhalten. Schon dieses Körnchen Wahrheit würde mich retten! Doch so ist alles Lüge – alles Leere – und Tod!«

Hester Prynne sah ihn an und zögerte mit einer Antwort. Doch boten ihr seine Worte, seine lange zurückgehaltenen Gefühle, die er mit solcher Heftigkeit geäußert hatte, einen willkommenen Anlaß, das zu sagen, was sie ihm eigentlich sagen wollte. So überwand sie ihre Furcht und sprach.

»Einen solchen Freund, wie du ihn dir eben gewünscht hast«, sagte sie, »einen Menschen, der mit dir über deine Sünde weint, findest du in mir, deiner Mitschuldigen!« Wieder zögerte sie und sprach nur mit Anstrengung weiter. »Und schon lange hast du solch einen Feind – du wohnst mit ihm unter einem Dach!«

Der Geistliche sprang auf und atmete schwer; er griff krampfhaft nach seinem Herzen, als wolle er es aus der Brust reißen.

»Was sagst du da?« rief er. »Einen Feind! Und unter meinem eigenen Dach? Was heißt das?«

Hester Prynne wurde sich jetzt deutlich des tiefen Unrechts bewußt, das sie diesem unglücklichen Mann zugefügt hatte, indem sie ihn viele Jahre lang – ein einziger Augenblick wäre lang genug gewesen – der Willkür eines Menschen überlassen hatte, dessen Absichten nur feindselig sein konnten. Die bloße Nähe eines Feindes, unter welcher Maske er sich auch verbergen mochte, genügte, um die magnetische Sphäre eines so überempfindlichen Menschen wie Arthur Dimmesdale in Unordnung zu bringen. Früher hatte sich Hester kaum darüber Gedanken gemacht; oder sie hatte, durch eigenes Leid verbittert, den Pfarrer einem Schicksal überlassen, das ihr erträglicher schien. Aber seit seiner Nachtwache waren ihre Gefühle für ihn zugleich sanfter und stärker geworden. Sie konnte jetzt deutlicher in seinem Herzen lesen. Sie zweifelte nicht daran, daß Roger Chillingworth, der die ganze Luft um sich herum mit versteckter Bosheit vergiftete, sein ständiges Zusammensein mit dem Pfarrer und den Einblick, den er als Arzt in die körperlichen und seelischen Leiden Mr. Dimmesdales gewann, nur dazu ausnutzte, sein grausames Ziel zu verfolgen. So hielt er das Gewissen des Kranken dauernd in einem Zustand der Übererregtheit, der nicht heilend, sondern auflösend und zerstörend wirken mußte. Das Ergebnis konnte auf Erden nur der Wahnsinn sein, der vielleicht die irdische Erscheinungsform einer ewig fortdauernden Entfremdung vom Guten und Wahren ist.

In solches Verderben hatte sie den Menschen gestürzt, den sie einst leidenschaftlich geliebt hatte, ja den sie – warum sollten wir es nicht aussprechen? – noch immer innig liebte. Hester fühlte erneut, was sie schon Roger Chillingworth gegenüber geäußert hatte: daß es unendlich viel besser gewesen wäre, den guten Namen, ja selbst das Leben des Pfarrers zu opfern, als ihn diesem Los zu überlassen, das sie selbst ihm erwählt hatte. Und viel hätte sie jetzt darum gegeben, wenn sie, anstatt sich so schweres Unrecht eingestehen zu müssen, auf das Waldlaub hätte niedersinken und dort zu Arthur Dimmesdales Füßen sterben dürfen.

»Ach Arthur«, rief sie, »vergib mir! In allem sonst habe ich mich bemüht, wahr zu sein. Die Wahrheit war die einzige Tugend, an der ich noch festhalten konnte und an der ich

festhielt, auch im größten Elend. Nur als dein Wohl, dein Leben, dein Ruf auf dem Spiel standen – da willigte ich in einen Betrug ein. Doch eine Lüge ist niemals gut, auch nicht, wenn der Tod auf der anderen Seite droht. Merkst du nicht, was ich sagen will? Der alte Mann – der Arzt –, den sie Roger Chillingworth nennen – er war mein Mann!«
Der Geistliche sah sie einen Augenblick lang leidenschaftlich erregt an. Diese Heftigkeit, die meist von edlen, reinen und sanften Eigenschaften überdeckt wurde, war der Teil seines Wesens, den der Teufel beanspruchte und durch den er auch den übrigen Menschen zu gewinnen suchte. Nie war Hester einem so finsteren, wilden Blick begegnet wie jetzt. In dem kurzen Augenblick sah sie eine dunkle Verwandlung mit an. Aber das Wesen dieses Mannes war durch Leiden so geschwächt, daß selbst seine niederen Kräfte nur zu kurzem Kampfe fähig waren. Er sank in sich zusammen und begrub sein Gesicht in den Händen.
»Ich hätte es wissen können«, murmelte er. »Ich wußte es auch! Wurde das Geheimnis nicht schon offenbar, als ich bei seinem ersten Anblick unwillkürlich zurückschreckte, und immer wieder, sooft ich ihn sah? Warum verstand ich es nicht? Ach, Hester Prynne, du weißt ja gar nicht, wie schrecklich das war! Und die Schmach! Die Roheit! Die entsetzliche Gemeinheit! Gerade dem Auge, das sich nur daran weidete, mußte sich ein krankes und schuldbeladenes Herz enthüllen! Weib, dafür bist du verantwortlich! Ich kann dir nicht vergeben!«
»Du mußt mir vergeben!« rief Hester und warf sich neben ihn auf das welke Laub. »Überlaß es Gott, zu strafen! Du mußt vergeben!«
Mit verzweifelter Zärtlichkeit schlang sie plötzlich die Arme um ihn und preßte seinen Kopf an ihre Brust, unbekümmert darum, daß seine Wange gerade auf dem roten Zeichen ruhte. Vergeblich versuchte er, sich aus ihrer Umarmung zu befreien. Hester hielt ihn fest, denn sie wollte nicht seinem

zürnenden Blick begegnen. Die ganze Welt hatte sie scheel angesehen; sieben Jahre lang hatte die einsame Frau all die finsteren Blicke ertragen, ohne auch nur ein einziges Mal die traurigen Augen abzuwenden. Auch der Himmel hatte finster auf sie herabgesehen, und sie war nicht gestorben. Aber den zürnenden Blick dieses blassen, schwachen, schuldbeladenen, leidenden Menschen ertragen und dann weiterleben, das konnte sie nicht.

»Willst du mir nicht vergeben?« wiederholte sie immer und immer wieder. »Zürnst du mir noch? Kannst du vergeben?«

»Ich vergebe dir, Hester«, antwortete der Pfarrer endlich mit verhaltener Stimme, die keinen Zorn mehr, nur unergründliche Trauer verriet. »Ich will dir verzeihen. Möge Gott uns beiden vergeben! Wir sind nicht die schlimmsten Sünder auf dieser Welt, Hester. Einer ist schlimmer noch als der befleckte Priester. Die Rache des alten Mannes war schwärzer als meine Sünde. Er hat kaltblütig die Heiligkeit eines Menschenherzens geschändet. Du und ich, Hester, wir haben das nie getan!«

»Nein, niemals!« flüsterte sie. »Was wir taten, hatte seine eigne Weihe. Wir fühlten es. Wir sagten es zueinander. Hast du es vergessen?«

»Still, Hester!« sagte Arthur Dimmesdale und stand auf. »Nein, ich habe es nicht vergessen.«

Dann saßen sie wieder Hand in Hand nebeneinander auf dem bemoosten Stamm des gestürzten Baumes. Wohl nie hatte das Leben ihnen eine dunklere Stunde gebracht; sie waren an dem Punkt angelangt, dem ihr Weg, durch immer tiefere Düsternis führend, schon seit langem zustrebte. Und doch lag in dieser Stunde ein Zauber, der die beiden verweilen ließ, noch einen Augenblick und immer wieder einen und noch einen letzten. Der Wald um sie her war finster, und es knarrte, wenn der Wind hindurchfuhr. Die Äste über ihren Häuptern wurden hin und her geschüttelt, während die ernsten alten Bäume kummervoll ächzten, als erzählten

sie einander die traurige Geschichte des Paares, das zu ihren Füßen saß, oder als verkündeten sie kommendes Unheil.
Noch immer verweilten die beiden. Wie düster sah der Waldweg aus, der in die Siedlung zurückführte! Und dort mußte Hester Prynne von neuem die Last ihrer Schande auf sich nehmen und der Pfarrer den nichtigen Schein seines guten Rufes. So zögerten sie noch einen Augenblick. Das hellste Licht war ihnen nie köstlicher erschienen als die Finsternis dieses Waldes. Hier, wo nur seine Augen sie sahen, brannte sich das rote Zeichen nicht in die Brust der Schuldigen hinein. Und Arthur Dimmesdale, der vor Gott und Menschen ein falsches Spiel trieb, konnte hier, vor ihren Augen, endlich einmal wahr sein.
Plötzlich zuckte er, von einem Gedanken getroffen, zusammen.
»Hester«, rief er, »hier ist ein neuer Schrecken! Roger Chillingworth weiß von deiner Absicht, mir zu verraten, wer er wirklich ist. Wird er weiter unser Geheimnis wahren? Welche Rache wird er jetzt an uns nehmen?«
»Er ist von seltsamer Verschlossenheit«, erwiderte Hester nachdenklich, »und dieser Zug ist stärker geworden, seit er im Verborgenen Rache übt. Ich glaube nicht, daß er dein Geheimnis preisgibt. Aber sicher findet er andere Mittel, um seine dunkle Leidenschaft zu befriedigen.«
»Und ich – wie soll ich weiterleben, unter einem Dach mit meinem Todfeind?« rief Arthur Dimmesdale. Er zitterte und preßte die Hand aufs Herz – eine Bewegung, deren er sich kaum mehr bewußt war. »Denk du für mich, Hester! Du bist stark. Entscheide du für mich!«
»Du darfst nicht länger mit diesem Menschen zusammen wohnen«, sagte Hester langsam und bestimmt. »Dein Herz darf nicht länger seinen feindseligen Blicken ausgesetzt sein!«
»Das wäre schlimmer als der Tod!« erwiderte der Geistliche. »Aber kann ich es ändern? Welcher Ausweg bleibt mir? Soll

ich mich wieder auf das welke Laub werfen, wie vorhin, als du mir sagtest, wer er ist? Soll ich hier niedersinken und sterben?«

»Ach, was ist aus dir geworden?« sagte Hester, während ihr Tränen in die Augen stiegen. »Willst du aus reiner Schwäche sterben? Sonst gibt es keinen Grund dafür.«

»Das Gericht Gottes ist über mir«, antwortete der Pfarrer angstvoll. »Es ist zu mächtig, als daß ich dagegen ankämpfen könnte.«

»Der Himmel würde dir schon gnädig sein«, entgegnete Hester, »wenn du nur die Kraft hättest, die Gnade zu nutzen.«

»Sei du stark für mich«, antwortete er. »Sag mir, was ich tun soll.«

»Ist denn die Welt so klein?« rief Hester Prynne und heftete ihre dunklen Augen fest auf den Geistlichen. Unwillkürlich übte sie eine magische Kraft auf diesen zerrütteten, niedergedrückten Menschen aus, der sich kaum aufrecht halten konnte. »Hört denn die Welt an den Grenzen dieser Stadt auf, die noch vor kurzer Zeit eine bewaldete Wildnis war, einsam wie der Urwald um uns? Wohin führt der schmale Weg dort drüben? Zurück in die Siedlung sagst du! Ja, aber auch vorwärts! Tiefer und tiefer führt er in die Wildnis hinein, mit jedem Schritt wird er schmaler, und einige Meilen von hier zeigen die gelben Blätter am Boden keine Spur mehr von den Tritten des weißen Mannes. Dort bist du frei! Eine so kurze Reise würde dich aus der Welt, wo du elend warst, entrücken, und du könntest noch einmal glücklich werden. Gibt es in diesen unermeßlichen Wäldern denn nicht Schatten genug, um dein Herz vor den Blicken Roger Chillingworth' zu verbergen?«

»Ja, Hester; doch nur unter dem abgefallenen Laub«, erwiderte der Geistliche mit trübem Lächeln.

»Auch der breite Weg über das Meer steht dir offen«, fuhr Hester fort. »Er hat dich hierhergeführt. Wenn du willst, führt er dich auch zurück. In unserm Heimatland, in einem einsamen Dorf oder im weiten London, in Deutschland, Frankreich oder im sonnigen Italien – überall wärst du sicher vor ihm! Und was hast du mit all den starren Männern hier und mit ihren Grundsätzen zu schaffen? Sie haben das Beste in dir schon zu lange geknechtet!«

»Ich kann nicht!« antwortete der Geistliche; er lauschte ihren Worten, als forderten sie ihn auf, einen Traum zu verwirklichen. »Ich habe nicht die Kraft dazu. Elend und sündig, wie ich bin, habe ich nur den einen Gedanken, mein Leben an dem Ort, wo Gott mich hingestellt hat, weiter dahinzuschleppen. Wenn meine eigene Seele auch verloren ist, will ich doch noch anderen Seelen dienen, so gut ich kann. Ich wage es nicht, meinen Posten zu verlassen, obwohl ich ein unzuverlässiger Wächter bin, der nur Tod und Schande erwarten darf, wenn seine traurige Wache zu Ende geht.«

»Das Elend der letzten sieben Jahre hat dich niedergedrückt«, erwiderte Hester, fest entschlossen, ihn mit ihrer Kraft aufzurichten. »Aber das alles sollst du hinter dir lassen! Es soll deine Schritte nicht hemmen, wenn du jetzt auf dem Waldpfad weitergehst; noch soll es das Schiff belasten, wenn du es vorziehst, über das Meer zu fahren. Laß alles Unglück hier zurück, wo es geschehen ist! Kümmere dich nicht mehr darum! Fang von vorne an! Ist denn jede Möglichkeit erschöpft, weil du einmal Schiffbruch erlitten hast? O nein! Die Zukunft ist voller Aufgaben und Hoffnungen. Du kannst noch Glück genießen. Du kannst noch Gutes tun. Tausche dieses Scheindasein gegen ein wirkliches Leben ein! Werde der Lehrer und Apostel der Rothäute, wenn du dich dazu berufen fühlst! Oder, wenn das deinem Wesen mehr entspricht, ein Gelehrter und Weiser unter den klügsten und berühmtesten Männern der Alten Welt. Predige! Schreibe! Handle! Tu irgend etwas, nur leg dich nicht hin und stirb! Gib den Namen Arthur Dimmesdale auf, und schaff dir einen neuen Namen, einen geachteten, den du ohne Furcht und Scham tragen kannst. Warum willst du auch nur noch einen Tag länger die Qualen leiden, die sich schon so tief in dein Leben hineingefressen und dich unfähig zum Wollen und Handeln gemacht haben, die dir selbst die Kraft zur Reue nehmen werden? Auf und fort!«

»Ach, Hester«, rief Arthur Dimmesdale, und in seinen Augen flammte, von ihrer Begeisterung angefacht, ein flüchtiges Licht auf und erlosch. »Ein Mensch, dem die Knie schlottern, kann keinen Wettlauf bestehen. Ich muß hier sterben. Ich habe weder die Kraft noch den Mut, mich ganz allein in die weite, fremde, schwierige Welt zu wagen.«

Die Verzweiflung eines gebrochenen Mannes lag in diesen Worten. Ihm fehlte die Kraft, nach dem besseren Lose zu greifen, das ganz nahe schien.

Er wiederholte das Wort.

»Allein, Hester!«

»Du sollst nicht allein gehen!« antwortete sie flüsternd. Damit war alles gesagt.

XVIII EINE FLUT VON SONNENLICHT

Arthur Dimmesdale sah Hester wie gebannt an; in seinem Blick lagen Hoffnung und Freude, aber auch Furcht und fast Schrecken über die Kühnheit, mit der sie aussprach, was er kaum anzudeuten gewagt hatte.

Ihr aber war ein mutiger und tätiger Geist angeboren. Den Menschen entfremdet, von der Gesellschaft ausgestoßen, hatte sie eine Freiheit des Denkens angenommen, die dem Geistlichen fremd war. Ohne Richtschnur und Führung war sie in einer Wildnis umhergeirrt, die so weit, so verworren und dunkel war wie der dichte Wald, in dessen Schatten sie jetzt über ihre Zukunft entscheiden wollten. Hesters Geist und Herz waren gleichsam zu Haus in der Wildnis; dort war sie frei wie der Indianer in seinen Wäldern. Jahrelang hatte sie von dieser Einsamkeit aus die menschlichen Ordnungen, die Einrichtungen der Priester und Gesetzgeber betrachtet, kaum mit mehr Ehrfurcht, als ein Indianer für das priesterliche Beffchen, die richterliche Robe, den Pranger, den Galgen, den häuslichen Herd oder die Kirche empfinden würde. Durch ihr Schicksal war sie innerlich frei geworden. Das rote Zeichen hatte sie in Bereiche geführt, die andere Frauen nicht zu betreten wagten. Schande, Verzweiflung, Einsamkeit – das waren ihre strengen und unerbittlichen Lehrmeister gewesen und hatten sie stark gemacht, aber sie auch manches Falsche gelehrt.

Der Geistliche hingegen war niemals durch Erfahrungen gegangen, die ihn über die Grenzen allgemein geltender Gesetze hinausgeführt hätten, obwohl er sich in einem Falle gegen eines der heiligsten so furchtbar vergangen hatte. Doch da hatte er sich von der Leidenschaft hinreißen lassen – ohne es zu wollen, kaum der Sünde bewußt. Seit diesem unseligen Augenblick hatte er mit krankhaftem Eifer über sich gewacht, nicht nur über seine Handlungen, die leicht zu lenken waren, sondern über jede Gefühlsregung und jeden Gedanken. Als Geistlicher stand er an erster Stelle in der Gesellschaft und wurde nur um so mehr von den Vorschriften und Vorurteilen der Zeit beengt und in das System der kirchlichen Satzungen eingeschnürt. Er war schuldig geworden, aber die brennende, unvernarbte Wunde hatte sein Gewissen wach und schmerzend lebendig erhalten, und fast schien er sicherer im Hafen der Tugend gelandet, als wenn er niemals gesündigt hätte.

Für Hester Prynne schienen die sieben Jahre der Verfemung und Schande kaum etwas anderes gewesen zu sein als eine Vorbereitung auf diese Stunde. Aber Arthur Dimmesdale! Wenn ein solcher Mensch zum zweiten Mal sündigte, was sollte man dann zu seiner Entschuldigung vorbringen? Nichts; höchstens, daß er unter dem langen schweren Leiden zusammengebrochen sei, daß sich sein Geist unter den

Gewissensqualen verwirrt und umdüstert habe, daß es schwer sei, zwischen der Flucht eines geständigen Verbrechers und dem Bleiben eines Heuchlers die rechte Wahl zu treffen, daß es nur menschlich sei, der Gefahr des Todes und der Schande und dem dunklen Ränkespiel eines Feindes auszuweichen; und schließlich, daß diesem armen Wanderer, der schwach und elend seinen dunklen, einsamen Weg dahinzog, menschliche Zuneigung und Liebe gewinkt habe, ein neues wirkliches Leben an Stelle des schweren Loses, das er bisher getragen hatte. Es ist eine ernste und traurige Wahrheit, daß die Bresche, die eine Schuld einmal in die menschliche Seele geschlagen hat, sich nie wieder schließt. Die Stelle mag sorgsam bewacht werden, damit die feindliche Macht nicht von neuem in die Festung eindringt und vielleicht sogar statt des Weges, der beim ersten Mal zum Sieg führte, neue Einfallstore sucht. Aber der Wall bleibt zerstört, und davor lauert der Feind, der noch einmal den unvergessenen Triumph feiern möchte.

Der Kampf – wenn es ihn gab – braucht nicht geschildert zu werden. Es genüge zu sagen, daß der Geistliche sich entschloß zu fliehen, und nicht allein.

»Wenn ich mir aus den letzten sieben Jahren nur einen Augenblick des Friedens oder der Hoffnung zurückrufen könnte«, dachte er, »dann würde ich um dieses kleinen Zeichens himmlischer Gnade willen noch weiter aushalten. Aber da ich doch unwiderruflich verdammt bin – warum sollte ich nicht nach dem Trost greifen, der dem Verbrecher vor der Hinrichtung gereicht wird? Und wenn dieser Weg wirklich zu einem glücklicheren Leben führt, wie Hester mich überzeugen möchte, dann gebe ich bestimmt nichts Besseres auf, indem ich ihn einschlage. Auch kann ich nicht länger ohne sie leben; es geht so viel Kraft von ihr aus, so viel Ruhe und Trost. O Gott, zu dem ich meine Augen nicht mehr aufzuheben wage, kannst du mir vergeben?«

»Du wirst gehn!« sagte Hester ruhig, als er ihrem Blick begegnete.
Nachdem der Entschluß einmal gefaßt war, flackerte eine seltsame Freude in seinem gequälten Herzen auf. Er fühlte sich befreit, als er dem Kerker seines eigenen Herzens entronnen war und die rauhe, klare Luft einer unerlösten, ungetauften, gesetzlosen Welt atmete. Neuer Lebensmut überkam ihn, und der Himmel schien ihm näher als während des ganzen Elends, das ihn zu Boden gedrückt hatte. Der Pfarrer war eine tief religiöse Natur, und so lag fast etwas wie Andacht in seiner Stimmung.
»Ich kann wieder Freude empfinden!« rief er und wunderte sich über sich selbst. »Ich glaubte, der Keim dazu sei längst tot. Ach, Hester, du bist mein guter Engel. Mir ist, als hätte ich mich krank, schuldbefleckt und kummerbeladen auf den Waldboden niedergeworfen und sei als ein neuer Mensch wieder aufgestanden. Mit neuen Kräften will ich Gott loben, der mir gnädig gewesen ist. Das ist schon das bessere Leben. Warum haben wir es nicht früher gefunden?«
»Wir wollen nicht rückwärts blicken«, antwortete Hester Prynne. »Die Vergangenheit ist tot. Warum sollen wir länger darin verweilen? Sieh, mit diesem Zeichen werfe ich alles von mir und mache es ungeschehen.«
Mit diesen Worten löste sie den scharlachroten Buchstaben von ihrem Kleid und warf ihn weit von sich auf die welken Blätter. Das geheimnisvolle Zeichen fiel am Rand des Baches nieder. Eine Handbreit weiter – es wäre ins Wasser gefallen und hätte dem kleinen Bach zu der rätselvollen Geschichte, die er noch immer vor sich hinmurmelte, ein neues Weh zu tragen gegeben. Dort lag nun der gestickte Buchstabe und glitzerte wie ein verlorenes Juwel, das vielleicht einmal ein unglücklicher Wanderer finden mochte, um fortan von beklemmenden Schuld- und Angstgefühlen und von unerklärlichem Mißgeschick verfolgt zu werden.
Als das Zeichen fort war, stieß Hester eine tiefen Seufzer

aus, mit dem die Last der Schande und Qual von ihrer Seele wich. Welche Erleichterung! Erst jetzt, da sie sich frei fühlte, wurde ihr bewußt, wie schwer sie getragen hatte. Einer plötzlichen Eingebung folgend nahm sie die steife Haube ab, die ihr Haar umschloß. Dunkel und üppig, zugleich schattig und licht in seiner Fülle, fiel es auf ihre Schultern und gab ihren Zügen etwas Sanftes und Weiches. Ein helles und zärtliches Lächeln, das aus dem tiefsten Grunde ihrer Weiblichkeit zu kommen schien, spielte um ihren Mund und strahlte aus ihren Augen. Eine tiefe Röte glühte auf ihren Wangen, die so lange blaß gewesen waren. Ihr Geschlecht, ihre Jugend und die ganze Fülle ihrer Schönheit kehrten zurück aus der Vergangenheit, die die Menschen unwiederbringlich nennen, und drängten sich mit der Hoffnung ihrer Mädchenjahre und einem nie gekannten Glück in den magischen Kreis dieser Stunde. Und als sei die Dunkelheit von Erde und Himmel nur der Ausdruck der beiden Menschenherzen gewesen, schwand sie mit dem Kummer. Wie ein Lächeln des Himmels brach die Sonne plötzlich hervor, und eine wahre Flut von Licht ergoß sich in den dunklen Wald, erfreute jedes grüne Blatt, verwandelte die abgefallenen gelben Blätter in Gold und spielte über die grauen Stämme der alten Bäume. Wo eben noch Schatten gelegen hatte, war jetzt strahlende Helle. Bis tief in das geheimnisvolle Herz des Waldes hinein, das nun lauter Freude barg, konnte man den glitzernden Lauf des kleinen Baches verfolgen.
So nahm die Natur – die wilde heidnische Waldnatur, die sich noch von keinem menschlichen Gesetz unterjochen, von keiner höheren Wahrheit erleuchten ließ – an dem Glück der beiden Liebenden teil. Immer muß Liebe Licht verbreiten, ob sie neu geboren wird oder aus totenähnlichem Schlaf erwacht, denn sie erfüllt das Herz so mit Glanz, daß er auf die äußere Welt überströmt. Wäre es im Walde auch düster geblieben, in Hesters und Arthur Dimmesdales Augen hätte es dennoch hell geleuchtet.

Hester sah ihn an, und eine neue Freude überkam sie.
»Du mußt Pearl kennenlernen«, sagte sie. »Unsere kleine Pearl! Du hast sie schon einmal gesehen, ich weiß, aber du wirst sie jetzt mit anderen Augen betrachten. Sie ist ein wunderliches Kind. Ich verstehe sie kaum. Aber du wirst sie so liebhaben wie ich und mir raten, wie ich mit ihr umgehen soll.«
»Glaubst du, das Kind freut sich, wenn es mich sieht?« fragte der Geistliche unsicher. »Ich habe eine Scheu vor Kindern, weil ich oft etwas wie Mißtrauen oder Abneigung bei ihnen spüre. Ich habe mich sogar vor der kleinen Pearl gefürchtet.«
»Ach, das ist traurig«, antwortete die Mutter. »Aber sie wird dich innig liebhaben, und du sie auch. Sie ist ganz in der Nähe. Ich will sie rufen. Pearl, Pearl!«
»Ich seh' das Kind«, bemerkte der Pfarrer. »Dort drüben, auf der anderen Seite des Baches, steht es mitten im Sonnenlicht. So glaubst du wirklich, daß das Kind mich liebhaben wird?«
Hester lächelte und rief noch einmal nach Pearl. Wie eine geschmückte Erscheinung stand das Kind in einem Sonnenstrahl, der durch die Zweige fiel. Der Strahl tanzte auf und ab und ließ die Gestalt einmal verschwimmen und dann wieder deutlich sichtbar werden; jetzt glich sie einem Kind von Fleisch und Blut, dann einem Geist – wie das Licht gerade kam und ging. Als Pearl die Stimme der Mutter hörte, kam sie langsam durch den Wald näher.
Sie hatte sich nicht gelangweilt, während die Mutter und der Pfarrer ins Gespräch vertieft waren. Der große finstere Wald – so abschreckend er den Menschen scheinen mochte, die die Schuld und Unruhe der Welt in ihn hineintrugen – wurde, so gut es ging, zum Spielgefährten des einsamen Kindes. Bei aller Düsterkeit setzte er die freundlichste Miene auf, um Pearl zu begrüßen. Er bot ihr Teebeeren an, die zwar im Herbst wachsen, aber erst im Frühjahr reifen und

jetzt rot wie Blutstropfen auf dem welken Laub leuchteten. Pearl pflückte sie ab und freute sich, wie würzig sie schmeckten. Die kleinen Bewohner der Wildnis machten sich kaum die Mühe, ihr aus dem Wege zu gehn. Ein Rebhuhn lief ihr zwar drohend entgegen, an der Spitze seiner zehn Küken; aber bald bereute es sein Ungestüm und gluckte seinen Jungen zu, sie brauchten keine Angst zu haben. Eine Taube, die allein auf einem niedrigen Ast saß, ließ Pearl nahe herankommen und rief ihr etwas zu, was mehr wie ein Willkommen als wie ein Angstschrei klang. Ein Eichhörnchen schwatzte aus dem dichten Geäst seines Baumes zu Pearl herunter, erzürnt oder belustigt – doch ein Eichhörnchen ist ein so erregbares und launisches Wesen, daß sich seine Stimmungen nur schwer unterscheiden lassen. Es schwatzte und warf Pearl eine Nuß auf den Kopf, eine alte aus dem vergangenen Jahr, die schon von seinen scharfen Zähnen beknabbert war. Pearls leichter Schritt auf den welken Blättern schreckte einen Fuchs aus dem Schlaf auf. Neugierig betrachtete er das Kind, als wisse er nicht recht, ob er sich leise davonstehlen oder auf der Stelle wieder einnicken solle. Sogar ein Wolf, so erzählte man sich – aber hier wird die Geschichte etwas unglaubwürdig –, sei herangekommen, habe Pearls Kleid beschnuppert und sich den struppigen Kopf streicheln lassen. Indes soviel ist gewiß: der dichte Wald und all die wilden Geschöpfe, die darin lebten, spürten eine verwandte Wildheit in diesem Menschenkind.
Und doch war Pearl hier sanfter als in den grasgesäumten Straßen der Siedlung oder zu Hause bei der Mutter. Die Blumen schienen es zu merken; als sie vorüberging, flüsterten ihr viele zu: »Schmücke dich mit mir, du schönes Kind, schmücke dich mit mir!«, und Pearl tat ihnen den Gefallen und pflückte sie ab, Veilchen, Anemonen, Akeleien und ein paar junge grüne Zweige, die die alten Bäume ihr hinstreckten. Damit schmückte sie sich Haar und Mieder und wurde zur kleinen Nymphe oder Dryade oder sonst einem der

übernatürlichen Wesen, wie sie in den Wäldern der Alten heimisch waren. Sie hatte sich kaum verkleidet, als sie die Stimme der Mutter hörte, und langsam ging sie zurück. Ganz langsam, denn sie sah den Geistlichen.

XIX DAS KIND AM BACHUFER

»Du wirst sie innig liebhaben«, wiederholte Hester Prynne, während sie mit dem Pfarrer die kleine Pearl beobachtete. »Ist sie nicht schön? Und sieh nur, mit welch natürlichem Geschick sie sich mit diesen einfachen Blumen geschmückt hat. Hätte sie Perlen, Diamanten und Rubinen im Walde gefunden, sie könnten ihr nicht besser stehn. Ein prächtiges Kind! Und ich weiß auch, wem sie ähnlich sieht!«

»Weißt du, Hester«, sagte Arthur Dimmesdale mit unsicherem Lächeln, »daß mich dieses liebe Kind, das immer neben dir hertrippelt, schon oft beunruhigt hat? Ich dachte – ach, Hester, es ist so schrecklich, diesen Gedanken zu fürchten –, daß manche meiner eigenen Züge in Pearls Gesicht wiederkehren, so deutlich, daß die Menschen es merken könnten. Aber sie gleicht doch mehr dir.«

»Nein, nein, nicht doch«, antwortete die Mutter mit zärtlichem Lächeln. »Nur noch kurze Zeit, und du kannst ohne Sorge in ihre Züge sehen. Doch wie seltsam schön sie aussieht mit diesen wilden Blumen im Haar! Als hätte eine der Feen, die wir in unserm lieben alten England zurückließen, sie für uns so geschmückt.«

Mit einem Gefühl, wie sie es beide noch nie empfunden hatten, saßen sie nebeneinander und beobachteten, wie Pearl langsam näherkam. In ihr war das Band sichtbar, das sie verknüpfte. Seit sieben Jahren war sie als rätselhaftes Schriftzeichen auf der Welt, um das Geheimnis zu offenbaren, das die Eltern so sorgsam zu verbergen suchten. Deutlich sichtbar stand es hier geschrieben, wenn nur ein Seher oder Magier dagewesen wäre, der die Flammenschrift hätte entziffern können. In dem Kind waren sie beide eins. Welche Schuld auch hinter ihnen liegen mochte, sie konnten nicht länger zweifeln, daß sie für Zeit und Ewigkeit unlösbar verbunden waren, als sie nun das Kind sahen, in dem ihre Körper und ihre Seelen sich vereinigt hatten, um weiterzuleben. Unter solchen Gedanken – und vielleicht noch anderen, die sie sich selbst nicht eingestanden oder klarmachten – betrachteten sie das Kind fast mit Scheu, als es näher kam.

»Laß dir nichts anmerken – keine Leidenschaft oder Erregung –, wenn du sie ansprichst«, flüsterte Hester. »Unsere Pearl ist manchmal so launisch und wunderlich. Und Gefühle kann sie nicht leiden, wenn sie nicht genau ihren Grund begreift. Aber sie ist zu starken Empfindungen fähig. Sie liebt mich und wird dich auch lieben.«

»Du kannst dir nicht vorstellen«, sagte der Pfarrer und warf einen flüchtigen Seitenblick auf Hester, »wie ich mich vor dieser Begegnung fürchte und mich doch danach sehne. Ich habe dir schon gesagt, daß Kinder nicht zutraulich gegen mich sind. Nie klettern sie mir aufs Knie oder schwatzen mir etwas ins Ohr, und mein Lächeln erwidern sie nicht. Sie bleiben abseits stehn und sehn mich befangen an. Selbst die Säuglinge fangen an zu weinen, wenn ich sie auf den Arm nehme. Doch Pearl ist schon zweimal in ihrem kurzen Leben gut zu mir gewesen. Das erste Mal – du weißt es wohl! Und das zweite Mal, als du sie in das Haus des strengen alten Gouverneurs mitnahmst.«

»Und damals hast du sie und mich so tapfer verteidigt!« antwortete die Mutter. »Ich weiß es noch gut, und Pearl wird auch noch daran denken. Sei unbesorgt! Wenn sie auch anfangs scheu und befangen ist, bald wird sie dich liebhaben!«

Unterdessen hatte Pearl den Bach erreicht und blickte vom jenseitigen Ufer schweigend zu Hester und dem Geistlichen hinüber, die noch immer auf dem bemoosten Baumstamm saßen und sie erwarteten. An der Stelle, wo sie stand, hatte der Bach einen kleinen See gebildet. So glatt und ruhig war die Wasserfläche, daß sich die mit Blumen und Laub geschmückte kleine Gestalt in ihrer ganzen malerischen Schönheit, nur feiner und fast unwirklich, darin spiegelte. Dieses Spiegelbild, das der lebenden Pearl so genau glich, schien ihr etwas von seiner geheimnisvollen Ungreifbarkeit mitzuteilen. Pearl sah so fremd aus, als sie da stand und unverwandt durch das Dunkel des Waldes zu den beiden hinüberblickte, während ein Sonnenstrahl, der sich zu ihr hingezogen fühlte, sie umglänzte. Und im Wasser stand ein anderes Kind, ein anderes und doch dasselbe, und wurde auch vom Licht umglänzt. Hester spürte undeutlich und quälend eine Entfremdung zwischen sich und Pearl, als habe das Kind bei seinem einsamen Umherstreifen die Sphäre verlassen, in der es mit der Mutter gelebt hatte, und versuche nun vergeblich, dorthin zurückzukehren.

Wahrheit und Irrtum lagen in diesem Eindruck. Mutter und Kind waren einander entfremdet, aber die Schuld daran trug Hester und nicht Pearl. Nachdem das Kind sie verlassen hatte, war ein anderer in die innere Welt der Mutter eingetreten und hatte sie verändert, so daß Pearl, als sie zurückkehrte, ihren gewohnten Platz nicht mehr finden konnte und kaum wußte, wo sie war.

»Es kommt mir vor«, bemerkte der Pfarrer, der wohl spürte, was hier vorging, »als sei der Bach die Grenze zwischen zwei Welten, als solltest du dein Kind nie wiedersehen. Oder ist es ein Geist, der ein fließendes Gewässer nicht überschreiten darf, wie die Märchen unserer Kinderzeit erzählten. Sie soll rasch kommen; ruf sie, denn ich zittere vor Ungeduld.«

»Komm, liebes Kind!« rief Hester ermutigend und streckte die Arme aus. »Wie langsam du gehst! Du bist doch sonst nicht so träge. Hier ist ein Freund von mir, der auch dein Freund werden soll. Du wirst von nun an doppelt so viel Liebe spüren, als ich allein dir geben kann. Spring über den

Bach und komm zu uns! Du kannst doch springen wie ein junges Reh.«
Pearl gab keine Antwort auf diese süßen Worte und blieb auf der anderen Seite des Baches stehn. Sie heftete ihren wilden, durchdringenden Blick bald auf die Mutter, bald auf den Geistlichen, oder umfaßte beide mit demselben Blick, als wolle sie die Beziehung zwischen ihnen ergründen. Als Arthur Dimmesdale die Augen des Kindes auf sich ruhen fühlte, stahl sich aus irgendeinem unerklärlichen Grunde seine Hand nach dem Herzen – mit jener so gewohnheitsmäßigen Bewegung, deren er sich kaum mehr bewußt war. Plötzlich bekam Pearls Ausdruck etwas Gebieterisches; sie streckte die Hand aus und wies mit ihrem kleinen Zeigefinger auf die Brust der Mutter. Und zu ihren Füßen, im Spiegel des Baches, stand das blumenbekränzte, sonnenhelle Abbild der kleinen Pearl und hatte gleichfalls den Finger ausgestreckt.
»Du sonderbares Kind, warum kommst du denn nicht?« rief Hester.
Pearl wies noch immer mit dem Zeigefinger nach Hesters Brust, und auf ihrer Stirn zog sich eine finstere Wolke zusammen, die auf den kindlichen Zügen nur noch drohender wirkte. Als die Mutter noch immer winkte und ihr Gesicht in den Feststaat ungewohnten Lächelns kleidete, stampfte das Kind, noch herrischer in Blick und Gebärde, mit dem Fuß auf. Wieder erschien im Bach die unwirkliche Schönheit des Spiegelbildes, der zürnende Blick, der ausgestreckte Finger und die gebieterische Bewegung, die Pearls Zorn mehr Nachdruck verlieh.
»Schnell, Pearl, sonst werde ich wirklich böse!« rief Hester Prynne, die zwar sonst an solche Launen ihres Kindes gewöhnt war, doch gerade jetzt ein besseres Benehmen gewünscht hätte. »Spring über den Bach, du unartiges Kind, und komm her! Oder ich muß dich holen.«
Aber Pearl, die sich durch die Drohungen der Mutter ebensowenig einschüchtern wie durch deren Bitten erweichen

ließ, brach plötzlich in Zorn aus und schlug wild mit den Armen um sich, und der ganze kleine Körper wand sich in den sonderbarsten Verrenkungen. Dabei stieß sie durchdringende Schreie aus, die im Wald vielfach widerhallten, so daß es schien, als spende eine verborgene Menge ihrem Kindischen, unvernünftigen Zorn Beifall und Ermunterung. Und noch immer stand im Bach Pearls schattenhaftes, blumenbekränztes Abbild, das jetzt in heftigem Zorn mit dem Fuße stampfte, wild um sich schlug und immer wieder mit dem kleinen Zeigefinger auf Hesters Brust deutete.

»Ich weiß, was dem Kind fehlt«, flüsterte Hester dem Geistlichen zu und wurde blaß, wenn sie sich auch Mühe gab, ihre Verwirrung und ihren Verdruß zu verbergen. »Kinder vertragen keine, auch nicht die kleinste Veränderung an gewohnten Dingen, die sie täglich vor Augen haben. Pearl vermißt etwas, was sie sonst immer an mir gesehen hat.«

»Ich bitte dich«, antwortete der Pfarrer, »beruhige das Kind, wenn du irgendein Mittel weißt! Außer dem giftigen Zorn einer Hexe, wie der alten Hibbins«, fügte er hinzu und versuchte zu lächeln, »wüßte ich nichts, was mir schrecklicher wäre als solch ein Wutausbruch bei einem Kind. Bei dieser jungen Schönheit ist er mir ebenso unheimlich wie bei einer runzligen Hexe. Beruhige sie, wenn du mich liebhast!«

Hester wandte sich wieder dem Kind zu, während flammende Röte ihr Gesicht überzog. Sie warf noch einen Seitenblick auf den Pfarrer, seufzte schwer, und ehe sie noch sprechen konnte, wich die Röte einer Todesblässe.

»Pearl«, sagte sie traurig, »sieh einmal zu Boden! Da – vor dir – auf dieser Seite des Baches!«

Das Kind wendete den Blick nach der Stelle, und da lag das scharlachrote Zeichen, so dicht am Rande des Wassers, daß die Goldstickerei sich darin spiegelte.

»Bring es her!« sagte Hester.

»Komm du und heb es auf!« erwiderte Pearl.

»Was ist das nur für ein Kind!« sagte Hester leise zu dem Geistlichen. »Ach, ich muß dir noch so viel von ihr erzählen. Aber sie hat ja recht. Ich darf dieses verhaßte Zeichen noch nicht ablegen, ich muß die Marter noch länger aushalten, ein paar Tage nur noch, bis wir diese Gegend verlassen haben und auf dieses Land zurückblicken, als hätten wir nur davon geträumt. Der Wald kann das Zeichen nicht verbergen. Das tiefe Meer soll es aus meiner Hand empfangen und für immer verschlingen!«

Mit diesen Worten ging sie zum Rand des Baches, hob den roten Buchstaben auf und befestigte ihn wieder an ihrer Brust. Wohl hatte sie noch vor einem Augenblick hoffnungsvoll davon gesprochen, das Zeichen im Meer zu versenken, doch jetzt spürte sie ein unausweichliches Verhängnis über sich, als sie das schreckliche Sinnbild aus der Hand des Schicksals zurückerhielt. Sie hatte es in den unendlichen Raum hinausgeschleudert; eine Stunde lang hatte sie frei geatmet – und nun war das brennende rote Mal zurückgekehrt und glitzerte an der alten Stelle. So wird jede Schuld zum fortwirkenden Verhängnis, in welcher Form sie sich auch offenbaren mag. Hester nahm nun ihre schweren Haarflechten auf und verbarg sie unter der Haube. Als steckte in dem schrecklichen Zeichen ein tötender Zauber, schwanden Schönheit, Glanz und Wärme ihrer Weiblichkeit wie flüchtiger Sonnenschein, und grauer Schatten schien sich über sie zu breiten.

Als die traurige Verwandlung vollzogen war, streckte sie Pearl die Hand entgegen.

»Kennst du deine Mutter jetzt wieder, Kind?« fragte sie kleinlaut, doch mit leisem Vorwurf. »Willst du jetzt über den Bach kommen und deine Mutter anerkennen? Denn sie hat ihre Schande wieder auf sich genommen und ist wieder traurig.«

»Ja, jetzt komm' ich«, antwortete das Kind; es sprang über den Bach und schloß Hester in die Arme. »Jetzt bist du wieder meine Mutter! Und ich bin deine Pearl!«

Mit einer Zärtlichkeit, die man kaum an ihr kannte, zog sie den Kopf der Mutter zu sich herab und küßte sie auf Stirn und beide Wangen. Dann aber – als könnte dieses Kind nicht anders und müsse jeden Trost, den es gewährte, mit einem Schmerz vergällen – hob Pearl noch einmal den Kopf und küßte auch das scharlachrote Zeichen.

»Das war häßlich von dir«, sagte Hester. »Erst zeigst du mir Liebe, und dann verhöhnst du mich!«

»Warum sitzt denn der Pfarrer da?« fragte Pearl.

»Er wartet auf dich und will dich begrüßen«, erwiderte die Mutter. »Komm und bitte um seinen Segen. Er hat dich lieb, mein Kind, und liebt auch deine Mutter. Willst du ihn nicht auch liebhaben? Komm, er erwartet dich schon.«

»Hat er uns wirklich lieb?« fragte Pearl und sah der Mutter forschend ins Gesicht. »Geht er auch Hand in Hand mit uns zurück in die Stadt?«

»Heut noch nicht, liebes Kind«, antwortete Hester. »Aber bald wird er Hand in Hand mit uns spazierengehn. Wir werden ein eignes Haus und einen eignen Herd haben, und du sollst auf seinen Knien sitzen, und er wird dir vieles beibringen und dich sehr liebhaben. Und du wirst ihn auch liebhaben, nicht wahr?«

»Legt er dann immer noch die Hand auf sein Herz?« fragte Pearl.

»Dummes Kind, frag nicht so viel!« rief die Mutter. »Komm und bitte um seinen Segen!«

Aber ob Pearl mit der Eifersucht eines verzogenen Kindes einen gefährlichen Nebenbuhler witterte oder einer ihrer unberechenbaren Launen folgte – sie wollte nichts von dem Geistlichen wissen. Nur mit Gewalt brachte die Mutter sie zu ihm; Pearl widerstrebte heftig und gab ihrer Abneigung durch wunderliche Grimassen Ausdruck, von denen ihr schon seit frühester Kindheit eine reiche Auswahl zu Gebote stand, so daß ihre beweglichen Züge eine Verwandlung nach der anderen durchmachen konnten und immer neuer

Mutwille daraus hervorbrach. Der Pfarrer war in schmerzvoller Verlegenheit, doch weil er hoffte, daß ein Kuß vielleicht Wunder wirken und ihm das Herz des Kindes aufschließen könne, neigte er sich vor und küßte Pearl auf die Stirn. Da riß sich das Kind von der Mutter los, rannte zum Bach, beugte sich hinab und wusch seine Stirn so lange, bis der unwillkommene Kuß ganz abgewaschen und von der Strömung fortgeschwemmt war. Dann hielt es sich abseits und beobachtete schweigend, wie Hester und der Geistliche miteinander sprachen und sich über ihr zukünftiges Leben und die notwendigen Vorbereitungen dazu berieten.
Und dann war diese schicksalsschwere Zusammenkunft zu Ende. Das enge Tal lag wieder einsam unter den dunklen alten Bäumen, die noch lange in vielerlei Zungen von dem Geschehenen flüsterten, ohne daß ein Sterblicher dadurch weiser wurde. Und der schwermütige Bach, der schon so viele Geheimnisse trug, bürdete sich auch diese neue Geschichte auf und murmelte unaufhörlich dahin, nicht eine Spur fröhlicher als seit Hunderten von Jahren.

XX DER PFARRER IN DER IRRE

Als der Pfarrer gegangen war, sah er sich noch einmal nach Hester und Pearl um, halb erwartend, nur noch die schwachen Umrisse von Mutter und Kind zu erkennen, die bald ganz im Dämmerlicht des Waldes verschwinden würden. Eine so große Veränderung in seinem Leben konnte er nicht gleich als Wirklichkeit fassen. Aber Hester in ihrem grauen Kleid stand noch immer neben dem Baumstamm, den vor langer Zeit irgendein Sturm umgerissen und den die Zeit allmählich mit Moos überzogen hatte, damit die beiden unglücklichen Menschen, die so schwer an ihrer irdischen Last trugen, zusammen darauf sitzen und für eine Stunde Ruhe und Trost finden konnten. Und dort war auch Pearl; jetzt, nachdem der Eindringling gegangen war, tanzte sie

leichtfüßig vom Bachrand fort und nahm ihren alten Platz an der Seite der Mutter wieder ein. So hatte der Geistliche nicht geschlafen und alles nur geträumt.
Um sich von der Verworrenheit und Vieldeutigkeit der Eindrücke zu befreien, die ihn auf seltsame Weise quälten und beunruhigten, rief er sich die Reisepläne, die er mit Hester entworfen hatte, ins Gedächtnis zurück und überdachte sie noch einmal. Sie waren übereingekommen, daß ihnen die Alte Welt mit den vielen Menschen und großen Städten eine bessere Zuflucht gewährte als die Wildnis Neuenglands oder selbst das große Amerika, wo nur die Wahl blieb zwischen den Wigwams der Indianer und den paar Siedlungen der Europäer, die spärlich an der Küste verstreut lagen. Der Gesundheitszustand des Geistlichen wäre den Strapazen eines Waldlebens gar nicht gewachsen, und zudem würde er seiner Begabung, Bildung und ganzen Entwicklung nach sich nur im Herzen der Zivilisation und Kultur heimisch fühlen können; je höher die Kulturstufe, desto besser würde er dorthin passen. Es traf sich günstig, daß gerade ein Schiff im Hafen lag, eines jener zweifelhaften Kaperschiffe, wie es sie damals häufig gab, die – wenn sie auch nicht seeräuberten – doch mit auffallender Verantwortungslosigkeit auf den Meeren umherstreiften. Dieses Schiff war vor kurzem aus den spanischen Gewässern gekommen und sollte in drei Tagen nach Bristol segeln. Hester Prynne, die durch ihre freiwillige Tätigkeit als Barmherzige Schwester mit dem Kapitän und der Mannschaft bekannt geworden war, hatte es übernommen, mit aller Heimlichkeit, wie die Umstände sie forderten, für zwei Erwachsene und ein Kind die Überfahrt zu sichern.
Mit nicht geringer Spannung hatte der Geistliche Hester nach der genauen Abfahrtszeit des Schiffes gefragt. Wahrscheinlich würde es in drei Tagen soweit sein. »Das trifft sich gut«, hatte er zu sich selbst gesagt. Warum Mr. Dimmesdale diesen Umstand für so günstig hielt, offenbaren wir nur

zögernd. Doch wir wollen dem Leser nichts vorenthalten. In zwei Tagen sollte der Pfarrer nämlich zum Wahltag predigen, und da solch ein Ereignis im Leben eines neuenglischen Geistlichen von höchster Bedeutung war, hätte er zu keiner passenderen Zeit und auf keine bessere Art seine Amtslaufbahn beschließen können. »Wenigstens soll man mir nicht nachsagen«, dachte dieser musterhafte Mann, »daß ich meine Amtspflichten vergessen oder vernachlässigt hätte.« Traurig, daß eine so eindringliche und scharfe Selbstbetrachtung wie die des armen Geistlichen sich so erbärmlich täuschen mußte! Wir haben schon Schlimmeres von ihm erzählt, und manches Schlimme bleibt noch zu berichten, doch keine so beklagenswerte Schwäche, fürchten wir, kein so unwiderlegliches und doch so belanglos scheinendes Zeugnis dafür, daß eine tückische Krankheit an ihm zehrte und schon den innersten Kern seines Wesens angegriffen hatte. Kein Mensch kann für längere Zeit zwei Gesichter tragen, eins vor sich selbst und ein anderes vor der Menge, ohne schließlich daran irre zu werden, welches eigentlich das wahre ist.

Die Gefühlserregung, in der sich Mr. Dimmesdale nach der Begegnung mit Hester befand, lieh ihm ungewöhnliche Körperkräfte und trieb ihn mit eiligen Schritten zur Stadt zurück. Der unebene Waldpfad mit seinen Hindernissen erschien ihm jetzt wilder, unwegsamer und unberührter vom Fuß des Menschen als auf dem Hinweg. Aber er sprang über die sumpfigen Stellen hinweg, zwängte sich durch das dichte Unterholz, kletterte steile Hänge hinauf, tauchte in Senken hinab und überwand alle Schwierigkeiten des Weges mit einer unermüdlichen Ausdauer, die ihn selbst in Erstaunen setzte. Er mußte daran denken, wie ermattet, mit wie vielen Atempausen er sich erst vor zwei Tagen auf demselben Weg mühsam dahingeschleppt hatte. Als er sich der Stadt näherte und sein Blick auf die vielen altvertrauten Dinge fiel, kam ihm alles verändert vor. Es schien ihm, als habe er sie nicht gestern, nicht vor ein oder zwei Tagen, sondern vor vielen Tagen, ja vor vielen Jahren verlassen. Wohl war die Straße noch ganz so, wie er sie in Erinnerung hatte, und die Eigentümlichkeiten der Häuser waren dieselben geblieben; er fand dieselben spitzen Giebel wieder, und die Wetterhähne standen noch überall dort, wo sein Gedächtnis sie suchte. Dennoch drängte sich ihm dieses Gefühl von Veränderung auf. Es überkam ihn auch, als er Bekannten und altvertrauten menschlichen Gestalten in der Stadt begegnete. Sie sahen weder älter noch jünger aus; die Bärte der Greise waren nicht weißer geworden, und die kleinen Kinder, die gestern auf allen vieren herumkrochen, konnten auch heut noch nicht laufen. Der Pfarrer vermochte nicht zu sagen, worin sich diese Gestalten von denen unterschieden, auf die er erst vor so kurzer Zeit einen Abschiedsblick geworfen hatte. Und doch schien ihn ein innerer Sinn von der Veränderung zu überzeugen. Ein ähnlicher Eindruck ergriff ihn, als er an den Mauern seiner eigenen Kirche vorüberging. Das Gebäude hatte ein so fremdes und doch so vertrautes Aussehen, daß Mr. Dimmesdale zwischen zwei Erklärungen hin und her schwankte: entweder hatte er es bisher nur im Traume gesehen, oder er träumte jetzt.

Diese merkwürdige Vorstellung, die in verschiedenen Formen wiederkehrte, hatte ihren Grund nicht in äußeren Veränderungen, sondern in einer plötzlichen und tiefgreifenden Wandlung des Geistlichen selbst, der diesen vertrauten Schauplatz betrachtete. Der Zeitraum eines einzigen Tages hatte auf sein Bewußtsein die Wirkung vieler Jahre gehabt. Sein eigner Wille, Hesters Wille und ihr gemeinsames Schicksal hatten diese Verwandlung hervorgerufen. Es war dieselbe Stadt wie zuvor, aber es war nicht mehr derselbe Geistliche, der aus dem Wald zurückgekehrt war. Zu Freunden, die ihn begrüßten, hätte er sagen können: »Ich bin nicht der Mann, für den ihr mich haltet. Ich ließ ihn draußen im Walde in einem entlegenen Tal zurück, an einem

bemoosten Baumstamm, in der Nähe eines schwermütigen Baches. Geht nur, sucht euren Pfarrer und seht nach, ob er seinen abgezehrten Körper, seine mageren Wangen, seine weiße, hohe, schmerzgefurchte Stirn nicht dort abgeworfen hat wie alte Kleider.« Natürlich würden seine Freunde darauf bestanden haben: »Du bist es doch selbst!« – aber der Irrtum wäre auf ihrer, nicht auf seiner Seite gewesen.
Ehe Mr. Dimmesdale seine Wohnung erreichte, gab ihm sein Inneres noch manch andere Beweise von der Revolution im Bereich seines Denkens und Fühlens. In der Tat konnte nichts anderes die Regungen erklären, die den unglücklichen, bestürzten Pfarrer jetzt überkamen, als eine völlige Umwälzung in diesem inneren Königreich, ein Herrschaftswechsel und Umsturz der alten Sittengesetze. Mit jedem Schritt fühlte er sich versucht, irgend etwas Unerhörtes, Tolles, Lasterhaftes zu tun. Dabei hatte er die Empfindung, daß dies unwillkürlich und zugleich absichtlich geschah, seinem eigenen Ich zum Trotz und doch aus einem tieferen Selbst heraus als dem, das sich der Versuchung entgegenstellte. Zum Beispiel begegnete er einem seiner Diakone. Der gute alte Mann begrüßte den Pfarrer mit väterlich patriarchalischem Wohlwollen, zu dem ihn sein ehrwürdiges Alter, seine aufrechte Frömmigkeit und seine Stellung in der Kirche berechtigten, doch zugleich mit der tiefen, fast anbetenden Ehrerbietung, die der Amtswürde und dem Ruf des Pfarrers zukam. Nie gab es ein schöneres Beispiel dafür, wie gut sich Würde und Weisheit des Alters mit dem Gehorsam und der Achtung vertragen, die der an Rang und Amt Untergeordnete dem Höhergestellten schuldig ist. Während nun der treffliche graubärtige Diakon ein paar Minuten lang mit Mr. Dimmesdale sprach, konnte dieser sich nur mit äußerster Willensanstrengung enthalten, gewisse lästerliche Äußerungen über das Abendmahl zu tun, die ihm gerade einfielen. Er zitterte förmlich und wurde aschfahl, denn er fürchtete, seine Zunge könne mit ihm

durchgehen und die schrecklichen Dinge aussprechen und sich dabei auf sein Einverständnis berufen, das er doch gar nicht gegeben hatte. Doch obwohl ihm der Schreck in die Glieder gefahren war, konnte er sich doch kaum das Lachen verbeißen, als er sich vorstellte, wie die Gottlosigkeit seines Pfarrers den frommen, ehrwürdigen alten Diakon hätte versteinern müssen.

Noch ein Vorfall der gleichen Art. Als Mr. Dimmesdale durch die Straßen weitereilte, begegnete er dem ältesten weiblichen Mitglied seiner Gemeinde, einer überaus frommen, musterhaften alten Dame. Sie war arm, verwitwet und einsam, und ihr Herz war von Erinnerungen an ihren verstorbenen Mann, die Kinder und die toten alten Freunde so voll wie ein Friedhof von Grabsteinen. Doch alles dies, was einem anderen tiefen Kummer bereitet hätte, war ihrer frommen alten Seele durch die Tröstungen des Glaubens und die Wahrheiten der Heiligen Schrift, mit denen sie sich seit mehr als dreißig Jahren nährte, fast zur feierlichen Freude geworden. Und seitdem Mr. Dimmesdale das gute Mütterchen in seine Obhut genommen hatte, war es ihr größter irdischer Trost – der gar keiner hätte sein können, wenn er nicht zugleich ein himmlischer Trost gewesen wäre –, ihrem Seelsorger entweder zufällig oder absichtlich zu begegnen und sich durch ein inniges, wohllautendes, gottseliges Bibelwort erquicken zu lassen, das ihr von seinen geliebten Lippen in das schwerhörige, aber verzückt lauschende Ohr klang. Doch heute, selbst als er schon die Lippen ans Ohr der alten Frau legte, konnte sich Mr. Dimmesdale, der sicher vom bösen Feind behext war, kein einziges Wort aus der Schrift zurückrufen, und es fiel ihm nichts anderes ein als ein kurzes, kräftiges und, wie es ihm schien, unwiderlegliches Argument gegen die Unsterblichkeit der Seele. Diese Worte hätten die bejahrte Schwester wahrscheinlich auf der Stelle tot umfallen lassen, als habe man ihr ein starkes Gift eingeflößt. An das, was er ihr wirklich zuflüsterte, konnte sich der Pfarrer später nicht mehr erinnern. Vielleicht herrschte eine so glückliche Verwirrung in seiner Rede, daß die gute Witwe gar keinen klaren Sinn darin fand oder sich die Worte vom Himmel in eigener Weise deuten ließ. Jedenfalls bemerkte der Pfarrer, als er sich umblickte, einen Ausdruck andächtiger Dankbarkeit und Verzückung, der wie ein Abglanz des himmlischen Jerusalem auf ihren runzligen, aschgrauen Zügen lag.

Noch ein drittes Beispiel. Nachdem er sich von dem alten Pfarrkind getrennt hatte, begegnete er der jüngsten Schwester seiner Gemeinde. Es war ein junges Mädchen, das vor kurzer Zeit – durch Mr. Dimmesdales Predigt am Sonntag nach seiner Nachtwache – dafür gewonnen worden war, die vergänglichen Freuden der Welt gegen die himmlische Hoffnung einzutauschen, die um so heller leuchtete, je dunkler das Leben wurde, bis sie endlich die tiefste Finsternis mit ewiger Seligkeit überstrahlen würde. Das Mädchen war schön und rein wie eine Lilie, die im Paradies aufgeblüht war. Der Geistliche wußte wohl, daß sie sein eigenes Bild in dem fleckenlosen Heiligtum ihres Herzens hinter schneeweißen Vorhängen aufbewahrte und ihre Frömmigkeit mit der Wärme der Liebe, ihre Liebe mit der Reinheit des Glaubens durchdrang. Sicher hatte der Teufel selbst das arme junge Mädchen an diesem Nachmittag von der Seite der Mutter entführt und sie auf den Weg dieses schwer versuchten oder – sollen wir nicht lieber sagen – dieses verlorenen und verzweifelten Mannes gestoßen. Als sie näher kam, flüsterte der Satan ihm zu, den Samen des Bösen mit einem einzigen Wort in ihre zarte Brust zu senken, wo er bald dunkle Blüten und schwarze Früchte hervorbringen werde. So viel Macht glaubte der Pfarrer über diese reine Seele zu haben, die ihm vertraute, daß es ihm ein leichtes schien, mit einem einzigen sündhaften Blick das ganze Feld ihrer Unschuld zu verderben und mit einem Wort alles Böse in ihr wachzurufen. Endlich – es kostete ihn einen schwereren Kampf denn je –

hielt er sich sein geistliches Gewand vors Gesicht, stürzte ohne ein Zeichen des Erkennens vorbei und überließ es dem jungen Mädchen, seine Grobheit auszulegen, wie sie wollte. Sie durchforschte ihr Gewissen, das voller harmloser Kleinigkeiten war wie ihre Tasche oder ihr Arbeitsbeutel, und zog sich wegen hundert eingebildeter Vergehen zur Rechenschaft – das arme Ding! Und am nächsten Morgen ging sie mit geschwollenen Augenlidern an ihre häuslichen Pflichten.

Ehe der Pfarrer Zeit fand, seinen Sieg über diese letzte Versuchung zu feiern, überkam ihn eine neue Anwandlung, die noch leichtfertiger und beinahe ebenso schrecklich war. Er wäre am liebsten – wir schämen uns, es zu sagen – auf der Straße stehengeblieben, um einer Schar kleiner Puritanerkinder, die dort spielten und noch kaum sprechen konnten, ein paar grobe Schimpfworte beizubringen. Nachdem er sich diesen Scherz als seines Gewandes unwürdig versagt hatte, stieß er auf einen betrunkenen Matrosen, der zur Mannschaft des spanischen Schiffes gehörte. Da der arme Mr. Dimmesdale nun so tapfer allen anderen Versuchungen widerstanden hatte, verlangte es ihn danach, wenigstens diesem ungehobelten Lumpen die Hand zu schütteln und sich mit ein paar zweideutigen Witzen, wie sie jeder rauhe Seemann auf Lager hat, und einer Salve guter, runder, gediegener, erleichternder, gotteslästerlicher Flüche zu erfrischen. Es war weniger seine bessere Einsicht als sein natürlicher guter Geschmack und mehr noch die steifleinene Gewohnheit, den geistlichen Anstand zu wahren, die ihn sicher über diese letzte Klippe hinwegtrugen.

»Was ist es nur, das mich ständig verfolgt und in Versuchung führt?« fragte sich der Geistliche endlich, indem er auf der Straße stehenblieb und sich mit der Hand vor die Stirn schlug. »Bin ich verrückt, oder bin ich ganz vom Teufel besessen? Habe ich mich ihm im Walde verschrieben und mit meinem Blut unterzeichnet? Mahnt er mich jetzt an mein Versprechen, indem er mir Schlechtigkeiten einflüstert, wie sie seine schmutzige Phantasie nur erdenken kann?«

Im selben Augenblick, da Mr. Dimmesdale dieses Selbstgespräch führte und sich mit der Hand vor die Stirn schlug, soll die alte Hibbins, die berüchtigte Hexe, vorbeigekommen sein. Sie sah sehr stattlich aus mit ihrem hohen Kopfputz, einem prächtigen Samtkleid und einer Halskrause, die mit der berühmten gelben Stärke gestärkt war, deren Geheimnis Ann Turner, ihre vertraute Freundin, sie gelehrt hatte, ehe diese gute Dame wegen des Mordes an Sir Thomas Overbury gehängt wurde. Ob die Hexe die Gedanken des Pfarrers gelesen hatte oder nicht, jedenfalls blieb sie plötzlich stehen, sah ihn boshaft an, lächelte arglistig und begann – trotz ihrer Abneigung gegen den Umgang mit Geistlichen – ein Gespräch mit ihm.

»Ihr habt wohl im Walde einen Besuch gemacht, Ehrwürden?« bemerkte sie und nickte ihm mit ihrem hohen Kopfputz zu. »Das nächste Mal laßt es mich doch bitte vorher wissen, und ich werde stolz sein, Euch begleiten zu dürfen. Ich will mich nicht rühmen, aber mein Wort gilt viel bei jenem Allgewaltigen dort draußen und wird einem Unbekannten einen gnädigen Empfang bereiten.«

»Ich versichere Euch, Madame«, entgegnete der Geistliche mit einer tiefen Verbeugung, wie der Rang der Dame und seine gute Erziehung sie ihm geboten, »ich versichere Euch auf Ehre und Gewissen, daß mir der Sinn Eurer Worte gänzlich unverständlich ist. Ich bin nicht in den Wald gegangen, um irgendeinen Allgewaltigen aufzusuchen, und ich habe auch in Zukunft nicht vor, einen Besuch dort zu machen, um die Gunst eines solchen Herrn zu gewinnen. Meine einzige Absicht war es, den Apostel Eliot, meinen frommen Freund, zu besuchen und mich mit ihm über die vielen kostbaren Seelen zu freuen, die er dem Heidentum abgerungen hat.«

»Ha ha ha!« kicherte die alte Hexe und nickte dem Pfarrer noch immer mit ihrem hohen Kopfputz zu. »Gewiß, bei Tage müssen wir freilich so reden. Ihr versteht es wie ein alter Sünder. Aber um Mitternacht und im Walde werden wir uns einmal wieder sprechen.«

Mit stattlicher Würde ging sie weiter, wendete sich aber noch oft nach ihm um und lächelte ihm zu, als bestehe eine geheime Vertraulichkeit zwischen ihnen.

»Habe ich mich denn dem Teufel verschrieben«, dachte der Geistliche, »den dieses gelbgestärkte, samtene alte Weib, wie die Leute erzählen, zu ihrem Herrn und Meister erwählt hat?«

Der unglückliche Pfarrer! Er hatte wirklich einen sehr ähnlichen Handel abgeschlossen. Von einem Glückstraum verführt, hatte er sich zum ersten Mal im Leben mit voller Überlegung an etwas ausgeliefert, was er als Todsünde erkannte. Und das ansteckende Gift dieser Sünde hatte sich rasch über sein ganzes Inneres ausgebreitet. Es hatte alle edlen Regungen betäubt und dafür die ganze Sippschaft des Bösen ins Leben gerufen. Hohn, Bitterkeit, grundlose Schadenfreude, unerklärliches Verlangen nach dem Schlechten, Spott für alles Gute und Heilige – alles das erwachte, um ihn zu versuchen, wenn es ihn auch in Schrecken setzte. Und seine Begegnung mit der alten Hibbins, wenn sie sich wirklich zugetragen hat, beweist nur sein Einvernehmen und seine Gemeinschaft mit gottlosen Menschen und der Welt böser Geister.

Inzwischen hatte er seine Wohnung neben dem Friedhof erreicht und eilte die Treppe hinauf, um in seinem Studierzimmer Schutz zu suchen. Er war froh, daß er diesen Zufluchtsort erreicht hatte, ohne sich der Welt vorher durch eine jener seltsamen, schlimmen Launen verraten zu haben, die ihn auf seinem Weg durch die Stadt fortwährend bedrängt hatten. Er betrat das vertraute Zimmer und ließ seine Blicke über die Bücher, die Fenster, den Kamin und die teppichbehangenen Wände gleiten, und wieder überkam ihn das gleiche Gefühl der Fremdheit, das ihn schon auf dem ganzen Wege vom Wald in die Stadt und bis hierher verfolgt hatte. Hier hatte er studiert und geschrieben, hier war er oft halbtot aus den Fasten und Nachtwachen hervorgegangen; hier hatte er zu beten versucht und hunderttausend Qualen erduldet. Dort lag die Bibel; in klangvollem altem Hebräisch sprachen Moses und die Propheten zu ihm, und Gottes Stimme tönte aus allen. Dort auf dem Tisch, die tintenschwarze Feder daneben, lag eine unvollendete Predigt, die mitten im Satz abbrach, an der Stelle, wo vor zwei Tagen der Fluß seiner Gedanken aufgehört hatte. Er wußte wohl, daß er selbst es war, der abgezehrte, blasse Pfarrer, der all dies erlebt und durchlitten und der die Predigt zum Wahltag bis zu diesem Wort niedergeschrieben hatte. Aber es schien ihm, als stehe er abseits und betrachte sein früheres Ich mit verächtlicher, mitleidiger und doch halb neidvoller Neugier. Jenes Ich war tot. Ein anderer Mensch war aus dem Walde zurückgekehrt, ein weiserer, der um verborgene Geheimnisse wußte, die der Einfalt des einstigen Ich immer unerreichbar bleiben mußten. Aber bitter war dieses Wissen!

Während er diesen Gedanken nachhing, klopfte es an die Tür des Studierzimmers, und der Pfarrer rief »Herein!«, nicht ohne die schlimme Vorahnung, daß ihm jetzt ein böser Geist erscheinen werde. Und so war es auch: Der alte Roger Chillingworth trat ein. Der Pfarrer stand blaß und sprachlos da, die eine Hand auf der hebräischen Bibel und die andere auf die Brust gepreßt.

»Willkommen daheim, verehrter Freund«, sagte der Arzt. »Wie geht es dem gottseligen Apostel Eliot? Aber mir scheint, lieber Freund, Ihr seht blaß aus; als sei die Reise durch die Wildnis zu beschwerlich für Euch gewesen. Werdet Ihr meine Hilfe nicht brauchen, um Euch für die Wahlpredigt zu kräftigen und zu stärken?«

»Nein, ich glaube nicht«, erwiderte Mr. Dimmesdale. »Meine Reise, der Anblick des heiligen Apostels und die frische Luft, die ich geatmet, haben mir gut getan nach der langen Gefangenschaft in meinem Studierzimmer. Ich glaube, ich brauche Eure Arzneien nicht mehr, mein lieber Doktor, wenn sie auch gut waren und mir so freundlich gereicht wurden.«

Die ganze Zeit über betrachtete Roger Chillingworth den Geistlichen ernst und aufmerksam – wie ein Arzt seinen Patienten anblickt. Aber trotz dieses äußeren Anscheins war der Pfarrer beinahe überzeugt, daß der Alte von seiner Zusammenkunft mit Hester Prynne wisse oder doch wenigstens einen starken Verdacht hege. Dann wußte der Arzt auch, daß der Geistliche nicht mehr einen vertrauten Freund, sondern den schlimmsten Feind in ihm sah. Da nun beide so viel voneinander wußten, wäre es nur natürlich gewesen, darüber zu sprechen. Aber es ist sonderbar, wieviel Zeit oft verstreicht, ehe Gedanken zu Worten werden, und mit welcher Sicherheit zwei Menschen, die ein Thema vermeiden möchten, oft unmittelbar bis an seine Grenze vorstoßen, um sich dann zurückzuziehen, ohne daran zu rühren. So war der Pfarrer ohne Sorge, daß Roger Chillingworth die wahre Beziehung, in der sie zueinander standen, mit Worten berühren werde. Und doch schlich sich der Arzt auf arglistige Weise beängstigend nahe an das Geheimnis heran.

»Wäre es nicht besser«, sagte er, »wenn Ihr heute abend von meiner schwachen Kunst Gebrauch machtet? Wirklich, lieber Freund, wir müssen uns alle Mühe geben, um Euch für die Wahlpredigt frisch und kräftig zu machen. Die Leute erwarten große Dinge von Euch, und sie fürchten, übers Jahr schon könnte ihr Pfarrer von ihnen gegangen sein.«

»Ja, in eine andere Welt«, entgegnete der Geistliche mit frommer Ergebung. »Gebe der Himmel, daß es eine bessere sei! Denn, in vollem Ernst, ich glaube kaum, daß ich die flüchtigen Monde eines weiteren Jahres noch bei meiner

Herde erleben werde. Doch Eure Arznei, lieber Doktor, die brauche ich in meinem augenblicklichen Zustand nicht.«
»Das freut mich«, antwortete der Arzt. »Vielleicht fangen meine Mittel, die ich solange vergeblich angewendet habe, jetzt endlich zu wirken an. Ich wäre glücklich, und Neuengland könnte mir dankbar sein, wenn mir diese Kur gelänge.«
»Ich danke Euch von Herzen, mein wachsamer Freund«, sagte Mr. Dimmesdale mit ernstem Lächeln. »Ich danke Euch und kann Eure Wohltaten nur mit Gebeten vergelten.«
»Das Gebet eines guten Menschen ist goldener Lohn!« erwiderte der alte Roger Chillingworth, indem er sich verabschiedete. »Es ist die gültige Goldmünze des neuen Jerusalem, die des Königs eignes Münzzeichen trägt.«
Als der Geistliche wieder allein war, rief er einen Diener und ließ sich Speisen vorsetzen, die er mit wahrem Heißhunger hinunterschlang. Dann warf er die schon beschriebenen Seiten der Wahlpredigt ins Feuer und begann eine neue. So leidenschaftlich strömten ihm die Gedanken und Gefühle zu, daß er sich für inspiriert hielt und sich nur wunderte, wie der Himmel die große, erhabene Musik seiner ewigen Wahrheiten durch eine so schlechte Orgelpfeife ertönen lassen konnte. Aber er überließ es dem Geheimnis, sich selbst zu lösen oder ewig ungelöst zu bleiben, und schrieb in fliegender Hast und Ekstase weiter. So floh die Nacht, als sei sie ein geflügeltes Roß, das ihn dahintrug. Der Morgen kam und blickte errötend durch die Vorhänge, und endlich warf die aufgehende Sonne einen goldenen Strahl in die Studierstube, gerade auf die geblendeten Augen des Geistlichen. Da saß er noch immer mit der Feder in der Hand, hinter sich eine riesige, unermeßlich lange Schriftspur.

XXI DER FESTTAG NEUENGLANDS

Am frühen Morgen des Tages, da der neue Gouverneur sein Amt aus den Händen des Volkes empfangen sollte, begaben sich Hester Prynne und Pearl auf den Marktplatz. Hier drängten sich schon Handwerker und andere schlichte Bürger der Stadt in beträchtlicher Zahl; unter ihnen rauhe Gestalten – wie man an ihren Hirschhäuten erkannte, Bewohner der Waldsiedlungen, die rings um die kleine Hauptstadt der Kolonie lagen.

Wie immer seit sieben Jahren trug Hester auch an diesem öffentlichen Feiertag ein Gewand aus grobem grauen Tuch. Nicht nur seine Farbe, auch sein eigenartiger, schwer zu beschreibender Schnitt machten sie fast unsichtbar und verwischten ihre Umrisse, während der scharlachrote Buchstabe sie aus diesem ungewissen Halbdunkel zurückholte und sie mit seinem bedeutungsvollen Glänzen hervorhob. In ihrem Gesicht, das allen Einwohnern längst vertraut war, lag die gleiche Marmorruhe, die man darin zu finden gewohnt war. Es glich einer Maske oder vielmehr den erstarrten, ruhigen Zügen einer Toten; eine traurige Ähnlichkeit, die wohl daher rührte, daß Hester wirklich wie tot war, daß sie von niemandem mehr Teilnahme erwartete und aus der Welt geschieden war, der sie äußerlich noch anzugehören schien.

Es mochte sein, daß an diesem Tage ein Ausdruck in ihrem Gesicht lag, den man bisher nicht wahrgenommen hatte und der auch jetzt kaum deutlich genug war, um bemerkt zu werden; es sei denn, ein mit übernatürlichen Sinnen begabter Betrachter hätte erst in ihrem Herzen gelesen und dann eine entsprechende Veränderung in ihren Zügen gesucht. Solch ein tieferblickender Seher hätte vielleicht bemerkt, daß Hester, nachdem sie sieben schreckliche Jahre hindurch den gaffenden Blick der Menge als unumgängliche Strafe und harte Bußübung erduldet hatte, diesem Blick nun ein letztes Mal aus freiem Antrieb begegnete, um das, was so lange eine Qual gewesen, in eine Art von Triumph zu verwandeln. »Seht euch noch einmal den roten Buchstaben und seine Trägerin an!« hätte sie dem Volke zurufen mögen,

das in ihr sein Opfer und seine lebenslängliche Sklavin sah. »Nur noch kurze Zeit, und sie wird euch entronnen sein! Noch wenige Stunden, und der tiefe, geheimnisvolle Ozean wird das Zeichen, das ihr auf ihrer Brust habt brennen lassen, für immer verbergen und auslöschen!« Aber wir dürfen vermuten, und es stünde nicht im Widerspruch zur menschlichen Natur, daß ein Gefühl der Wehmut in Hester aufstieg, als sie nun im Begriff stand, den Schmerz, der so innig mit ihrem Wesen verschmolzen war, gegen die Freiheit einzutauschen. Mußte sie nicht ein unwiderstehliches Verlangen spüren, noch einen letzten langen, tiefen Zug aus dem bitteren Wermutbecher zu tun, der ihr die besten Jahre ihres Lebens vergällt hatte? Der Wein des Lebens, der von nun an ihren Lippen gereicht würde, müßte in seinem goldgetriebenen Becher schon köstlich, schwer und berauschend sein, wenn er nach dem bitteren Bodensatz, der sie wie starkes Herzgift betäubt hatte, nicht eine dumpfe Erschlaffung zurücklassen sollte.
Pearl war duftig und farbenfroh herausgeputzt. Man hätte schwerlich erraten können, daß diese schimmernde, sonnenhelle Erscheinung ihr Dasein der düsteren, grauen Gestalt verdankte oder daß dieselbe zugleich üppige und zarte Phantasie, die das Kleid des Kindes ersonnen, auch die vielleicht noch schwerere Aufgabe gelöst hatte, Hesters einfachem Gewand eine so besondere Note zu verleihen. Das Kleid paßte so gut zu der kleinen Pearl, daß es das Abbild, der notwendige äußere Ausdruck ihres Wesens schien und sich ebenso wenig von ihr trennen ließ wie das vielfältige Farbenspiel vom Flügel eines Schmetterlings oder die leuchtende Pracht vom Blatt einer schönen Blüte. Wie bei diesen, so war es bei dem Kind; das Kleid war eins mit seinem Wesen. An diesem ereignisreichen Tage zeigte sich an Pearl eine gewisse Unruhe und Aufregung; ihre Stimmung erinnerte an einen glänzenden Diamanten, der mit jedem Herzschlag und Atemzug auf der Brust, die ihn trägt, aufblitzt

und funkelt. Kinder haben Teil an der inneren Erregung der Menschen, die zu ihnen gehören; sie besitzen ein feines Gefühl für jede Störung, jede bevorstehende Veränderung der häuslichen Verhältnisse. Und Pearl, der Edelstein an der unruhigen Brust der Mutter, verriet durch ihre sprunghafte Laune etwas von der Gemütsbewegung, die man in Hesters marmornen, unbeweglichen Zügen nicht entdecken konnte.

Die Aufregung ließ sie an der Seite der Mutter eher vogelgleich dahinfliegen als gehen. Fortwährend stieß sie wilde, unverständliche, zuweilen gellende Schreie aus. Auf dem Marktplatz wurde sie noch unruhiger, denn Lärm und Getöse belebten heute diesen Ort, der sonst eher der breiten, einsamen Grasfläche vor einem dörflichen Bethaus als dem Mittelpunkt einer geschäftigen Stadt glich.

»Was ist denn hier los, Mutter?« rief sie. »Warum haben all die Leute ihre Arbeit heut liegenlassen? Ist denn ein Feiertag für die ganze Welt? Sieh mal, da ist der Schmied. Er hat sich sein rußiges Gesicht gewaschen und Sonntagskleider angezogen und sieht aus, als würde er gerne lustig sein, wenn ihm nur jemand zeigen wollte, wie man das macht. Und da ist Mr. Brackett, der alte Gefängniswärter, und nickt und lacht mir zu. Warum tut er das, Mutter?«

»Er hat dich schon als Säugling gekannt, mein Kind«, antwortete Hester.

»Deshalb braucht er mir doch nicht zuzunicken und mich anzulachen – der schwarze, finstere, häßliche alte Mann!« sagte Pearl. »Er kann dir ja zunicken, wenn er will, denn du hast ein graues Kleid an und trägst den roten Buchstaben. Aber sieh nur, die vielen fremden Menschen! Auch Indianer sind dabei, und Matrosen. Was wollen die denn alle hier auf dem Marktplatz?«

»Sie warten, bis der Festzug vorbeikommt«, sagte Hester. »Denn der Gouverneur und die Ratsherren ziehen nachher vorüber, und die Geistlichen und all die vornehmen, frommen Leute; und die Musik und die Soldaten marschieren vorneweg.«

»Ist der Pfarrer auch dabei?« fragte Pearl. »Und wird er mir wieder die Hände entgegenstrecken, wie neulich, als du mich vom Bachrand geholt und zu ihm hingeführt hast?«

»Er ist auch dabei, Kind«, antwortete die Mutter. »Aber er wird dir heut nicht die Hand geben, und du darfst ihn auch nicht grüßen.«

»Was für ein sonderbarer, trauriger Mann das ist!« sagte das Kind wie im Selbstgespräch. »In der finsteren Nacht ruft er uns zu sich und hält unsere Hände fest, wie damals, als wir mit ihm auf dem Strafgerüst da drüben standen. Und im tiefen Wald, wo es nur die alten Bäume hören können und wo nur ein kleiner Streifen Himmel zusehen kann, da spricht er mit dir und setzt sich mit dir auf einen Haufen Moos. Und mich küßt er auf die Stirn, so daß der kleine Bach es kaum wieder abwaschen kann. Aber hier, am hellen Tag und unter den vielen Menschen, da kennt er uns nicht, und wir dürfen ihn auch nicht kennen. Ein sonderbarer, trauriger Mann ist das, und immer hat er die Hand auf dem Herzen.«

»Sei still, Pearl! Das verstehst du noch nicht«, sagte die Mutter. »Denk jetzt nicht an den Pfarrer, sondern schau dich um und sieh, wie vergnügt heute alle Menschen aussehen. Die Kinder haben keine Schule, und die Erwachsenen sind aus den Werkstätten und von den Feldern gekommen, um fröhlich zu sein. Denn heute beginnt ein neuer Mann über sie zu herrschen; und deshalb – das ist schon Brauch bei den Menschen, seit das erste Volk entstanden ist – sind sie lustig und freuen sich, als sei endlich ein gutes, goldenes Jahr für die arme alte Welt angebrochen.«

Es war so, wie Hester sagte; eine ungewohnte Fröhlichkeit belebte die Gesichter der Menschen. In diesen Festtag – der noch fast zwei Jahrhunderte hindurch alljährlich wiederkehrte – drängten die Puritaner alles zusammen, was sie an Freuden und öffentlichen Vergnügungen der menschlichen

Schwachheit zubilligten, und verscheuchten für die Dauer dieses einen Feiertages den gewohnten Schatten wenigstens so weit, daß sie kaum ernster aussahen als andere Menschen zu Zeiten allgemeiner Not.

Doch vielleicht übertreiben wir den grauen, düsteren Anstrich, der zweifellos die Stimmung und die Sitten des Zeitalters kennzeichnete. Die Menschen, die jetzt auf dem Marktplatz von Boston standen, waren nicht in die puritanische Düsterkeit hineingeboren worden. Sie waren gebürtige Engländer, und ihre Väter hatten die sonnige, glanzvolle Zeit der Elisabeth miterlebt, eine Zeit, da das Leben in England, als Ganzes betrachtet, stolzer, prächtiger und fröhlicher schien, als die Welt es je gesehen hat. Wären die neuenglischen Siedler ihrer angeborenen Neigung gefolgt, so hätten sie alle Ereignisse von öffentlicher Bedeutsamkeit mit Freudenfeuern, Gastmählern, Maskeraden und Festzügen gefeiert. Auch wäre es ihnen vielleicht gelungen, bei solchen feierlichen Gelegenheiten eine belebende Heiterkeit mit dem Ernst zu verbinden und das vornehme Staatsgewand, das ein Volk an solchen Festtagen anlegt, gleichsam mit einer bunt leuchtenden Stickerei zu verzieren. Ein schwacher Versuch dazu war in der Art zu spüren, wie man den Beginn eines neuen politischen Jahres in der Kolonie feierte. In den Bräuchen, die unsere Vorväter bei den alljährlichen Wahlen einer neuen Obrigkeit einführen, ließ sich der trübe Widerschein eines noch nicht vergessenen Glanzes, eine farblose, vielfach verwässerte Nachahmung dessen erkennen, was sie früher im stolzen alten London gesehen hatten – wenn nicht gar bei einer Königskrönung, so doch bei der Einführungsfeier eines neugewählten Lord Mayor. Die Väter und Gründer der Kolonie – der Staatsmann, der Priester und der Soldat – hielten es damals für ihre Pflicht, an dem äußeren Prunk und Pomp festzuhalten, der, alter Überlieferung entsprechend, als das geziemende Gewand hoher öffentlicher und staatlicher Ämter galt. Alle kamen herbei, um

sich in feierlichem Umzug dem Volke zu zeigen und dadurch dem schlichten Gefüge der neuen Regierung die nötige Würde zu geben.
So fühlte sich auch das Volk berechtigt, wenn nicht sogar ermutigt, sich von der ernsten und starren Hingabe an seine verschiedenen harten Pflichten, die mit der Religion im Einklang zu stehen schienen, einmal zu erholen. Zwar gab es hier keine Volksbelustigungen, wie sie zur Zeit Elisabeths oder Jakobs in England verbreitet waren; keine derben Theatervorführungen, keinen fahrenden Sänger mit Harfenspiel und alten Balladen, keinen Spaßmacher, der einen Affen nach seiner Musik tanzen ließ, keinen Taschenspieler, der Gauklerkunststücke vorführte, keinen Hanswurst, der die Menge mit vielleicht jahrhundertealten Späßen belustigte, die noch immer wirksam waren, weil sie den ganz primitiven Sinn für das Derbe und Lustige ansprachen. All diese Fachleute auf den verschiedenen Gebieten der Volksbelustigung wären hier unerbittlich ausgewiesen worden, nicht nur durch die Strenge des Gesetzes, sondern auch durch die öffentliche Meinung, die dem Gesetz erst Lebenskraft gibt. Dennoch lag auf dem großen ehrlichen Gesicht des Volkes ein breites, wenn vielleicht auch etwas grimmiges Lächeln. Es fehlte nicht an Wettspielen, die die Siedler vor langer Zeit auf den Jahrmärkten in englischen Dörfern als Zuschauer oder Teilnehmer miterlebt hatten und die man auf dem neuen Boden lebendig erhalten wollte, weil es dabei auf Mut und Mannhaftigkeit ankam. Ringkämpfe nach der Art von Cornwall und Devonshire wurden hier und da auf dem Marktplatz ausgetragen; in einer Ecke fand ein harmloses Gefecht mit langen Stäben statt; und – was die stärkste Anziehungskraft ausübte – auf der Plattform des Prangers, von dem schon oft genug auf diesen Seiten die Rede war, begannen zwei Meister der Fechtkunst eine Vorführung mit Schild und Haudegen. Aber zur großen Enttäuschung der Menge wurde dieses Schauspiel durch das Eingreifen des

Stadtbüttels abgebrochen, der auf keinen Fall zulassen wollte, daß die Majestät des Gesetzes durch solchen Mißbrauch einer geweihten Stätte verletzt werde.
Im ganzen darf man wohl sagen – da das Volk ja damals noch in den ersten Anfängen einer freudlosen Lebensführung stand und von Vätern abstammte, die es zu ihrer Zeit noch verstanden hatten, fröhlich zu sein –, daß sich die damaligen Siedler, was das Festefeiern angeht, vorteilhaft von ihren Nachfahren, selbst von denen unserer Zeit, unterschieden. Ihre unmittelbaren Nachkommen, die Generation, die den ersten Auswanderern folgte, umgaben sich mit dem schwärzesten Schatten des Puritanismus und verfinsterten damit das Gesicht des Volkes so sehr, daß es alle späteren Jahre nicht aufhellen konnten. Selbst wir haben die vergessene Kunst des Fröhlichseins noch nicht wieder erlernt.
Das Bild menschlichen Lebens auf dem Marktplatz, dessen Grundtöne zwar das trübe Grau, Braun oder Schwarz der englischen Siedler waren, wurde doch durch ein paar andere Farbtöne belebt. Eine Gruppe von Indianern – in wildem Feststaat, mit merkwürdig bestickten Gewändern aus Hirschleder, roten und ockergelben Wampumgürteln und Federn angetan und mit Pfeil und Bogen und dem Speer mit Steinspitze bewaffnet – stand abseits, mit Mienen von so unbeweglichem Ernst, daß selbst die Puritaner damit nicht wetteifern konnten. So wild diese bemalten Barbaren auch aussahen, sie waren doch nicht die wildesten Gestalten auf dem Schauplatz. Diese Auszeichnung durften eher ein paar Seeleute in Anspruch nehmen, die zur Mannschaft des spanischen Schiffes gehörten und an Land gekommen waren, um sich das Festgetriebe des Wahltages anzusehen. Es waren verwegene Abenteurer mit sonnenverbrannten Gesichtern und ungeheuren Bärten; ihre weiten, kurzen Hosen wurden über der Hüfte von Gürteln festgehalten, deren Schließen oft aus einem unbearbeiteten Stück Gold bestan-

den und in denen stets ein langes Messer, bei einigen sogar ein Säbel steckte. Unter ihren breitkrempigen Hüten aus Palmblättern blitzten Augen hervor, die selbst bei guter, heiterer Laune etwas raubtierhaft Wildes hatten. Ohne Furcht und Bedenken setzten sie sich über die Anstandsregeln hinweg, denen alle anderen unterworfen waren, rauchten Tabak unmittelbar unter der Nase des Büttels, obwohl jeder Zug einen Bürger der Stadt einen Schilling gekostet hätte, und tranken nach Belieben Wein oder Schnaps aus den Flaschen, die sie bei sich führten und großzügig der staunenden Menge anboten. Es war bezeichnend für die mangelhafte Moral des Zeitalters, die wir zwar streng nennen, daß man dem Volk der Seefahrer besondere Rechte zugestand und ihnen nicht nur ihre Streiche an Land nachsah, sondern auch die viel verwegeneren Unternehmungen in ihrem eigentlichen Element. Der Matrose jener Zeit würde heute Gefahr laufen, als Seeräuber angeklagt zu werden. Es bestand zum Beispiel kaum ein Zweifel, daß eben diese Schiffsmannschaft, durchaus keine schlechten Vertreter der nautischen Brüderschaft, sich, wie wir es nennen würden, des Raubes an spanischem Handelsgut schuldig gemacht hatte, und vor einem modernen Gerichtshof wäre es ihnen wohl allen an den Kragen gegangen.

Aber die See wogte, schwoll und schäumte in jenen alten Zeiten ganz nach ihrem eigenen Willen, höchstens dem Ungestüm des Sturmes untertan, und das Gesetz des Menschen ließ ihre Bereiche noch unbehelligt. Der Pirat konnte jederzeit seinen Beruf aufgeben und, wenn er wollte, zu Lande ein rechtschaffener, frommer Mann werden; und selbst während seines wildesten Abenteurerlebens war es nicht anstößig, mit ihm Geschäfte zu machen oder zu verkehren. So lächelten die puritanischen Ältesten in ihren schwarzen Mänteln, gestärkten Kragen und hohen, spitzen Hüten nicht ungnädig über den Lärm und das rohe Benehmen dieser lustigen Seefahrer, und es erregte weder Verwunderung noch Mißfallen, als man einen so geachteten Bürger wie den alten Roger Chillingworth, den Arzt, in eifrigem, vertraulichem Gespräch mit dem Kapitän des fragwürdigen Schiffes den Marktplatz betreten sah.

Der Kapitän war seiner Kleidung nach bei weitem die glänzendste Erscheinung, die man in der Menschenmenge entdecken konnte. Er trug eine Unzahl von Bändern am Anzug und goldene Tresse am Hut, der überdies noch von einer Goldkette umschlungen und mit einer Feder gekrönt war. Er hatte einen Säbel an der Seite und auf der Stirn eine Säbelnarbe, die er durch die Anordnung seiner Haare eher zu zeigen als zu verbergen bemüht schien. Ein Landbewohner hätte kaum solche Kleidung und solch ein Gesicht zur Schau tragen dürfen, noch dazu mit so unbekümmerter Miene; er hätte sich einem strengen Verhör vor dem Richter unterziehen müssen, wäre wahrscheinlich zu einer Geldstrafe oder zum Gefängnis verurteilt oder vielleicht auch in den Block gespannt und angeprangert worden. Doch bei dem Kapitän sah man diese Dinge anders an, sie gehörten zu seinem Beruf wie die glänzenden Schuppen zum Fisch.

Nachdem der Befehlshaber des Bristoler Schiffes sich von dem Arzt getrennt hatte, schlenderte er müßig über den Marktplatz, bis er zufällig an die Stelle kam, wo Hester Prynne stand. Er schien sie zu erkennen und zögerte nicht, sie anzusprechen. Wie gewöhnlich hatte sich dort, wo Hester stand, ein kleiner leerer Raum – eine Art Zauberkreis – gebildet, in den sich niemand hineinwagen wollte, obwohl sich die Leute unmittelbar daneben gegenseitig mit den Ellbogen wegdrängten. Es war ein sichtbares Zeichen der Einsamkeit, in die die unglückliche Trägerin des roten Buchstabens eingeschlossen war, teils durch ihre eigne Zurückhaltung, teils durch das unwillkürliche, wenn auch nicht mehr so unfreundliche Widerstreben ihrer Mitmenschen. Heute hatte dieser Umstand zum ersten Male sein Gutes, denn er erlaubte es Hester und dem Seemann, miteinander zu sprechen, ohne daß jemand sie hörte. Und Hester Prynnes Ansehen bei den Leuten hatte sich so gefestigt, daß ihr Gespräch mit dem Kapitän nicht mehr Anstoß erregte, als wenn es die sittenstrengste Matrone der Stadt geführt hätte.

»Nun, Mistreß«, sagte der Seemann, »da muß ich dem Steward sagen, er soll noch eine Koje mehr zurechtmachen, als Ihr bestellt habt. Keine Bange diesmal vor Skorbut oder Seekrankheit! Mit unserem Schiffsarzt und diesem anderen Doktor da kann uns höchstens durch zuviel Pillen oder Arzneien was passieren, zumal noch eine ganze Menge Apothekerzeug an Bord ist, das ich einmal von einem spanischen Schiff eingehandelt habe.«

»Was meint Ihr damit?« fragte Hester, tiefer erschrocken, als sie sich anmerken ließ. »Habt Ihr noch einen anderen Passagier?«

»Ja, wißt Ihr denn nicht«, rief der Kapitän, »daß dieser Arzt da – Chillingworth nennt er sich – mit Euch die Überfahrt machen will? Bestimmt habt Ihr das gewußt! Er hat mir doch selbst erzählt, daß er zu Euch gehört und ein guter Freund des Herrn ist, von dem Ihr gesprochen habt und der hier vor den griesgrämigen alten Puritanern nicht sicher ist.«

»Die beiden kennen sich allerdings gut«, erwiderte Hester mit Ruhe, wenn auch in höchster Bestürzung. »Sie haben lange zusammen gewohnt.«

Mehr wurde zwischen dem Seemann und Hester Prynne nicht gesprochen. Aber in diesem Augenblick sah sie den alten Roger Chillingworth selbst, der im entferntesten Winkel des Marktplatzes stand und zu ihr herüberlächelte; ein Lächeln, das ihr über den weiten, unruhigen Platz hinweg, durch all das Geschwätz und Gelächter und die verschiedenen Wünsche, Launen und Sorgen der Volksmenge eine geheimnisvolle und schreckliche Botschaft zutrug.

XXII DER FESTZUG

Ehe Hester Prynne noch ihre Gedanken sammeln und überlegen konnte, was bei dem neuen und beunruhigenden Stand der Dinge am besten zu tun sei, hörte man die Klänge von Militärmusik aus einer Nebenstraße näherkommen. Sie kündigten an, daß der Festzug der Stadtväter und Bürger auf dem Wege zur Kirche sei, wo Mr. Dimmesdale – einem damals eingeführten und bis heute fortlebenden Brauche folgend – die Wahlpredigt halten sollte.

Bald sah man die Spitze des Zuges in langsam abgemeßnem Schritt um die Ecke biegen und sich quer über den Marktplatz ihren Weg bahnen. Zuerst kam die Musik. Sie bestand aus einer Vielzahl von Instrumenten, die nur unvollkommen aufeinander abgestimmt waren und mit keiner großen Fertigkeit gespielt wurden; aber sie erfüllten doch den Hauptzweck, um dessentwillen sich Pauken und Trompeten in harmonischem Zusammenklang an die Menge wenden, nämlich, dem Schauspiel, das vor den Augen abrollt, ein erhabenes und heroisches Gepräge zu geben. Die kleine Pearl klatschte in die Hände, doch dann verlor sich für einen Augenblick die fieberhafte Unruhe, die sie den ganzen Morgen hindurch in Bewegung gehalten hatte. Schweigend staunte sie und schien wie ein schimmernder Seevogel von den wogenden und schwellenden Tönen emporgehoben. Aber sie wurde in ihre frühere Stimmung zurückgerufen, als sie das Glitzern der Sonne auf den Waffen und glänzenden Rüstungen der Soldaten bemerkte, die hinter der Musik herzogen und die Ehrenwache des Festzuges bildeten. Diese militärische Körperschaft – die noch heute besteht und sich von alten Zeiten her ihren ehrenvollen Ruf erhalten hat – bestand keineswegs aus Söldnern. In ihren Reihen dienten Männer, die die Regungen eines kriegerischen Geistes in sich spürten und eine Art Militärschule zu gründen suchten, wo, nach dem Vorbild des Tempelritterordens, die Wissenschaft der Kriegskunst gelehrt werden sollte und auch, so-

weit das in friedlichen Übungen möglich war, das Kriegshandwerk. Die hohe Achtung, die man damals dem Soldatenstand zollte, ließ sich an der stolzen Haltung jedes einzelnen dieser Truppe erkennen. Einige unter ihnen hatten allerdings durch ihre Kriegsdienste in den Niederlanden und auf anderen Schlachtfeldern Europas einen berechtigten Anspruch auf Ruhm und Würde des Soldaten. Zudem strahlte der ganze Trupp in glänzendem Stahl, mit den nickenden Federbüschen über den blanken Sturmhauben, eine solche Pracht aus, daß sich kein Festprunk neuerer Zeit damit messen könnte.
Und doch verdienten die zivilen Würdenträger, die unmittelbar hinter der militärischen Ehrenwache kamen, eine noch aufmerksamere Betrachtung. Selbst ihre äußere Haltung hatte ein so majestätisches Gepräge, daß der stolze Paradeschritt des Kriegers daneben gewöhnlich, wenn nicht abgeschmackt wirkte. Es war eine Zeit, da das, was wir Talent nennen, viel weniger galt als heute, während die gediegenen Eigenschaften, die Festigkeit und Würde des Charakters ausmachen, um so höher geschätzt wurden. Dem Volk war ein Gefühl der Ehrfurcht angeboren, das sich, soweit es überhaupt fortlebt, bei seinen Nachkommen in geringerem Ausmaß und mit verminderter Kraft noch in der Wahl und Beurteilung von Männern der Öffentlichkeit zeigt. Dieser Wandel mag seine Vor- oder Nachteile haben, die vielleicht nicht immer zu trennen sind. Der englische Siedler an den rauhen Küsten Amerikas hatte damals König, Adel und die ganze ehrfurchtgebietende Rangordnung hinter sich gelassen; aber die Fähigkeit und das Verlangen, etwas zu verehren, waren lebendig geblieben, und von nun an galt seine Ehrfurcht dem weißen Haar und der ehrwürdigen, vom Alter gezeichneten Stirn, der langerprobten Rechtschaffenheit, dem gediegenen Wissen, der geprüften Erfahrung und all jenen ernsten und gewichtigen Eigenschaften, die die Vorstellung von Dauerhaftigkeit wachru-

fen und unter den Sammelbegriff »Achtbarkeit« fallen. Diese ersten Staatsmänner – Bradstree, Endecott, Dudley, Bellingham und wie sie alle heißen –, die damals durch die Wahl des Volkes zur Macht berufen wurden, waren, wie es scheint, meist keine großen Geister und zeichneten sich mehr durch nüchterne Besonnenheit als durch beweglichen Verstand aus. Sie besaßen Kraft und Selbstvertrauen, und in Zeiten der Not und Gefahr standen sie für das Wohl des Staates ein, eine Reihe von Felsen in stürmischer Brandung. Diese Wesenszüge prägten sich deutlich in den breiten Gesichtern und den vierschrötigen Gestalten der neugewählten Beamten aus. Soweit es die natürliche Würde ihres Auftretens betraf, hätte sich das Mutterland nicht zu schämen brauchen, diese Häupter einer wahren Demokratie ins Oberhaus oder in den geheimen Kronrat aufzunehmen.
Den Ratsherren folgte der junge, überaus angesehene Geistliche, aus dessen Munde man heute die Festpredigt vernehmen sollte. Er gehörte einem Stande an, in dem geistige Fähigkeiten damals verbreiteter waren als im politischen Leben; denn abgesehen von höheren Motiven, lag schon in der fast anbetenden Verehrung der Gemeinde etwas so Verlockendes, daß selbst der Ehrgeizigste für diesen Beruf gewonnen wurde. Sogar politische Macht – wie das Beispiel des Increase Mather zeigt – lag im Bereich eines erfolgreichen Priesters.
Es fiel den Umstehenden auf, daß noch nie, seit Mr. Dimmesdale zum erstenmal den Fuß auf neuenglischen Boden gesetzt hatte, eine solche Kraft in seiner Haltung und Miene gelegen hatte wie jetzt, da er im Festzug einherschritt. Sein Gang zeigte nichts Unsicheres mehr wie zu anderen Zeiten; er ging nicht gebeugt, und seine Hand lag nicht unruhig auf dem Herzen. Doch wer den Pfarrer genauer betrachtete, merkte wohl, daß diese Kraft nicht vom Körper ausging. Vielleicht war sie übernatürlichen Ursprungs, und ein Engel hatte sie ihm verliehen. Vielleicht hatte das starke Herzmit-

tel ihn gekräftigt, das nur aus der Schmelzglut ernsten, angestrengten Denkens hervorgeht. Oder sein empfängliches Gemüt wurde von der lauten und durchdringenden Musik belebt, die ihn auf ihren schwellenden Wogen himmelwärts trug. Sein Blick war jedoch so abwesend, daß es zweifelhaft schien, ob Mr. Dimmesdale sie überhaupt hörte. Wohl bewegte sich sein Körper mit ungewohnter Kraft vorwärts. Aber wo war sein Geist? Tief in sein eigenes Reich zurückgezogen, war er fieberhaft am Werke, die Gedanken zu einem stattlichen Festzug zu ordnen, der bald aus diesem Reich hervorschreiten sollte. Und so sah der Pfarrer nichts, hörte nichts, wußte nichts von dem, was um ihn vorging; aber die geistige Kraft hob den schwachen Körper auf, trug ihn, ohne die Last zu spüren, mit sich fort und verwandelte auch ihn in Geist. Menschen mit ungewöhnlichen Geistesgaben sind in Zeiten der Krankheit manchmal zu solch ungeheuren Anstrengungen fähig, wobei sie die Lebenskraft vieler Tage verbrauchen, um dann für ebenso viele Tage wie leblos zu sein.

Hester Prynne sah den Geistlichen unverwandt an und fühlte eine müde Traurigkeit über sich kommen, aber warum und woher, das wußte sie nicht; nur schien er ihrer eignen Welt so entrückt, so unerreichbar fern. Wenigstens einen flüchtigen Blick des Erkennens hatte sie von ihm erhofft. Sie dachte an den dunklen Wald mit dem einsamen kleinen Tal, an Liebe und Angst, und an den bemoosten Baumstamm, auf dem sie Hand in Hand gesessen und beim schwermütigen Rauschen des Baches traurig und leidenschaftlich miteinander gesprochen hatten. Wie innig waren sie dort miteinander vertraut gewesen! Und war dies derselbe Mensch? Sie kannte ihn kaum wieder. Gleichsam in die schwellende Musik eingehüllt, zog er stolz mit dem ganzen Festzug angesehener, ehrwürdiger Männer an ihr vorbei; so unnahbar in seiner Amtswürde und unnahbarer noch in der fernen, fühllosen Welt seines Denkens, wo sie ihn jetzt gewahrte. Sie wurde ganz mutlos bei dem Gedanken, daß alles nur eine Täuschung gewesen sei und daß in Wirklichkeit gar keine Gemeinschaft zwischen ihr und dem Pfarrer bestehen könne, so lebhaft sie auch davon geträumt hatte. Hester war zu sehr Frau; nur schwer konnte sie ihm verzeihen – am allerwenigsten jetzt, da sie schon den schweren Schritt des Schicksals näher und immer näher kommen hörte –, daß er sich ganz aus ihrer gemeinsamen Welt zurückgezogen hatte, während sie selbst im Dunkel tappte, ihre kalten Hände vergeblich nach ihm ausstreckte und ihn nicht fand.

Vielleicht merkte Pearl, was in der Mutter vorging, oder sie spürte selbst die Entrücktheit und Unnahbarkeit, die den Geistlichen umgab. Während des Festzuges war sie unruhig und flatterte auf und nieder wie ein Vogel, der jeden Augenblick davonfliegen kann. Als alles vorübergezogen war, blickte sie zu Hester auf.

»Mutter«, sagte sie, »war das derselbe Pfarrer, der mich am Bach geküßt hat?«

»Sei still, liebes Kind«, flüsterte die Mutter. »Wir dürfen nicht immer auf dem Marktplatz von den Dingen reden, die wir im Wald erlebt haben!«

»Ich wußte nicht genau, ob er es wirklich war; er sah so anders aus«, fuhr das Kind fort. »Sonst wäre ich zu ihm gelaufen und hätte ihn gefragt, ob er mich nicht hier vor all den Leuten küssen will wie damals unter den dunklen alten Bäumen. Was hätte wohl der Pfarrer dazu gesagt, Mutter? Ob er die Hand auf sein Herz gepreßt und mich finster angesehen und fortgeschickt hätte?«

»Was sollte er sagen, Pearl«, antwortete Hester, »als daß jetzt keine Zeit zum Küssen und daß der Marktplatz auch nicht der rechte Ort dafür ist? Nur gut, du dummes Kind, daß du ihn nicht angeredet hast.«

Noch jemand anders hatte einen ähnlichen Eindruck von Mr. Dimmesdale empfangen und ließ sich jetzt durch eine Laune, oder vielmehr durch eine Geistesstörung, dazu verleiten, in aller Öffentlichkeit eine Unterhaltung mit der Trägerin des roten Buchstabens anzuknüpfen, was kaum einer aus der ganzen Stadt gewagt hätte. Es war Mrs. Hibbins, die in großartigem Feststaat, mit einer dreifachen Halskrause, einem gestickten Brustlatz und einem prächtigen Samtgewand angetan, einen Stock mit vergoldetem Knauf in der Hand, erschienen war, um sich den Festzug anzusehen. Da die alte Dame in dem Ruf stand – den sie später sogar mit dem Leben bezahlte –, bei den ständigen Umtrieben der Schwarzen Kunst eine Hauptrolle zu spielen, wich die Menge vor ihr zurück und schien die Berührung mit ihrem Gewand zu fürchten, als stecke die Pest in den üppigen Falten. Als man sie nun mit Hester Prynne zusammenstehen sah, wurde die Furcht vor Mrs. Hibbins noch größer – so freundlich viele jetzt auch über Hester dachten –, und an der Ecke des Marktplatzes, wo die beiden Frauen standen, setzte eine wahre Flucht ein.

»Nein, wer hätte das für möglich gehalten!« flüsterte die alte Dame Hester vertraulich zu. »Dieser Gottesdiener! Dieser Heilige auf Erden, wie die Leute glauben – und ich muß gestehen, er sieht wirklich so aus! Wer von denen, die ihn im Festzug sahen, würde wohl auf den Gedanken kommen, daß er erst vor ganz kurzer Zeit aus seiner Studierstube ausgebrochen ist – sicherlich an irgendeinem hebräischen Bibeltext herumkauend –, um im Walde frische Luft zu schöpfen. Haha! Wir wissen, was das bedeutet, Hester Prynne! Aber es ist wahrhaftig kaum zu glauben, daß es derselbe Mensch ist. So manches Gemeindemitglied, das jetzt hinter der Musik herzog, hat schon, während ein gewisser Jemand uns aufspielte, mit mir nach demselben Takt getanzt und vielleicht mit Indianerpriestern und lappländischen Zauberern den Reigen geschlungen. Das sind nur Lappalien für eine Frau, die die Welt kennt. Aber dieser Pfarrer! Weißt du wirklich genau, Hester, ob es derselbe war, der dir auf dem Waldweg begegnete?«

»Ich weiß nicht, wovon Ihr sprecht, Madame«, antwortete Hester Prynne. Es kam ihr so vor, als sei Mrs. Hibbins geistesgestört, aber sie war doch verblüfft und entsetzt, mit welcher Dreistigkeit die Alte versicherte, daß noch viele Menschen außer ihr selbst vertraute Beziehungen zum Teufel hätten. »Es schickt sich nicht für mich, leichtfertig von einem so gelehrten und frommen Diener des Wortes wie Mr. Dimmesdale zu sprechen.«

»Pfui, Hester, schweig!« rief die Alte und drohte ihr mit dem Finger. »Glaubst du, ich sei umsonst so oft im Wald gewesen und fände nun nicht die heraus, die sonst noch da gewesen sind? Ja, auch wenn kein Blatt mehr von den Kränzen, die sie beim Tanze trugen, in ihren Haaren hängt. Ich kenne dich, Hester, denn ich sehe das Zeichen. Wir alle können es im Sonnenschein sehen, und im Dunkeln glüht es wie eine rote Flamme. Du trägst es offen, so besteht kein Zweifel darüber. Aber der Pfarrer! Ich will dir etwas ins Ohr sagen. Wenn der Schwarze Mann einen seiner Diener sieht, der sich ihm verschrieben hat und sein Zeichen trägt und der zu feige ist, sich dazu zu bekennen, wie Mr. Dimmesdale, dann kann er das Zeichen am hellichten Tag vor den Augen aller Welt sichtbar werden lassen. Was sucht denn der Pfarrer immer so ängstlich zu verbergen, wenn er die Hand auf sein Herz preßt? Was meinst du, Hester?«

»Was ist es denn, liebe Mrs. Hibbins?« fragte die kleine Pearl begierig. »Hast du es gesehn?«

»Laß nur, Kindchen«, erwiderte Mrs. Hibbins und machte eine tiefe Verbeugung vor Pearl. »Du wirst es selbst noch zu sehen kriegen. Man erzählt sich, Kind, du stammst von dem König der Lüfte ab. Willst du nicht einmal nachts mit mir ausreiten, um deinen Vater zu besuchen? Dann sollst du auch erfahren, warum der Pfarrer immer die Hand aufs Herz legt.«

Mit einem schrillen Lachen, das über den ganzen Marktplatz schallte, ging die alte Dame davon.

Inzwischen war in der Kirche das Eingangsgebet gesprochen worden, und man hörte jetzt die Stimme Mr. Dimmesdales, der seine Predigt begann. Eine unwiderstehliche Kraft hielt Hester in seiner Nähe fest. Da der geweihte Raum gedrängt voll war und kein Zuhörer mehr Einlaß fand, blieb sie am Fuß des Prangers stehen. Hier stand sie nahe genug, um die ganze Predigt als ein undeutliches an- und abschwellendes Rauschen zu vernehmen, aus dem sie den unverkennbaren Tonfall seiner Stimme heraushörte.
Diese Stimme war eine kostbare Gabe und konnte selbst einen Zuhörer, der die Sprache des Pfarrers nicht verstand, durch den bloßen Klang und Tonfall fortreißen. Wie eine Musik atmete sie Leidenschaft, Schmerz und tiefes, zartes Gefühl und fand Zugang zu jedem Herzen. Wenn auch der Schall nur gedämpft durch die Kirchenmauern nach außen drang, Hester lauschte mit solcher Spannung und Einfühlung, daß sie deutlich einen Sinn in seiner Rede erfaßte, obwohl ihr die Worte unverständlich blieben. Hätte sie diese deutlicher vernommen, so wäre ihr durch das gröbere Medium vielleicht nur der geistige Sinn verdunkelt worden. Einmal wehte die Stimme leise zu ihr herüber, wie ein Wind, der zur Ruhe geht; dann wieder schwoll sie an, gewann Süße und Kraft und hob Hester mit sich empor, um sie endlich in eine Wolke heiligen Schauers und feierlicher Erhabenheit einzuhüllen. Doch so gewaltig die Stimme auch manchmal klang, immer schwang ein klagender Grundton darin mit. Ein lauter oder leiser Angstruf, das Stöhnen oder vielleicht der Aufschrei der leidenden Menschheit, der in jeder Brust eine Saite anrührte. Zuweilen war nur diese tiefe, leidvolle Grundmelodie zu hören, kaum noch vernehmbar, klagend, inmitten eines einsamen Schweigens. Aber selbst wenn die Stimme des Pfarrers stark und gebietend wurde, wenn sie unaufhaltsam hervorbrach, sich zu höchster Fülle und Kraft entfaltete und den Kirchenraum so erfüllte, daß sie die dicken Mauern zu sprengen drohte, um sich den Weg ins Freie zu

bahnen – selbst dann noch konnte der Zuhörer, wenn er aufmerksam hinhorchte, denselben Schmerzensschrei heraushören. Was war das? Die Klage eines kummervollen, vielleicht schuldbeladenen Menschenherzens, das dem großen Herzen der Menschheit sein Geheimnis – sei es Schuld oder Schmerz – enthüllt und um Mitgefühl oder Vergebung bittet; in jedem Augenblick, mit jedem Laut – und niemals vergeblich! Dieser tiefe, anhaltende Grundton war es, der den Worten des Geistlichen solche Macht verlieh.

Die ganze Zeit über stand Hester regungslos am Fuß des Strafgerüsts. Hätte die Stimme des Pfarrers sie auch nicht hier festgehalten, eine unwiderstehliche, magnetische Kraft hätte sie dennoch an den Ort gebannt, wo ihr Leben der Schande begonnen hatte. Ein dunkles Gefühl – zu unbestimmt, um zum Gedanken zu werden – legte sich lastend auf ihre Seele und sagte ihr, daß der ganze Ring ihres Lebens, des vergangenen und des zukünftigen, mit diesem Ort verbunden sei und von hier aus seine Einheit empfange.

Die kleine Pearl war unterdessen von der Mutter fortgelaufen und vergnügte sich auf eigne Faust auf dem Marktplatz. Die rastlose, glitzernde Erscheinung brachte Leben in die düstere Menge – wie ein buntgefiederter Vogel das dunkle Laubwerk eines ganzen Baumes erhellt, wenn er im Dämmerlicht der dichten Blätter, einmal sichtbar und dann wieder halb verborgen, hin und her schießt. Ihre Bewegungen waren gleitend, doch oft rasch und unberechenbar. Sie verrieten die ruhelose Lebendigkeit ihres Wesens, das heute bis in die Zehenspitzen hinein noch rastloser war, weil die Unruhe der Mutter in ihr fieberte. Sobald Pearl etwas sah, was ihre stets wache und umherschweifende Neugier fesselte, flog sie darauf zu und ergriff sozusagen Besitz von dem Menschen oder Gegenstand, der sie anzog, ohne sich dadurch im geringsten ihre Bewegungsfreiheit nehmen zu lassen. Die Puritaner sahen zu, und wenn sie auch lächelten, waren sie dennoch geneigt, das Kind für einen Sprößling des

Teufels zu halten; solch ein unbeschreiblicher Zauber der Schönheit und Fremdartigkeit durchstrahlte die von Lebhaftigkeit sprühende kleine Gestalt. Sie rannte zu einem Indianer und sah ihm ins Gesicht, und er spürte in ihr eine Natur, die noch wilder war als seine eigene. Mit natürlicher Unbefangenheit, doch zugleich mit der ihr eignen Unnahbarkeit lief sie mitten unter die Seeleute, die dunkelhäutigen Wilden des Meeres, die Indianer der See. Sie betrachteten Pearl erstaunt und bewundernd, als habe eine Flocke des Wellenschaums die Gestalt eines kleinen Mädchens angenommen und vom Seeufer, das nachts immer unter dem Bug aufleuchtet, eine Seele empfangen.

Einer dieser Seeleute, der Kapitän, der mit Hester gesprochen hatte, war von Pearls Anblick so bezaubert, daß er sie einzufangen versuchte, um einen Kuß zu erhaschen. Als er sah, daß es ebenso unmöglich war, sie zu greifen, wie einen fliegenden Kolibri zu fangen, nahm er die goldene Kette ab, die um seinen Hut geschlungen war, und warf sie dem Kinde zu. Pearl schlang sie sich mit solchem Geschick um den Hals und das Mieder, das sie sogleich zu ihr zu gehören schien und nicht mehr wegzudenken war.

»Deine Mutter ist doch die Frau da drüben mit dem scharlachroten Buchstaben«, sagte der Seemann. »Willst du ihr eine Botschaft von mir ausrichten?«

»Wenn mir die Botschaft gefällt, ja«, antwortete Pearl.

»Dann sag ihr«, fuhr er fort, »daß ich noch mal mit dem finsteren, buckligen alten Doktor gesprochen habe und daß er es übernommen hat, seinen Freund, den Herrn, von dem sie mir erzählt hat, mit an Bord zu bringen. So braucht sich deine Mutter nur um sich selbst und um dich zu kümmern. Willst du ihr das ausrichten, du kleine Hexe?«

»Mrs. Hibbins sagt, mein Vater ist der König der Lüfte!« rief Pearl mit schelmischem Lächeln. »Wenn du mir solche Schimpfnamen gibst, sage ich's ihm, und dann schickt er einen Sturm über dein Schiff.«

Im Zickzack lief Pearl über den Marktplatz zur Mutter zurück und erzählte ihr, was der Seemann gesagt hatte. Alle Stärke, Ruhe und Festigkeit wollten Hester verlassen, als sie die dunklen, grimmigen Züge eines unausweichlichen Verhängnisses vor sich sah, das sich gerade in dem Augenblick, da sich für den Pfarrer und sie ein Ausweg aus dem Irrgarten des Elends zu öffnen schien, mit erbarmungslosem Lächeln mitten in ihren Weg stellte.

Während die Botschaft des Kapitäns sie unablässig quälte und beunruhigte, war sie noch einem neuen Unheil preisgegeben. Aus der Umgebung waren viele Menschen in die Stadt gekommen, die zwar schon oft von dem roten Buchstaben gehört hatten und sich nach hundert erdichteten und übertriebenen Gerüchten eine schreckliche Vorstellung davon machten, ihn aber noch nie mit eigenen Augen gesehen hatten. Nachdem die anderen Vergnügungsmöglichkeiten erschöpft waren, drängten sie sich mit roher Zudringlichkeit um Hester Prynne. Aber bei aller Dreistigkeit wagten sie sich doch nicht näher an sie heran als bis zu einem Umkreis von einigen Ellen. In dieser Entfernung blieben sie stehen, gebannt von der abweisenden Macht, die von dem geheimnisvollen Zeichen ausging. Auch die Matrosen, die das Gedränge der Leute beobachtet und von der Bewandtnis des roten Buchstabens vernommen hatten, kamen herbei und schoben ihre sonnenverbrannten, verwegenen Gesichter in den Kreis. Wie von einem kalten Schatten wurden selbst die Indianer von der Neugier des weißen Mannes beschlichen; sie glitten durch die Menge, hefteten ihre schwarzen Schlangenblicke auf Hesters Brust und glaubten vielleicht, die Trägerin dieses prächtig gestickten Zeichens müsse in ihrem Volke eine besonders angesehene Persönlichkeit sein. Schließlich schlenderten auch die Bewohner der Stadt herbei, denn ihr eigenes Interesse an dem alltäglich gewordenen Gegenstand wurde noch einmal zu nacktem Leben erweckt, als sie merkten, welchen Eindruck er auf die anderen machte. Sie peinigten Hester Prynne vielleicht mehr als alle übrigen mit ihren kaltvertraulichen, gaffenden Blicken auf das wohlbekannte Schandzeichen. Hester erkannte dieselben würdigen Frauen wieder, die sie vor sieben Jahren vor der Gefängnistür erwartet hatten; nur die jüngste, die als einzige Mitleid gehabt hatte, war nicht dabei; ihr hatte Hester inzwischen das Leichenhemd genäht. In dieser Stunde war das brennende Zeichen, das sie so bald von sich zu werfen hoffte, noch einmal zum Mittelpunkt aller Neugier und Aufregung geworden und brannte auf ihrer Brust schmerzhafter als je seit dem Tag, an dem sie es angelegt hatte.

Während Hester in dem magischen Kreis ihrer Schande stand, in den die ausgeklügelte Grausamkeit des Urteils die für immer gebannt zu haben schien, sah der vielbewunderte Prediger von der geweihten Kanzel herab auf eine Gemeinde, die bis ins Innerste von der Gewalt seiner Worte gebannt war. Der angebetete Geistliche in der Kirche! Die Frau mit dem scharlachroten Zeichen auf dem Marktplatz! Wer hätte wohl die Dreistigkeit besessen, zu vermuten, daß beide mit dem gleichen sengenden Mal gezeichnet waren?

XXIII DIE ENTHÜLLUNG DES SCHARLACHROTEN BUCHSTABENS

Die beredte Stimme, von der die Seelen der Andächtigen wie auf schwellenden Meereswogen emporgetragen wurden, verstummte endlich. Einen Augenblick lang herrschte tiefes Schweigen, wie nach der Verkündigung eines Orakels. Dann erhob sich Gemurmel und eine halbunterdrückte Unruhe, als kehrten die Zuhörer, von einem Zauber befreit, der sie in eine andere Sphäre entrückt hatte, langsam zu sich selbst zurück, noch ganz benommen von Schauer und Staunen. Im nächsten Augenblick begann die Menge durch die Kirchentüren ins Freie zu strömen. Nun, da alles vorüber

war, brauchten sie frische Luft zum Atmen, die dem rauhen, irdischen Leben, in das sie zurückkehrten, zuträglicher war als die Kirchenluft, die der Prediger in flammendes Wort verwandelt und mit der starken Würze seines Denkens erfüllt hatte.
Draußen im Freien brachen sie in laute Bewunderung aus. Die Straße und der ganze Marktplatz, vom einen Ende bis zum anderen, hallten wider vom Lob des Geistlichen. Seine Zuhörer ruhten nicht, bis sie sich gegenseitig gesagt hatten, was doch jeder von ihnen fühlte, besser, als er es in Worte fassen konnte. Alle waren sich darin einig, daß noch nie ein Mensch so weise, so gewaltig und begnadet gesprochen habe wie ihr Prediger heute; noch nie habe sich göttliche Eingebung in der Rede eines Sterblichen deutlicher offenbart als in der seinigen. Fast habe man es sehen können, wie sie sich auf ihn herabsenkte, von ihm Besitz ergriff, ihn über den geschriebenen Predigttext, der vor ihm lag, hinaushob und mit Gedanken erfüllte, die ihm selbst ebenso wunderbar sein mußten wie seinen Zuhörern. Sein Gegenstand war, wie es schien, das Verhältnis Gottes zu den Völkern der Erde gewesen, mit besonderer Beziehung auf Neuengland, das sie hier in der Wildnis gegründet hatten. Gegen das Ende der Predigt war ein prophetischer Geist über ihn gekommen und hatte ihn zu seinem Werkzeug gemacht, mit der gleichen Gewalt wie einst die alten Propheten Israels, nur mit dem Unterschied, daß die jüdischen Seher ihrem Lande Gericht und Untergang prophezeit hatten, während es seine Sendung war, dem neu gesammelten Volk des Herrn eine erhabene und glorreiche Zukunft zu weissagen. Aber aus allen seinen Worten hatte ein tiefer, klagender, leidvoller Grundton geklungen, den man sich nur als den Abschiedsschmerz eines Menschen zu deuten wußte, der bald sterben wird. Ja, ihr Pfarrer, den sie so liebten und der sie alle liebte, so sehr, daß er nicht ohne einen Seufzer zum Himmel auffahren konnte, ahnte seinen frühen Tod voraus und würde sie

bald in Tränen zurücklassen! Dieser Gedanke an Mr. Dimmesdales baldiges Ende verstärkte noch die Wirkung, die seine Predigt hervorgerufen hatte. Es war, als habe ein Engel auf seinem Flug zum Himmel einen Augenblick lang seine schimmernden Flügel über die Menschen gebreitet – ein Schatten und Glanz zugleich – und einen Regen goldener Wahrheiten auf sie herabgeschüttet.

Es war ein Gipfelpunkt in Mr. Dimmesdales Leben, glänzend und ruhmreich wie nie eine Stunde vorher oder nachher – eine Stunde, wie sie die meisten Menschen in ihren verschiedenen Wirkungskreisen einmal erleben, obwohl sie sie oft erst erkennen, wenn sie weit hinter ihnen liegt. Er stand in diesem Augenblick auf der stolzesten Höhe des Ruhmes, zu der geistige Gaben, reiches Wissen, hinreißende Beredsamkeit und der Ruf makelloser Reinheit einen Geistlichen in dieser frühesten Zeit Neuenglands erheben konnten, wo das geistliche Amt selbst schon hohes Ansehen bedeutete. Diesen Gipfelpunkt also hatte der Pfarrer erreicht, als er am Schluß seiner Wahlpredigt den Kopf auf die Polster der Kanzel niederbeugte. Hester Prynne stand indessen neben dem Gerüst des Prangers, und das scharlachrote Zeichen brannte noch immer auf ihrer Brust.

Jetzt hörte man wieder die Klänge der Musik und den gemessenen Schritt der Ehrenwache, die aus der Kirche kam. Der Zug sollte sich nach dem Rathaus begeben, wo ein Festmahl die Feierlichkeiten des Tages beschließen würde.

Deshalb setzten sich die Reihen ehrwürdiger, angesehener Stadtväter noch einmal in Bewegung und schritten durch eine breite Gasse des Volkes, das ehrerbietig auf beiden Seiten zurückwich, als der Gouverneur und die Ratsherren, die Ältesten und Weisen, die frommen Geistlichen und all die Herren von Rang und Würde in seine Mitte traten. Als sie alle den Marktplatz erreicht hatten, wurden sie mit brausendem Zuruf begrüßt. Dieser Jubel mochte zwar

durch die kindliche Treue, die die Menschen jener Zeit ihren Herrschern entgegenbrachten, gewiß noch an Kraft und Stärke gewinnen, aber vor allem entlud sich darin die Begeisterung, die Mr. Dimmesdales gewaltige, noch lange nachhallende Predigt in den Zuhörern entzündet hatte. Jeder spürte die Erregung in sich selbst und empfing sie mit dem gleichen Atemzug von seinem Nachbar. In der Kirche hatten sie sich noch mühsam beherrschen können; hier, unter freiem Himmel, brach es aus ihnen hervor. So viele Menschen standen hier beieinander, und so hochgespannt und gleichgestimmt war ihr Fühlen, daß sie eine Musik hervorbrachten, die gewaltiger war als der Orgelklang des Sturmes, der Donner oder das Brausen der See. Es war das mächtige Aufschwellen unzähliger Stimmen, die, vom gleichen Gefühl getragen, in einer einzigen großen Stimme zusammenklangen, so wie die vielen Herzen zu einem einzigen weiten Herzen verschmolzen. Noch nie war vom Boden Neuenglands ein solcher Jubelschrei aufgestiegen. Noch nie hatte auf Neuenglands Boden ein Mensch gestanden, der von seinen Mitmenschen so geehrt wurde wie der Prediger.
Und wie stand es mit ihm? Glänzten nicht rings um sein Haupt die Strahlen eines Heiligenscheins? Vergeistigt und von andächtigen Bewunderern vergöttert, ging er im Festzug; aber berührte sein Fuß wirklich den Staub der Erde? Während die Reihen der Soldaten und Stadtväter vorüberzogen, richteten sich alle Augen auf die Stelle, wo der Geistliche herannahte. Der brausende Zuruf erstarb zu einem Murmeln, als ein Teil der Menge nach dem anderen den Pfarrer flüchtig zu sehen bekam. Wie schwach und bleich er aussah, mitten in seinem Triumph! Seine Kraft – oder vielmehr die göttliche Eingebung, die Kraft vom Himmel, die ihn getragen hatte, während er die heilige Botschaft verkündete – war nun von ihm gewichen, nachdem sie ihr Amt so getreu verrichtet hatte. Die Glut, die noch eben auf seinen Wangen gebrannt hatte, war erloschen, wie eine Flamme,

die hoffnungslos in verglimmender Asche zusammensinkt. Sein Gesicht war so leichenblaß, daß es kaum einem Lebenden zu gehören schien; kaum war Leben in dem Manne, der so kraftlos dahintaumelte und doch nicht stürzte.
Einer seiner Amtsbrüder, der ehrwürdige John Wilson, bemerkte, in welchem Zustand sich Mr. Dimmesdale befand, nachdem die Woge von Geist und Gefühl verebbt war, und trat eilig vor, um ihm beizustehn. Der Geistliche wies den Arm des alten Mannes zitternd, aber entschieden zurück. Er ging weiter – wenn man die Bewegung überhaupt so nennen durfte, denn sie glich eher den unsicheren Gehversuchen eines Kindes, dem sich die Arme der Mutter entgegenstrecken, um es vorwärts zu locken. Und nun war er, mit kaum noch wahrnehmbaren Schritten, bei dem wohlbekannten, wetterdunklen Gerüst angelangt, wo vor vielen leidvollen Jahren Hester Prynne den verachtenden Blicken der Welt preisgegeben war. Da stand Hester und hielt die kleine Pearl an der Hand. Und da brannte der scharlachrote Buchstabe auf ihrer Brust. Der Geistliche blieb stehen, obgleich die Musik noch immer den stolzen und belebenden Marsch spielte, zu dem der Festzug sich fortbewegte. Die Klänge riefen ihn vorwärts – vorwärts zum Festmahl! –, aber er blieb stehen.
Bellingham hatte ihn während der letzten Minuten ängstlich beobachtet. Jetzt verließ er seinen eignen Platz im Zuge und kam herbei, um Mr. Dimmesdale beizustehen, denn es schien ihm, als könne dieser jeden Augenblick zusammenbrechen. Aber im Ausdruck des Pfarrers lag etwas, was den hohen Beamten zurückwies, obwohl er ein Mann war, der sich nicht so leicht nach den unbestimmten Winken richtet, die eine Seele der anderen gibt. Furchtsam und staunend sah die Menge zu. Die irdische Schwäche des Pfarrers war in ihren Augen nur die Kehrseite himmlischer Stärke, und es wäre ihnen nicht als zu hohes Wunder für einen solchen Heiligen erschienen, wenn er jetzt vor ihren Augen gen

Himmel gefahren und immer durchsichtiger und heller geworden wäre, um sich endlich ganz im Licht des Himmels zu verlieren.
Er wendete sich dem Pranger zu und streckte die Arme aus. »Hester«, sagte er, »komm zu mir! Komm, meine kleine Pearl!«
Es war ein geisterhafter, doch zugleich zärtlicher und seltsam triumphierender Blick, mit dem er sie ansah. Das Kind flog mit den vogelhaften Bewegungen, die ihm eigen waren, auf den Pfarrer zu und schlang die Arme um seine Knie. Langsam, als werde sie gegen ihren Willen von einem unausweichlichen Schicksal gezwungen, kam auch Hester Prynne näher, doch blieb sie stehen, ehe sie ihn erreicht hatte. In diesem Augenblick drängte sich der alte Roger Chillingworth durch die Menge; so finster, verstört und böse sah er aus, daß er eher aus der Unterwelt zu kommen schien, um sein Opfer von seinem Vorhaben zurückzureißen. Wie dem auch sei, der alte Mann stürzte vor und ergriff den Geistlichen beim Arm.
»Wahnsinniger, haltet ein! Was habt Ihr vor?« flüsterte er. »Weist die Frau zurück! Schüttelt das Kind ab! Alles wird noch gut. Befleckt Euren Ruf nicht und richtet Euch nicht schmählich zugrunde! Ich kann Euch noch retten. Wollt Ihr denn Schande über Euren heiligen Stand bringen?«
»Ha, Versucher, du kommst zu spät!« antwortete der Geistliche und sah ihm angstvoll, aber fest ins Auge. »Deine Macht ist gebrochen! Mit Gottes Hilfe werde ich dir endlich entrinnen!«
Wieder streckte er die Hand nach der Frau mit dem scharlachroten Zeichen aus.
»Hester Prynne«, rief er ernst und eindringlich, »im Namen dessen, der mir jetzt im letzten Augenblick so schrecklich und so erbarmend die Kraft verleiht, das zu tun, was ich in meiner Sünde und Todesangst vor sieben Jahren nicht wagte – komm zu mir und stütze mich mit deiner Kraft!

Deine Kraft, Hester – aber sie soll durch den Willen geleitet werden, den Gott mir gegeben hat. Dieser elende, betrogene alte Mann stellt sich mit seiner ganzen Macht dagegen – mit seiner eignen Macht und mit der des Teufels. Komm, Hester, komm! Hilf mir auf das Gerüst!«

Die Menge geriet in Bewegung. Die Männer von Rang und Würden, die in der Nähe des Geistlichen standen, waren so verblüfft und bestürzt über das, was sie sahen, so unfähig, die nächstliegende Erklärung hinzunehmen oder eine andere zu finden, daß sie schweigende und untätige Zuschauer des Strafgerichts blieben, das Gott zu vollziehen schien. Sie sahen den Pfarrer an Hesters Schulter gelehnt und von ihrem Arm gestützt zum Pranger gehen und die Stufen hinaufsteigen, während er noch immer die kleine Hand des in Sünden geborenen Kindes festhielt. Ihnen folgte der alte Roger Chillingworth; als einer, der engstens mit dem Schauspiel von Schuld und Leid verknüpft war, in dem jeder seine Rolle gespielt hatte, war er wohl berechtigt, bei der Schlußszene zugegen zu sein.

»Hättest du die ganze Welt abgesucht«, sagte er und sah den Geistlichen finster an, »kein Ort, noch so hoch oder noch so niedrig, hätte dich verbergen können, nirgends wärst du mir entronnen – außer auf diesem Gerüst!«

»Dank sei Ihm, der mich hierher geführt hat!« antwortete der Pfarrer.

Aber er zitterte, und als er sich jetzt Hester zuwandte, lagen in seinen Augen Zweifel und Angst, die sich trotz des schwachen Lächelns auf seinen Lippen deutlich genug verrieten.

»Ist es nicht besser so«, murmelte er, »besser als das, wovon wir im Walde träumten?«

»Ich weiß nicht! Ich weiß nicht!« erwiderte sie hastig. »Besser? Gewiß; so mögen wir beide sterben und die kleine Pearl mit uns!«

»Gott wird es fügen, was aus dir und Pearl wird«, sagte der Geistliche, »und Gott ist barmherzig. Laß mich nun seinen

Willen erfüllen, den er mir offenbart hat. Denn es geht zu Ende mit mir, Hester. So laß mich eilen und meine Schande auf mich nehmen!«

Von Hester gestützt und Pearls kleine Hand in der seinen, wendete sich Mr. Dimmesdale jetzt an die würdigen, geachteten Stadtväter, an seine Amtsbrüder, die frommen Geistlichen, an das Volk, dessen großes Herz von Entsetzen ergriffen war und doch von tränenreichem Mitleid überfloß, als ahne es, daß nun ein dunkles Menschenschicksal – voll Sünde, aber auch voll Qual und Reue – vor ihm enthüllt werden sollte. Die Sonne, die noch fast im Mittag stand, schien auf den Geistlichen herab und gab seiner Gestalt volle Deutlichkeit, als er sich jetzt über die Erde hinaushob, um vor den Schranken der ewigen Gerechtigkeit sein Schuldbekenntnis abzulegen.

»Volk von Neuengland!« rief er, und seine Stimme tönte laut, feierlich und majestätisch über sie hin; aber ein Zittern war darin, und zuweilen ein Schrei, der sich aus einem Abgrund von Qual und Reue emporrang. »Ihr, die ihr mich geliebt habt – ihr, die ihr mich für heilig gehalten habt –, seht mich an, den größten Sünder der Welt! Endlich! – endlich stehe ich an dem Ort, wo ich schon vor sieben Jahren hätte stehen sollen, zusammen mit dieser Frau; und mehr als meine eigne schwache Kraft, mit der ich mich hergeschleppt habe, bewahrt mich ihr Arm davor, in diesem furchtbaren Augenblick zu Boden zu sinken. Seht das scharlachrote Zeichen an Hesters Brust! Ihr alle habt davor geschaudert. Wo sie auch hinging – wo sie auch hoffen mochte, sich von ihrer schweren Last auszuruhen –, überall hat es einen gespenstischen Schein von Schrecken und Abscheu um sie verbreitet. Aber mitten unter euch stand einer, vor dessen Brandmal der Sünde und Schande ihr nicht geschaudert habt!«

Hier schien es, als wolle der Geistliche den Rest seines Geheimnisses unenthüllt lassen. Aber er überwand die körperliche Schwäche, und mehr noch die Verzagtheit des Herzens, die ihn übermannen wollte. Er schüttelte allen Beistand ab und trat erregt einen Schritt vor die Frau und das Kind.

»Es war ihm aufgeprägt!« fuhr er fast mit Ungestüm fort, entschlossen, die ganze Wahrheit auszusprechen. »Gottes Auge sah es! Die Engel wiesen darauf. Der Teufel kannte es wohl und ätzte es täglich von neuem mit seinem glühenden Finger. Aber der Gezeichnete verbarg es schlau vor den Menschen und wandelte mit trauernder Miene unter euch, als beklage er sich, den Reinen, in einer sündigen Welt und vermisse seine himmlischen Brüder. Jetzt, in seiner Todesstunde, tritt er vor euch hin. Er fordert euch auf, noch einmal auf Hesters brandrotes Zeichen zu blicken. Er sagt euch, daß es trotz all seiner geheimnisvollen Schrecken nur der Schatten dessen ist, das er auf der eignen Brust trägt. Ja, selbst dieses, sein eignes rotes Brandmal, ist nichts als ein Abbild der Qual, die ihm das innerste Herz versengt hat. Ist einer unter euch, der an Gottes Gericht über einen Sünder zweifelt? Seht her! Hier habt ihr ein schreckliches Zeugnis dafür!«

Mit einer krampfhaften Bewegung riß er sich das priesterliche Gewand von der Brust. Da war es offenbart! Aber die Ehrfurcht verbietet, diese Offenbarung zu beschreiben. Einen Augenblick lang starrte die Menge entsetzt auf das grausige Wunder, während der Geistliche, eine Glut des Triumphes auf dem Gesicht, aufrecht dastand – ein Mensch, der im Augenblick heftigster Qual einen Sieg errungen hatte. Dann sank er nieder auf das Gerüst. Hester richtete ihn etwas auf und lehnte seinen Kopf an ihre Brust. Der alte Roger Chillingworth kniete neben ihm nieder, mit ausdruckslosen, erloschenen Zügen, aus denen alles Leben gewichen zu sein schien.

»Du bist mir entronnen!« wiederholte er immer wieder. »Du bist mir entronnen!«

»Möge Gott dir vergeben!« sagte der Geistliche. »Auch du hast schwer gesündigt!«
Er wendete seinen verlöschenden Blick von dem alten Mann ab und heftete ihn auf die Frau und das Kind.
»Meine kleine Pearl«, sagte er mit schwacher Stimme, und auf seinem Gesicht lag ein sanftes, freundliches Lächeln, als senke sich tiefe Ruhe über ihn; ja fast schien er mit dem Kinde scherzen zu wollen, nun, da er von der Last befreit war. »Liebe kleine Pearl, gibst du mir jetzt einen Kuß? Draußen im Walde wolltest du nicht. Aber jetzt tust du's!«
Pearl küßte ihn auf den Mund. Ein Bann war gebrochen. Der herzbewegende Auftritt, in dem sie selbst eine Rolle spielte, hatte ihr ganzes Mitgefühl wachgerufen; und als ihre Tränen auf das Gesicht des Vaters herabtropften, waren sie ein Unterpfand dafür, daß sie inmitten menschlicher Freuden und Leiden zu einer rechten Frau heranwachsen und nicht für immer mit der Welt in Streit liegen würde. Und auch ihr Auftrag der Mutter gegenüber war erfüllt; sie würde ihr nicht länger die Botin der Qual sein.
»Hester«, sagte der Geistliche, »leb wohl!«
»Sehen wir uns nicht wieder?« flüsterte sie und neigte ihren Kopf tief zu ihm herab. »Werden wir nicht das ewige Leben miteinander verbringen? Sicherlich haben wir einander durch all unser Leiden erlöst. Du blickst mit deinen erlöschenden Augen schon tief in die Ewigkeit hinein. Sag mir, was du siehst!«
»Still, Hester, still!« sagte er bebend, mit feierlichem Ernst. »Das Gesetz, das wir brachen – die Sünde, die hier so schrecklich offenbar geworden ist –, das sollen deine einzigen Gedanken sein! Ich wage nichts zu hoffen. Vielleicht haben wir damals, als wir unseren Gott vergaßen, als wir die Ehrfurcht vor der Seele des andern verletzten, das Recht verwirkt, auf ein Wiedersehen im Jenseits und auf eine reine, ewige Vereinigung zu hoffen. Gott weiß es, und er ist barmherzig. In allen Leiden hat er mir seine Gnade offenbart. Er

hat mir die brennende Marter auf der Brust zu tragen gegeben. Er hat mir diesen dunklen, schrecklichen alten Mann geschickt, um die Pein immer rotglühend zu erhalten. Er hat mich hierher geführt und läßt mich vor allem Volke diesen Tod sterben, in Triumph und Schande zugleich. Hätte eine dieser Qualen gefehlt, ich wäre für immer verloren gewesen. Gelobt sei Sein Name! Sein Wille geschehe! Leb wohl!«

Mit diesem letzten Wort hauchte der Geistliche sein Leben aus. In der Menge, die bis jetzt geschwiegen hatte, erwachten leise raunend Schrecken und Staunen, die noch keinen anderen Ausdruck finden konnten als ein Murmeln, das dumpf und schwer der entfliehenden Seele nachrollte.

XXIV AUSBLICK

Viele Tage später, nachdem die Leute genügend Zeit gehabt hatten, über das vorangegangene Schauspiel nachzudenken, gab es mehr als eine Darstellung dessen, was man am Pranger gesehen hatte.

Die meisten versicherten, sie hätten auf der Brust des unglücklichen Pfarrers einen roten Buchstaben ins Fleisch eingebrannt gesehen – ein genaues Abbild des Zeichens, das Hester trug. Über seinen Ursprung waren die verschiedensten Erklärungen in Umlauf, die natürlich alle nur Vermutungen sein konnten. Einige behaupteten, Mr. Dimmesdale habe am gleichen Tag, an dem Hester Prynne zum ersten Mal das Zeichen ihrer Schande trug, eine Bußübung begonnen – die er später auf so vielerlei nutzlose Arten fortsetzte – und sich selbst so furchtbar gebrandmarkt. Andere glaubten, das Zeichen sei erst viel später entstanden, und der alte Roger Chillingworth, ein mächtiger Schwarzkünstler, habe es durch die Wirksamkeit seiner Zauber- und Gifttränke hervorgerufen. Wieder andere – diejenigen, die Mr. Dimmesdales eigentümliche Reizbarkeit und die wunderbare

Einwirkung des Geistes auf seinen Körper am besten beurteilen konnten – raunten sich zu, das schreckliche Zeichen sei das Ergebnis unaufhörlicher Gewissensbisse, die sich aus seinem innersten Herzen nach außen gefressen hätten, bis sich endlich das furchtbare Strafgericht des Himmels durch das Erscheinen des roten Buchstabens offenbarte. Der Leser mag unter diesen Auffassungen wählen. Wir haben so viel Licht wie möglich auf das verhängnisvolle Zeichen geworfen; doch nun, da es seinen Auftrag erfüllt hat, würden wir seine tiefe Spur gern aus unserem eignen Gedächtnis tilgen, wo es sich durch langes Nachsinnen mit lästiger Deutlichkeit eingeprägt hat.

Merkwürdig ist nur, daß einige Leute, die bei dem Schauspiel zugegen waren und versicherten, Mr. Dimmesdale kein einziges Mal aus den Augen gelassen zu haben, hartnäckig behaupteten, man habe gar kein Zeichen auf seiner Brust gesehen, ebensowenig wie auf der Brust eines neugeborenen Kindes. Auch meinten sie, seine letzten Worte hätten nicht im geringsten irgendeine Verbindung mit der Schuld zugegeben, um derentwillen Hester den roten Buchstaben trug, oder so etwas auch nur im entferntesten angedeutet. Nach der Ansicht dieser höchst achtbaren Zeugen hatte der Geistliche, als er den Tod nahen fühlte – und weil er wußte, daß die Verehrung der Menge ihn schon zu den Heiligen und Engeln zählte –, sein Leben in den Armen dieser Sünderin aushauchen wollen, um der Welt zu zeigen, wie nichtig selbst der Gerechteste vor Gott ist. Nachdem er sich sein Leben lang im Dienst für das Seelenheil der Menschheit verzehrt, habe er seinen Tod zum Gleichnis gemacht, um seinen Bewunderern die große und traurige Lehre zu geben, daß wir im Angesicht der unendlichen Reinheit alle Sünder sind. Er habe sie lehren wollen, daß sich auch der frömmste unter uns nur gerade weit genug über seine Mitmenschen erhebt, um die göttliche Gnade, die auf uns herabblickt, deutlicher zu erkennen und den Wahn menschlichen Verdienstes, der anmaßend hinaufblicken will, entschiedener zurückzuweisen. Ohne eine so gewichtige Wahrheit bestreiten zu wollen, erlauben wir uns doch, diese Auffassung von Mr. Dimmesdales Ende nur als ein Beispiel der halsstarrigen Treue anzusehen, mit der manchmal die Freunde eines Mannes – und besonders die Freunde eines Geistlichen – seinen Charakter verteidigen, selbst wenn Zeugnisse, so klar wie die Mittagssonne auf dem roten Zeichen, gegen ihn sprechen und ihn als eine falsche, schuldbefleckte, armselige Kreatur erweisen.

Die Quelle, der wir hauptsächlich folgten – ein altes Manuskript, das nach Aussagen von Leuten aufgezeichnet wurde, die Hester Prynne entweder selbst gekannt oder die Geschichte von Augenzeugen gehört hatten –, diese Quelle bestätigt durchaus die Ansicht, die wir auf den vorhergehenden Seiten vertreten haben. Von den vielen Lehren, die sich uns bei dem traurigen Schicksal des armen Pfarrers aufdrängen, bringen wir nur diese eine zu Papier: »Sei wahr! Sei wahr! Sei wahr! Zeige der Welt offen, wenn nicht das Schlechteste in dir, so doch einen Zug, in dem sich das Schlimmste verrät!«

Nichts war merkwürdiger als die Veränderung, die sich fast unmittelbar nach Mr. Dimmesdales Tod im Äußeren und im Gebaren des alten Mannes zeigte, den wir als Roger Chillingworth kennen. Alle Stärke und Energie, seine ganze Geistes- und Lebenskraft, schienen ihn auf einmal zu verlassen, so daß er förmlich verdorrte, zusammenschrumpfte und beinahe dem menschlichen Blick entschwand, wie ausgerissenes Unkraut, das an der Sonne verwelkt. Dieser Unglückliche hatte die sorgfältige Ausführung seines Racheplans zu seinem einzigen Lebensinhalt gemacht, und als nach höchstem Triumph sein Ziel erreicht und seine Rachgier gegenstandslos geworden war, kurz, als es auf Erden kein Teufelswerk mehr für ihn zu tun gab, da blieb dem entmenschten Sterblichen nichts anderes übrig, als sich in eine Welt zu

begeben, wo sein Gebieter schon Arbeit genug für ihn haben und ihm seinen verdienten Lohn zahlen würde. Aber allen diesen schattenhaften Wesen – Roger Chillingworth nicht weniger als seinen Gefährten – möchten wir gern Gnade erweisen. Es wäre der Betrachtung und Untersuchung wert, ob Haß und Liebe nicht im Grunde dasselbe sind. Beide können sich nur bei einem hohen Grad von Vertrautheit und Herzenskenntnis voll entfalten; im Haß und in der Liebe ist ein jeder in seinem triebhaften und geistigen Leben auf den anderen angewiesen, und der leidenschaftlich Liebende wie der nicht weniger leidenschaftlich Hassende bleiben verzweifelt und elend zurück, wenn ihnen ihr Gegenüber entzogen wird. Philosophisch betrachtet, scheinen sich die beiden Leidenschaften also im wesentlichen zu gleichen, nur daß die eine zufällig in himmlischem Glanze und die andere in düsterer, unheimlicher Glut sichtbar wird. Im Jenseits hat sich vielleicht für den alten Arzt und den Geistlichen, die auf Erden einer des anderen Opfer waren, der irdische Haß unversehens in goldene Liebe verwandelt.
Aber wir wollen diese Erörterungen abbrechen und dem Leser noch etwas Geschäftliches mitteilen. Bei seinem Tode, der noch im selben Jahr eintrat, hinterließ der alte Roger Chillingworth durch sein Testament, dessen Vollstrecker Gouverneur Bellingham und der ehrwürdige Mr. Wilson waren, der kleinen Pearl, Hester Prynnes Tochter, sowohl hier als auch in England ein sehr beträchtliches Vermögen.
So wurde Pearl – das Elfenkind, der Teufelssprößling, wofür manche Leute sie noch immer hielten – plötzlich zur reichsten Erbin in der Neuen Welt. Sehr wahrscheinlich trug dieser Umstand zu einer gründlichen Änderung der öffentlichen Meinung bei; und wenn Mutter und Kind dort geblieben wären, so hätte die kleine Pearl in heiratsfähigem Alter ihr wildes Blut vielleicht mit dem des eifrigsten Puritaners vermischt. Doch bald nach dem Tode des Arztes verschwand die Frau mit dem roten Buchstaben und Pearl mit

ihr. Viele Jahre hindurch fand nur hin und wieder ein unbestimmtes Gerücht den Weg übers Meer – gleich einem unförmigen, an Land gespülten Stück Treibholz mit den Anfangsbuchstaben eines Namens darauf; aber nie kam eine wirklich zuverlässige Nachricht über die beiden. Die Geschichte von dem roten Buchstaben wurde zur Legende. Doch sein Zauber wirkte fort, und am Pranger, wo der unglückliche Pfarrer gestorben war, wie auch bei der Hütte am Strand, wo Hester Prynne gelebt hatte, beschlich die Menschen Scheu. Eines Nachmittags sahen Kinder, die gerade in der Nähe der Hütte spielten, eine große, graugekleidete Frau auf die Tür zugehen. In all den vergangenen Jahren war diese Tür nicht ein einziges Mal geöffnet worden; ob die Frau sie nun aufschloß, ob das alte Holz und Eisen von selbst nachgaben oder sie schattengleich durch alle Hindernisse hindurchglitt – gleichviel, sie trat ein.
Auf der Schwelle zauderte sie und wandte sich halb um; vielleicht war ihr der Gedanke qualvoll und unerträglich, nun, da alles so verändert war, ganz allein die Stätte eines schweren vergangenen Lebens wieder zu betreten. Doch sie zögerte nur einen kurzen Augenblick, gerade lange genug, um auf ihrer Brust einen scharlachroten Buchstaben erkennen zu lassen.
So war Hester Prynne zurückgekehrt und hatte ihre längst abgelegte Schande wieder auf sich genommen. Aber wo war die kleine Pearl? Wenn sie noch am Leben war, mußte sie jetzt zu einer jungen Frau erblüht sein. Niemand wußte oder erfuhr je mit Bestimmtheit, ob das seltsame Kind schon früh in ein jungfräuliches Grab gesunken oder ob seine wilde, starke Natur sanfter und gefügiger und für das zarte Glück einer Frau empfänglich geworden war. Doch gab es, solange Hester lebte, Anzeichen dafür, daß in einem fernen Lande jemand liebevollen Anteil an der Einsiedlerin mit dem roten Zeichen nahm. Es kamen Briefe mit Wappensiegeln, wie sie in der englischen Heraldik unbekannt waren. Die Hütte war

mit allerlei Gegenständen ausgestattet, die Bequemlichkeit und Luxus verrieten – Dinge, die Hester nie benutzte, die jedoch nur Reichtum gekauft und Liebe für sie erdacht haben konnten. Auch Kleinigkeiten waren darunter, Zierstücke, schöne Zeichen eines dauernden Gedenkens, denen man es ansah, daß sie aus zarten Händen und von einem zärtlichen Herzen kamen. Und eines Tages sah man Hester ein Kinderkleid besticken, mit so verschwenderisch üppiger, goldener Phantasie, daß es zu einem öffentlichen Aufruhr gekommen wäre, wenn sich ein Kind in diesem Putz unserer düsteren Gemeinde gezeigt hätte.

Kurz, ein paar Schwätzer glaubten damals – der Zollaufseher Mr. Pue, der ein Jahrhundert später Nachforschungen anstellte, war auch der Meinung, und einer seiner Nachfolger in jüngster Zeit ist sogar fest überzeugt davon –, daß Pearl nicht nur am Leben war, sondern auch verheiratet, glücklich und um ihre Mutter besorgt; und daß sie mit Freuden diese bekümmerte und vereinsamte Frau an ihrem eigenen Herd aufgenommen hätte.

Aber hier in Neuengland fand Hester Prynne ein wirklicheres Leben als in der unbekannten Ferne, wo Pearl ein Zuhause gefunden hatte. Hier war sie schuldig geworden, hier hatte sie gelitten, und hier wollte sie weiter sühnen. Deshalb war sie zurückgekehrt und hatte sich freiwillig – denn auch der strengste Richter dieser eisernen Zeit hätte es ihr nicht auferlegt – das Zeichen wieder angeheftet, dessen dunkle Geschichte wir erzählt haben. Nie mehr legte sie es ab. Aber im Laufe ihres mühseligen, gedankenvollen und aufopfernden Lebens hörte der rote Buchstabe auf, ein Brandmal zu sein, das die Verachtung und Grausamkeit der Welt herausforderte, und wurde zum Sinnbild eines traurigen Geschicks, das Scheu, aber auch Ehrfurcht erweckte. Und weil Hester Prynne keine selbstsüchtigen Zwecke verfolgte und nie nach eigenem Vorteil oder Vergnügen strebte, trugen die Leute all ihre Sorgen und Nöte zu ihr, die selbst durch so viel Schweres gegangen war, und suchten ihren Rat. Besonders Frauen kamen in ihre Hütte – von den ewig wiederkehrenden Leiden wunder, verschwendeter, gekränkter, mißverstandener oder irrender und sündiger Leidenschaft heimgesucht oder mit der schweren Bürde eines hingabebereiten Herzens, das keiner kennt und begehrt. Sie wollten wissen, warum sie so elend seien und was sie heilen könne. Hester tröstete und beriet sie, so gut sie konnte. Sie versicherte ihnen auch, daß sie fest glaube, in einer späteren lichteren Zeit, wenn die Welt reif dafür geworden sei, in einem himmlischen Zeitalter, werde sich eine neue Wahrheit offenbaren und das ganze Verhältnis zwischen Mann und Frau auf einen festeren Boden beiderseitigen Glückes stellen. In ihrem früheren Leben hatte sich Hester manchmal dem Wahne hingegeben, sie selbst sei vielleicht zur Prophetin bestimmt; aber sie hatte längst eingesehen, wie unmöglich es ist, daß geheimnisvolle göttliche Wahrheiten einer Frau anvertraut werden, die von Sünde befleckt und von Schande niedergebeugt oder auch nur ihr Leben lang mit einem Kummer beladen ist. Wohl müsse der Künder und Apostel dieser kommenden Wahrheit eine Frau sein, aber eine erhabene, reine und schöne, die auch weise sein müsse, nicht durch dunkles Leid, sondern durch himmlische Freude; eine Frau, die vor allem in ihrem eigenen Leben zeigen müsse, wie glücklich wahre Liebe macht.

So sprach Hester Prynne und senkte ihren traurigen Blick auf den scharlachroten Buchstaben. Und nach vielen, vielen Jahren wurde neben einem alten, eingesunkenen Grab, auf dem Friedhof, neben dem später King's Chapel errichtet wurde, ein neues Grab geschaufelt. Es lag ganz dicht neben dem alten, eingesunkenen, aber doch war ein schmaler Raum dazwischen, als habe der Staub der beiden Schläfer kein Recht, sich zu vermischen. Doch diente ein Grabstein für beide. Ringsumher standen Grabmäler mit eingemeißelten Wappenzeichen; und auch auf dieser einfachen Schieferplatte – der Wißbegierige kann es heut noch erkennen und sich den Kopf darüber zerbrechen – war die Form eines Wappens eingegraben. Es trug ein Symbol, das ein Wappenkundiger einmal beschrieben hat. Seine kurze Notiz möge als Leitsatz und Zusammenfassung unserer nun beendeten Geschichte dienen, die so dunkel ist und nur durch einen glühenden Lichtpunkt aufgehellt wird, der noch düsterer ist als selbst der Schatten:

AUF
SCHWARZEM FELD
DER BUCHSTABE
A
IN ROT

NACHWORT

Schon unter Königin Elisabeth hatten englische Schriftsteller auf die Vorteile von Kolonien in Amerika hingewiesen, welche Rohprodukte liefern könnten gegen Fertigwaren der Heimat, Vorteile für Schiffahrt und Fischfang brächten, besonders aber auch imstande wären, Arbeitslose und Vagabunden des als übervölkert geltenden Mutterlandes und selbst begnadigte Galgenvögel aufzunehmen. Aber erst unter den beiden ersten Stuarts, Jakob I. und Karl I., als die maritime Großmacht Spaniens im Niedergang befindlich war, kam es zu dauernden Niederlassungen an der Festlandsküste. Die Mitte allerdings war vorerst in fremden Händen, seit 1621 die Niederländer im Tal des Hudson ihre für den Pelzhandel bestimmte Kolonie mit der Hauptstadt Neu-Amsterdam, dem späteren New York, begründet hatten. Nördlich davon lag Neuengland, dessen wichtigste Kolonie Massachusetts war; den Kern des Südens bildete das »Old Dominion« Virginia, benannt nach der jungfräulichen Königin Elisabeth, unter deren Regierung der erste mißlungene Siedlungsversuch gemacht worden war. Virginia war das Land großer Tabaksplantagen, wo die Pflanzeraristokratie an der anglikanischen Staatskirche und enger Verbindung mit der Heimat festhielt. Neuengland dagegen bot trotz später Sommer und früher Winter ähnliche Bedingungen wie Altengland für Landwirtschaft und Fischfang; hier entstanden in Rodungen des Urwalds an der Küste und die Flüsse aufwärts die Siedlungsgemeinden (towns), auf deren mit Fischen gedüngten Äckern man den von den Indianern – die eine Epidemie gelichtet hatte – übernommenen Anbau von Mais (Indian corn) pflegte. Harte Arbeit war es für die fast rein englische Bevölkerung. Aber das Land konnte sich bald selbst ernähren und lockte landhungrige Kleinbauern, Pächter und Handwerker an; selbst wer die Überfahrt nicht bezahlen konnte und die Kosten in jahrelangem Frondienst abarbeiten mußte, hatte die Aussicht auf schließlichen pachtfreien Eigenbesitz.

Zugleich aber wirkte hier im Norden dasselbe mit, was einst in der Wikingerzeit die Norweger nach Island gezogen hatte: die Wildnis im Westen winkte als ein Asyl vor der Bedrückung daheim. Der Kern der ersten Schiffsladung der »Pilgerväter«, die 1620 die kleine Kolonie Plymouth begründeten, waren Mitglieder einer Separatistengemeinde aus Scrooby in Nottinghamshire, die unter Elisabeth nach den Niederlanden ausgewandert war. Sie waren jenseits der Grenzen des Gebiets der Virginia-Gesellschaft gelandet, für das sie Siedlungserlaubnis besaßen, und Mitfahrende aus den Armenvierteln von London fühlten sich an keine Autorität mehr gebunden; da traten am 11. November 1620 von den 102 Männern 41 zusammen und unterzeichneten nach Art von separatistischen Gemeinden einen »Bund«, in dem sie gelobten, eine politische Körperschaft zu bilden und unter dem König die Vollmachten zu übernehmen zum Erlaß gerechter Gesetze und zur Einsetzung tüchtiger Behörden: unter außergewöhnlichen Verhältnissen eine demokratische Grundlage für die Kolonie. Die große Einwanderung in Massachusetts aber fiel in die Jahre 1630–41, die Zeit der persönlichen Herrschaft Karls I., der seit 1629 elf Jahre lang kein Parlament einberief, und zugleich in die Zeit harter Maßnahmen des Erzbischofs Laud gegen die Puritaner. 1642 begann der Bürgerkrieg. Man rechnet, daß von 1630–41 in 300 Schiffen 20 000 Einwanderer hinübergebracht wurden. Die Leitung der Gesellschaft von Massachusetts Bay, die 1629 einen Freibrief vom König erhielt, lag in puritanischen Händen; Mitglieder des Hochadels und sonstige Edelleute waren beteiligt. Ihr vorausgeschickter Agent John Endicott landete in dem verlassenen Indianerort Naumkeag, den man in Salem umbenannte. Die Leitung der Gesellschaft wurde 1630 in die Kolonie verlegt, eine ganze Flotte fuhr hinüber. Der Gouverneur selbst, der gemaßregelte Landedelmann John Winthrop, ließ sich weiter südlich in dem Orte nieder, welcher der Hauptort werden sollte, Boston: so genannt zu Ehren des Predigers John Cotton nach seinem Wohnsitz Boston in Lincolnshire, von wo ihm ein großer Teil seiner Gemeinde folgte.

Vor Beginn der Ausfahrt 1630 predigte Cotton in Southampton über »Gottes Versprechen für seine Pflanzungen« auf Grund von 2. Samuel 7, 10: »Und ich will meinem Volk Israel einen Ort setzen, und will es pflanzen, daß es daselbst wohne, und es nicht mehr in die Irre gehe, und es die Kinder der Bosheit nicht mehr drängen, wie vorhin.« Gott selber hatte nach Cottons Überzeugung Amerika für seine Getreuen auserkoren, nun war es Pflicht der Gemeinden, nach Gottes Wort dort sein Reich zu erbauen. So entstand eine Theokratie, getragen von der herrschenden Minderheit von Laien und Geistlichen. Manches von puritanischer Lebensführung und Sitte hat sich später von Neuengland aus ausgebreitet und hilft noch heute mit, das Antlitz der Vereinigten Staaten zu prägen.

Aber auch die Schattenseiten waren gerade in Massachusetts nicht wenige. Nur ein Fünftel der erwachsenen Männer waren Kirchenmitglieder und im Besitz politischer Rechte; die Kirchenzucht mit ihren Strafen war streng und engherzig. In wichtigen Streitfragen wurden stets die Geistlichen hinzugezogen. Geistliche entwarfen später das Gesetzbuch mit Heranziehung des mosaischen Gesetzes, wie auch alttestamentliche Namen häufig waren: Nathaniel, Esther, Isaak, Salem. Und ebensowenig wie Demokratie herrschte religiöse Freiheit: die Machthaber waren in Durchführung dessen, was sie als Orthodoxie ansahen, strenger als bisher die »Kinder der Bosheit« in England. Der Geistliche Roger Williams, der für allseitige Duldung und für Trennung von Kirche und Staat eintrat, wurde verbannt, ging zu den Indianern, seinen Freunden, deren Sprache er gelernt hatte, und gründete die Kolonie

Rhode Island mit der Hauptstadt Providence, »Vorsehung«.

In Boston begann 1775 der Kampf der Waffen um die wirtschaftliche und politische Unabhängigkeit der Kolonien; Männer aus Neuengland – auch Benjamin Franklin war Bostoner – und Virginier führten ihn geistig mit den Waffen der englischen und französischen Aufklärung. Religiös hielt sich der Puritanismus bis in das 18. Jahrhundert, dann drang auch hier das Verstandesmäßige ein. Boston und Umgegend wurde eine Hochburg der liberalen Unitarier, welche die Dreieinigkeit leugneten, Christus nicht als Gott, sondern als menschlichen Propheten verehrten. Aber die geistige Bedeutung der Geistlichen bestand weiter. Ein neuer Umschwung setzte dann ein, als in England und Deutschland, auch in Frankreich, die Blüte der Romantik bereits dahin war. William Ellery Channing, der Wegbereiter, war unitarischer Geistlicher in Boston; George Ripley, in dessen Hause 1836 der Transcendental Club von Ralph Waldo Emerson und anderen begründet wurde zur Erörterung der neuen Anschauungen in Philosophie, Theologie und Literatur, gab wie Emerson sein Amt als Geistlicher auf. Der Transzendentalismus lehrte: die einzige Wirklichkeit ist Gott, die Weltseele, von der die Einzelseele ein Teil ist und die sich in der Welt der Sinne als Natur verkörpert; eine idealistische Weltanschauung, die auf den deutschen Idealismus seit Kant, z. T. durch französische und englische Vermittlung – Coleridge, Carlyle – zurückgeht. Zugleich beginnt eine schöne Literatur, die Amerika zum Schauplatz nimmt und die auch Europa etwas zu sagen hat. Schon Washington Irving, geboren 1783 als Sohn eines Einwanderers aus Schottland, schreibt im kosmopolitischen New York seine »Geschichte von New York von Diedrich Knickerbocker«, eine humoristische Behandlung der ältesten niederländischen Zeit. Der Held seiner erfolgreichsten Erzählung im *»Sketch Book«* von 1819: der von dem wunderbaren

Schlaf des Holländers Rip van Winkle in den Catskill-Bergen am Hudson, ist der verpflanzte Ziegenhirt aus Sittendorf am Kyffhäuser, von dem er in einem deutschen Sagenbuch aus der Bibliothek Walter Scotts in Abbotsford gelesen hatte. Nathaniel Hawthorne, geboren am 4. Juli 1804, am Nationalfeiertag der Unabhängigkeitserklärung, greift in Gegenwart und Vergangenheit seiner eignen Heimat Neuengland, mit der seine Familie von Anfang an verwachsen war.

Sein amerikanischer Urahn William Hathorne [!] stammte aus Binfield in Südengland, Berkshire, zwischen Windsor und Reading, war 1630 mit John Winthrop gekommen und als Kaufmann in Salem auch politisch einer der führenden Männer, zugleich Major in der Miliz seines Wohnorts. Aber die Familie hatte sich auf dieser Höhe nicht halten können; die späteren Nachkommen waren Seeleute des Ortes, des Sitzes von Reedern, deren Schiffe nach Indien und China fuhren. Des Autors Vater war Schiffskapitän gewesen, der schon 1808 am Fieber in Südamerika (Surinam) starb und die Mutter mit dem Sohn und zwei Schwestern in bescheidenen Verhältnissen zurückließ, so daß die Brüder der Mutter einspringen mußten; die Mutter zog sich möglichst in ihr Zimmer zurück und nahm nicht an den gemeinsamen Mahlzeiten teil. Der Knabe las viel, auch aus der älteren Literatur, Milton, Spensers »Feenkönigin« und Bunyans christliche Allegorie *»The Pilgrim's Progress«*, das Werk, das Hawthorne später als allbekannt seiner modernen Wiedergabe in »Die himmlische Eisenbahn« *(The Celestial Railroad)* zugrunde legen konnte. Mit vierzehn Jahren brachte er ein Jahr auf dem Grundstück eines Onkels am See Sebago zu, in Maine, dem nordöstlichsten Ausläufer der Union, wo noch heute ein Teil als Urwald erhalten ist und wo er auf dem See Schlittschuh lief. Gleichfalls in Maine besuchte er 1821 bis 1825 das im Orte Brunswick gelegene, ländlich-kleine, aber in gutem Rufe stehende Bowdoin College, wo er seine späteren Freunde Henry Wadsworth Longfellow, Horatio Bridge und den späteren Präsidenten der Vereinigten Staaten Pierce zu Altersgenossen hatte. Nach Absolvierung des vierjährigen Curriculums aber trat er nicht in das praktische Leben ein, sondern kehrte, ein hübscher, aber schweigsamer und linkischer Mensch, in das Haus seiner Mutter zurück. Zwölf Jahre lebte er hier zurückgezogen, oft nur in der Dämmerung das Haus verlassend, aber im Sommer machte er Ferienwanderungen durch Neuengland und freundete sich, wie einst Wordsworth, mit Hausierern, Viehtreibern, Schankwirten an. Sein 1828 veröffentlichter Roman *»Fanshawe«* war wohl schon in seiner Collegezeit begonnen. Sonst schrieb er sorgfältig ausgefeilte Skizzen und Kurzgeschichten anonym oder unter Pseudonym für Zeitschriften und lieferte Lohnarbeit für den Bostoner Verleger Goodrich. Mit dem durch seinen Freund Bridge ermöglichten Erscheinen der ersten Folge seiner »Zweimal erzählte Geschichten« *(Twice-Told Tales)* 1837, erweitert in zwei Bänden, 1842, endete die Zeit seiner freiwilligen Zurückgezogenheit. Eine Einladung durch die Schwestern Elisabeth und Sophie Peabody führte zu seiner Verlobung mit der künstlerisch begabten Sophie und machte ihn persönlich bekannt mit dem Kreis der Transzendentalisten, deren Zeitschrift *The Dial* (»Die Sonnenuhr«) von Elisabeth, der Besitzerin eines Buchladens, verlegt wurde. Anfang 1839 erhielt er, wiederum durch die Bemühungen von Bridge, den Posten eines Wiegemeisters am Bostoner Zollamt, den er 1841 aufgab. Er beteiligte sich in diesem Jahr an dem im wesentlichen von Transzendentalisten ausgehenden Brook Farm Institute of Agriculture and Education, einem Versuch gebildeter Männer und Frauen, in körperlicher Arbeit und geistigem Austausch kameradschaftlich zusammenzuleben, ähnlich wie einst der Plan von Coleridge und Southey von einer Niederlassung an den Ufern des Susquehanna. Hawthorne nahm teil an der Landarbeit, aber saß stillschweigend, ein Buch in der Hand, inmitten der lebhaften Diskussionen der Jugend, die mehr und mehr in die sozialistischen Utopien von Owen und Fourier mündeten. Er legte einen Teil seiner Ersparnisse an in dem Unternehmen, das ihm billige Erwerbung eines eigenen Heims und baldige Heirat zu versprechen schien, zog sich aber bald zurück.

Am 9. Juli 1842 heiratete er Sophie Peabody aus Salem; die Ehe brachte dem Achtunddreißigjährigen volles Glück und das Ende seiner »verfluchten Einsamkeit« und Weltfremdheit. Das Paar siedelte, mit wenig Geld, über in das gemietete alte Pfarrhaus von Concord, dreißig Kilometer von Boston. Im ersten Kapitel seiner Geschichtensammlung »Moose von einem alten Pfarrhaus« (*Mosses from an Old Manse,* 1846) und in seinen *American Notebooks,* 1868 (»Amerikanischen Tagebüchern«), finden wir ein anschauliches Bild des glücklichen Lebens an dieser historischen Stätte. Vom Fenster von Hawthornes Arbeitszimmer hatte im April 1775 der damalige Ortspfarrer beobachtet, wie seine männlichen Pfarrkinder dem Versuch der englischen Truppe, Waffen und Munition zu beschlagnahmen, blutigen Widerstand leisteten; hier hatte das Haupt der Transzendentalisten seinen programmatischen Essay *»Nature«* geschrieben, Ralph Waldo Emerson, der jetzt am anderen Ende des Dorfes sein Haus hatte, aufgesucht von vielen Gästen. Doch die inneren Beziehungen Hawthornes zu ihm und den anderen Vertretern des Transzendentalismus waren gering, außer zu Thoreau, der schweigsam war wie er selbst und mit der Natur lebte. Aber die Notwendigkeiten des Lebens trieben Hawthorne nach Salem zurück, wo er, der der demokratischen Partei angehörte, 1845 Hafeninspektor am Zollamt wurde, wie einst Chaucer im Hafen von London, bis er 1849, beim Ausscheiden der Demokraten, getreu dem Grundsatz: Dem Sieger die Beute! wieder entlassen wurde. Des Amtes ledig, schrieb er hier als reifer Mann von fünfundvierzig Jahren seinen Roman »Der scharlach-

rote Buchstabe« (*The Scarlet Letter*), der 1850 erschien, ihn berühmt machte und seinen Ruhm auch im Ausland bis heute bewahrt hat.
In seinen Kurzerzählungen – zu den erwähnten Sammlungen kam noch 1852 »Der Schneemann und andere Erzählungen« (*The Snow-Image and Other Tales*) – zeigt sich Hawthorne als strenger Kritiker der Puritaner, so in der Art, wie er in dem »Maibaum von Merry Mount« einen alten Chronistenbericht ausmalt. Er selbst hatte sich in einer, praktischen Zwecken zugewandten, nüchternen Umgebung durchgearbeitet zu einem dichterischen Erzähler von Rang. In der Einleitung zum »Scharlachroten Buchstaben« glaubt er das Urteil seiner puritanischen Vorfahren hierüber zu hören. »Was treibt er?« flüstert ein schattenhafter Vorfahr dem andern zu. »Er schreibt Geschichten in Bücher! Was für eine Beschäftigung mag das sein, welche Art, den Mitlebenden nützlich zu sein? Da kann er auch fiedeln gehn, der entartete Bursche!« Um den Maibaum von Merry Mount als Symbol von Lebensfreude und poesiedurchwobenem Schönheitssinn sammeln sich Vertreter des Merry Old England mit Spielleuten und Schauspielern, Verkleidung und höfischen Maskenspielen, mit Maikönig und Maikönigin, aber all das frohe Treiben findet ein plötzliches Ende durch das Eingreifen des Eiferers Endicott; an Stelle der Maistange, von der die seidene Fahne flattert, tritt die Staupsäule der Puritaner. »Der künftige Charakter Neuenglands stand auf dem Spiele in diesem wichtigen Kampf. Wenn die grauhaarigen Heiligen ihr Urteil über die fröhlichen Sünder durchsetzten, so würde ihr Geist Verdunkelung bringen über die Umwelt und sie zu einem Lande machen von finsteren Gesellen, von harter Arbeit, von Predigt und Psalmengesang. Aber hatte das Banner von Merry Mount Glück, so würde die Sonne aufgehen über den Bergen, Blüten würden den Wald schmücken und späte Nachwelt sich vor dem Maibaum beugen.« Die Kalvinisten in Europa

hatten die Kunstdenkmäler der Kirchen, Statuen und Glasfenster zerstört, auch in Deutschland, im reformiert gewordenen Bernburg, hörte man Ostern 1602 auf, »die Orgel zu schlagen«; 1642 schlossen sie die Theater in England. Heute tanzt am 1. Mai die späte Nachwelt, amerikanische Studenten und Studentinnen, zum Dudelsack um die Maibäume auf dem frühlingsgrünen Campus, und die große Feier in jedem vierten Jahre, wo den ganzen Tag Schwerttanz und Morris-dance wechselt mit elisabethanischen Dramen, wird dem, der sie miterlebte, eine Erinnerung für immer bleiben. »Glücklich sind wir«, heißt es in *»Main Street«*, der Erzählung, die einen Überblick über die Entwicklung der Hauptstraße von Salem seit der Indianerzeit gibt und auch einen von Hawthornes Vorfahren einführt, »wenn aus keinem anderen Grunde, so deshalb, weil wir nicht in diesen Tagen lebten ... Solch ein Leben war finster für den Geist und finster fürs Herz; besonders wenn eine Generation ihre düstere Religion, ihr unechtes religiöses Feuer der nächsten vermachte; denn solche Züge nehmen unvermeidlich die Form von Heuchelei und Übertreibung an. Es war dem nachfolgenden Geschlecht unmöglich, in Himmelsfreiheit aufzuwachsen unter der Zucht, die die finstere Energie seines Charakters begründet hatte. Und vielleicht haben wir auch heute noch nicht alle die ungünstigen Einflüsse abgestreift, die, unter vielen guten, uns von unseren puritanischen Vorfahren überkommen sind.«

Und doch sagt er von diesen puritanischen Ahnen: »Ich spüre, daß starke Züge ihres Wesens in mir fortleben.« Es ist der sittliche Grundzug seines Charakters, der ihn treibt, sich gerade mit den Schattenseiten der Vorväter zu beschäftigen, mit Schuld und Sünde, unnachgiebig und ohne den Optimismus Emersons. »Der schwarze Schleier des Geistlichen« *(The Minister's Black Veil)* ist die Hülle, die er vor seinem Antlitz trägt, wenn er predigt von »verborgener Sünde und jenen traurigen Geheimnissen, die wir vor denen verbergen, die uns am nächsten und teuersten sind, die wir gern aus unserem Bewußtsein verbannen möchten, ganz vergessend, daß der Allwissende sie aufdecken kann.« Er trägt dies Symbol, das ihn von allen anderen, auch von seiner Verlobten, trennt und das er selbst in seiner Sterbestunde nicht ablegt. »Warum zittert ihr vor mir allein? Zittert auch voreinander. Ich schaue mich um und sehe vor jedem Antlitz einen schwarzen Schleier!« – »Eines der traurigsten Ereignisse in der Geschichte unserer Vorväter« nennt Hawthorne die Verfolgung der Quäker in ihrer frühen anarchischen und enthusiastischen Zeit. *The Gentle Boy* (»Der zarte Knabe«) schildert geradezu quälend Leiden und Tod eines von den anderen Kindern verfolgten Quäkerknaben, dessen Vater 1659 bei Boston gehenkt, dessen Mutter in die Wildnis gejagt war; von Zeit zu Zeit taucht ihre finstere Gestalt auf, so am Totenbett ihres Kindes im Hause eines einstigen Cromwellschen Panzerreiters, der es mitleidig aufgenommen hatte und selbst Quäker geworden war. Was die Amerikaner aber später besonders bedrückt und mit einer Art Scham erfüllt hat, waren die Hexenprozesse vom Jahre 1692 im Dorfe Salem, heute Danvers bei Salem. Der Harvarder Gelehrte George Lyman Kittredge hat dies in den richtigen Zeitrahmen hineingestellt (*»Witchcraft in Old and New England«*, Cambridge, Mass., 1929). Glaube an Hexen war im 17. Jahrhundert allgemein verbreitet; vor 1692 sind in Neuengland nur sechs Personen hingerichtet, darunter 1656 die im »Scharlachroten Buchstaben« erwähnte Schwester Gouverneur Bellinghams, Frau Hibbins. Einer der Beisitzer, Sewall, und viele andere Beteiligte legten nachträglich ein freies, offenes Bekenntnis ihres Irrtums ab. Kurz bevor die Aufklärung dem Hexenwahn nach 1700 ein Ende bereitete, war er epidemieartig aufgeflackert. Und doch ist es im ganzen ein für Neuengland sehr ehrenvolles Ergebnis, im Vergleich etwa zum Bischof von Bamberg, unter dem 1622 bis 1633 sechshundert Hinrichtungen stattfanden.

Aber der Eindruck wirkte lange nach. Hawthornes glänzende Einleitung »Das Zollhaus« zum »Scharlachroten Buchstaben«, in der er in teils humorvollem, teils satirischem Plauderstil über die Entstehung des Werkes in dem Ort mit dem verfallenden Hafen berichtet, gibt darüber beredte Auskunft. Da hören wir: Schon der hervorragende Urahn William Hawthorne war ein Verfolger der Quäker (*»Main Street«:* Ann Coleman, nackt von den Hüften an, ans Ende eines Karrens gebunden, erhält auf seinen Befehl zehn Streiche in Salem, zehn in Boston, zehn in Dedham und wird dann in den Wald getrieben). Dessen Sohn John war Richter bei den Hexenprozessen; auf den Fluch, den eins seiner Opfer über ihn aussprach, führte die Familie ihr langes soziales Absinken zurück, und der Schreiber hofft, daß dieser Fluch jetzt von ihr genommen sei.

Die angebliche Quelle des Romans: das im Zollamt gefundene Paket mit dem roten, goldverzierten A und der Begleitdarstellung, lassen wir auf sich beruhen. Die Gestalt der schönen Sünderin selbst hatte ihn schon länger vorher beschäftigt. In »Endicott und das Rote Kreuz« *(Endicott and the Red Cross)*, zuerst erschienen 1837, marschiert das kriegerische Aufgebot von Salem vor dem Versammlungs- und Bethaus, Meeting-house, unter dem Kommando von Endicott auf. Vor dem Gebäude steht eine Staupsäule zum Auspeitschen, an einer Ecke der Pranger, am anderen der Klotz, in dem die Füße des sitzenden Delinquenten steckten. Unter dem Publikum aber, worunter manche mit den Zeichen dauernder Körperstrafen, wie abgeschnittene Ohren, zu sehen sind, befindet sich auch »eine junge Frau von nicht geringer Schönheit, die verurteilt war, den Buchstaben A am Busen ihres Kleides zu tragen, vor den Augen aller Welt und ihrer eigenen Kinder. Und selbst ihre eigenen Kinder wußten, was dieser Anfangsbuchstabe bedeutete. Spiel treibend mit ihrer Schande, hatte das verlorene, verzweifelte Geschöpf das verhängnisvolle Zeichen in Scharlachtuch mit goldenen Fäden und der feinsten Kunst von Nadelarbeit bestickt, so daß der Buchstabe A hätte bedeuten können Admirable (Ausgezeichnet) oder alles andere als Adulteress (Ehebrecherin).

Tatsächlich stand nach dem Bostoner Gesetz von 1637 der Tod auf Ehebruch nach 5. Mose 22, 22: »Wenn jemand gefunden wird, der bei einem Weibe schläft, die einen Ehemann hat, so sollen sie beide sterben«, unter Vergessen von Christi Wort Johannes 8, 7: »Wer unter euch ohne Sünde ist, der werfe den ersten Stein auf sie.« Aber die Praxis milderte die Überstrenge des Gesetzes – auch ein Trunkenbold mußte ein D, drunkard, tragen; und in London lautete zwischen 1651 und 1659 der Wahlspruch der Geschworenen von Middlesex in dreiundzwanzig Fällen mit einer Ausnahme auf »nicht schuldig«.

Wie man sieht, ist Hester Prynne in Boston von anderem Schlag als jenes »verzweifelte, verlorene Geschöpf«.

Von der Vorgeschichte des Romans erfahren wir nichts; die Katastrophe erfolgt um 1650: der alte, erste Gouverneur Winthrop, an dessen Totenbett Hester Prynne Wache hält, starb 1649.

Die handlungsarme Fabel ist auf die drei oder vier Hauptbeteiligten konzentriert und betrifft ihr Inneres. Hester, leidenschaftlich, verzweifelt, aber als starke Frauennatur äußerlich nichts davon zeigend, schafft durch Dienst am Nächsten ihr Schandmal zu einem Ehrenzeichen um, das sie freiwillig auch später nicht ablegt, und schwingt sich zu einer freien Weltanschauung auf; neben ihr der schwache Mann, im Kampf mit der »verborgenen Sünde«. Aber er reißt sich los aus der Gewalt des Gegners, der in seinem Rachedurst zum Teufel geworden ist und ihm im Tode bald nachfolgt. Hier spielt ein anderes Problem hinein, dessen Formulierung in den »Amerikanischen Tagebüchern« lautet: »Die Wirkung befriedigter Rache ... durch eine lange Reihe von Jahren zu zeigen. Zuletzt, wenn das unglückliche

Opfer vollkommen niedergetreten wäre, ist der Triumphator ein wahrer Teufel böser Leidenschaft geworden – sie haben seine ganze Natur überwuchert, so daß ein viel größeres Übel über ihn gekommen ist als über sein Opfer.«
Das Düstere der Tragödie hebt der Erzähler selbst hervor; ein wenig Sonnenschein bringt Pearl hinein, das Elfenkind, das die Frage bewegt nach dem roten Buchstaben und nach Ehrwürden, der immer die Hand auf das Herz legt. Aber es war eine glückliche Zeit, als Hawthorne den Roman schrieb, nach einem der besten deutschen Kenner die »reinste und vollendetste Schöpfung« des Erzählers. Und vergessen wir nicht die Moral, die er selber daraus zieht: Seid wahrhaft, wahrhaft, wahrhaft!
Diesem klassischen Roman aus der Puritanerzeit, den Hawthorne Anfang Februar 1850 beendete, folgen in den 50er Jahren seine übrigen Romane. Im nächsten Winter schrieb er »Das Haus mit den sieben Giebeln« *(The House of the Seven Gables)* und vollendete es im Januar 1851. Der Roman spielt in seinem Heimatort Salem, ohne daß allerdings der Name ausdrücklich genannt wird; wieder greift er auf die Hexenverfolgungen von 1692 zurück, wieder zeigt er die Folgen eines Fluches. Matthew Maule, der dem Oberst Pyncheon sein Grundstück mit Hütte nicht verkaufen wollte, hatte vom Galgen auf den Gegner gezeigt mit den Worten: »Gott wird ihm Blut zu trinken geben.« Der Oberst stirbt in seinem Arbeitszimmer an einem Blutsturz, als ihn die Gäste bei der Einweihungsfeier des auf Maules Grundstück erbauten Herrenhauses erwarten. Abgesehen von dem Kapitel über Alice Pyncheon, das eine tragische Episode aus der ersten Hälfte des 18. Jahrhunderts überbrückend nachholt, verläuft die Handlung in der Gegenwart. Die Feindschaft zwischen der Familie des obskuren Maule und der des Aristokraten Pyncheon bleibt bestehen. Sie verhilft der Familie Pyncheon dazu, den Tod des Obersten, des Erbauers des Hauses, nachträglich aufzuklären. Es stellt sich nämlich heraus, daß

Jaffrey Pyncheon, der spätere Richter und Politiker, in dem Bestreben, sich das Besitztum anzueignen, dessen rechtmäßigen Erben, seinen Vetter Clifford, absichtlich zu Unrecht beschuldigt hat, den Tod des Vorbesitzers herbeigeführt zu haben, auf welche Beschuldigung hin Clifford zu lebenslänglichem Gefängnis verurteilt worden war, aus welchem er erst spät, geistesgestört, entlassen wurde. Der Verleumder, Jaffrey Pyncheon, stirbt bei einem Besuch im gleichen Zimmer auf demselben Stuhl wie sein Ahnherr, der Oberst Pyncheon. Nach seinem Tode wird seine Schuld an Cliffords Verurteilung von einem Nachkommen Maules erkannt, und seine Lebenslüge, auf der er seinen Erfolg aufgebaut hat, wird jenseits des Grabes offenbar.

Das »Siebengiebelhaus« entstand in Lenox, Massachusetts. Von diesem Wendepunkt, an dem in Hawthornes Schaffen das blühende Leben der Gegenwart die Gespenster der Vergangenheit vertreibt, ist es kein großer Schritt mehr bis zum »Blithedale-Roman« *(Blithedale Romance)*, den Hawthorne im folgenden Winter 1851/52 schreibt: dem Niederschlag seiner zehn Jahre zurückliegenden Erlebnisse und Eindrücke in der Brook Farm, Roxbury, der Stätte, in deren Nähe, in West-Newton bei Boston, er damals lebte. Hier ist er in der vollen, miterlebten Gegenwart, und die außergewöhnliche Frische des Werks und der Anteil stillen Humors hängt damit zusammen. Aber es ist Dichtung und Wahrheit, auf den Dichtungsgehalt weist schon das »Romance« im Titel. Hawthorne selbst tritt als Mr. Coverdale auf, der skeptisch ruhige Beobachter. Eine ganze Reihe von Beschreibungen sind seinen Tagebüchern entnommen, das schlechte Wetter bei seiner Fahrt nach Blithedale, die Verkleidungen im Walde, seine Einsiedelei im Baumwipfel. Aber man darf das Bedauern nicht unterdrücken, daß aus der Fülle von Personen und Bestrebungen, die hier zusammentrafen, der Dichter von vornherein Hollingworth herausgriff, der, besessen von seinem Plan, ein Institut zur

Besserung von Verbrechern durch Appell an ihre sittlichen Instinkte zu gründen, unter den beiden Frauen, die ihn lieben, Priscilla wählt, als dieser das Vermögen ihrer Halbschwester Zenobia zufällt. Die phantastische Vorgeschichte der beiden Frauen wird erst allmählich und auch dann nicht völlig klar. Einige Züge der glänzenden Zenobia sind der Transzendentalistin Margaret Fuller entnommen; die Auffindung ihrer Leiche am Ende stammt aus einem Erlebnis des Dichters, der vom alten Pfarrhaus in Concord bei Fackelschein an der Suche nach einer Farmerstochter teilnahm, die den Tod im Flusse gesucht hatte.

Im Jahre 1852 siedelte Hawthorne in das von ihm gekaufte Landhaus The Wayside (Am Wege) bei Concord über, ging jedoch schon im nächsten Jahre als amerikanischer Konsul nach Liverpool, wo er bis 1857 blieb. Es folgten ein Aufenthalt in Frankreich und Italien und ein weiteres Jahr in England. Seine englischen Erinnerungen veröffentlichte er 1863 (*Our old Home*, »Unsere alte Heimat«); der Ertrag des Italienaufenthalts war ein Romanentwurf, den er 1859 in England ausarbeitete: »Der Marmorfaun« (*The Marble Faun*). Spät erst hatte der Puritanersprößling das Leben und die Kunst Italiens und der Antike kennengelernt; hier zeigt er Engländer und Amerikaner, besonders Künstler, in das Leben des Südens verflochten. Das Problem aber, das schließlich ungelöst bleibt, ist das alte: die Wirkung eines Verbrechens auf die Schuldigen. Der eine Beteiligte ist der italienische Graf Donatello, der »Marmorfaun«, so genannt nach seiner äußeren und inneren Ähnlichkeit mit dem Faun des Praxiteles in Florenz.

Hawthorne ging oft von dem abstrakten Problem aus, das er dann bei der Gestaltung mit Fleisch umkleidete; um ihr eine gewisse Wirklichkeitsillusion, einen gedämpften Realismus zu verleihen, nimmt er zuweilen die ausführlichen Beschreibungen seiner Tagebücher zu Hilfe. Mit Vorliebe wandelt er auf der Grenze von Wirklichkeit und Übersinnlichem, und sein Hang zum Symbol tritt überall hervor. Er pflegt eine erhöhte Sprache, auch im Dialog, und vermeidet Mundartliches und Altertümliches, auch in seinen Erzählungen aus der Puritanerzeit. Zwanzig Jahre nach seinem Tode nannte ihn der Germanist Anton E. Schönbach in der Studie, die er über ihn veröffentlichte, den größten Dichter, den die Vereinigten Staaten bis jetzt hervorgebracht haben; heute sieht man in ihm einen tief bohrenden Seelendarsteller, der die Frage nach der Wirkung der Schuld auf den Menschen, nach der Pflicht und nach der rechten Sittlichkeit immer wieder entlarvend und nachdenklich aufwarf und in Werken von bleibendem Gehalt und zwingender Form weiterführend gestaltete als ein Wegbereiter des in immer tiefere Schichten vordringenden psychologischen Romans.

Im Jahre 1860 war er in sein Haus bei Concord zurückgekehrt; aber seine Kraft ließ nach, und der beginnende Bürgerkrieg beugte ihn. Er starb am 18. Mai 1864 auf einer Erholungsreise und wurde in Concord begraben.

Hans Weyhe

9 *vor drei oder vier Jahren . . . beglückte ich den Leser:* Anspielung auf die zweibändige Kurzgeschichtensammlung »Moose von einem alten Pfarrhaus« (»Mosses from an Old Manse«, 1846), in der Hawthorne im ersten Kapitel sein Eheglück schildert.

»P. P., Clerk of this Parish« (»P. P., Küster dieses Kirchspiels«): sich selbst und seine Lebensgeschichte überaus wichtig nehmender Titelheld und angeblicher Autor des Memoirenbandes »Memoirs of P. P., Clerk of this Parish« aus dem frühen 18. Jh.; wirklicher Verfasser ist jedoch der engl. Arzt und Satiriker John Arbuthnot (1667-1735).

10 *. . . der längsten Erzählung dieses Bandes:* s. Fußnote des Verfassers auf S. 54.

King Derby: Gemeint ist Elias Hasket Derby (1739-99), führender Salemer Händler und Reeder; begründete den nordamerikan. Handel mit China, Ostindien und den baltischen Ländern.

Onkel Sam (amerikan.: Uncle Sam): volkstümliche Bezeichnung für die USA, entstanden aus U. S.

12 *Persenning:* wasserdicht imprägniertes Segeltuch.

18 *Collector:* oberster Zollbeamter.

Miller, James (1776-1851): nordamerikan. General und Verwaltungsbeamter, 1825-49 oberster Hafenzollbeamter in Salem.

19 *Whigs:* die engl. Fortschrittspartei seit dem 17. Jh.; in den USA seit 1834 Name der Kämpfer der Unabhängigkeitsbewegung, aus denen sich 1854 in den Nordstaaten die Republikanische Partei bildete.

20 *Boreas:* griech. Gott des Nordwindes.

26 *Adams,* John: zweiter Präsident der USA 1797-1801; zur Unterscheidung von seinem Sohn, der ebenfalls Präsident wurde, als »der ältere Adams« bezeichnet.

28 *Ticonderoga:* 1755 von den Franzosen als Fort Carillon

erbaute Festung am Champlainsee im Nordosten des Staates New York, etwa 160 km nördl. von Albany; im engl.-franz. Kolonialkrieg um Nordamerika 1756-83 und im nordamerikan. Unabhängigkeitskrieg 1776-81 umkämpft: 1759-75 engl. und in Fort Ticonderoga umbenannt, 1775-77 amerikan., nach kurzer engl. Besetzung seit Herbst 1777 wieder amerikan.; heute Militärmuseum.

29 *Chippawa:* kanad. Dorf in der Provinz Ontario, am Niagarafluß, etwa 4 km stromaufwärts der Niagarafälle; hier siegten im engl.-nordamerikan. Krieg um Kanada 1812 bis 1814 am 5. Juli 1814 die Amerikaner über die Engländer.

Fort Erie: 1764 erbaute Festung am Niagarafluß in Kanada, gegenüber von Buffalo (USA); wechselte im engl. -nordamerikan. Krieg um Kanada 1812-14 mehrfach den Besitzer und wurde schließlich 1814 von den Amerikanern gesprengt; 1938 restauriert, heute Museum.

31 *Niagarafront:* Frontlinie am Niagarafluß zwischen Großbritannien und den USA während des engl.-nordamerikan. Krieges um Kanada 1812-14.

33 *Brook Farm* Institute of Agriculture and Education: 1841 von dem nordamerikan. Schriftsteller George Ripley (1802-80) gegründete Kooperativfarm, etwa 14 km südwestl. von Boston, deren Mitglieder Transzendentalisten waren, Anhänger einer von Kant (1724 bis 1804) und der deutschen romantischen Naturphilosophie Schellings (1775-1854) ausgehenden idealistisch-neuplatonischen Richtung gegen die rein erfahrungsmäßige und materialistische Lebensauffassung, und die in gemeinsamer Arbeit und geistiger Bildung zusammenlebten; 1847 aufgelöst.

Emerson, Ralph Waldo (1803-92): nordamerikan. Philosoph und Essayist, Naturmystiker, Verkünder der All-Einheit von Mensch und Weltseele, die durch kompromißloses sittliches Handeln zu erreichen sei; Hauptvertreter des Transzendentalismus (s. Erl. zu Brook Farm, 33).

Channing, William Ellery (1780-1842): nordamerikan. Theologe und Philosoph, Wegbereiter des Transzendentalismus, zeitweise Hawthornes Gefährte beim Rudern und Fischen auf dem *Assabeth,* einem linken Nebenfluß des Concordflusses in der Grafschaft Middlesex County in Ost-Massachusetts.

Thoreau, Henry David (1817-62): nordamerikan. Schriftsteller, der zweite Hauptvertreter des Transzendentalismus; Individualist; suchte Emersons Naturmystik in die Tat umzusetzen; hielt den Widerstand gegen den bürgerlichen Staat für Pflicht und betrachtete die Gesellschaft als ein Hindernis für die freie Entwicklung des einzelnen; erst müsse sich der einzelne reformieren, ehe er die Gesellschaft reformiert; trat für das Landleben und die Sklavenbefreiung ein. Hauptwerk: »Walden oder Leben in den Wäldern« (»Walden, or Life in the Woods«, 1854), das auf seine zweijährige Einsamkeit (1845-47) in einer selbstgezimmerten Blockhütte am Walden Pond, einem kleinen See bei Concord in Massachusetts, zurückgeht.

Hillard, George Stillman (1808-79): nordamerikan. Schriftsteller, Bezirksstaatsanwalt von Massachusetts 1866-71, Herausgeber der Werke (1839) des engl. Dichters Edmund Spenser (um 1552-99).

Longfellow, Henry Wadsworth (1807-82): nordamerikan. Lyriker und Epiker, Übersetzer Dantes; weltliterarisch gebildeter, formvollendeter Epigone von Romantik und Biedermeier, ohne originale Ausdruckskraft; behandelte in idyllisch-elegischen Epen Stoffe der amerikan. Vergangenheit und indianischen Sage; populärster nordamerikan. Dichter des 19. Jh.; Mitschüler Hawthornes.

Alcott, Amos Bronson (1799-1888): nordamerikan. Schulreformer in transzendentalistischem Geist; ersetzte formale Unterrichtsmethoden durch freie Konversation und strebte die harmonische Entwicklung des ganzen Menschen an.

34 *Chaucer,* Geoffrey (um 1340-1400): bedeutendster, frühbürgerlicher realistischer Dichter der mittelengl. Literatur; 1374-86 Oberzollaufseher des Londoner Hafens; Hauptwerk »Canterbury-Geschichten« (»Canterbury Tales«, 1387-1400), eine Rahmenerzählung in Versen, in der jeder der 30 nach Canterbury Pilgernden, die den verschiedensten Ständen und Berufen angehören, zwei Geschichten auf dem Hinwege und zwei auf dem Rückwege erzählen soll. Ausgeführt sind lebensvoll und mit Humor 23 Erzählungen.

Burns, Robert (1759-96): bedeutender schott. Lyriker, dessen volksliedhafte Gedichte schott. Nationalgut wurden; seit 1789 Steuereinnehmer.

35 *Naval Officer* (engl.: Seeoffizier): in den USA höherer Hafenzollbeamter.

Anattokörbe: Körbe mit dem roten Farbstoff Anatto (Orlean), der, aus der fleischigen Samenschale des tropischen Anattostrauches (Bixa orellana) gewonnen, zum Färben von Lebensmitteln verwendet wird.

37 *Zeit des Protektorats:* die Zeit 1653-59, als Oliver Cromwell (1599-1658) und danach sein Sohn Richard (1626-1712) als Lordprotektoren England, Schottland und Irland regierten.

38 *Shirley,* William (1694-1771): Gouverneur von Massachusetts 1741-45 und 1753-56; war 1731 aus England gekommen.

Felt, Joseph Barlow (1789-1869): nordamerikan. Altertumsforscher, 1850-53 Präsident der historisch-genealogischen Gesellschaft Neuenglands, schrieb die »Annalen von Salem« (1827).

39 *»Main Street«:* Erzählung Hawthornes über die Hauptstraße von Salem aus dem Kurzgeschichtenband »Der Schneemann« (»The Snow-Image«, 1851).

Essex Historical Society: Salemer Gesellschaft zur Erforschung der Grafschaft Essex County in Massachusetts.

41 *die Anfänge von Massachusetts:* 1620 und 1630 entstanden die ersten Ansiedlungen engl. Puritaner Plymouth und Boston.

50 *Taylor,* Zachary (1784-1850): nordamerikan. Staatsmann und zwölfter Präsident der USA seit 1849; Befehlshaber im Mexikanisch-Nordamerikan. Krieg 1846-48.

53 *Irvings kopfloser Reitersmann:* Anspielung auf den zu Pferde reitenden Geist ohne Kopf in der »Sage von der schläfrigen Schlucht« (»The Legend of Sleepy Hollow«, 1819) des nordamerikan. Erzählers Washington Irving (1783-1859).

56 *»Town Pump«* (»Stadtpumpe«): Erzählung Hawthornes aus den »Zweimal erzählten Geschichten« (»Twice-Told Tales«, 1837), die der alten Stadtpumpe von Salem in den Mund gelegt ist und, ähnlich wie »Main Street« (s. Erl. zu 39), ein Bild von der Geschichte der Stadt gibt.

57 *Johnson,* Isaac (gest. 1630): einer der Gründer von Massachusetts, begleitete 1630 Winthrop (s. Erl. zu 157) nach Amerika; unter seiner Leitung erfolgte die Besiedelung des jetzigen Boston; Mitbegründer der ersten Bostoner Kirchengemeinde.

Hutchinson, Anne (1591-1643): Führerin der Antinomisten in Massachusetts, der Gegner der alttestamentlichen Gesetzespredigt; wegen »Verführung der Geistlichkeit« 1637 exkommuniziert und verbannt, genoß sie unter ihren Anhängern weiter den Ruf einer Heiligen.

58 *Hibbins,* Anne (gest. 1656): Schwester Richard Bellinghams (s. Erl. zu 72), Frau des wohlhabenden Bostoner

Händlers William Hibbins (gest. 1654), der seit 1643 Assistent am General Court, der gesetzgebenden Körperschaft von Massachusetts, war; wurde als Hexe gehängt.

59 *Elisabeth* I.: Königin von England 1558-1603.

61 *A:* Anfangsbuchstabe von Adulteress (engl.: Ehebrecherin).

70 *Daniel:* alttestamentlicher Prophet, dem nach der Überlieferung Gott außergewöhnliche Weisheit schenkte.

72 *Bellingham,* Richard (um 1590-1672): Gouverneur von Massachusetts 1641, 1654 und 1665-72; war 1634 aus England gekommen.

73 *Wilson,* John (um 1590-1667): puritanischer Geistlicher, 1630 aus England nach Massachusetts gekommen, war er seit 1635 ständiger Lehrer an der ersten Bostoner Kirchgemeinde.

79 *Lethe:* (griech.: Vergessen); in der griech. Sage Unterweltfluß, aus dem die Verstorbenen Vergessen ihres früheren Lebens trinken.

Nepenthes: (griech.: schmerzlindernd); in der griech. Sage ein Zaubertrank, »Kummer zu tilgen und Groll und jeglicher Leiden Gedächtnis« (Homer, Odyssee 4, 221).

93 *Kain:* alttestamentliche Gestalt, Sohn Adams und Evas, erschlug seinen jüngeren Bruder Abel; zur Strafe mußte er als Nomade in der Steppe umherirren, wurde aber durch ein von Gott an ihm angebrachtes Zeichen gegen die Blutrache geschützt (1. Mose 4, 15).

111 *Aladin:* Held des Märchens »Aladin und die Wunderlampe« aus »1001 Nacht«; der arme Schneiderssohn wird durch einen Dämon, der beim Reiben der Wunderlampe erscheint und ihm jeden Wunsch erfüllt, reich, läßt sich ein prächtiges Schloß bauen und heiratet die Tochter eines Sultans in China.

113 *Pequotkrieg:* Krieg Neuenglands 1637 gegen die Pequot-Indianer am Connecticut River im Nordosten der USA, der die jahrelangen Streitigkeiten zwischen den Kolonisten und den kriegerischen Pequots mit einem schrecklichen Blutbad und der Zerstreuung der Indianer abschloß.

Bacon, Sir Nicholas (1509-79): engl. Rechtsgelehrter, Lordkanzler seit 1559.

Coke, Sir Edward (1552-1634): engl. Rechtsgelehrter, Präsident des Oberhofgerichts 1613-16.

Noye, William (1577-1634): erster engl. Kronanwalt seit 1631.

Finch, Sir John, Baron of Fordwich (1584-1660): engl. Rechtsgelehrter, seit 1628 Sprecher des Unterhauses, 1639 Großsiegelbewahrer, floh 1640 nach Holland, nahm jedoch 1660 an dem Prozeß gegen die Richter des 1649 enthaupteten Karl I., des Königs von England seit 1625, teil.

114 *Blackstone,* William (1595-1675): engl. Geistlicher, 1623 erster weißer Siedler an der Stelle des späteren Boston.

115 *Jakob* I.: König von England 1603-25, als Jakob VI. König von Schottland 1567-1625.

Johannes der Täufer: neutestamentliche Gestalt, Bußprediger in der Wüste, der Jesus taufte; wurde von Herodes Antipas, jüd. Teilkönig 4 v. u. Z.-39, gefangengenommen und enthauptet, weil er dessen Ehebruch tadelte; sein Kopf wurde nach der Überlieferung auf einer Schüssel der Stieftochter des Königs übergeben (Matthäus 14,3 bis 11); Nachbildungen der Schüssel mit dem Johanneskopf wurden im 13.-17. Jh. oft in Kirchen zur Verehrung aufgestellt.

117 *babylonische Schwester:* Anspielung auf das neutestamentliche Bild von der »großen babylonischen Hure«, mit der Rom als Stätte des Götzendienstes bezeichnet werden soll (Offenbarung des Johannes 17, 1-5).

127 *Digby,* Sir Kenelm (1603-65): engl. Flottenkommandant, Diplomat und vielseitiger Naturforscher, soll als erster die Notwendigkeit der »Lebensluft« (des 1770/72 entdeckten Sauerstoffs) für das Dasein der Pflanzen entdeckt haben; seine medizinischen Schriften sind jedoch von phantastischen Behauptungen nicht frei.

132 *David:* israelit. König um 1005- um 965, verführte nach alttestamentlicher Überlieferung *Bathseba,* die Frau seines hethitischen Hauptmanns Uria, während dieser im Felde stand, und ließ ihn dann an die gefährlichste Stelle einer Belagerung versetzen, wo er fiel; der Prophet *Nathan* zwang David durch Strafandrohung zur Reue (2. Samuel 11 und 12).

134 *Overbury,* Sir Thomas (1581-1613): engl. Dichter und Jurist, kam als Opfer einer Hofintrige in den Tower, wo er heimlich vergiftet wurde; erst nach einem Jahr wurde die Mordgeschichte aufgedeckt.

Forman, Simon (1552-1611): engl. Astrologe und Wunderarzt, der sich auch mit Magie beschäftigte.

136 *Bunyans schreckliche Eingangspforte:* die Tür zur Hölle in dem allegorisch-religiösen Erbauungsroman »Die Pilgerreise zur seligen Ewigkeit« (»The Pilgrim's Progress«, 1678) des engl. puritanischen Schriftstellers John Bunyan (1628-88).

150 *Henoch:* alttestamentlicher Urvater, nach der Überlieferung von Gott wegen seiner Frömmigkeit, 365 Jahre alt, in den Himmel entrückt (1. Mose 5, 22-24).

157 *Winthrop,* John (1588-1649): zwischen 1630 und 49 mehrmals Gouverneur von Massachusetts, war 1630 aus England gekommen und galt während seiner politischen Tätigkeit als gerecht und großzügig.

172 *Hutchinson,* Anne: s. Erl. zu 57.

190 *Apostel Eliot:* Gemeint ist John Eliot (1604-90), engl.-nordamerikan. Missionar, kam 1631 nach Boston und wurde, da er als erster den Indianern in ihrer Mutter-

sprache predigte, der »Apostel der Indianer« genannt; seine Übersetzung der Bibel in die Sprache der Massachusetts-Indianer (1661/63) war die erste vollständige Bibel, die in den engl. Kolonien gedruckt wurde.

213 *Dryade:* in der griech. Sage eine Baumnymphe.

233 *die gültige Goldmünze des neuen Jerusalem:* Anspielung auf das biblische Bild vom neuen Jerusalem als dem Symbol der Vollendung des Reiches Gottes (Offenbarung des Johannes 21, 2-22).

238 *Lord Mayor:* Oberbürgermeister von London.

239 *Cornwall:* südwestlichste engl. Grafschaft, in der, wie in der östl. angrenzenden Grafschaft *Devonshire,* eine besondere freie Art des Ringkampfes üblich war.

246 *Bradstreet,* Simon (1603-97): Gouverneur von Massachussetts 1679-86 und 1689-92; war 1630 aus England gekommen.

Endecott, John (um 1590-1665): zwischen 1629 und 64 mehrmals Gouverneur von Massachusetts; war 1628 aus England gekommen.

Dudley, Thomas (1576-1653): zwischen 1634 und 50 mehrmals Gouverneur von Massachusetts; einer der Gründer der ersten Bostoner Kirchgemeinde.

Bellingham: s. Erl. zu 72.

Mather, Increase (1639-1723): nordamerikan. Staatsmann und Geistlicher; seit 1664 Pfarrer in Boston, 1685-1701 Rektor der Harvard-Universität, seit 1690 offizieller Vertreter der Neuenglandstaaten im Mutterland.

Alexander Thiele

Ausgewählte Hawthorne-Bibliographie, mit besonderer Berücksichtigung des ›Scarlet Letter [Der scharlachrote Buchstabe]‹ von Norbert Kohl

I. Bibliographien und Forschungsberichte

A Bibliography of Nathaniel Hawthorne, comp. by Nina E. Browne, New York: Franklin 1968 [1905].

Blair, Walter: *Hawthorne*, in: *Eight American Authors. A review of research and criticism*, hg. Floyd Stovall, New York: Norton 1956, 1963, S. 100-152.

Gerstenberger, Donna and George Hendrick: *The American Novel 1789-1959. A checklist of twentieth-century criticism*, Denver: Swallow 1961, S. 105-118.

Blanck, Jacob: *Bibliography of American Literature*. Bd. IV: *Nathaniel Hawthorne to Joseph Holt Ingraham*, New Haven: Yale Univ. Pr. 1963, S. 1-36.

Jones, Buford: *A Checklist of Hawthorne Criticism, 1951-1966*. With a detailed index, Hartford: Transcendental Books 1967.

Gross, Theodore L. and Stanley Wertheim: *Hawthorne, Melville, Stephen Crane. A critical bibliography*, New York: Free Pr. 1971.
Nathaniel Hawthorne: S. 1-100.

Spiller, Robert E. et al.: *Literary History of the United States. Bibliography*, New York: Macmillian 1948. Fourth edition, rev., 1974. *Bibliography supplement* I and II, hg. Richard M. Ludwig, New York: Macmillian 1959, 1971.
Nathaniel Hawthorne: S. 544-553, 927-930, 1215-1219.

Clark, C. E. Frazer, Jr.: *Nathaniel Hawthorne. A descriptive bibliography*, Pittsburgh (Pa.): Univ. Pr. 1978.
Bibliographie der Primärliteratur.

II. Werke

1. Sammlungen

Die bibliographischen Angaben zu den Sammlungen stützen sich auf: C. E. Frazer Clark, Jr.:
Nathaniel Hawthorne. A descriptive bibliography, Pittsburgh (Pa.): Univ. of Pittsburgh 1978, S. 339–376.

»Tinted Edition« or *»Uniform Edition«*, 14 Bde., Boston: Ticknor and Fields 1865. Bde. 15-18 (1870), 19-20 (1872), 21 (1873), 22-23 (1876) wurden später hinzugefügt. Erste Sammlung der Werke Hawthornes.

Illustrated Library Edition, 12 Bde., Boston: Osgood 1871-1876. Bd. 13 wurde 1882 mit dem Impressum von Houghton, Mifflin hinzugefügt.

»Little Classic Edition«, hg. George P. Lathrop, 23 Bde., Boston: Osgood 1875-1876. Die Bde. 24 (1883) und 25 (1882) wurden später mit dem Impressum Houghton, Mifflin hinzugefügt.

»Fireside Edition«, 12 Bde., Boston: Houghton, Osgood 1879.
Bd. 13 wurde 1882 mit dem Impressum von Houghton, Mifflin hinzugefügt.

Globe Edition, 6 Bde., Boston: Houghton, Mifflin 1880.

»Kegan Paul Edition«, 12 Bde., London: Kegan Paul, Trench 1883.
Bd. 13 wurde um 1891 hinzugefügt.

Riverside Edition [Large Paper], 13 Bde., Cambridge (Mass.): [Houghton, Mifflin] 1883.

Riverside Edition [Trade], hg. George P. Lathrop, 12 Bde., Boston: Houghton, Mifflin 1883.
Bd. 13 wurde um 1891 hinzugefügt.
Wayside Edition, 24 Bde., Boston/New York 1884.
Bd. 25 wurde um 1891 hinzugefügt.
»Paterson Edition«, 6 Bde., Edinburgh: Paterson [1885?].
»New« Fireside Edition, 6 Bde., Boston: Houghton, Mifflin [1886].
Popular Edition, 8 Bde., Boston: Houghton, Mifflin [1891].
Standard Library Edition, 15 Bde., Boston/New York: Houghton, Mifflin [1891].
The Popular Tales of Nathaniel Hawthorne, Glasgow: Morison; London: Simpkin, Marshall, Hamilton, Kent [1894].
»Walter Scott Edition«, 12 Bde., London: Scott [1894].
Concord Edition, 25 Bde., Boston/New York: Houghton, Mifflin 1899.
Autograph Edition. General introd. by Rose Hawthorne Lathrop, 22 Bde., Boston/New York: Houghton, Mifflin 1900.
Large-Paper (Autograph) Edition, 22 Bde., Boston/New York: Houghton, Mifflin 1900.
»New« Wayside Edition, 13 Bde., Boston/New York: Houghton, Mifflin [1902].
Crowell »Lenox Edition«, 14 Bde., New York: Crowell [1902].
Crowell »Popular Edition«, 7 Bde., New York: Crowell [1902].
Old Manse Edition, 22 Bde., Boston/New York: Houghton, Mifflin 1903.
New England Romances. London: Newnes; New York: Scribner [1904?].
Fireside Edition, 13 Bde., Boston/New York: [Houghton, Mifflin] 1909.
»Jefferson Press Edition«, 10 Bde., Boston/New York: Jefferson Press [1913].
The Complete Novels and Selected Tales of Nathaniel Hawthorne, hg. Norman Holmes Pearson, New York: Modern Library [1937].
The Portable Hawthorne, hg. Malcolm Cowley, New York: Viking 1948. Enth. Einl. und Anmerkungen.
The Best of Hawthorne, hg. Mark van Doren, New York: Ronald Press [1951].
The Complete Short Stories of Nathaniel Hawthorne, Garden City (N. Y.): Doubleday [1959].
The Centenary Edition of the Works of Nathaniel Hawthorne, hg. William Charvat u. a., Bd. 1 ff., [Columbus]: Ohio State Univ. Pr. 1963 ff.
Standardausg. Bis 1977 waren 13 Bde. erschienen.

2. Briefe

Love Letters of Nathaniel Hawthorne, 1839-1863. Chicago 1907. Repr. with a foreword by C. E. Frazer Clark, Jr., Washington (D. C.): NCR/Microcard editions 1972.
Letters of Hawthorne to William D. Ticknor, 1851-1864. Foreword by C. E. Frazer Clark, Jr., Newark (N. J.): Carteret Book Club 1910, Washington: NCR Microcard Editions 1972.
Ticknor, Caroline: *Hawthorne and his Publisher*, Boston/New York: Houghton, Mifflin 1913. Reiss. Port Washington: Kennikat Pr. 1969.
Enth. auch Hawthorne-Korrespondenz.

The Scarlet Letter. A romance, Boston: Ticknor, Reed, and Fields 1850. Erstausg.

The Scarlet Letter. A romance, Leipzig: Tauchnitz 1852. (= Collection of British Authors CCXXVI)

The Scarlet Letter. A romance, London: Bohn 1852.

The Scarlet Letter. New York: Lovell 1889.

The Scarlet Letter. A romance. Ill. by Frederick C. Gordon, New York: Stokes 1893.

The Scarlet Letter. A romance, Philadelphia: Altemus 1893.

The Scarlet Letter. Ill. by T. H. Robinson, London: Bliss, Sands 1897.

The Scarlet Letter, New York: Dodd, Mead 1900.

The Scarlet Letter. With an introd. by Katherine Lee Bates, New York: Crowell 1902.

The Scarlet Letter. A romance, London: Dent; New York: Dutton 1907. (= Everyman's library).

The Scarlet Letter. London: Cassell 1910.

The Scarlet Letter. With an introd. by Stuart P. Sherman . . ., New York: Scribner 1919.

The Scarlet Letter. A romance. With ill. by Hugh Thomson, London: Methuen 1920.

The Scarlet Letter. Introd. by William Lyon Phelps, New York: The Modern library 1927.

The Scarlet Letter. With ill. by Nell Booker. Introd. by Carl van Doren, Cleveland/New York: The World Publ. Co. 1946.

The Scarlet Letter. Introd. by Austin Warren, New York: Rinehart 1947, 1961.

The Scarlet Letter. With contemporary ill. and a foreword by Basil Davenport, New York: Dodd, Mead 1948.

The Scarlet Letter. With an introd. by Newton Arvin, New York: Harper 1950.

The Scarlet Letter. A romance. Introd. by John C. Gerber, New York: Modern Library 1950.

The Scarlet Letter, Leipzig: List 1954. (= Panther books).

The Scarlet Letter, hg. Harry Levin, Boston: Houghton, Mifflin 1960. Enth. Einl. und Anmerkungen.

The Scarlet Letter. With an afterword by Maxwell Geismar, New York: Washington Square Pr. 1960.

The Scarlet Letter. Text, sources, criticism by Kenneth S. Lynn, New York: Harcourt, Brace 1961.

The Scarlet Letter. An annotated text, backgrounds, and sources, essays in criticism, hg. Sculley Bradley, Richmond C. Beatty, E. Hudson Long, New York: Norton 1961, [2]1978. (= A Norton Critical Edition).

The Scarlet Letter. New York: Airmont Books 1962.

The Scarlet Letter. With a foreword by Leo Marx, New York: New American Library 1962.

The Scarlet Letter. A romance, hg. Larzer Ziff, Indianapolis: Bobbs-Merrill 1963.

The Scarlet Letter. A romance. With an introd. by Douglas Grant, London/Oxford: OUP 1965.

The Scarlet Letter, New York: Harper & Row 1965.

The Scarlet Letter. A romance, hg. Terence Martin, Cleveland: World Publ. Co. 1967. Mit einer Einl.
The Scarlet Letter. Introd. by Alan B. Donovan, Bronxville (N. Y.): Cambridge Book Co. 1968.
The Scarlet Letter. A romance. With an introd., a note on the text, a bibliography, and an annotated chronology, prepared by Hyatt H. Waggoner and George Monteiro, San Francisco: Chandler 1968.
The Scarlet Letter. A romance. Introd. by Edwin H. Cady, Columbus (Ohio): Merrill 1969.
The Scarlet Letter. With a critical and biographical profile of Nathaniel Hawthorne by Norman Holmes Pearson, New York: Watts 1969.
The Scarlet Letter, New York: Fleet Pr. 1969.
Faksimiledruck der Erstausg.
The Scarlet Letter. Introd. by R. W. Butterfield, London: Dent; New York: Dutton 1971. (= EL 122).
The Scarlet Letter. A romance. Ill. by Bernard Fuchs, Franklin Center (Pa.): Franklin library 1976.
The Scarlet Letter. A romance. Ill. by Elaine Raphael and Don Bolognese, Franklin Center (Pa.): Franklin library 1978.

III. Deutsche Übersetzungen des ›Scarlet Letter‹

Der Scharlach-Buchstabe. Aus dem Englischen übertr. von L. Du Bois, Bielefeld: Velhagen & Klasing 1851. (= Sämtliche Werke. Bd. 1).
Der Scharlachbuchstabe. Nach der 2. Aufl. aus dem Englischen übers. von Willi E. Drugulin, 2 Bde., Leipzig: Kollmann 1851.
Das rote A. Deutsch von Margarete Jacobi, Stuttgart: Lutz 1897.
Der scharlachrote Buchstabe. Deutsch von A. Elkan, Berlin: Verl. Continent 1913.
Der scharlachrote Buchstabe. Übertr. von Albert Hess. Mit einer Einl. von Heinrich Straumann, Zürich: Artemis-Verl. 1946.
Der scharlachrote Buchstabe. Aus dem Amerikanischen von Paula Saatmann. Mit einem Nachw. von Friedrich Podszus, München: Alber 1947.
Das scharlachrote Zeichen. Erzählung. Übertragung und Bearbeitung: Heinrich Wilhelm Keim, Stuttgart: Verl. Deutsche Volksbücher 1951.
Der scharlachrote Buchstabe. Deutsch von Barbara Cramer. Mit Nachw. von Hans Weyhe, Leipzig: Dieterich 1952, ^{7}1976. (= Sammlung Dieterich 140).
Der scharlachrote Buchstabe. Übers. von Gretl Pfandler, Frankfurt/M./Wien: Forum-Verl. o. J. [1954].
Der scharlachrote Buchstabe. Übers. von Gretl Pfandler, Zürich: Büchergilde Gutenberg 1954.
Der scharlachrote Buchstabe. Übers. und hg. von Richard Mummendey, Zürich: Manesse 1957.
Der scharlachrote Buchstabe. Mit einem Nachw. hg. von Brigitte Scheer-Schäzler, Stuttgart: Reclam 1973. (= Universal-Bibliothek Nr. 9454-57). Die Übersetzung stammt von Paula Saatmann. *Das Zollamt* übersetzte Otto Weith. Die Herausgeberin revidierte beide Texte.
Der scharlachrote Buchstabe. Die Blithedale-Maskerade. Aus dem Amerikanischen übertr. von Franz Blei. Durchges. und erg. von Ruth und Hans-Joachim

Lang. Mit einem Nachw. und Anmerkungen von Hans-Joachim Lang, München: Winkler 1975. – Auch als Lizenzausg. für die Mitglieder des Deutschen Bücherbundes, Stuttgart [1976?].

Der scharlachrote Buchstabe. Ins Deutsche übertr. von Barbara Cramer-Nauhaus. Mit einer Einf. von Waldtraut Lewin und einem Nachw. von Gudrun Strelow. Mit Holzstichen von Christa Jahr, Berlin: Verl. Neues Leben 1978.

IV. Sekundärliteratur

1. Biographien und Memoiren

Fields, James T.: *Yesterdays with Authors,* Boston: Houghton, Mifflin 1872.

Lathrop, George P.: *A Study of Hawthorne,* Boston: Osgood 1876.

James, Henry: *Hawthorne,* London: Macmillian 1879. (= EML).

Hawthorne, Julian: *Nathaniel Hawthorne and his Wife. A biography,* 2 Bde., Boston/New York: Houghton, Mifflin 1897 [1884].

Bridge, Horatio: *Personal Recollections of Nathaniel Hawthorne,* New York: Harper 1893.

Hawthorne Lathrop, Rose: *Memories of Hawthorne.* New edition with a prelude by Maurice Francis Egan, Boston/New York: Houghton, Mifflin 1923 [1897].

Hawthorne, Julian: *Hawthorne and his Circle,* New York/London: Harper 1903.

Arvin, Newton: *Hawthorne,* New York: Russell & Russell 1961 [1929].

Cantwell, Robert: *Nathaniel Hawthorne. The American years.* New York/Toronto: Rinehart 1948.

Stewart, Randall: *Nathaniel Hawthorne. A biography,* New Haven: Yale Univ. Pr. 1948.

Van Doren, Mark: *Nathaniel Hawthorne,* London: Methuen 1948. (= The American Men of Letters Series).

Loggins, Vernon: *The Hawthornes. The story of seven generations of an American family,* New York: Columbia Univ. Pr. 1951.

Wagenknecht, Edward: *Nathaniel Hawthorne. Man and writer,* New York: OUP 1961. »... a study of Hawthorne's character and personality, based on his writings, his letters and journals, and on all that has been written about him.« Pref., S. VII.

2. Kritische Darstellungen

Matthiessen, F. O.: *Hawthorne,* in: *American Renaissance. Art and expression in the age of Emerson and Whitman,* London: OUP 1941. Fourth impr. 1949, S. 179-368.

Schubert, Leland: *Hawthorne, the Artist. Fine-art devices in fiction,* New York: Russell & Russell 1963 [1944]. *The Scarlet Letter:* S. 136-161.

Lundblad, Jane: *Nathaniel Hawthorne and European Literary Tradition,* Diss., Uppsala/Cambridge (Mass.): Harvard Univ. Pr. 1947. (= Essays and studies on American language and literature).

Fogle, Richard H.: *Hawthorne's Fiction. The light and the dark,* Norman: Univ. of Oklahoma Pr. 1952, rev. 1964.
The Scarlet Letter: S. 132-149.

Stein, William B.: *Hawthorne's Faust. A study of the devil archetype,* Gainesville (Fla.): Univ. of Florida Pr. 1953.

Abele, Rudolph von: *The Death of the Artist. A study of Hawthorne's disintegration,* The Hague: Nijhoff 1955.
Fick, Rev. Leonard J.: *The Light Beyond. A study of Hawthorne's theology,* Westminster (Md.): Newman Pr. 1955.
Waggoner, Hyatt H.: *Hawthorne. A critical study,* Cambridge (Mass.): The Belknap Pr. of Harvard Univ. Pr. 1955, rev. 1963. *The Scarlet Letter:* S. 118-150.
Male, Roy R.: *Hawthorne's Tragic Vision,* Austin: Univ. of Texas Pr. 1957. *The Scarlet Letter:* S. 90-118.
Levin, Harry: *The Power of Blackness. Hawthorne, Poe, Melville,* New York: Knopf 1958.
Fiedler, Leslie A.: *Love and Death in the American Novel,* New York: Criterion Books 1960. *The Scarlet Letter:* S. 485-519.
Hoffman, Daniel G.: *Form and Fable in American Fiction,* New York: OUP 1961, bes. S. 97-218.
Turner, Arlin: *Nathaniel Hawthorne. An introduction and interpretation,* New York: Barnes & Noble 1961.
Bell, Millicent: *Hawthorne's View of the Artist,* New York: State Univ. of New York 1962.
Hoeltje, Hubert H.: *Inward Sky. The mind and heart of Nathaniel Hawthorne,* Durham: Duke Univ. Pr. 1962.
»... every man, and especially the artist, lives in two worlds – the world of fact and the world of dream or imagination. These two lives, thus simultaneously lived, I shall try to represent.« Pref., [S. 2].
Link, Franz H.: *Die Erzählkunst Nathaniel Hawthornes. Eine Interpretation seiner Skizzen, Erzählungen und Romane,* Heidelberg: Winter 1962. (= FAGAAS 7).
Brumm, Ursula: *Die religiöse Typologie im amerikanischen Denken. Ihre Bedeutung für die amerikanische Literatur- und Geistesgeschichte,* Leiden: Brill 1963, bes. S. 95-136. (= Studien zur amerikanischen Literatur und Geschichte II).
Donohue, Agnes McNeill: *A Casebook on the Hawthorne Question,* New York: Crowell 1963.
Folsom, James K.: *Man's Accidents and God's Purposes. Multiplicity in Hawthorne's fiction,* New Haven: College and Univ. Pr. 1963.
Stubbs, John C.: *The Theory of the Prose Romance. A study in the background of Hawthorne's literary theory,* Ph. D. thesis, Princeton 1963.
Hawthorne Centenary Essays, hg. Roy H. Pearce, Columbus (Ohio): Ohio State Univ. Pr. 1964.
Enth. ein Gedicht und 18 kritische Beiträge.
Fairbanks, Henry G.: *The Lasting Loneliness of Nathaniel Hawthorne. A study of the sources of alienation in modern man,* Albany (N. Y.): Magi Books 1965.
Jacobson, Richard J.: *Hawthorne's Conception of the Creative Process,* Cambridge (Mass.): Harvard Univ. Pr. 1965.
Martin, Terence: *Nathaniel Hawthorne,* New York: Twayne 1965. (= TUSAS 75).
Taylor, J. Golden: *Hawthorne's Ambivalence toward Puritanism,* Norwood (Pa.): Norwood Editions 1978 [1965].
Crews, Frederick C.: *The Sins of the Fathers. Hawthorne's psychological themes,* New York: OUP 1966.

Hawthorne. A collection of critical essays, hg. A. N. Kaul, Englewood Cliffs (N. J.): Prentice-Hall 1966.
Enth. u. a. 12 kritische Beiträge.

Rohrberger, Mary: *Hawthorne and the Modern Short Story. A study in genre*, The Hague: Mouton 1966. (= Studies in general and comparative literature 2).

Cameron, Kenneth W.: *Hawthorne Index to Themes, Motifs, Topics, Archetypes, Sources, and Key Words Dealt with in Recent Criticism*, Hartford: Transcendental Books 1968.

Elder, Marjorie J.: *Nathaniel Hawthorne. Transcendental symbolist*, Athens (Ohio): Ohio Univ. Pr. 1969.

Fogle, Richard H.: *Hawthorne's Imagery. The »proper light and shadow« in the major romances*, Norman: Univ. of Oklahoma Pr. 1969.

McPherson, Hugo: *Hawthorne as Mythmaker. A study in imagination*, Toronto: Univ. Pr. 1969. (= Univ. of Toronto Department of English studies and texts 16). *The Scarlet Letter:* S. 170-190.

The Recognition of Nathaniel Hawthorne. Selected criticism since 1828, hg. B. Bernard Cohen, Ann Arbor: Univ. of Michigan Pr. 1969. Sammlung von Textauszügen zur Hawthorne-Rezeption von 1828-1966.

Hawthorne. The critical heritage, hg. J. Donald Crowley, London: Routledge & Kegan Paul 1970.

Normand, Jean: *Nathaniel Hawthorne. An approach to an analysis of artistic creation [Nathaniel Hawthorne. Esquisse d'une analyse de la création artistique.* 1964]. Transl. from the French by Derek Cottman, Cleveland/London: Pr. of Case Western Reserve Univ. 1970.

Stubbs, John C.: *The Pursuit of Form. A study of Hawthorne and the romance*, Urbana (Ill.): Univ. of Ill. Pr. 1970.
The Scarlet Letter: S. 81-100.

Becker, John E.: *Hawthorne's Historical Allegory. An examination of the American conscience*, Port Washington (N. Y.), London: Kennikat Pr. 1971.
The Scarlet Letter: S. 88-154.

Bell, Michael D.: *Hawthorne and the Historical Romance of New England*, Princeton (N. J.): Univ. Pr. 1971.
The Scarlet Letter: S. 126-146.

Crowley, J. Donald: *Nathaniel Hawthorne*, London: Routledge & Kegan Paul 1971. (= Profiles in literature ser.).

Doubleday, Neal F.: *Hawthorne's Early Tales. A critical study*, Durham (N. C.): Duke Univ. 1972.

Rettenberger, Lore: *Licht- und Farbsymbolik in Hawthornes Neuengland-Romanen*, Diss., Göppingen: Kümmerle 1972.

Weber, Alfred: *Die Entwicklung der Rahmenerzählungen Nathaniel Hawthornes. »The Story Teller« und andere frühe Werke (1825-1835)*, Berlin: E. Schmidt 1973.

Axelsson, Arne: *The Links in the Chain. Isolation and interdependence in Nathaniel Hawthorne's fictional characters*, Diss., Uppsala 1974.

Pasternak, Dieter: *Das Problem der Einsamkeit in der Kurzprosa von Nathaniel Hawthorne und Hermann Melville*, Diss., Kiel 1974.

Zuse, Wolfgang: *Darstellung und Funktion des Unheimlichen in den Erzählungen Nathaniel Hawthornes*, Diss., Göttingen 1974.

Brodhead, Richard H.: *Hawthorne, Melville, and the Novel,* Chicago: Univ. Pr. 1976. *The Scarlet Letter:* S. 43-68.
Darsow, Adelheid: *Natur- und Landschaftsdarstellung bei Nathaniel Hawthorne,* Diss., Kiel 1976.
Dauber, Kenneth: *Rediscovering Hawthorne,* Princeton (N. J.): Univ. Pr. 1977.
Dryden, Aedgar A.: *Nathaniel Hawthorne. The poetics of enchantment,* Ithaca: Cornell Univ. Pr. 1977.

3. Einzeluntersuchungen zum ›Scarlet Letter‹

Gerber, John C.: *Form and Content in »The Scarlet Letter«,* NEQ 17, 1944, H. 1, S. 25-55.
Hart, John E.: *»The Scarlet Letter«: One Hundred Years After,* NEQ 23, 1950, H. 3, S. 381-395.
Roper, Gordon: *The Originality of Hawthorne's »The Scarlet Letter«,* DR 29, 1950, S. 62-79.
Abel, Darrell: *Hawthorne's Pearl. Symbol and character,* ELH 18, 1951, H. 1, S. 50-66.
Abele, Rudolph von: *»The Scarlet Letter«. A reading,* Accent 11, 1951, H. 4, S. 211-227.
Abel, Darrell: *Hawthorne's Hester,* CE 13, 1952, S. 303-309.
Abel, Darrell: *The Devil in Boston,* PQ 32, 1953, H. 4, S. 366-381.
Levi, Joseph: *Hawthorne's »The Scarlet Letter.« (A psychoanalytic interpretation),* American Imago 10, 1953, S. 291-306.
Walcutt, Charles C.: *»The Scarlet Letter« and its Modern Critics,* NCF 7, 1953, H. 4, S. 251-264.
Hoeltje, Hubert, H.: *The Writing of »The Scarlet Letter«,* NEQ 27, 1954, H. 3, S. 326-346.
MacLean, Hugh N.: *Hawthorne's »Scarlet Letter«. The dark problem of this life,* AL 27, 1955, H. 1, S. 12-24.
Reid, Alfred S.: *The Yellow Ruff & »The Scarlet Letter«. A source of Hawthorne's novel,* Gainesville (Fla.): Univ. of Florida Pr. 1955.
» . . . accounts of the murder of Sir Thomas Overbury were Hawthorne's principal sources in composing *The Scarlet Letter«.* S. 112.
Abel, Darrel: *Hawthorne's Dimmesdale. Fugitive from wrath,* NCF 11, 1956, H. 2, 1956, S. 81-105.
McNamara, Anne M.: *The Character of Flame. The function of Pearl in »The Scarlet Letter«,* AL 27, 1956, H. 4, S. 537-553.
Cowley, Malcolm: *Five Acts of »The Scarlet Letter«,* CE 19, 1957, S. 11-16.
Garlitz, Barbara: *Pearl: 1850-1955,* PMLA 72, 1957, H. 4, S. 689-699.
Reid, Alfred S.: *A Note on the Date of »The Scarlet Letter«,* Furman Univ. Bull. 4 (n. s.), 1957, S. 30-39.
Stone, Edward: *The Antique Gentility of Hester Prynne,* PQ 36, 1957, H. 1, S. 90-96.
Ryskamp, Charles: *The New England Sources of »The Scarlet Letter«,* AL 31, 1959, H. 3, S. 257-272.
A »Scarlet Letter« Handbook, hg. Seymour Gross, San Francisco: Wadsworth 1960. Sammlung mit 36 Beiträgen aus der Zeit von 1879-1959.
Gross, Seymour L.: *Solitude, Love, and Anguish. The tragic design of »The Scarlet Letter«.* CLAJ 3, 1960, S. 154-165.

O'Donnell, Charles R.: *Hawthorne and Dimmesdale. The search for the realm of quiet,* NCF 14, 1960, H. 4, S. 317-332.
Putzel, Max: *The Way Out of the Minister's Maze. Some hints for teachers of »The Scarlet Letter«,* DNS 9 (N. F.), 1960, H. 3, S. 127-131.
Baskett, Sam S.: *»The (Complete) Scarlet Letter«,* CE 22, 1961, S. 321-328. Vgl. dazu auch die Beiträge in: CE 22, Oct. 1961, S. 61-62 und CE 23, Febr. 1962, S. 386.
Gibson, William M.: *The Art of Nathaniel Hawthorne. – An examination of »The Scarlet Letter«,* DNS. Beih. 9, 1961, S. 97-106.
Rovit, Earl H.: *Ambiguity in Hawthorne's »Scarlet Letter«,* Archiv 198, 1961, H. 2, S. 76-88.
Wellborn, Grace P.: *The Mystic Seven in »The Scarlet Letter«,* SCB 21, 1961, S. 23-31.
Evanoff, Alexander: *Some Principal Themes in »The Scarlet Letter«,* Discourse 5, 1962, S. 270-277.
Gullace, Giovanni: *Péché et pécheurs dans »La Lettre écarlate«, et »Le faune de marbre« de Hawthorne,* EA 15, 1962, H. 2, S. 113-121.
MacShane, Frank: *The House of the Dead. Hawthorne's custom house and »The Scarlet Letter«,* NEQ 35, 1962, H. 1, S. 93-101.
Marcus, Fred H.: *»The Scarlet Letter« The power of ambiguity,* EJ 51, 1962, S. 449-458.
Sandeen, Ernest: *»The Scarlet Letter« as a Love Story,* PMLA 77, 1962, H. 4, S. 425-435.
Scanlon, Lawrence, E.: *The Heart of »The Scarlet Letter«,* TSLL 4, 1962, H. 2, S. 198-213.
Scholes, James B.: *Nathaniel Hawthorne's »The Scarlet Letter«. A study guide,* Bound Brook (N. J.): Shelley 1962.
Davidson, Edward H.: *Dimmesdale's Fall,* NEQ 36, 1963, H. 3, S. 358-370.
Vogel, Dan: *Roger Chillingworth. The satanic paradox in »The Scarlet Letter«,* Criticism 5, 1963, H. 3, S. 272-280.
Wellborn, Grace P.: *Plant Lore and »The Scarlet Letter«,* SFQ 27, 1963, H. 2, S. 160-167.
Cecil, L. Moffitt: *»The Scarlet Letter«. A Puritan love story,* in: *Reality and Myth. Essays in American literature in memory of Richard Croom Beatty,* hg. William E. Walker and Robert L. Welker, Nashville: Vanderbilt Univ. Pr. 1964., S. 52-59.
Granger, Bruce I.: *Arthur Dimmesdale as Tragic Hero,* NCF 19, 1964, H. 2, S. 197-203.
Levin, David: *Nathaniel Hawthorne, »The Scarlet Letter«,* [Washington: Forum editions 1964] (= The Voice of America. The American novel series 2).
Blade, Stephen A.: *»The Scarlet Letter«. Death by symbols,* Paunch, no. 24, 1965, S. 51-74.
Crews, Frederick C.: *The Ruined Wall. Unconscious motivation in »The Scarlet Letter«,* NEQ 38, 1965, H. 3, S. 312-330.
Levin, David: *Nathaniel Hawthorne: »The Scarlet Letter«,* in: *The American Novel. From James Fenimore Cooper to William Faulkner,* hg. Wallace Stegner, New York: Basic Books 1965, S. 13-24.
Nolte, William H.: *Hawthorne's Dimmesdale. A small man gone wrong,* NEQ 38, 1965, H. 2, S. 168-186.

Warren, Austin: *»The Scarlet Letter«. A literary exercise in moral theology*, SoR 1, 1965, H. 1, S. 22-45.
Houston, Neal B.: *Hester Prynne as Eternal Feminine*, Discourse 9, 1966, S. 230-244.
Van Deusen, Marshall: *Narrative Tone in »The Custom House« and »The Scarlet Letter«*, NCF 21, 1966, H. 1, S. 61-71.
Coanda, Richard: *Hawthorne's Scarlet Alphabet*, Renascence 19, 1967, H. 3, S. 161-166.
Mizener, Arthur: *Nathaniel Hawthorne: »The Scarlet Letter«*, in: *Twelve Great American Novels*, London: Bodley Head 1967, S. 9-18.
Sachs, Viola: *The Myth of America in Hawthorne's »The Scarlet Letter«*, KN 14, 1967, H. 3, S. 245-267.
Katz, Seymour: *`Character´, `Nature´ and Allegory in »The Scarlet Letter«*, NCF 23, 1968, H. 1, S. 3-17.
Kaul, A. N.: *Character and Motive in »The Scarlet Letter«*, CritQ 10, 1968, H. 4, S. 373-384.
Maes-Jelinek, Hena: *Roger Chillingworth. An example of the creative process in »The Scarlet Letter«*, ES 49, 1968, H. 4, S. 341-348.
Stubbs, John C.: *Hawthorne's »The Scarlet Letter«. The theory of the romance and the use of the New England situation*, PMLA 83, 1968, H. 5, S. 1439-1447.
Twentieth Century Interpretations of »The Scarlet Letter«. A collection of critical essays, hg. John C. Gerber, Englewood Cliffs (N. J.): Prentice-Hall 1968.
Whelan, Robert Emmet, Jr.: *Hester Prynne's Little Pearl. Sacred and profane love*, AL 39, 1968, H. 4, S. 488-505.
Bergeron, David M.: *Arthur Miller's »The Crucible« and Nathaniel Hawthorne. Some parallels*, EJ 58, 1969, H. 1, S. 47-55.
Kraft, Quentin G.: *The Central Problem of James's Fictional Thought. From »The Scarlet Letter« to »Roderick Hudson«*, ELH 36, 1969, H. 2, S. 416-439.
Stokes, E.: *»Bleak House« and »The Scarlet Letter«*, AUMLA 32, 1969, S. 177-189.
Clark, Jr., C. E. Frazer: *Posthumous Papers of a Decapitated Surveyor. »The Scarlet Letter« in the Salem Press*, SNNTS 2, 1970, H. 4, S. 395-419.
Lease, Benjamin: *Hawthorne and »A Certain Venerable Personage«. New light on »The Custom House«*, JA 15, 1970, S. 201-207.
Stanton, Robert: *»The Scarlet Letter« as a Dialectic of Temperament and Idea*, SNNTS 2, 1970, H. 4, S. 474-486.
Eakin, Paul J.: *Hawthorne's Imagination and the Structure of »The Custom-House«*, AL 43, 1971, H. 3, S. 346-358.
Manierre, William R.: *The Role of Sympathy in »The Scarlet Letter«*, TSLL 13, 1971, H. 3, S. 497-507.
Colacurcio, Michael J.: *Footsteps of Ann Hutchinson. The context of »The Scarlet Letter«*, ELH 39, 1972, H. 3, S. 459-494.
Kushen, Betty: *Love's Martyrs. The scarlet Letter as secular cross*, L & P 22, 1972, H. 3, S. 109-120.
Lease, Benjamin: *›The Whole is a Prose Poem‹. An early review of »The Scarlet Letter«*, AL 44, 1972, H. 1, S. 128-130.
Barnes, Daniel R.: *Two Reviews of »The Scarlet Letter« in »Holden's Dollar Magazine«*, AL 44, 1973, H. 4, S. 648-652.

Warren, Robert Penn: *Hawthorne Revisited. Some remarks on hellfiredness*, SR 81, 1973, H. 1, S. 75-111.
Abrahamsson, Hans: *The Main Characters of Hawthorne's »The Scarlet Letter« and their Interrelationships*, MSpr 68, 1974, H. 4, S. 337-348.
Doherty, Joseph F.: *Hawthorne's Communal Paradigm. The American novel reconsidered*, Genre 7, 1974, H. 1, S. 30-53.
Greenwood, Douglas: *The Heraldic Device in »The Scarlet Letter«. Hawthorne's symbolical use of the past*, AL 46, 1974, H. 2, S. 207-210.
Lefcowitz, Allan: *›Apologia‹ pro Roger Prynne. A psychological study*, L & P 24, 1974, H. 1, S. 34-44.
Schmitt-v. Mühlenfels, Astrid: *Hawthornes »The Scarlet Letter« als Fernsehfilm. Darstellung, Deutung und Umdeutung*, LWU 7, 1974, H. 1, S. 39-46.
Brumm, Ursula: *Hawthorne's »The Custom-House« and the Problem of Point of View in Historical Fiction*, Anglia, 93, 1975, H. 3-4, S. 391-412.
Cox, James M.: *»The Scarlet Letter«. Through »The Old Manse« and »The Custom House«*, VQR 51, 1975, H. 3, S. 432-447.
Hansen, Elaine Tuttle: *Ambiguity and the Narrator in »The Scarlet Letter«*, JNT 5, 1975, H. 3, S. 147-163.
Sanderlin, Reed: *Hawthorne's »Scarlet Letter«. A study of the meaning of meaning*, SHR 9, 1975, H. 2, S. 145-157.
McIntosh, James H.: *Hawthorne's Search for a Wider Public and a Select Society*, Forum 13, 1976, H. 3, S. 4-7.
Vanderbilt, Kermit: *From Passion to Impasse. The structure of a dark romantic theme in Hawthorne, Howells, and Barth*, SNNTS 8, 1976, H. 4, S. 419-429.
Balakian, Anna: *› . . . and the Pursuit of Happiness‹. »The Scarlet Letter« and »A Spy in the House of Love«*, Mosaic, 11, 1978, H. 2, S. 163-170.

Abkürzungen

AL *American Literature*
Archiv *Archiv für das Studium der Neueren Sprachen und Literaturen*
Aufl. *Auflage*
AUMLA *Journal of the Australasian Universities Language and Literature Association*
Bd.(e.) Band, Bände
bes. besonders
Beih. Beiheft
CE *College English*
CLAJ *College Language Association Journal*
comp. compiled
CritQ *Critical Quarterly*
D. C. District of Columbia
Diss. Dissertation
DNS *Die Neueren Sprachen*
DR *Dalhousie Review*
durchges. durchgesehen
EA *Etudes anglaises*
Einf. Einführung
Einl. Einleitung

EJ *English Journal*
EL Everyman's Library
ELH *Journal of English Literary History*
EML *English Men of Letters*
erg. ergänzt
ES *English Studies*
f.(ff.) der, die, das folgende
FAGAAS *Frankfurter Arbeiten aus dem Gebiete der Anglistik und der Amerika-Studien*
Fla. Florida
H. Heft
hg. herausgegeben von
Ill. Illinois
ill. illustration, illustrations
impr. impression
introd. introduction, introduced by
JA *Jahrbuch für Amerikastudien*
JNT *Journal of Narrative Technique*
Jr. Junior
KN *Kwartalnik Neofilologiczny*
L & P *Literature and Psychology*
LWU *Literatur in Wissenschaft und Unterricht*
Mass. Massachusetts
Md. Maryland
MSpr *Moderna Språk*
Nachw. Nachwort
N. C. North Carolina
NCF *Nineteenth-Century Fiction*
NEQ *New England Quarterly*
N. F. Neue Folge
N. J. New Jersey
no. numéro
n.s. new series
N.Y. New York
o. J. ohne Jahr
OUP Oxford University Press
Pa. Pennsylvania
Ph.D. Doctor of Philosophy
PMLA *Publications of the Modern Language Association of America*
PQ *Philological Quarterly*
Pr. Press
pref. preface
reiss. reissued
repr. reprinted, reprint
Rev. Reverend
rev. revised, revidiert
S. Seite
SCB *South Central Bulletin*

ser. series
SFQ *South Folklore Quarterly*
SHR *Southern Humanities Review*
SNNTS *Studies in the Novel* (North Texas State Univ.)
SoR *Southern Review* (Louisiana State Univ.)
SR *Sewanee Review*
transl. translated
TSLL Texas Studies in Literature and Language
TUSAS *Twayne's United States Authors Series*
u. a. und andere
übers. übersetzt
übertr. übertragen
Univ. University
Verl. Verlag
VQR *Virginia Quarterly Review*

Insel taschenbücher
Alphabetisches Verzeichnis